Noces bourgeoises

Du même auteur

Romans

Retour à Malpeyre, Rouergue, 2009

La Rivière en colère, Rouergue, 2008

La Maison sur la place, Rouergue, 2007 (prix Panazo, 2008)

La Chambre d'en haut, Rouergue, 2006

Clarisse, Rouergue, 2005 (prix Lucien Gachon et prix de la ville de Thouars)

Le Mariage de Marie Falgoux, Rouergue, 2004 (prix Émile Guillaumin)

Les Chiens muets, Rouergue, 2003

Souvenirs d'un enfant du Rouergue, Hachette Littératures, 2002

Le Parisien, Rouergue, 2002

L'Orange aux girofles, Rouergue, 2001 (prix Mémoire d'oc, 2001)

Fortune lointaine, Hachette, Rouergue, 1987

Sel rouge, Rouergue, 1986

Les Fiancés de la liberté, Hachette, 1986

Essais

Éros en Rouergue, Rouergue, 2003

L'Aveyron au XXe siècle, Rouergue, 1999

La Chemise fendue, Rouergue et Petite Bibliothèque Payot, 1987

Couverture : *The Bride*, 1886, Anders Leonard Zorn (1860-1920)
© Nationalmuseum, Stockholm, Suède/The Bridgeman Art Library

Parc Saint-Joseph – BP 3522 – 12035 Rodez cedex 9
Tél. : 05 65 77 73 70 – Fax : 05 65 77 73 71
www.lerouergue.com – info@lerouergue.com

Roger Béteille

Noces bourgeoises

roman

ROUERGUE

« Composer un livre, ordonner une symphonie,
voilà de grands et difficultueux travaux.
Faire une famille, la réchauffer sans cesse,
l'étendre jusqu'aux suprêmes démembrements,
c'est une œuvre d'art aussi, la plus fuyante,
la plus décevante qui soit... »

Georges Duhamel,
Chronique des Pasquier.
La Nuit de la Saint-Jean, préambule.

1

C'était un dimanche de mai. Un jour de relâche où il paraissait tout à fait impossible qu'un événement possédant quelque relief survienne dans le pensionnat pour jeunes filles le plus prisé par les parents les plus exigeants du département.

La toilette collective, très matinale, dans la grande salle des lavabos, lieu de petits rires que glaçait le blanc hygiénique des faïences, puis l'étude ensommeillée, puis la messe chantée, n'avaient poussé les adolescentes à aucune excitation, fût-elle légère ou fugace.

Après midi : la sempiternelle sortie s'ennuyait. Deux heures molles de promenade au bord de la rivière, regards distraits sur l'eau. Rien aperçu d'intéressant ! Sauf pour quelques élèves, jamais lassées de se montrer studieuses qui, émerveillées, avaient cueilli des plantes de printemps destinées à leur herbier. En rentrant au collège, ravies et toutes jubilantes de ces glanes inespérées, elles se presseraient vers leur classe pour mettre leur précoce récolte botanique à sécher sur du papier buvard.

Emma et Pauline avaient réussi à échapper à la vigilance de la sœur surveillante. Tantôt fondues dans la vague sombre des robes strictes, tantôt distancées de quelques pas, elles se sentaient étrangères au périple éducatif.

Parfois Emma prenait la main de Pauline. Celle-ci lui abandonnait ses doigts et se rapprochait d'elle, comme si le contact de leurs paumes et de leurs épaules la transportait dans un rêve imprécis et un bien-être à fleur de peau.

Emma, qui possédait de la clairvoyance et de la tendresse, percevait parfaitement cette fragilité de Pauline et son besoin confus de protection. En continuant d'avancer le long de la berge pointillée de fleurs, elle étreignait plus fort les phalanges fines, un peu froides.

La file, ordonnant impeccablement ses rangs dans la traversée des faubourgs, ironiques au spectacle des demoiselles en défilé, puis dans la raide cité haute, rentra exactement à l'heure prévue. Les bâtiments congréganistes, impavides, regorgeaient de majesté. De part et d'autre d'un vaste corps principal, paradaient des ailes imposantes, conférant à l'ensemble l'allure d'un château austère, s'élevant de deux étages surmontés d'ardoise aride, où ne s'inscrivait aucune des jolies ondes moirées des lichens égayant les toits voisins.

Au rez-de-chaussée, un couloir qui se voulait monacal, blanchi au lait de chaux, ouvrait sur les salles de cours, puis à ses deux extrémités sur des volées d'escaliers conduisant aux dortoirs des grandes et des petites. À lui seul il semblait contenir toute la sévérité de ce collège estimé.

Emma alliait à la prudence la malice d'une élève expérimentée. Elle observa sans bouger l'empressement docile de celles qui se dirigeaient vers les études, soumises et frémissantes. Fine calculatrice, elle s'insinua parmi les retardataires, en pressant Pauline contre elle. Imperceptiblement, elles réussirent à se rapprocher du bout de l'immense galerie sans se faire remarquer.

– Regarde ! chuchota Emma.

– La Vieille, là-bas ?

– Elle ne se retourne pas. Elle va passer les doubles portes…

– Tu veux monter ? hésita Pauline.

– Elle ne nous a pas repérées. Elle nous oubliera.

– Tu crois ? J'ai peur.

– Tu as envie de bûcher. Moi pas ! Dimanche soir, c'est encore jour du Seigneur, comme elles disent ! ironisa Emma, avec une dureté farouche, dans laquelle se devinait une révolte grandissante contre la nonne cerbère.

Pauline était troublée. Pendant trois ou quatre secondes, elle fixa la croix plaquée sur le haut mur, juste en face d'elles, au-dessus d'une naïve image pieuse de Marie et de Joseph et d'un rosaire à gros grains noirs en forme de cœur. Le Christ, crucifié sur un bois sombre, perdait-il de sa sévérité parce qu'il était trop éloigné ? Il ne représentait plus qu'un objet quelconque, semblable aux tableautins ornés de scènes de piété, dispersés le long du corridor.

Pauline tenait entrouvert le battant de la porte à ressort. Après une dernière hésitation, elle se persuada qu'elle se trouvait hors d'atteinte du regard divin et elle lâcha le vantail, qui se referma avec un léger grincement de ferraille rouillée.

– Grouille-toi ! commanda Emma, en l'entraînant.

Les deux jeunes filles s'élancèrent vers l'étage, volant sur les massifs degrés de pierre, auxquels les pas d'oiseau des pensionnaires, si légers et si gracieux, avaient pourtant infligé des griffures irrégulières, délicieuses blessures de la jeunesse et de l'insouciance. Mais, vers le milieu des nez de marche, les montées lourdes des religieuses, raclant du talon, avaient lentement creusé des cupules d'usure qui s'amplifiaient d'année en année sous le poids de leur pieuse massivité et de leurs certitudes.

Le cœur de Pauline palpitait très fort. Plus encore qu'à Emma, la sensation exaltante de liberté volée, coupable, lui donnait des ailes. Il lui semblait qu'elle allait partager un moment unique avec son amie. Parce qu'elle venait d'échapper aux yeux inquisiteurs de la surveillante, elle riait comme si sa gaieté conjurait les risques, éloignant les conséquences possibles de leur incartade, heureuse de s'essouffler, d'être complice d'une faute répréhensible en compagnie d'Emma, brûlée par cette audace, si inhabituelle chez elle. Et puis, il y avait cette confiance dans sa camarade, cette admiration !

Pauline avait dix-sept ans, comme Emma. Cependant, elle la devinait plus mûre, plus combative à chaque moment de leur existence monotone, plus forte qu'elle. Confusément aussi, elle pressentait que sa camarade la plus chère, sa seule amie, connaissait certaines choses mystérieuses et était déjà armée pour sa vie d'adolescente.

Leur complicité n'était pas née d'un événement exceptionnel, mais seulement de ce mouvement inexplicable rapprochant deux êtres qui semblaient indifférents l'un à l'autre jusque-là. Les vacances de Noël, puis celles de Pâques avaient embelli cette amitié douce, rendue plus fougueuse par le vide de la courte séparation. La présence d'Emma, son affection un peu protectrice avaient manqué à Pauline pendant une ou deux semaines.

Elles s'étaient écrit des phrases marquées d'une certaine élégance, mais aussi des mots ardents promettant une tendresse éternelle.

Lorsqu'elles pénétrèrent dans le dortoir, la vacuité des travées de lits leur coupa le souffle. La pénombre immobile captait de minces pinceaux de lumière, que la réfraction des fenêtres jetait de côté, cassés sur le parquet ciré. Elles se figèrent, frappées d'une sorte d'incrédulité, comme si leur esprit et leurs sens avaient besoin des respirations, des petits cris accompagnant les rêves, des gémissements rentrés, des fous rires étouffés, sourdant chaque nuit dans la moiteur des draps en métis.

La Supérieure avait-elle cru mettre sous le boisseau cette effervescence nocturne dans laquelle se mêlaient les agitations inévitables des jeunes corps au repos, trahissant des pulsions incontrôlées ? Depuis trois ans déjà, elle avait fait installer des cloisons légères, créant ce qu'elle appelait curieusement des cabines, à quatre ou à six places.

Se glisser d'un quatuor ou d'un sextuor à l'autre était strictement interdit. Pour rendre cette mesure plus efficace, chaque box n'était fermé que par un rideau de serge gris mat, s'interrompant à trois-quarts de mètre environ du plancher. De son repaire, ou en parcourant l'allée centrale, la pionne pouvait ainsi juger d'un seul coup d'œil si des jambes étrangères ne s'y voyaient pas.

– Tu as ton livre ?

– Couchons-nous sur mon plume, proposa Emma.

Même si elle savait que c'était une protection dérisoire, elle vérifia soigneusement que les pans du tissu collaient contre le bat-flanc. Les pieds allongés sur les couvertures, elles se soustrayaient ainsi à tout regard, du moins se donnaient-elles l'illusion de le croire.

– J'ai envie de me mettre en combinaison, décida-t-elle.

– Si quelqu'un vient, on pourra dire qu'on se changeait avant de redescendre à l'étude…

– Tu vois… Tu saurais mentir, s'amusa Emma.

– Qu'est-ce qu'on lit ? chuchota Pauline, impatiente.

– Quelques pages seulement. La chienne de garde ne nous oubliera pas très longtemps, ragea Emma.

– Nous avons peut-être une heure, voulut se persuader Pauline, rêveuse.

– Une nouvelle ! Une très courte… Ce sera déjà beau ! promit Emma.

Elle avait jeté sa robe d'uniforme sur la chaise métallique attribuée à chaque occupante de la cabine. Elle la reprit, cherchant le petit ouvrage à l'intérieur du vêtement, le visage soudain figé par une tension inattendue.

– Tu l'avais cousu dedans ? s'étonna Pauline.

– Pas cousu ! J'ai fait une fausse poche pour le porter toujours sur moi. Tu croyais que j'allais le laisser gentiment ici, à portée des pattes et des yeux de la Vieille, quand elle monte fouiller les armoires lorsque nous ne sommes pas là ?

Emma n'avait pas révélé à Pauline comment elle s'était procuré le livre de Guy de Maupassant, dont les œuvres ne figuraient pas au panthéon littéraire des sœurs. C'était un volume mince, tiré sur un mauvais papier et imprimé en caractères minuscules. Difficilement lisible, il possédait du moins l'avantage de pouvoir disparaître dans une cachette en un mouvement.

Le recueil ne contenait plus un seul secret pour sa propriétaire, capable d'en réciter de longs passages et d'en retrouver chaque détail en quelques secondes de ses doigts, tant elle s'était délectée de la sensualité de certaines phrases et de certains mots.

Depuis la rentrée des vacances de Noël, elle avait voulu faire découvrir ces merveilles à Pauline. Lorsqu'elles s'étaient trouvées seules pour un moment, où nul regard de camarade, de surveillante ou de professeur ne pesait sur elles, elles s'enivraient de Maupassant ensemble, épuisant leurs jeunes yeux sur les lignes si serrées qu'on les confondait parfois.

Les deux pensionnaires déployaient des ruses de rouées pour se livrer à leur lecture doublement défendue : passer un instant ou une demi-heure avec la sensation étrange que rien d'autre n'existait que leurs respirations mêlées ; se gorger des écrits, des idées, des émotions, des sentiments de l'auteur prohibé. Elles s'étaient ainsi exaltées à déchiffrer *Mademoiselle Fifi*, *Boule de suif* et plusieurs autres nouvelles.

– Choisis !

– *Le Lit* ! C'est court et c'est vraiment beau, proposa Emma.

Les deux jeunes filles s'étaient étendues à même la courtepointe moelleuse. C'était leur position favorite lorsqu'elles lisaient, isolées dans la cabine. Pauline lovait son dos tout contre la poitrine d'Emma. Celle-ci mêlait ses bras aux siens, tandis que leurs mains tenaient le livret à la bonne distance des yeux.

– Tu as vu ? souffla Pauline, Maupassant dit que le lit est un tabernacle de vie.

– Lis en entier. Lentement, chuchota Emma.

– *« Puis voici que pour la première fois deux amants se trouvent chair à chair dans ce tabernacle de vie. Ils tremblent, mais transportés d'allégresse, ils se sentent délicieusement l'un près de l'autre ; et, peu à peu, leurs bouches s'approchent. Ce baiser divin les confond ; ce baiser, porte du ciel terrestre, ce baiser qui chante les délices humaines, qui les promet toujours, les annonce et les devance. Et leur lit s'émeut comme une mer soulevée, ploie et murmure… »*

– Ne va pas plus loin. C'est tellement beau, rêva Emma.

– C'est le passage que tu préfères ? chuchota Pauline, frémissante.

Elle laissa tomber le mince ouvrage, dont la courte chute sur le tissu de la couverture resta parfaitement silencieuse, comme si elle ne s'était pas produite. Blotties l'une contre l'autre, les deux jeunes filles s'abandonnaient, chacune à sa manière à la sensation d'une amitié absolue, d'une parfaite complicité de leurs intelligences et de leurs sensibilités, peut-être d'une sorte de fusion de leurs pensées, qu'elles se gardaient bien d'exprimer avec clarté, même au plus secret d'elles-mêmes.

Emma se renversa sur le dos. Pauline dut se serrer très près d'elle, parce que la couche de pensionnaire manquait de largeur. Lorsque chacune eut enfin trouvé la bonne position, elles demeurèrent silencieuses et immobiles, séparées, mais réunies dans leurs songes.

– Quelqu'un pourrait venir. Il faudrait descendre, dit Pauline au bout d'un temps imprécis.

– Non, restons encore, murmura Emma, très consciente du danger pourtant.

Elle s'obstinait à prolonger le bonheur de cet après-midi qui les avait tant rapprochées.

Insidieuse, la pénombre commençait à s'emparer du dortoir, collant d'abord au plafond blanc, puis glissant sur les cabines. Le regard perdu dans une rêverie agréable et douce, les deux collégiennes ne la voyaient pas noyer leur box.

– Tu me jures que nous resterons toujours amies ? exigea tout à coup Pauline.

– Oui, nous sommes amies. Pourquoi me demandes-tu de jurer ?

– Promets-moi ! Jure ! s'exalta Pauline, tout en demeurant étendue, troublée par elle ne savait quelle inquiétude.

– Je jure, dit Emma avec gravité.

– Je ne voudrais jamais être séparée de toi, affirma Pauline d'une voix sourde.

– C'est pas la pionne qui va nous séparer !

– Jure ! insista à nouveau sa compagne.

– Je t'ai déjà promis. Tu doutes de moi ?

– Descendons maintenant, décida Pauline.

– Oui, descendons vite. Personne n'a rien remarqué. Il ne faut pas nous mettre en faute, s'amusa Emma tout heureuse d'avoir trompé la vigilance des cerbères en cornette, sans cesse à fouiner dans l'institution pour surprendre une coupable.

– Je rentre en étude la première. Je prétexterai que je viens des toilettes, si on me questionne, se persuada Pauline, la gorge un peu sèche.

– Reste calme. Ne pique pas un fard, recommanda Emma, ironique.

– Je n'ai pas ta peau de moukère. Tu es si brune qu'on ne devine jamais quand tu mens.

– Je te suis dans cinq minutes.

Pauline Labarthe avait quelque raison d'envier son amie, dont la contenance face aux questions gênantes ou même sous le feu nourri des réprimandes l'étonnait toujours. Elle réussissait à ne pas se dévoiler, son visage mat ne trahissant aucun trouble visible, même quand il paraissait évident qu'elle mentait avec effronterie.

Pauline possédait de longs cheveux noirs, comme sa camarade, mais ils encadraient un visage de porcelaine blanche qui s'empourprait sous l'émotion. Cette complexion claire n'était sans doute pas la seule explication de sa sensibilité à fleur de peau. Pendant toute son enfance et son adolescence, elle avait été enveloppée de tant de recommandations et de tendresse inquiète qu'elle n'avait pas eu beaucoup d'occasions de suivre ses rêves ou sa fantaisie ni de se dresser contre quelqu'un. Industriels façonniers, gros négociants en tissus de toutes sortes, les Labarthe formaient une famille qui était soumise à une seule volonté : celle du père et à une seule logique, celle des affaires à mener pour une dynastie dont il convenait de maintenir la réputation flatteuse. Cela avait réservé peu de place aux émois de Pauline et de sa sœur Agathe, nées de l'union d'un couple parfait aux yeux de la bonne société.

Emma Baraban était l'héritière unique d'une lignée de médecins de bourg. Le docteur, absorbé par ses visites lointaines et par ses consultations, ne songeait qu'à retirer un plaisir simple et des distractions reposantes des rares journées qu'il passait chez lui, évitant à tout prix de s'opposer aux envies d'Emma, devenue une très belle jeune fille.

Sa mère, cultivée, musicienne, s'ennuyait souvent. Depuis une année ou deux, elle l'entraînait dans les réceptions et les mondanités de la bourgade du sud du département où ils vivaient. Il n'était pas, bien sûr, question de s'y dévergonder, mais l'assurance d'Emma, son esprit vif, avaient trouvé dans ces sauteries compassées de sous-préfecture matière à juger les gens qu'elle y rencontrait. Deux ou trois amorces de flirts déçus l'avaient convaincue en particulier que les bonnes sœurs étaient bien incapables de lui procurer une règle de conduite en face des hommes qui l'abordaient avec des yeux brillants.

– Baraban, vous en avez mis du temps ! s'exclama la surveillante d'étude, en la voyant entrer.

– C'est que…

Emma ne réfléchit même pas à une possible excuse, devinant que la religieuse affalée au bureau sortait en sursaut des bras de Morphée et qu'elle se sentait plutôt morveuse de son relâchement.

– Votre commère n'est pas avec vous ?

– Elle est devant vous, ma sœur !

La répartie déclencha un rire général, même si certaines élèves fielleuses fixaient les arrivantes sans aucune sympathie, avec l'envie de leur envoyer une perfidie avec juste assez de voix pour capter l'attention de la pédagogue mi-réveillée seulement.

Celle-ci avait essayé de se montrer ironique pour tenter de se persuader qu'elle n'avait pas sombré dans un petit somme, mais elle ferma son bec.

– Mettez-vous enfin au travail ; il ne vous reste plus qu'une heure avant le repas du soir, grinça-t-elle, pour garder le dernier mot.

L'étude morne reprit sans conviction. Seule une bûcheuse redoutable accrochée à la première place et aux premiers prix dans plusieurs disciplines, comme une tique sur un chien, trimait, langue coincée entre ses dents jaunes, dos voûté sur son pupitre auquel elle se sentait rivée. Les autres rêvassaient, en silence, mais rêvassaient tout de même, à un soupirant transi, aux vacances. Ou à rien.

Ce dimanche soir de mai, elles étaient si indifférentes qu'elles ne songeaient même pas à harceler la silhouette du bureau par des bruits et des chuintements insaisissables ou par des raclements traîtres et invisibles des pieds, voire par des questions d'apparence intéressée, mais idiotes, comme cela arrivait quand l'étude se sentait d'humeur chahuteuse.

Des odeurs de graillon sourdaient du réfectoire, installé dans l'aile gauche des bâtiments, flottaient dans la galerie, s'insinuaient dans les narines, ajoutant la perspective d'un repas dépourvu de saveur à l'ennui contagieux.

Tout à coup, figure impavide, chair marbrée de couperose là où la robe austère laissait apparaître la peau, femme imposante de taille et de maintien, la Supérieure pénétra dans la salle.

D'un mouvement rapide, elle poussa la porte jusqu'à sa complète ouverture, découpant un rectangle béant, au-delà duquel se devinaient deux formes imprécises.

Contrairement aux autres, Emma leva ses yeux vers l'arrivante et la dévisagea sans être saisie d'une peur confuse. Les traits de la Supérieure n'étaient pas seulement froids, ils exprimaient de la gravité.

Sans offrir au regard les signes d'une émotion intime, la religieuse était trahie par les imperceptibles pulsations d'une grosse veine, saillant plus qu'à l'ordinaire à la base de son cou. La grande ride droite dont une Providence mal inspirée avait barré sa face en oblique, semblait plus creusée que d'ordinaire.

Emma remarqua également qu'une sorte de tic inhabituel agitait ses doigts trop gras, qu'elle avait repliés sur le chapelet pectoral à gros grains noirs, dont elle ne se séparait jamais. Elle tirait par saccades brèves sur l'un d'eux, chacun de ces gestes imprévisibles provoquant un crissement du plastron immaculé, raidi par un empesage rigoriste. Au bout de quelques secondes seulement, ce bruit étrange parut supplanter tous les autres et précipita les filles dans une angoisse confuse.

– Pauline Labarthe, vous allez me suivre, articula-t-elle.

– Je prends mes affaires ?

– Je ne sais pas. Peu importe, hésita la Supérieure, ce qui décontenança les élèves car ses paroles étaient toujours fermes et précises.

– Excusez-moi, ma Mère : je range mes cahiers, décida Pauline, parce qu'elle ne concevait pas de laisser derrière elle un pupitre en désordre.

– Cela n'a plus d'importance pour vous, souffla la sœur d'une voix bizarrement enrouée.

– Excusez-moi... murmura à nouveau la jeune fille, qui s'empêtrait dans son besoin de tout ranger.

– Venez. Vos parents vous attendent. Ils vous reprennent.

– Mes parents... murmura la pensionnaire.

– Comprenez-moi bien, Pauline... Vous nous quittez, murmura la femme sombre.

Emma n'avait pas perçu la dernière phrase de la Supérieure, mais une clairvoyance fulgurante lui fit deviner que son amie si chère ne reviendrait jamais en étude.

– Écris-moi ! Tu me diras tout ! jeta-t-elle d'une voix forte, sans craindre une punition.

– Baraban, taisez-vous ! la tança la surveillante, soudain furieuse, en s'appuyant de toute sa lourde hauteur sur son bureau, dont le bois craqua.

2

À sa sortie, en 1934, la 601 Peugeot avait enthousiasmé les fidèles de la marque parce qu'elle suscitait une admiration aiguisée d'envie chez tous ceux qui la voyaient passer. Mais Henri Labarthe ne s'était pas précipité aussitôt chez le concessionnaire d'Espalion pour l'acquérir. Esprit lucide, peu porté aux fausses fiertés, il avait lentement mûri sa décision, comme en toutes choses, la nourrissant des opinions des uns et des autres, ne contredisant pas les plus zélateurs de l'auto, mais relevant les mécomptes de ceux qui subissaient les rares péchés de jeunesse de ce modèle nouveau.

Enfin, deux ans après le lancement de la voiture, il s'était décidé à l'achat. Il ne le regrettait en rien. Il se disait souvent qu'elle valait vraiment les 34 000 francs qu'elle coûtait, options de luxe comprises. C'était d'abord un véhicule silencieux et confortable, brillant d'allure, avec sa ligne légèrement profilée et aérodynamique. De plus, il se révélait rapide, dépassant le cent d'un petit coup d'accélérateur.

Bien qu'Henri Labarthe ne fût pas un fou du volant, cette vitesse de croisière lui permettait de traiter plusieurs affaires dans la journée, sans lambiner sur les routes sinueuses du département. Et le lion, ornant la calandre, lui plaisait ! Un reflet de lui-même ! Dominateur sans agressivité, mais dominateur tout de même…

– Tu es bien assise ? demanda-t-il à sa fille, installée à l'arrière.

Lui fallait-il seulement se persuader une fois de plus du caractère judicieux de son choix en faveur de la Peugeot ou avait-il besoin d'entendre la voix de Pauline, recluse dans il ne savait quelles idées depuis leur départ de l'institution ?

À l'horizon rugueux du causse, des bûchers de pierres en tas, incendiés par le soleil couchant et par les nuages empourprés, illuminaient à contre-jour des touffes de buissons et de genévriers, dont les ombres se distendaient étrangement, pour ressembler à des gisants fantomatiques, alanguis dans des étendues d'herbes rases et des hérissements de rochers rongés de fines fissures.

On eût dit que la Nature n'octroyait qu'une place congrue aux hommes. Des villages mités de terrains broussailleux ourlaient les rares carrefours de rangées efflanquées de maisons grossières, de garages et de remises. Le conducteur franchit ces croisements déserts sans leur prêter aucune attention. En revanche, il fut assez satisfait de discerner avec facilité de grandes maisons de maître et leurs bâtiments de ferme attenants, se dressant de distance en distance, tout près de la route ou beaucoup plus à l'écart. Même éloignés, projetés brusquement en arrière par la vitesse, Henri Labarthe les reconnaissait l'un après l'autre. Pour la plupart, ces domaines appartenaient à des familles qu'il fréquentait, dont il aurait pu citer dans leur détail les alliances, les fortunes supposées, les revers financiers récents, à la suite de la grande crise des années trente, qui s'éloignait à peine.

Sa femme et Pauline ne l'écoutaient pas et demeuraient repliées dans leur silence, c'était sûr ! Mais il jeta quelques noms, un bruit tout frais sur Untel, qu'il avait appris dans une conversation banale. Ce monologue confinait au ridicule, mais n'avait-il pas souvent la sensation désagréable de n'être pas écouté et de se juger seul au milieu des siens ?

Le flamboiement lointain des ultimes rayons de soleil faisait rutiler les chromes de la voiture, chaque fois que s'interrompaient les maigres haies discontinues bordant la chaussée rectiligne. À l'intérieur, frappaient juste un éclair de rubis sanglant, une gifle de clarté brève, impuissante à contenir l'avancée têtue du soir, évidente déjà dans les replis du terrain, qui s'obscurcissaient.

Le bruit de roulement des roues, celui du moteur, qui rageait lorsqu'Henri Labarthe poussait l'accélérateur, semblaient appartenir à un véhicule étranger : une auto lointaine, qu'on aurait seulement entendue, qui ne serait allée nulle part ou n'importe où et dont le ronronnement n'aurait pas concerné les trois occupants de la 601. Chacun d'eux s'encoconnait dans un isolement intérieur, séparé des deux autres.

– Il était trop tard pour prendre ta malle et toutes tes affaires de pensionnaire. J'irai les chercher moi-même la semaine prochaine ou j'enverrai Trigosse, dit Henri Labarthe, comme il passait une vitesse.

Lui ou Trigosse, Trigosse ou lui ? Maintenant que les sœurs connaissaient sa décision au sujet de Pauline, cela avait-il une quelconque importance ? Factotum, chauffeur parfois, si le périple se révélait trop long pour un seul conducteur, par exemple si Henri Labarthe allait acheter des toiles à Roanne, à Rouen ou à Vimoutiers, homme à tout faire, Trigosse servait de concierge et de gardien à la manufacture, de domestique réservé et efficace, quand les Labarthe recevaient.

Il se présenterait à la sœur économe entre chien et loup, saisirait la cantine, la chargerait sur la voiture, disparaîtrait avec discrétion. Dans quelques semaines, qui se souviendrait du casier de Pauline, qu'une autre pensionnaire occuperait ?

En entendant son père, la collégienne essaya de dresser rapidement la liste des objets que contenait son armoire personnelle, étroite et haute, dans le box. Rien de compromettant aux yeux de ses parents ou à ceux de la Supérieure ! Même pas des friandises interdites.

Elle pensa cependant au livre de Guy de Maupassant, effrayée à l'idée qu'elle aurait pu l'emprunter à Emma et le laisser caché sous des vêtements. Mais Emma ne lui confiait jamais des choses défendues !

Trigosse déposant avec précaution ses habits dans la malle capitonnée de tissu bleu, l'image parut si étrange à Pauline, et si ridicule même, qu'elle grimaça un sourire indécis, en se renfonçant plus encore contre le siège de cuir fauve.

Elle fermait brièvement les paupières pour se protéger des rougeoiements cuivrés du soleil. Mais, pareilles aux touffes de végétation qui se déformaient sur le sol, les nuques de ses parents, émergeant à peine des hauts dossiers enveloppants, semblaient tout à coup distordues, hypertrophiées vers les places arrière, appartenant à des personnages irréels.

– Papa… hésita la jeune fille.

– Qu'y a-t-il ? Tu as mal au cœur ?

– Non. Rien…

Henri Labarthe n'avait pas détourné sa vigilance de la route. De trois-quarts, Pauline voyait les premières rides que lui avait imposées l'approche de la cinquantaine, légèrement creusées par l'attention de la conduite, la moustache et les pattes de joues soigneusement taillées, le front puissant. Il émanait de ce visage, que les éclairs pourpres ne révélaient que pendant une seconde, la certitude, l'énergie, l'air dominateur et marmoréen, qui d'habitude paralysaient et rassuraient à la fois l'adolescente.

Pourquoi venait-elle de l'interpeller, pour la première fois depuis le départ de Rodez ? Pour connaître enfin ses décisions expliquant ce retour si imprévisible à la maison ? Ou seulement pour échapper au silence ?

Elle avait renoncé à exprimer clairement une question parce que la vie bien réglée du pensionnat, l'emploi du temps des fins de dimanche, emplissaient toujours son esprit, même si elle devinait que la voiture paternelle l'emportait vers des événements inconnus, un destin difficile à concevoir peut-être.

Elle s'attarda pendant quelques instants à imaginer la sortie d'étude de ses camarades, se dirigeant vers le réfectoire ; Emma s'efforçant de persuader une fille de se placer près d'elle à table, pour éviter que la pionne lui impose le voisinage d'une chattemite. Cette scène, dans le grand hall, lui pinça la poitrine.

Pauline ne s'inquiétait pas. Elle saurait bientôt dans quel but ses parents l'avaient retirée du collège privé et quels projets ils formaient pour elle. D'ailleurs, les choses ne s'étaient-elles pas passées de la même manière lorsqu'Henri Labarthe l'avait destinée à poursuivre des études jusqu'au baccalauréat, réservant à sa sœur, Agathe, un rôle dans l'immense magasin familial ?

– Tes neveux vont être aux anges, quand ils te verront descendre de la voiture, dit tout à coup sa mère, comme si elle désirait détendre l'atmosphère de l'habitacle en y introduisant la vision des deux enfants de sa fille aînée se précipitant vers leur tante dans la cour d'honneur de la maison.

– C'est vrai que François et Alicia m'aiment bien, je crois, et que je les aime bien aussi, s'enthousiasma Pauline, émue et heureuse à la perspective délicieuse d'entendre les exclamations des deux enfants.

– Si ce malheur terrible ne nous avait pas frappés ! Si ta pauvre sœur était encore parmi nous…

– Marianne, vous m'aviez promis de ne pas parler d'Agathe devant Pauline, ce soir en particulier, intervint Henri Labarthe d'une voix rauque.

Son visage s'était soudain raidi, déformé par une douleur qu'il ne voulait pas admettre, mais qui restait toujours vive en lui, malgré ses efforts pour la repousser et pour la dissimuler aux yeux de tous et de ses proches en particulier.

– Ma pauvre petite… gémit à nouveau la mère éprouvée.

– Taisez-vous ! ordonna l'industriel avec une dureté farouche.

– Nous aurions pu la sauver, se déchira Marianne Labarthe, entêtée à ressasser des regrets, dont elle savait pourtant qu'ils étaient complètement illusoires.

– On n'a pas d'arme efficace contre la fièvre typhoïde. Je vous rappelle que l'épidémie qui a tué Agathe a emporté plus de trente personnes dans le département.

– Pourtant, nous l'avions fait admettre dans le service du plus grand professeur de Montpellier, murmura Marianne.

– Nous avons cru avoir plus de chances de la garder que d'autres, parce que nous étions riches. Mais, elle était condamnée avant de partir à la clinique, vous le saviez comme moi.

– Tout de même…

– Ne vous obstinez pas, Marianne. Notre fille n'aimerait pas vous voir vous faire du mal, si elle se trouvait là, se radoucit Henri Labarthe.

Depuis plusieurs mois, lorsqu'il évoquait la morte, il parvenait à conserver son calme habituel, sans que sa voix ou ses mains tremblent, comme cela était arrivé parfois après le drame. Pourtant, la silhouette d'Agathe lui apparaissait presque à chaque instant dans son travail quotidien, tant elle avait pris d'importance dans la vie de l'entreprise, au magasin surtout, où elle dirigeait les commis de vente et où elle était parvenue aussi bien que lui à mettre un nom sur le visage de chaque client, campagnard ou citadin. Et cette entente qui existait entre eux, cet accord parfait de leurs tempéraments énergiques, cette complicité de leurs regards, cette admiration qu'il lui vouait ? Henri avait cru qu'il serait incapable de survivre sans eux.

Maintenant, il s'habituait, parce qu'il se sentait assez fort pour rappeler la disparue dans son cœur quand bon lui semblait ; pour nier sa peine, se révolter, puis accepter la douleur parce qu'elle dressait Agathe devant ses yeux pendant un instant. Mais il détestait que quelqu'un, surtout Marianne, lui rappelât le malheur.

Pauline se recroquevilla, les yeux embués. La disparition de sa sœur avait été un déchirement pour elle. En outre, durant des semaines, une impression de vide immense l'avait écrasée car elle comprenait instinctivement qu'Agathe était la protectrice dont elle avait besoin.

Elle regarda sa mère. Elle ne possédait pas assez de lucidité pour la juger. D'ailleurs, elle se serait crue coupable de le faire. Pourtant, en l'écoutant se plaindre, en remarquant pour la première fois que ses traits portaient une espèce d'empâtement, mettant quelque chose de mou dans son regard qui fuyait souvent les prunelles d'acier de son mari, elle pensa confusément que Marianne était un être faible.

– Maman, tais-toi, se surprit-elle à murmurer, comme si elle voulait se convaincre que cette évidence ne possédait aucune vérité.

– Ne remue plus ces choses. Nous arriverons bientôt. Charles et les enfants nous attendent, dit Henri Labarthe, qui avait deviné le chuchotement de Pauline.

– Charles n'est pas parti pour sa tournée du début de semaine ? s'étonna-t-elle, parce qu'elle n'avait pas oublié les périples commerciaux incessants de son beau-frère.

– Il sera enchanté de te revoir, assura Henri, d'un ton persuasif.

Lorsqu'on aborda la descente qui précède Espalion, la Peugeot tressauta à plusieurs reprises, malgré le supplément de confort que devaient théoriquement procurer ses roues indépendantes.

Ce chapelet de chocs tira Marianne Labarthe du magma dans lequel s'engluaient ses méditations tristes.

– Henri, récrimina-t-elle, quand vous déciderez-vous à agir auprès du préfet pour que cette route cesse de nous secouer chaque fois que nous y passons ? Vous êtes conseiller général !

– Je ne l'oublie pas. Il y a un plan pour les voies départementales…

– Ah ! dit Marianne, facilement approbatrice, comme elle l'était ordinairement lorsque son mari affirmait quelque chose.

Il esquissa un haussement d'épaules. Bien qu'il la respectât, son épouse se révélait trop souvent terne, parfois sans vraie volonté et sans cette capacité, propre aux êtres supérieurs, de distinguer en une seconde ce qui est accessoire de ce qui est essentiel. Comment l'esprit de Marianne pouvait-il se fixer d'abord sur ce mauvais tronçon de route, alors que des décisions d'une extrême importance pour l'entreprise et la famille devaient être prises au cours de la nuit ? Ceci simplement parce qu'elle venait de subir quelques secousses brèves.

Il lui avait opposé le plan routier du conseil général, comme il en aurait accablé un adversaire politique, mais à cet instant il se moquait de la politique.

– Voyez ! Nous arrivons. Ne vous mettez pas aux cent coups pour le bout de chemin qui nous reste, la rassura-t-il avec de la condescendance dans le ton.

– La façade de la maison est illuminée. C'est très joli, vu d'ici, s'exclama Pauline, alors que la voiture sortait d'un virage serré.

– C'est un peu en ton honneur. J'ai donné des ordres à Trigosse pour qu'il place des lampes de chaque côté de l'entrée, expliqua Henri Labarthe, en mettant dans sa phrase une douceur inhabituelle chez lui.

– Oui, approuva Marianne, ton arrivée sera plus gaie dans ces lumières.

Se dressant au bout d'une allée de beaux arbres, qui partait de la route, La Vernière dominait légèrement la ville, dont elle était toute proche, en particulier si on empruntait un chemin de service sur lequel s'ouvrait un portillon métallique discret, caché dans les lianes noueuses d'un bignonia débordant du haut mur de clôture de la propriété.

Malgré la confusion de ses idées, maintenant que la proximité de la maison rendait plus lancinantes, les questions qui l'assaillaient, le spectacle de la bâtisse, un peu trop solennelle, émergeant de l'obscurité tombante comme une espèce de château flou, nimbé des millions de brillants infinitésimaux émanant des lampes extérieures vacillantes et des fenêtres éclairées, fit chaud au cœur de Pauline.

À gauche, l'aile Renaissance, avec ses meneaux, au centre et à droite, un corps de bâtiment d'influences mêlées, couronné d'un toit hésitant entre Mansart et Haussmann, conféraient un charme indéniable à La Vernière, auquel Pauline avait toujours été sensible. Derrière, un parc désordonné représentait pour elle un éden de rêves et d'aventures enfantines.

Elle ne put refouler le souvenir, très précis soudain, des appels angoissés d'Agathe, qui, chargée de la surveiller, parce qu'elle était adolescente, ne savait où la trouver, alors qu'elle disparaissait au fond d'un bosquet de vernes, s'épaississant en direction des prés humides.

– Nous sommes chez nous, dit Henri Labarthe, en pesant bizarrement sur chaque mot, comme si la simple constatation que la Peugeot roulait dans l'allée, après le portail rouillé, revêtait une signification particulière ce soir-là.

C'était une de ces assertions à double sens, auxquelles Henri se complaisait parfois. Cela pouvait traduire la banale satisfaction de retrouver un cadre familier. Cela pouvait signifier aussi : « Nous sommes maîtres de notre vie et nul n'aura jamais droit de regard sur nos actions ou nos décisions dans l'enceinte de La Vernière. »

– Pauline, ma petite fille… murmura Marianne, en fixant plus fort les lueurs jaunes, tremblant au bout de la galerie noire des troncs et des frondaisons.

– Chez nous… Un ancêtre est parvenu à acheter un de ces biens nationaux mis à l'encan. Il y aura bientôt près d'un siècle et demi que les Labarthe sont chez eux ici, articula alors Henri, sans qu'on sût ni pourquoi il rappelait cette précision historique ni à qui il la destinait.

La jeune fille ne distingua d'abord que le griffon korthal hirsute, fonçant vers l'auto dont il venait sans doute de reconnaître le bruit particulier, avant que ses yeux ne l'identifient vraiment. Puissant, gauche d'allure, il s'élança vers les arrivants, décrivant ensuite des cercles de plus en plus rapprochés devant le véhicule, comme s'il voulait l'arrêter.

– Regardez, Marianne ! Trouvez-moi un humain qui vous fasse un accueil meilleur... philosopha Henri Labarthe, en donnant quelques coups de volant brusques, destinés à éviter la masse de poils gambadante, mais aussi à entrer dans le jeu du chien, fou de joie.

– Vous êtes si entiché de cette bête que vous en devenez ridicule !

– Si vous chassiez, vous me comprendriez... reprocha-t-il, sans indulgence, en rangeant la Peugeot, tout en pensant à deux ou trois femmes de la bonne société qu'il fréquentait parfois, montant à cheval et ne dédaignant pas de tirer le gros gibier.

– Voyez ! Les enfants ! Et Charles aussi, se réjouit Pauline.

La fille et le fils d'Agathe se précipitèrent vers leur tante, comme s'ils étaient invinciblement attirés par sa silhouette juvénile et sa tenue de pensionnaire endimanchée : en se réfugiant contre elle, ils obéissaient à une pulsion incontrôlée, croyant sans doute s'échapper un instant du groupe d'adultes, qui, depuis la disparition de leur mère, les enfermait dans une tendresse inquiète et étouffante.

– Tu es très belle. Tu es une jeune fille maintenant, dit-elle à Alicia, en observant combien la fillette avait changé en quelques semaines.

À douze ans, élancée, le maintien élégant, elle promettait de se muer bientôt en une adolescente volontaire. Pauline effleura sa chevelure blonde et l'ovale de son visage avec beaucoup d'émotion.

Alicia regardait Pauline exactement avec les yeux d'Agathe, dont l'expression se reconnaissait facilement, même dans la lumière insuffisante baignant le perron. Peut-être s'attarda-t-elle trop longtemps à cette caresse car François réclama un baiser avec une véhémence revendicatrice.

– J'ai huit ans ! rappela-t-il comiquement.

– Pauline, ils ont souvent parlé de vous, tous les jours je crois, intervint Charles en souriant.

– J'ai aussi souvent pensé à eux.

– Est-ce pour cela que vous en oubliez de m'embrasser ? lui reprocha-t-il sur le ton d'une plaisanterie affectueuse, mais un peu forcée.

– Vous ne me tutoyez plus ? murmura-t-elle, surprise.

– Je ne sais pas…

– C'est Agathe qui avait voulu qu'on ne se vouvoie plus. Juste avant mon départ en pension, souvenez-vous.

– Agathe est morte. Et puis, il y a tout ce temps où vous êtes absente, entre deux périodes de vacances, avança-t-il, se sentant ridicule de cette gêne qu'il avait éprouvée soudain à tutoyer Pauline.

– Vraiment, vous ne voulez pas ?

– Excusez-moi. Plus tard sans doute, chuchota-t-il, l'air embarrassé.

Charles parut précipiter ses paroles, quand il vit Henri Labarthe se rapprocher, après avoir coupé le contact.

– Tu coucheras les petits, puisque tu es là, décida ce dernier à l'intention de sa fille.

Il avait rangé la voiture du côté de l'aile Renaissance. Pour rejoindre l'entrée principale, il fallait parcourir quelques mètres. Pauline resta un instant immobile, distraite, enveloppant du regard les enfants qui s'étaient remis à jouer, puis l'allée, baignée d'ombres et de clarté mêlées. Les taches jaunâtres de lumière butaient contre le mur opaque des frondaisons. Au-delà, il n'existait qu'un vide noir, qui semblait confiner La Vernière sur elle-même, tel un monde clos étranger à la petite ville. De celle-ci, on ne percevait qu'une sorte de bruissement très lointain, qui se fondrait bientôt dans la nuit immobile d'une cité casanière.

Pauline, hésitante, dévisagea son père. Une sorte de crispation creusa brusquement les plis situés de part et d'autre de sa bouche. Elle crut qu'il s'apprêtait à lui dire quelque chose d'important, mais il resta silencieux.

– J'ai presque froid, constata-t-elle, soudain tendue à l'idée de retrouver l'atmosphère, trop sévère à son goût, de l'intérieur bourgeois.

– Entre, dit Marianne Labarthe d'une voix inhabituelle.

Pauline ne bougea pas. Avait-elle seulement bien entendu ? Sa mère frissonnait et sa main parut chercher un appui, comme si la vue de La Vernière la jetait dans un vertige.

– Allons, ma chère, tenez-vous. Vous étiez d'accord sur tout, quand nous sommes partis d'ici, chuchota très bas son mari, en lui saisissant le bras et en le serrant fort, comme s'il redoutait qu'un malaise subit fît vaciller son épouse.

Pauline ne possédait pas assez de lucidité pour deviner le motif de cette tension sourde entre ses parents. Elle gravit les quelques marches du perron avec légèreté, comme un papillon nocturne volette vers la lampe qui le brûlera.

Le vestibule, bien éclairé, l'aveugla. Cependant, dans l'entrebâillement d'une porte du fond, desservant la cuisine, elle distingua la silhouette toute en bourrelets de Rosette, la femme orchestre de La Vernière, qui lui adressa un signe de la main, mais qui ne se précipita pas à sa rencontre pour l'embrasser avec la fougue affectueuse dont elle célébrait les retours de sa demoiselle préférée.

– Il y a du monde qui t'attend. Tu vas être surprise, jeta Henri Labarthe, qui venait de monter rapidement les degrés de pierre.

– On m'attend, moi ? fit Pauline, l'esprit vide.

– Oui. Tu vas voir ! C'est une belle réunion de famille, intervint sa mère avec une douceur qu'elle souhaitait apaisante et persuasive.

Henri Labarthe destina un imperceptible sourire coloré de satisfaction à sa femme. Maintenant, elle s'efforçait de paraître calme, d'oublier le trouble douloureux qui l'avait trahie dans la voiture. On allait passer au salon dans une atmosphère détendue, pour que la soirée qui allait suivre s'annonçât bien.

– J'aime mieux ça… commenta-t-il, les yeux impérieux, mais en continuant de la considérer avec bienveillance.

– J'ai eu un moment difficile, en imaginant combien notre petite est peu préparée à un tel moment, murmura Marianne, les yeux accrochés à ce regard volontaire.

– Vous devriez recommander à Rosette de fermer sa porte. Sinon, on va sentir la volaille étripée dans toute la maison, conseilla-t-il.

Qu'elles fussent construites de pierre calcaire des causses, en grès violacé, en schiste ou en granit, plus sombres, les demeures de l'aristocratie et de la bourgeoisie fortunée du département n'avaient jamais affiché l'ostentation des châteaux majestueux ou le clinquant des folies des riches d'autres régions. Et, en cette fin des années trente, ce n'étaient pas les malheurs financiers de quelques lignées, forcées de liquider des terres, de l'or, des tableaux ou des meubles de valeur, qui incitaient à étaler trop de luxe.

Henri Labarthe croyait qu'il était passé à travers les plus grosses gouttes de l'orage. Cependant, il ressentait toujours la même nécessité de se montrer prudent. Lorsque Marianne, à la suite d'un court voyage à Paris, lui avouait des rêves confus de remplacer au moins une partie du mobilier, un peu compassé et usé, de La Vernière, par des pièces à la mode, il ne la rabrouait pas, mais il restait impavide, lui faisant observer combien renouveler l'ameublement imposait de bouleverser entièrement toute la décoration de leur maison. Ainsi toutes ses velléités s'étaient éteintes comme des feux de paille.

D'ailleurs possédait-elle assez de suite dans ses envies pour mener à bien une révolution intérieure de La Vernière ? Henri Labarthe avait deviné qu'elle céderait facilement devant son opposition et qu'au fond d'elle-même elle était ravie de n'avoir finalement rien modifié.

Le bureau-bibliothèque, où il travaillait, le jour et tard dans la nuit, constituait la pièce de réception que connaissaient tous ceux qui fréquentaient La Vernière, Meublé Empire, il avait servi de cadre un peu rigide, très agréable pourtant du fait de sa surface et ses baies claires, à toutes les affaires importantes des Labarthe.

Mais, pour l'instant, c'était au salon que deux hommes attendaient les arrivants depuis un grand moment, avant qu'on s'installât à table.

Ils avaient partagé le repas de midi avec les maîtres de maison. Sans se regarder, ils avaient d'abord longuement suivi le vrombissement décroissant du moteur, signifiant qu'Henri quittait le chemin de la propriété pour la route de Rodez, d'où il ramènerait Pauline. Puis, poussés par le besoin de marcher et de méditer, ils étaient sortis. Ils avaient parcouru lentement les sentiers du parc boisé, restant même de longues minutes à contempler en silence les grosses racines des vernes, qui boursouflaient le sol, émergeant de l'humus sombre tels de monstrueux serpents rougeâtres.

Ils avaient entendu les bruits des portières de la Peugeot, les cris et les rires des enfants, les aboiements brefs du korthal excité. Ils s'étaient dévisagés, impassibles, sans bouger de leur fauteuil respectif.

Mais, lorsque Pauline pénétra dans le salon, ils se détachèrent d'un même mouvement vif du grenat fatigué des sièges, redressant avec vigueur leurs formes noires.

– Oncle René ! s'écria-t-elle, décontenancée par cette apparition d'un personnage de la famille, à laquelle elle était très loin de s'attendre.

– Mon enfant, viens m'embrasser, dit-il avec une affection se voulant démonstrative, qu'il appuya en pesant sur chaque syllabe.

– Vous êtes revenu… bredouilla Pauline.

– Tu vois, j'ai abandonné mes sauvages pour quelques semaines de repos…

Le père René appartenait aux Missions étrangères. Cadet d'Henri Labarthe, il avait fait des études brillantes, que jalousait parfois confusément ce dernier, en pensant que s'il avait disposé lui aussi de diplômes supérieurs, il aurait pu embrasser une profession plus prestigieuse que le négoce provincial des tissus, fût-il de gros et de détail.

– Je n'étais pas revenu à La Vernière depuis cinq ans. C'est vrai que tu as dû presque oublier que j'existais ! s'exclama le missionnaire, avec un grand rire.

– Non. Je ne vous ai pas oublié, protesta mollement Pauline, un peu embarrassée.

– J'étais parti avec l'image d'une gamine ingrate. Je retrouve une belle jeune fille. Ou plutôt, une femme…, sembla s'extasier le père René.

Son visage ne portait guère de trace de componction ecclésiastique. Il avait plutôt été taillé au burin, avec un nez puissant, des rides profondes déjà, des cheveux poivre et sel en désordre et des yeux qui luisaient d'ardeur, dont on ne savait si elle trahissait la volonté de convertir les hommes ou de les juger en toute lucidité.

– Ta mère a cru bon de demander à Monsieur le curé de se joindre à nous ce soir. Elle a eu raison ; il te connaît beaucoup mieux que moi.

Le prêtre, sans doute remué par ce compliment, effleura sa barrette à galon de ses doigts un peu trop épais, avec l'intention de lui imprimer un geste familier, qui la forçait à tourner de quelques centimètres sur sa tête chauve de montagnard brachycéphale, chaque fois qu'un embarras le mettait mal à l'aise.

Il embrassa la petite assistance d'un rapide coup d'œil, puis il toisa son confrère en Jésus-Christ avec l'air de lui signifier qu'il appréciait à leur juste hauteur le brillant et la carrière d'un responsable de l'évangélisation des Africains. Cependant, René Labarthe ne s'y trompa pas. Le curé Bergougnoux laissait percer à travers ses paupières, pierrées de grains minuscules par une fantaisie de la Nature accentuée par l'âge, sa satisfaction d'être chanoine et d'avoir l'oreille de toutes les lignées comptant dans la petite région, sur laquelle s'exerçait son influence morale. Ces gens-là, qui le consultaient pour des décisions importantes, valaient bien chacun dix ou cent âmes noires incertaines, dispersées dans les brousses lointaines ou les sylves équatoriales épaisses ! Ce dimanche encore, Marianne Labarthe ne l'avait-elle pas invité ?

– Ma chère, je prendrai une absinthe Ricard. Vous n'imaginez pas combien cela me changera des sempiternels cognacs des mondanités coloniales, assura le père René, quand sa belle-sœur proposa les apéritifs.

– Il n'empêche. Tu cours autant de risques d'une cirrhose, puis d'une cure à Vichy que tous nos officiers et nos administrateurs coloniaux passionnés par la Fine Champagne ! plaisanta Henri, sans trop cacher son plaisir de railler son frère.

Bergougnoux raffolait des madères, que lui réservaient les dames distinguées. Celui des Labarthe, il le savait, justifiait de ne pas déroger à ses habitudes. Il s'en délecta avec une gourmandise faisant fi des principes de contention des plaisirs qu'il prônait. Quant au repas, il exauça tous les vœux d'un homme amateur de mets délicats, mais rechignant à la nouveauté.

– Marianne, vous permettez que je félicite Rosette ? s'enhardit-il, quand celle-ci retira les maigres restes d'un Barbarie aux olives que tous avaient apprécié.

– Vous l'avez compris, c'est une manière de flatter une pénitente, ironisa aimablement le missionnaire.

– Tout de même Bergougnoux, rajouta Henri, j'ai entendu dire que votre cuisinière sait devenir cordon-bleu, en particulier lorsque vous réunissez vos confrères pour la fête de l'Adoration paroissiale.

– C'est vrai, admit le curé doyen, elle tourne son saupiquet comme personne.

Le repas ne s'éternisa pas vraiment, mais il dura. On eût pu affirmer que chacun s'efforçait de créer une atmosphère légère, ponctuée parfois de mots ou d'idées presque hardis dans ce petit groupe, où figuraient deux ecclésiastiques rassis. Les plaisanteries de bon aloi, les phrases sans importance alternaient dans une sorte de glissement de la pensée et de la soirée.

Assise à côté d'Alicia et de François, Pauline se sentait envahie d'une chaleur bienfaisante. De temps à autre, les yeux de son oncle missionnaire se posaient sur elle, soudain plus vifs. Mais cet examen ne la gênait pas. Elle crut y lire, deux ou trois fois, une bienveillance presque paternelle.

– Nous allons prendre les digestifs dans mon bureau pendant que Pauline couche les petits. Elle nous rejoindra ensuite, décida Henri Labarthe.

– Je pourrai raconter une histoire à François. Je ne redescendrai pas, objecta-elle, parce qu'elle se sentait un peu lasse.

– Nous devons te parler. Sans les enfants. Autant que ce soit ce soir.

– C'est à cause de moi que les choses sont allées aussi vite. J'espère que tu comprendras. Je dois repartir demain pour Paris, expliqua le père René avec l'air de s'excuser auprès de sa nièce.

Les prunelles ternes de l'abbé Bergougnoux firent le tour de la famille réunie, sans s'appesantir sur quelqu'un en particulier. Mais il était évident qu'il scrutait les frémissements réprimés des visages.

Il était assez familier de ces réunions au cours desquelles se jouaient des vies individuelles et le futur des lignages. On l'y avait invité bien souvent durant son sacerdoce, déjà long. Parfois, sa seule présence suffisait à brider les épanchements d'émotions à fleur de peau ou de cœur, les excès de passion ; ou les emportements subits de langage et les insultes irréparables. Parfois, au contraire, il lui fallait intervenir, modérer l'un ou l'autre, persuader avec subtilité et onctuosité, tonner en invoquant l'honneur, le devoir, les convenances, la morale de Dieu en ultime et inutile recours, trop souvent.

Il regretta que Pauline ne se fût pas assise dans l'un des fauteuils libres, en revenant dans la pièce. Elle se tenait debout, à proximité d'un joli guéridon sur lequel figuraient des bibelots sans beaucoup de valeur. D'un geste machinal, elle saisit l'un d'eux, le contempla, le garda dans sa main à hauteur de sa poitrine sans véritable raison. Mais peut-être ne le voyait-elle pas. Elle semblait fatiguée, indécise.

– Ma chère fille, dans les jours à venir, tu devras prendre des décisions très importantes pour toi et les tiens. Il était bon que tous ceux qui aiment cette maison soient réunis autour de toi, même ton oncle missionnaire. Mais ne sois pas impressionnée, même si cela ressemble à un conseil de famille, expliqua l'abbé Bergougnoux, en distillant chaque syllabe de sa phrase avec la douce musique de sa voix de pasteur d'âmes.

– Je ne sais pas ce que vous appelez un conseil de famille, murmura la jeune fille.

– Il faut lui parler. Maintenant, conseilla le curé à ses hôtes, bien qu'une sensation désagréable d'oppression l'ait empoigné.

Devinant ce que le spectacle de cette adolescente un peu voûtée, qui flottait, soudain incroyablement vulnérable sur ses jambes molles, avait d'insupportable, le père René se dressa et se rapprocha vivement d'elle, lui prenant les mains dans un geste se voulant familier et très affectueux.

– Chère Pauline, nous avons tous longuement réfléchi et nous avons beaucoup pensé à ton bonheur. Aussi rien ne sera fait sans que tu dises oui, dit-il en assurant sa voix.

En dépit de la maîtrise qu'Henri Labarthe était ordinairement capable d'exercer sur ses sentiments et sur son visage ou ses mouvements, son front et ses tempes parurent perdre de leur couleur et il enserra très fort les accoudoirs de cuir de son siège, comme s'il avait un besoin irrépressible de se raccrocher à un objet matériel, dur au toucher.

– Pauline, depuis la disparition d'Agathe, il y a un vide dans cette maison. Un vide que toi seule peux combler…

Tout n'était pas encore dit. Pourtant chaque participant comprit que le poids du destin submergeait les esprits. Par petites touches, il allait monter comme une inexorable vague, bien qu'il ne fût exprimé qu'en peu de phrases: des mots dont chacun devait assurer sa part pour convaincre la pensionnaire.

– Ta pauvre sœur nous manque tant… gémit Marianne.

– Pauline, nous en avons parlé à plusieurs reprises avec Charles, il est prêt à t'épouser, reprit aussitôt Henri Labarthe, à nouveau parfaitement maître de lui.

– Je le jure devant tous : je ferai tout ce qui sera en mon pouvoir pour vous rendre heureuse, énonça le jeune veuf, qui paraissait bouleversé.

Pauline haletait, étouffée d'émotion, la tête vide. Ses doigts cherchèrent à nouveau le guéridon, sur lequel ils se crispèrent. Sous cette pression brusque, les menus objets tintèrent bizarrement, avec un son de verrerie ou de porcelaine hétéroclite. L'objet échappa de ses doigts et se brisa sur le parquet ciré.

– Mais je ne veux pas me marier, murmura-t-elle dans un souffle.

– Tu aimeras tellement les petits ! promit alors Marianne Labarthe, comme s'il fallait surajouter des arguments pour convaincre.

– Nous ne t'imposerons pas ce mariage. Tu vas prendre la place de ta sœur à la maison et au magasin. Tu verras Charles chaque jour. J'espère que vous vous apprécierez, trancha Henri.

– Pauline… murmura Marianne.

– Comprenez-la. Laissez-lui du temps… recommanda Henri Labarthe à son gendre, en pressentant que celui-ci allait se précipiter vers la porte, incapable de se contenir plus longtemps.

– Maintenant que tu sais les choses dont nous devions t'entretenir, va te coucher. Je t'accompagne jusqu'à ta chambre. Tu me permets cela, n'est-ce pas ? proposa l'évangélisateur de l'Afrique.

– Oui, consentit Pauline d'une voix faible, qui se cassa étrangement.

– J'aurai tant de bonheur en montant l'escalier avec toi, un bonheur qui ne se reproduira peut-être que dans plusieurs années, souligna le père René.

Il entoura les épaules de l'adolescente. D'abord, ils parurent absolument immobiles. Puis, lorsqu'ils eurent franchi la porte, le couloir sembla les enserrer, les presser l'un contre l'autre, les rapprocher peut-être.

Henri Labarthe ressentait-il ces choses ? Il fixa sa femme, mais il garda un silence total, considérant vaguement l'alcool blond, qu'il ne boirait pas, dans son verre.

– Charles est un père affectueux et il saura être un homme attentionné. Tu pressens cela ? questionna le prêtre, en soutenant Pauline, lorsqu'ils entamèrent la première volée de l'escalier des chambres.

– Je ne sais pas…

– À un peu plus de trente ans, pour ses deux enfants, pour l'avenir de notre maison, il devait refaire sa vie, tu comprends ces choses ?

– Oui, convint Pauline, Alicia et François ont besoin d'une mère.

– Tu vois ! Tu en conviens toi-même. Si tu acceptes ce mariage, tu éviteras l'entrée d'une étrangère chez nous, avec tout ce que cela signifierait pour les petits, plaida le père René.

– J'ai froid, se plaignit Pauline.

– Ce n'est rien. Une surprise un peu brutale pour toi. L'émotion…, s'efforça-t-il de la réconforter.

Comme ils parvenaient aux dernières marches, il sentit intuitivement qu'il lui fallait la soutenir un peu plus fort, en supportant son poids léger d'adolescente de son étreinte robuste.

Il décida de renoncer à quelques phrases un peu solennelles qu'il avait préparées pour l'instant où il la quitterait, sur le seuil de son nid douillet de jeune fille. Il eût souhaité insister sur le destin des grandes familles amies des Labarthe, qui s'était souvent accompli dans le passé par des mariages bien pensés. Il eût voulu lui faire comprendre, voire admettre, que l'amour devait procéder d'une union réfléchie et consentie entre deux êtres partageant les mêmes valeurs, plutôt que du feu de paille d'une rencontre de pur hasard.

Mais, il sentait ses frémissements tout contre lui, Pauline possédait-elle assez de lucidité pour entendre ces réalités ? Cependant, il se résolut à révéler à sa nièce l'engagement qu'il avait pris vis-à-vis d'Henri.

– Tu sais que j'ai encore des droits sur La Vernière et sur le magasin ? dit-il.

Il n'attendait pas de réponse. Il embrassa Pauline, puis il ouvrit lentement la porte de sa chambre, dans laquelle il la poussa. Elle vacilla légèrement, en le regardant, comme si elle avait encore besoin de ressentir la fermeté de sa main sur son épaule et de l'entendre parler, avec son ton assuré et ses raisonnements d'homme calculateur et affectueux à la fois.

– J'ai promis à Henri de renoncer à tous mes droits, si tu épousais Charles. Comme notre pauvre Agathe nous a quittés, l'avenir de La Vernière dépendra de toi seule, assura-t-il.

3

Rosette n'arborait la robe noire stricte et le tablier de service blanc que lors des réceptions huppées des Labarthe, quand La Vernière s'emplissait du beau monde, sauteries de bon aloi qui se produisaient tout de même plusieurs fois par an, mêlant hobereaux proches de la dèche pour beaucoup et élites roturières d'argent.

Les jours ordinaires, elle aimait les tabliers de couleur, que Marianne tolérait, bien qu'elle jugeât assez mal le goût de sa domestique pour les motifs voyants.

Était-ce parce que les fleurages, d'un blanc qui éclatait sur le bleu marine du tissu léger, heurtèrent ses yeux ou parce que les pas de la femme replète provoquèrent un crissement désagréable du gravier, Pauline corrigea son maintien indolent comme si elle se sentait prise en faute.

– Je t'ai cherchée à l'intérieur. D'habitude, tu viens pas jusqu'ici pour ton petit déjeuner.

– Je ne sais pas pourquoi je me suis assise sous le tilleul, constata la jeune fille sur le ton d'une excuse.

– Qu'est-ce que vous avez, tous, ce matin ?

Pauline n'accorda pas plus d'attention au mécontentement évident de Rosette qu'elle n'en avait consenti aux bonds du chien de chasse chocolat ambré, qui lui avait fait fête en l'apercevant, quelques minutes plus tôt. Une sorte de raideur rendait son esprit flou et semblait ralentir la succession de ses idées. Elle éprouvait la sensation d'une paralysie légère de tout son être. Pourtant, cette demi-léthargie lui procurait l'impression presque agréable de flotter et elle se replia sur elle-même pour ne pas quitter cet état étrange, dans lequel elle s'était trouvée dès son réveil.

– Je t'apporte ton cacao, décida la cuisinière.

Pauline bougea légèrement, mais ne répondit pas. La chaise de jardin, au dossier trop redressé, lui mordait le dos. La fraîcheur matinale dessinait d'imperceptibles frissons sur la peau fine de ses jambes nues. Mais elle s'appuya plus fort contre le siège, parce qu'accentuer cette petite douleur semblait la mettre à l'abri de tout ce qui l'entourait, maintenant que Rosette s'en allait vers l'office.

Elle s'abandonna au silence habituel du parc. Elle s'en pénétra pour qu'il pesât en elle, qu'il occupât entièrement son esprit, qu'il l'engourdît longuement, telle une drogue douce.

En quittant sa chambre, à une heure de la matinée dont elle n'avait aucune notion, elle avait cru plonger dans un vide, dans lequel elle ne percevait que quelques craquements de planchers, comme si La Vernière était totalement privée de ses habitants. En sortant de la maison, Pauline s'était demandé si ses parents ou l'oncle missionnaire ne l'avaient pas ainsi laissée seule volontairement. Mais elle ne s'était pas attardée à cette question. Elle n'avait pas non plus ressenti d'envie précise, par exemple celle de marcher sous les arbres, en direction des prairies perlées de rosée.

Elle avait avancé sans but, droit devant elle pendant quelques pas, puis elle avait été inexplicablement attirée par le grand tilleul, à l'abri duquel les quatre sièges laqués et la table faisaient des taches blanches.

Le soleil printanier s'était glissé entre maison et parc, en griffures brillantes de lumière sur les pierres d'angle, puis sur la façade, longues lames effilées, luisant sur les premiers verts des feuilles précoces. Enfin, une clarté chaude avait inondé le sol légèrement humide, jusque sous les arbres les plus hauts.

Mais infiniment plus aveuglantes étaient les lueurs de la nuit. Elles s'imposaient devant les yeux de Pauline. Elles reprenaient de la précision, peut-être à cause du calme du parc; elles la cernaient, paralysant sa volonté.

La haute silhouette de l'évangélisateur, la livrant à la solitude de sa chambre et à la durée démesurée de la nuit. Le bruit sec de la porte refermée. La lumière jaune de la lampe, puis le noir, au bout de la fatigue...

Les idées sans suite. Les mots. Un mot : « mariage ». Des images qu'elle n'avait pas réussi à former devant ses yeux, parce qu'elle ignorait tout de ces choses, qu'elle n'y avait jamais pensé avec la volonté de les découvrir.

Puis, au bout de longues pensées en désordre, deux heures ou trois peut-être, une seule image : Charles et elle au milieu des mêmes draps. Charles en vêtement de nuit. Charles nu. Savait-elle ? Pouvait-elle seulement imaginer ?

Pour se représenter un homme à ses côtés, elle avait essayé un instant de retrouver les phrases de Maupassant, puis elle s'était renversée sur le dos, les yeux fixés sur l'obscurité, cataleptique tant son esprit refusait ces visions.

– Emma... avait-elle appelé, désemparée.

Plus tard, peut-être très tôt le matin, en retrouvant une parcelle fugace de conscience, entre deux assoupissements éprouvants, elle avait décidé d'écrire à sa camarade. Mais quelle part de ses confuses appréhensions lui confierait-elle ? Saurait-elle seulement trouver les mots pour décrire les gestes qu'elle avait prêtés à son beau-frère, pressé contre elle ? Ces choses du couple, qu'elle lisait avec tant de frémissements délicieux dans Maupassant, l'effrayaient tout à coup et elle devinait que certaines ne s'avouaient pas, même à une amie très intime, comme Emma.

Elle ne lui écrirait pas. D'ailleurs, le cocon dans lequel elle s'était recroquevillée depuis son lever lui paraissait doux, assez rassurant pour ne pas révéler ces tourments à quiconque, pour lui permettre de garder au fond de son cœur et de son esprit ses secrets intérieurs. Sans en avoir une conscience très claire, Pauline s'apprêtait à cacher ses inquiétudes et ses sentiments tout au long des mois à venir.

– Je me demande comment tu pourras encore te tenir à table à midi et manger quelque chose. Il est onze heures, bougonna Rosette, en déposant son plateau sur le guéridon métallique.

– Onze heures !

– Prends ton temps. Il n'y a plus personne dans la maison. Ton père et ta mère sont allés conduire René à la gare. Il a voulu que les petits l'accompagnent.

– Où est Charles? demanda Pauline, d'une voix soudain troublée.

– En voyage d'affaires pour la semaine. Parti avant le jour acheter des toiles bretonnes, je crois, avança Rosette, qui admirait un homme capable de courir ainsi la France au volant.

Les objets usuels du confort bourgeois possèdent-ils des vertus apaisantes? Lorsque Rosette, après un rapide aller et retour à la cuisine, déposa la verseuse sur la table de jardin, les yeux de Pauline s'attachèrent au luisant doux du métal argenté et à la forme tarabiscotée de ses petits pieds qui lui donnaient l'allure d'un nabot pansu, assis sur son derrière.

Le grand bol de porcelaine se révélait aussi d'un style un peu kitsch. Mais, rempli de chocolat à ras bord, il prenait soudain une importance considérable, refoulant toutes les hésitations. Comme Rosette n'avait pas son pareil pour doser un cacao onctueux, le disque de liquide se transforma en velours, aussitôt versé. Alors, il sembla à Pauline que toute sa volonté s'appliquait à fixer, puis à consommer cette bolée délicieuse que la cuisinière avait préparée pour elle, en mettant de l'affection dans chacun ses gestes.

Le pot en verre de confiture de framboises, l'odeur et la couleur du pain grillé, Rosette attendant que Pauline lui exprime sans manières son plaisir de ces merveilles gourmandes, alentirent le défilé des questions angoissantes de la nuit remontant en bribes douloureuses dans sa mémoire embrumée, qui refluèrent. Malgré son inexpérience d'adolescente, elle parvint à les repousser une à une, jusqu'à les oublier ou à les rendre indolores, avec cette sorte de capacité instinctive de l'esprit à oublier ce qui l'angoisse.

Pauline suivait avec une extrême attention la dentelle brun rouge du chocolat humectant chaque tranche qu'elle y plongeait avec précaution. Puis, elle portait celle-ci à sa bouche avec la volupté d'un appétit matinal trop longtemps différé. Ainsi consacra-t-elle un temps infini à terminer le petit déjeuner. Rosette, après l'avoir regardée manger un moment en silence, s'en alla avec un haussement d'épaules d'incompréhension.

– Tu vas à nouveau donner de mauvaises habitudes à ce chien ! reprocha-t-elle, parce qu'elle pressentait que la jeune fille gratifierait le griffon d'une tartine beurrée dès qu'elle aurait passé la porte d'entrée.

Peu à peu le soleil réchauffa l'air et emplit le parc d'une clarté quasi estivale qui éclaboussait la façade. Assis, face à Pauline, le korthal était magnifique. Son poil raide, roux et brun, possédait le brillant très particulier du pelage d'une bête heureuse. Pauline le contemplait, incapable de formuler ses sentiments, mais cherchant dans sa mémoire des miettes brèves de souvenirs dans lesquels l'animal avait pris une place dans ses jeux d'autrefois en compagnie d'Agathe. Quand, ayant parfaitement deviné qu'il se trouvait hors la vue de la cuisinière, il aboya avec discrétion, pour obtenir la tartine, Pauline sursauta.

– Morfale ! protesta-t-elle, en employant un mot de collégienne, guère de mise à La Vernière, si on respectait les exigences de Marianne et ses canons d'une bonne conversation.

Midi sonna au clocher de la collégiale, sans que la sérénité du parc et de la maison en fût troublée. Pauline ne remarqua pas non plus que Trigosse et Rosette se disputaient derrière le bâtiment, pour un motif sans doute ridicule, puis qu'ils se taisaient rapidement, faute d'arguments ou de combativité.

Le temps s'allongeait, avant l'arrivée attendue de la voiture. Rosette, qui s'était rapprochée, tenta vainement de lancer un bavardage, mais elle se replia très vite, outrée par l'indifférence lassée de la jeune fille.

– Marraine, j'ai vu le train pour l'Afrique ! s'écria François, en ouvrant la portière de la 601.

Il glissa du siège arrière trop haut pour ses jambes courtes, atteignant difficilement le sol. La culotte de son costume marin se retroussa, découvrant des jambes blanches, déjà musclées, mais à la peau soyeuse de fillette. Aussitôt, il se mit à courir vers Pauline, en multipliant des cris brefs et joyeux.

– Tu paraissais très fatiguée hier soir. René n'a pas voulu qu'on te réveille. En revanche, il a tenu à emmener les enfants, expliqua Marianne Labarthe sur un ton égal.

– Il m'a dit au revoir, hier soir…

– C'est peut-être un peu dommage que tu n'aies pas pu l'embrasser ce matin. Il ne reviendra pas avant quatre ou cinq ans sans doute.

Marianne dévisagea sa fille. Elle ne lui trouva pas mauvaise mine, ce qu'elle avait redouté depuis son départ très matinal. Elle-même n'avait pas beaucoup dormi, essayant sans cesse de deviner quelles idées envahissaient Pauline dans son lit, à la suite de la surprise inimaginable que devait représenter pour elle la seule pensée d'un mariage avec Charles. Était-elle parvenue à s'endormir assez vite ? La mère n'osa pas poser la question qui l'avait torturée jusqu'à son lever. Elle se sentit lâche car elle n'avait pas eu non plus le courage de monter auprès de Pauline pour tenter de justifier le projet d'union voulu par Henri, auquel elle consentait.

– Oncle René est reparti chez les nègres ! lança le garçonnet.

– Voyons, François, on ne dit pas des choses pareilles ! s'offusqua Marianne Labarthe.

Elle se composa des traits courroucés contre le petit impertinent. Mais son apparente colère s'arrêta là et elle ne menaça pas de le punir. La phrase qu'avait osée François, attirait l'attention de tous, méritait réprimande, mais elle donnait aussi à rire, ce qui évitait de s'attarder à ce que pouvait ressentir Pauline.

L'enfant courut, poursuivit son élan vers celle-ci, puis se jeta dans ses bras, l'embrassant avec fougue. Marianne Labarthe réprima malaisément une grimace de dépit. Depuis des mois qu'elle l'entourait de ses bons sentiments, François ne lui avait jamais révélé une telle exubérance spontanée et un tel appétit de tendresse.

– Tu vas rester tout le temps avec nous, maintenant ? questionna-t-il entre deux caresses.

– Pauline remplacera ta pauvre maman, crut bon d'affirmer Marianne.

Alicia marqua moins d'émerveillement enfantin. Cependant, elle s'avança elle aussi vers sa jeune tante, s'assit gentiment sur son genou laissé libre par son frère, l'embrassa, puis la fixa longuement en frôlant sa chevelure d'un geste affectueux.

– Tu aurais pu venir avec nous à la gare, regretta-t-elle, avec un ton d'évidente sincérité.

– Passons à table, il est déjà tard, ordonna Marianne, à l'évidence réjouie de cette scène d'affection familiale.

En outre, elle ne manqua pas d'observer pour elle-même que la bonne éducation et l'amour du prochain qu'elle avait toujours voulus inculquer à sa cadette trouvaient là une belle illustration. Pauline ne semblait pas se forcer pour adopter des manières maternelles avec ses neveux.

Cet après-midi-là, comme les jours suivants, Alicia et François l'entraînèrent dans le jardin d'agrément, où les plates-bandes commençaient à foisonner de fleurs printanières car on atteignait déjà la Fête-Dieu, sous un ciel presque brûlant, ce qui forçait l'explosion superbe des boutons avancés. Le samedi, les enfants demandèrent même à gagner les prés voisins, auxquels ils volèrent une brassée de narcisses et de hautes renoncules, découvertes au pied d'une haie épaisse.

– Je veux que nous ayons le plus beau reposoir, dit Alicia le soir, en relevant sa tête racée et en cambrant la taille, avec cette raideur teintée d'orgueil qui la tendait parfois.

– Tu as raison : dimanche, comme chaque année, le curé et la procession s'arrêteront devant le bel oratoire fleuri que nous placerons sur le chemin de l'ostensoir, approuva Marianne avec conviction, en imaginant déjà le stationnement marqué du dais abritant Bergougnoux et le bon Dieu, face aux fleurs opulentes des Labarthe.

– Ce sera le plus beau ! insista la fillette.

– François ira jeter des pétales avec les autres gamins. Nous garderons Alicia avec nous, décida tout à coup Marianne avec une fermeté inattendue, comme si cette idée prenait tout à coup une grande importance à ses yeux.

– Si vous voulez, consentit Pauline.

– Tu ne m'approuves pas ?

– Mais si, hésita la jeune fille.

– Moi, toi et la petite côte à côte au milieu des gens... Trois générations de femmes de notre famille ensemble. Ce sera beau.

– Oui, convint Pauline.

– Toi, près d'Alicia, à la place de ta sœur, insista Marianne avec ferveur et une espèce de dureté farouche, comme si elle allait se sentir fière de montrer à la ville réunie par la piété de la Fête-Dieu que les Labarthe tenaient leur rang en dépit du malheur.

– Oui, je veux bien, murmura Pauline.

– Ton père et Charles devraient marcher juste derrière nous. Les gens s'habitueraient à vous voir l'un près de l'autre, supputa Marianne Labarthe, qui savait que les grandes cérémonies religieuses sont également un lieu où se montrent les dynasties bourgeoises et où se lit une part de leurs secrets, du moins ceux qu'elles veulent bien laisser percer.

– Alicia aura une robe blanche, n'est-ce pas ? demanda Pauline, comme si elle n'avait pas entendu.

– Une semaine à t'occuper des fleurs et du reposoir... sembla regretter Henri Labarthe.

– C'est important ! Et Pauline s'est beaucoup rapprochée des enfants... protesta Marianne.

– Une Labarthe doit d'abord savoir mener le magasin. Pauline commencera à travailler aux ventes lundi, répliqua le négociant, que l'empressement de sa femme aux solennités religieuses agaçait souvent.

Alicia et François avaient exigé que la jeune fille aille les conduire et les chercher à l'école. Ils empruntaient ensemble le portillon caché dans le mur du parc. Elle était aussi heureuse que les deux petits de respirer la moiteur de l'ombre, de sentir les frôlements des rameaux trop bas contre la peau du visage, d'éprouver les inégalités du sol, sous leurs pas. Au retour, lorsqu'elle se trouvait seule sur le chemin dérobé, puis dans la vaste maison, elle continuait de penser aux deux orphelins qui, tous ces jours, se donnaient à elle comme s'ils venaient de retrouver leur mère.

Ces réflexions un peu confuses lui faisaient très chaud au cœur. Elle se complaisait à les remuer lentement, à s'en emplir l'esprit, à les ressasser. Quand le soir survenait, elle constatait que la journée ne lui avait pas paru longue et qu'elle ne s'était pas ennuyée. Peu à peu, la rumeur de l'institution, les sonneries réglementaires découpant le temps scolaire, le timbre des voix professorales paraissaient s'évanouir dans un passé éloigné, qui n'avait peut-être pas existé. Elle n'oubliait pas encore les visages de ses camarades, dont elle imaginait parfois les rires ou les mimiques, mais seule Emma lui manquait.

Le temps prenait une douceur remarquable dans la vallée. Dans le parc, de minuscules clairières, ouvertes par la fantaisie de la nature, offraient un refuge ensoleillé. Pauline quittait la maison, cheminait dans un sentier, s'arrêtait au hasard dans l'une de ces taches de lumière et pouvait rester une heure immobile, sans bonheur particulier, mais également sans souffrance. À voir le calme de ses traits, on eût dit que La Vernière possédait un pouvoir mystérieux pour renfermer l'adolescente dans ses lois et ses secrets.

Charles n'avait regagné la maison que très tard, dans la nuit du dimanche. Mais, le lendemain, il était arrivé au magasin très tôt. Lorsque Pauline l'aperçut, un trouble involontaire l'envahit. Elle hésita sur le comportement à tenir : lui tendre la main, l'embrasser ? Ce fut lui qui effectua les gestes, dont elle comprit qu'ils marqueraient désormais chaque jour leur première rencontre matinale, à La Vernière ou au travail. Il s'avança vers elle et posa un baiser sur sa joue avec affection.

– Merci, Pauline, pour Alicia et François. Vous vous êtes si bien occupée d'eux pendant que je courais les routes ! dit-il en insistant sur chaque mot, comme pour marquer la force de sa gratitude de père.

– Je n'ai aucun mérite : ils ont été très gentils, se défendit-elle, sans lui cacher qu'elle avait été touchée par la spontanéité de l'élan du frère et de la sœur vers elle.

– Ici, vous travaillerez avec moi, reprit-il en l'enveloppant d'un regard dans lequel elle devina une certaine hésitation.

– Je croyais que vous voyagiez très souvent pour acheter ou pour placer des marchandises.

– Vous verrez, c'est beaucoup plus compliqué que ça ! Je dois être ici et ailleurs à la fois ! s'exclama-t-il en riant.

Si Pauline savait que son père avait associé Charles à toutes les décisions du négoce textile, elle n'avait pas d'idée précise de ses tâches et de son emploi du temps. Pendant la semaine qui venait de s'écouler, elle avait cru, qu'à l'avenir, il serait le plus souvent absent de La Vernière.

– Je voudrais que vous vous sentiez à l'aise. Je ne suis pas votre chef, chuchota-t-il.

– Je me sentirai très bien chaque jour, affirma-t-elle.

La voix de Charles était soudain à peine audible et altérée par un timbre un peu rauque. Il la fixait avec tant d'intensité qu'elle détourna les yeux. Mais elle remarqua que ses traits frémissaient d'elle ne savait quels sentiments.

– Vous avez vu ? dit-il, il faudrait raviver les couleurs de l'enseigne.

Il avait réussi à maîtriser son émotion, pour revenir à des choses strictement matérielles. Mais une incertitude totale embrumait son esprit. En imaginant Pauline quotidiennement à ses côtés, mais sous ses ordres, il cherchait désespérément comment il parviendrait à se rapprocher d'elle, à créer une complicité, une intimité entre eux.

– Père voudrait la changer ? demanda-t-elle.

– Simplement la repeindre. En plus vif peut-être. Mais on ne change pas L'Incomparable *!* Vous ou moi ne réussirons jamais à faire qu'Henri Labarthe accepte une telle idée, vous le savez bien, Pauline ! lança-t-il, en riant franchement.

Même si elles devaient plus tard se montrer des maîtresses de maison avisées et même si elles ambitionnaient pour elles des unions prestigieuses, confortant les patrimoines, les grandes familles s'appliquaient à tenir l'esprit de leurs filles loin de leurs affaires d'argent, les vouant au piano et aux bonnes manières.

Il n'en avait pas été autrement pour Pauline Labarthe, qui manquait entièrement de notions précises et d'expérience pour apprécier la valeur des choses ou se forger des idées personnelles sur l'argent et la richesse. Cependant, était-ce parce que la vie de pension l'avait éloignée du magasin, que ce lundi matin elle avait été si impressionnée ?

Elle s'était arrêtée. Pour embrasser du regard l'immeuble appartenant aux Labarthe. Situé à l'angle d'une rue principale et d'un large boulevard, sur un emplacement commercial unique, le bâtiment suggérait la prospérité et la puissance d'une dynastie, même si dans cette ville on n'affichait celles-ci qu'avec une certaine retenue.

L'architecture sans ostentation, révélait cependant que le propriétaire n'avait pas lésiné, comme en témoignaient le soin de la construction, les portes-fenêtres ouvrant sur de petits balcons protégés de grilles de ferronnerie ou la pierre de taille des encadrements.

Ces détails de prestige et un confort intérieur remarquable, avaient attiré à l'étage du haut des locataires payant bien, dont Pauline ignorait le nombre exact : quatre ou cinq. Mais elle avait entendu son père souligner leur qualité : des fonctionnaires sans histoires, un clerc de notaire.

Cependant, cette manne de loyers n'alimentait guère les conversations de La Vernière, car ils ne constituaient qu'une aubaine habilement saisie. Le dernier étage ne semblait considéré que comme un couronnement superfétatoire des deux niveaux de L'Incomparable, qui était la raison de vivre d'Henri Labarthe.

Le rez-de-chaussée ainsi que le premier pouvaient se prévaloir de l'ampleur d'une nef de cathédrale. Mais ici on servait le dieu Textile.

De plain-pied avec le boulevard et la rue, se déployait, sur des mètres carrés et des mètres carrés, l'extraordinaire assortiment de vêtements de dessus et de dessous, nécessaires à tous les corps de la société locale : blouses noires paysannes, bleus d'ouvriers et de compagnons, complets et tailleurs destinés à la petite et à la grande bourgeoisie. En catholique pratiquant, mais aussi en commerçant habile, Henri Labarthe avait également conquis une réputation unique, dépassant largement les frontières départementales, auprès du peuple ecclésiastique. Soutanes et soutanelles, aubes et étoles, occupaient un espace discret, dans lequel se pressaient vicaires et curés.

Au-dessus de ce temple de la confection, s'offrait un océan de tissus, dont les rouleaux ou les coupons figuraient les vagues calmes d'une houle colorée, voisinant avec des montagnes de linge de maison. Là se rencontraient les ménagères économes et habiles, qui cousaient leurs tenues ou celles de leurs enfants sur une *Manufacture de Saint-Étienne* ou une *Singer*, mais aussi les tailleurs, les couturières et les modistes, venant s'approvisionner en demi-gros.

– Vous allez commencer ici, C'est plus facile que de vendre une robe à une cliente qui hésite, expliqua Charles.

– Je crois que je saurai mesurer les draps ou les toiles, assura Pauline.

– Regardez ! dit-il, avec un sourire.

Il saisit une règle graduée d'une main et un coupon de reps rouge de l'autre. En quelques secondes il déploya une dizaine de mètres, avec une extraordinaire dextérité. Au bout de ses doigts, le rouleau tournait en silence, sans que l'âme de bois n'émît aucun raclement. Chaque lé se repliait sur le précédent avec la grâce d'un pétale de fleur au souffle du vent.

– Vous avez un tour de main merveilleux, murmura Pauline.

– J'ai commencé ici. Père m'a mis devant cette table quand j'ai épousé Agathe, rappela Charles.

– Vous n'avez rien oublié. Vous pourriez toujours couper aussi vite que les meilleurs employés de cet étage.

– J'aimerais me trouver souvent là. Près de vous, souffla-t-il.

Le comptoir de coupe était immense. Une dizaine de vendeurs et de vendeuses l'entouraient, au milieu de grappes de clients indécis sur tout : la qualité et le prix du tissu à acheter, le métré, la couleur, l'épaisseur. Ces hésitations, que les employés tentaient de balayer par des paroles persuasives et en montrant à chaque visiteur cinq ou six coupons différents, auraient pu aboutir à un désordre indescriptible. Pourtant, les yeux ne s'attachaient qu'au chatoiement des nuances opposées ou en camaïeu.

– Vous revenez donc aux étoffes, après les études ? fit la coupeuse en chef, quand l'ex-pensionnaire la rejoignit, après le départ de Charles.

C'était une femme distinguée, aux traits réguliers et rigides, dont la nuque se figeait sous un chignon très serré. Pauline connaissait sa réputation de vieille peau. Elle ne fut pas surprise de découvrir au son de sa voix que l'autre n'avait pas la moindre intention de lui faire des cadeaux, jour après jour, semaine après semaine.

– Il n'y a pas de fille du patron, ici... crut-elle utile de souligner.

– J'essaierai de m'en souvenir, la défia Pauline.

– J'avais pensé... Comme Monsieur Charles vous avait amenée...

– Qu'est-ce que je dois faire ?

– Rangez les tissus de trop sur les étagères : les bleus avec les bleus, les verts avec les verts. Votre père m'approuverait...

– Et l'album ? hésita Pauline en apercevant un énorme catalogue, sur les pages duquel étaient collés des échantillons multicolores.

– Étudiez-le par cœur, vous serez plus à l'aise pour annoncer les prix. Vous ne confondrez plus les mouchoirs : de Cholet, d'Irlande, en batiste, persifla la rombière.

Pauline disposait d'une excellente mémoire. Elle retint assez facilement les noms des innombrables étoffes, draps et toiles proposés par L'Incomparable. Très souvent même, elle aimait ces vocables qu'elle déchiffrait pour la première fois, parce qu'ils évoquaient des pays lointains ou des régions inconnues. D'autres possédaient de la douceur, comme les Vimoutiers crémés...

Le temps passait : un été un peu creux au magasin, une rentrée dont le coup de feu des achats avait duré plus de quinze jours, un automne moyen... Les tissus, leur métrage, leur toucher soyeux ou plus raide, leurs nuances infinies, composaient un véritable univers. Il avait lentement enveloppé Pauline, l'avait enfermée dans le travail quotidien, comme tous les autres employés. Elle ne pensait presque jamais au collège des religieuses et, lorsqu'un souvenir remontait de son passé d'élève, il vacillait, flou, comme si ses journées d'autrefois lui devenaient étrangères.

Un après-midi, ce devait être juste avant les fêtes de Noël, l'abbé Bergougnoux fit appeler Pauline, après une courte déambulation devant les rayons de vêtements pour vicaires et curés.

– Ma fille, j'ai voulu que tu conseilles ton vieux confesseur, maintenant que tu connais le moindre fil de ce magasin. Mais je sais ce qu'il me faut : du drap toupeline. Et tu ne me diras pas que celui de Sète est plus chaud ! plaisanta-t-il, en plissant d'un rire son visage rosé.

– Il faudrait appeler quelqu'un pour prendre vos mesures, observa-t-elle.

– Laisse donc ! Nous avons le temps...

Ses yeux brillèrent tout à coup de cette lueur qui traversait la conscience de ses pénitentes jusqu'au tréfonds de l'âme. D'un geste protecteur, il obligea la jeune fille à reculer dans l'encoignure qu'esquissaient de hautes étagères, disposées à angle droit contre un mur.

– Tu t'entends bien avec les enfants ? questionna-t-il.

– Oui, ils sont gentils, murmura-t-elle, un peu surprise du tour que prenait leur conversation, alors que le prêtre semblait venu en simple client.

– Je suis content. Tu as su te faire aimer de la sœur et du frère, chaque jour davantage, je le sais.

– Je suis heureuse, se confia-t-elle.

– Tu es presque devenue leur mère, affirma alors l'abbé Bergougnoux avec un grand calme.

– Non. Ne dites pas cela, frissonna Pauline, comme si accepter la moindre parcelle de cette idée eût pu altérer le souvenir fervent de sa sœur disparue.

– Charles s'occupe souvent des petits ? reprit le prêtre, avec une espèce de précipitation, parce qu'il voulait que les mots entraînent les mots dans l'esprit de son interlocutrice.

– Oui, dès qu'il revient à La Vernière, s'empressa-t-elle de préciser.

– Et vous ne vous êtes jamais heurtés sur l'éducation de François et d'Alicia ?

– Non, jamais.

– Tu vois que tout est possible quand on aime ensemble les mêmes êtres…

Pauline resta silencieuse. Le vieux curé la considéra pendant quelques secondes, en atténuant l'éclat de ses yeux, incapable de s'arrêter à la certitude que l'adolescente avait pressenti où il voulait en venir. Craignant de la heurter, il se tint prudemment sur la réserve. Bien qu'il se fût rendu à L'Incomparable pour cela, il renonça ce jour-là à la questionner plus directement sur ses rapports avec Charles.

– Ton reposoir de la Fête-Dieu était le plus beau, rappela-t-il gentiment.

– C'est Alicia qui l'avait composé, sans que je l'aide beaucoup, précisa Pauline, un peu décontenancée par ces félicitations tardives.

– Tu peux appeler un garçon pour prendre mon tour de taille, ce sera plus convenable, décida alors Bergougnoux, plutôt mécontent de ne rien pouvoir assurer à Henri Labarthe, quand il le reverrait.

Le soir, lorsqu'elle se trouva seule dans sa chambre, Pauline pensa aux paroles du prêtre. Dès les premières recommandations ou les petites réprimandes qu'il avait fallu appliquer aux enfants, Charles et elle avaient partagé la même façon d'agir. En toute occasion, il l'avait approuvée sans aucune hésitation ni réserve.

Puis, comme ses voyages avaient émaillé les semaines de ses absences renouvelées, elle avait tranché chaque chose de la journée d'Alicia et de François, prévu leurs vêtements, assuré leurs promenades et leurs jeux, autorisé ou refusé des visites chez des camarades de classe.

Marianne Labarthe, qui gardait un œil sur sa fille, lui adressait parfois un reproche, mais Charles s'extasiait.

– Comment acceptent-ils de vous obéir dès que vous levez le petit doigt ?

– Ils ne sont pas si terribles…

– Je suis trop impatient avec eux, parce que je me sens fatigué quand j'arrive à La Vernière, après trois ou quatre jours sur les routes, s'excusait-il.

Pendant tout l'hiver, qui se révéla assez doux, la grande maison vécut des journées étranges. Les mouvements parurent se ralentir, les paroles céder lentement devant le silence. Seuls, les piaillements de François, les chansons naïves d'Alicia et les courses du griffon, ravageant l'allée méticuleusement ratissée par Trigosse, venaient rappeler l'envie de bouger ou de crier des êtres les plus jeunes et les plus spontanés.

On eût pu croire que les adultes avaient choisi de n'exprimer qu'une infime part de leurs pensées, de prononcer le moins de phrases possibles, comme suspendus aux mots qu'ils attendaient de Pauline et qu'ils n'osaient pas lui demander.

Marianne scrutait le visage de son mari, redoutant qu'il oubliât sa promesse de ne pas forcer sa fille et de ne jamais lui poser brutalement de question au sujet de Charles et de leur mariage projeté.

Henri Labarthe lâcha plus d'une fois la famille et ces soirées figées au salon, en prétextant un excès de travail. Il repoussait sa chaise avec brusquerie, fuyant parfois avant la fin du repas. Sa haute stature un peu voûtée, il quittait la pièce en mâchonnant un vague alibi. D'ailleurs sa préoccupation n'était pas entièrement feinte. La plupart de ses sorties nocturnes aboutissaient à l'usine. Il restait là des heures à fixer les machines stoppées, se demandant si l'avenir de la filature n'était pas menacé. Puis, il se rassurait en constatant que les paysans des alentours apportaient toujours autant de toisons à filer et à teindre.

– Tu devrais interroger Pauline, affirmait-il sur le ton d'un reproche, lorsque le couple se couchait.

– Non, c'est elle qui doit décider, refusait Marianne, en se donnant bonne conscience de cette liberté apparente laissée à l'adolescente.

– Tout de même, elle ne va pas retourner au collège, maintenant, après un an à La Vernière et au magasin, supputait Henri Labarthe, en cachant mal son irritation.

– Elle fait merveille à L'Incomparable.

– J'en conviens. Raison de plus pour épouser son beau-frère, s'emportait Henri.

En avril, la livraison d'une traction avant à Charles constitua un petit événement, parce qu'il l'attendait depuis des mois. Les visites de quelques amis ou de cousins, absolument désireux de voir cette auto surbaissée et féline, si différente des autres, s'accompagnèrent d'exclamations admiratives et de rires qui semblèrent redonner de l'exubérance aux conversations ou aux rencontres.

– J'ai promis un voyage en Traction à Alicia. Pour ses bonnes notes en arithmétique. Vous viendrez ? proposa Charles.

– Nous irons visiter les gorges du Tarn ! trépigna la fillette, au comble de l'excitation.

– Je viendrai, consentit Pauline, heureuse d'échapper à la monotonie des journées.

– Nous mangerons au restaurant ! s'enthousiasma à nouveau Alicia.

Un autan tiède se leva dès le vendredi, lavant rapidement le ciel des traînées d'hiver subsistant encore. Le dimanche matin, le bleu régnait en maître, annonçant une journée de lumière et de douceur comme il ne s'en était pas produit depuis longtemps.

Charles choisit une route un peu compliquée, mais qu'il savait très belle, pour l'avoir parcourue au cours de l'un de ses périples, le conduisant chez des acheteurs lozériens. Pendant la longue traversée du causse de Sauveterre, Pauline comme les deux enfants, demeura silencieuse, impressionnée par l'écrasante solitude minérale, dont la beauté figée vibrait sous le soleil déjà incendiaire. Dans les combes, l'herbe commençait à reverdir. Mais l'ensemble du plateau portait encore les stigmates de l'hiver : arbustes buissonnants roussis de froid, feuilles sèches frissonnant aux branches, étoiles grises des *cardabelles*, momifiées par le gel.

Au fond de l'étroit canyon, les pêchers fleurissaient, ourlant de rose tendre le gris austère des versants. À Sainte-Énimie, une bouffée de chaleur surprit les voyageurs, lorsque Charles ouvrit les portières de la Traction. Les façades des maisons étagées et les rochers qui les dominaient émettaient déjà d'infimes craquements, sous l'effet de la réverbération matinale.

– Vous connaissiez cet endroit ? demanda Pauline.

– Oui, j'ai circulé ici comme dans toutes les régions de France, vous avez entendu Rosette le dire ! plaisanta-t-il.

– Vous allez vous ennuyer, à revoir les mêmes paysages !

– Non, pas en votre compagnie, même si je connais assez bien tout ce que vous découvrirez dans la journée.

– Je veux grimper sur les rochers ! s'écria Alicia.

Ils gravirent des rues incroyablement étroites, rugueuses de pierrailles, parfois défoncées par les intempéries. Devant la source de Burle, Charles raconta l'histoire merveilleuse d'Énimie, la princesse guérie de la lèpre par l'eau jaillissant des falaises blanchâtres. Mais il ne dit pas que la jeune fille s'était réfugiée là pour fuir des prétendants qu'on voulait lui imposer.

– Moi, je n'aurais pas aimé rester dans cette grotte. Énimie a dû se sentir très seule, raisonna Alicia avec sérieux.

– Tu ne seras jamais une sainte, lui répliqua Pauline en riant.

Au cœur des gorges, la chaussée devenait très étroite et mauvaise. Parfois les deux enfants tremblaient. Mais Charles conservait une assurance parfaite, prenant à l'évidence beaucoup de plaisir à suivre cette route restée périlleuse à certains endroits, malgré les efforts des ingénieurs pour la rendre accessible aux touristes de plus en plus nombreux.

– Vous n'avez pas eu peur ? demanda-t-il à Pauline à la sortie des Détroits.

– Non, vous conduisez bien, je crois, dit-elle d'une voix égale.

– Nous pourrions faire d'autres voyages, les dimanches d'été, proposa-t-il.

Il vit qu'elle était vraiment détendue et qu'elle lui souriait, heureuse sans doute à l'idée d'échapper de temps à autre aux habitudes dominicales de La Vernière : la messe du matin, le repas de midi où on recevait assez souvent des gens ennuyeux.

Il sembla à Charles que sa compagne de voyage était tout à coup une autre femme que la jeune fille docile et ordonnée, ne repoussant jamais les principes bourgeois et les habitudes plutôt rigides des Labarthe. Elle s'appuyait avec assurance contre le cuir des sièges, les yeux souvent plus vifs qu'à La Vernière, le port de la tête et du buste plus gracieux. Il pensa qu'elle était heureuse d'un bonheur léger, qui s'attachait à l'instant, mais qui la rapprochait de lui.

– Où croyez-vous que je vous emmène ? lança-t-il, en forçant l'allure.

– Je ne sais pas. Vous avez votre guide.

– Si je vous invitais dans une auberge qui n'est pas dans le Michelin, vous garderiez le secret ? s'amusa-t-il.

– Vous voulez que je mente à maman, ce soir ?

– Oui, parce que votre mère m'a bien recommandé un restaurant comme il faut !

– Si votre auberge est vraiment bien, je saurai mentir ! promit-elle.

– Vous allez voir : ce n'est pas l'Hôtel des bonnes manières, mais c'est bon !

– Quand vous voyagez, vous ne descendez pas toujours là où vous dites ?

– Non, convint-il, heureux de lui faire cet aveu, qui créait un secret léger entre eux.

L'établissement ressemblait à une guinguette, bien qu'il ne bordât pas l'eau. Il se trouvait assez haut pour échapper aux plus terribles colères de la rivière, mais on pouvait y descendre en quelques secondes à travers un pré en pente douce, qui se terminait sur la berge par une frange de sable, devenant une plage en été.

Pauline n'avait jamais fréquenté une auberge de ce genre. Pourtant, la salle lui plut dès leur arrivée. La vaste pièce, sans prétention mais coquette, rayonnait de simplicité, égayée par des rideaux et des nappes en tissu provençal, dont les couleurs éclatantes accrochaient les moindres éclats de la lumière extérieure.

– Charles en touriste ! C'est pas souvent ! plaisanta la patronne.

– Mes enfants et Pauline, crut-il bon de préciser.

La femme sourit, mais elle ne dévisagea pas la jeune fille, comme si elle se désintéressait totalement de l'identité de celle-ci et de sa place véritable auprès de Charles et des petits.

– Aujourd'hui, nous avons des morilles, à cause du printemps précoce, annonça-t-elle.

Avant le repas ils descendirent vers le Tarn, dont le cours esquissait un léger méandre enserrant la prairie encore un peu rousse. François saisit soudain la main de sa sœur et l'entraîna vers la rive avec des cris joyeux.

– Voyez, constata Charles, on dirait deux chiens fous.

Lorsqu'il fallut remonter pour déjeuner, aucune fatigue ne paraissait encore entamer leur énergie. Ils s'élancèrent à nouveau loin devant, chacun lançant à l'autre des défis répétés, pour parvenir le premier en haut de la pente.

– Pauline, attendez, murmura Charles.

Elle le précédait de deux ou trois pas seulement. Elle entendit que sa respiration se précipitait, soudain presque haletante, comme s'il peinait sur le pré, rendu irrégulier par des touffes d'herbe hirsutes, alternant avec des cupules de sol nu.

Tout à coup, Charles lui entoura les épaules de l'un de ses bras et la serra contre lui. Elle sentit d'abord un poids, puis la pression de ses doigts, qui était douce. Ensuite, vint la chaleur de Charles, se mêlant à celle de son propre corps. C'était agréable. Elle se laissa aller, sans essayer de chercher une explication à cette espèce d'abandon.

– Pauline, vous ne regrettez pas les dimanches de La Vernière, n'est-ce pas ?

– Non, je me sens bien ici, avec vous, avoua-t-elle, en fixant un point, loin vers le bout du pré.

– Plus libre que chez nous ? souffla-t-il.

Elle ne lui répondit pas. Ils continuèrent de gravir la pente, serrés l'un contre l'autre, comme s'il devait la soutenir. Ils constituaient un couple étrange, dont nul n'aurait pu affirmer ce qui les maintenait ainsi rapprochés: une habitude déjà longue de se côtoyer à La Vernière, l'intimité un peu factice du voyage; ou simplement le geste protecteur de Charles au début de la montée.

– Papa, marraine, je suis déjà arrivé! triompha François.

Ni la jeune fille ni le père ne parurent avoir entendu son appel joyeux. Pourtant, leurs yeux se levèrent vers l'auberge. Le garçonnet et sa sœur leur adressaient de grands gestes. Ils étaient parvenus sur la magnifique terrasse en surplomb sur les gorges et ils s'appuyaient à la balustrade ouvragée.

– Pauline, si vous le vouliez, je saurais vous rendre très heureuse, chuchota Charles.

Elle ne se raidit pas. La voix de l'homme attentionné, l'éclat soyeux de midi, la sensation d'être heureuse, il lui sembla que tout n'était que douceur et harmonie. Pendant tout le repas, elle se fit vive et enjouée. Puis, durant le voyage de retour, elle se laissa aller, paupières closes. Le lundi, elle écrivit à Emma qu'elle allait se marier et qu'elle désirait l'inviter à ses noces.

Son papier de jeune fille, son stylographe plume or de communiante: ils n'avaient le plus souvent porté que des affections obligées et superficielles à sa marraine, à ses tantes ou à ses cousines. Puis, dans l'émerveillement de l'amitié naissante pour Emma Baraban, elle en avait fait les messagers de ses émotions de jeune fille.

Ce matin-là, ils lui apparurent soudain des objets tout aussi convenus que les formules vides des lettres de famille. Comme si elle les jugeait incapables de faire connaître à son amie une nouvelle si importante, elle hésita de longues minutes, les considérant, inertes sur l'abattant du secrétaire, avant de tracer la première phrase, qu'elle biffa à plusieurs reprises.

Allait-elle parler de Charles, essayer de traduire le débordement d'affection qu'elle devinait chez lui? Allait-elle tenter de formuler ses propres sentiments et ce pincement au cœur étrange qui l'avait redressée dans son lit à son réveil? Quelque chose de très bref, comme une immense incertitude.

Une sorte de réserve instinctive lui commanda de renoncer à la révélation de ces sensations, dont elle n'était pas sûre.

Pauline s'accusa aussi d'avoir espacé ses missives à Emma, ce qui était vrai. Et ce n'était pas le travail au magasin qui expliquait ces retards à écrire ou à répondre. Ni un affadissement de leur tendre camaraderie.

Mais Pauline devait admettre que La Vernière, sa famille, les enfants, l'insistance patiente de Charles avaient repris possession de son esprit, bien qu'elle n'eût quitté l'institution que depuis un peu plus d'un an.

Et maintenant, Emma supposerait que l'amour qui la poussait au mariage serait trop exclusif pour que survive vraiment leur amitié si profonde... Un instant, Pauline posa son stylo, prête à renoncer. Puis l'envie de se revoir devint très forte et elle se résolut à une courte lettre, dépourvue de confidences.

4

À quel moment la nuit se mue-t-elle en épreuve de vérité pour les couples que la passion n'unit plus ou qui ne se sont jamais aimés ? Il y avait si longtemps qu'Henri Labarthe différait l'instant où il quittait son bureau pour rejoindre sa femme, qu'il ne cherchait même plus à s'en souvenir.

Il ne reprochait rien à Marianne d'ailleurs. Mais, alors que la fatigue le gagnait, il jetait un dernier regard sur l'épais maroquin contenant les dossiers en instance et il découvrait chaque soir une affaire à traiter en urgence, qui suffisait pour qu'il s'attardât une heure de plus. Parfois même il reprenait des chiffres déjà examinés pour les vérifier à nouveau, se délectant à s'égarer dans des réflexions désabusées.

De surcroît, Henri n'aimait pas la décoration de la chambre conjugale, à laquelle il avait consenti seulement pour satisfaire le goût d'un intérieur opulent de Marianne et ses envies confuses. Les tissus, les meubles surchargés, si chers à sa compagne d'existence, l'incommodaient, parce qu'il jugeait tout cela conventionnel et ramollissant.

Il s'assit sans plaisir au bord du lit Louis XV à capitons. Tournant le dos à sa femme, il sembla soudain préoccupé par une éraflure, dont il découvrait la présence sur le chevreau clair de ses babouches. Il la contempla d'un regard inexplicablement intense, bien que le dommage se révélât minime. En énonçant sa phrase, ses yeux demeurèrent étrangement rivés sur le cuir délicat, comme s'il ne voulait pas immédiatement rencontrer ceux de sa bourgeoise moitié.

– Autant les marier vite, maintenant que c'est décidé.

Marianne tressaillit, parce qu'elle n'attendait pas la décision de son mari ce soir-là. Jamais, depuis que Pauline s'était confiée à elle, il y avait trois semaines, il n'avait manifesté d'impatience.

– Nous pourrions leur laisser quelques mois de fiançailles, objecta-t-elle, en fixant la voussure puissante des épaules et du torse que lui opposait Henri.

– Ils se connaissent déjà depuis des années. Ils auront toute la vie pour se plaire et s'apprécier, si c'est ce qui vous chagrine…

– Tout de même ! Quelque temps… insista Marianne.

– Charles devra bientôt reprendre ses voyages dans toute la France pour nos nouvelles collections. Pourquoi attendre ? coupa le négociant.

Il se sentait d'humeur maussade. Encore une fois, Marianne tergiversait et lui compliquait la vie… Sur ce sujet crucial du remariage de son gendre, comme à propos de vétilles quotidiennes. Lui, sans trop se préoccuper des sentiments profonds du futur couple, se persuadait qu'il fallait célébrer l'union au plus vite dans l'intérêt de la famille et aussi du négoce.

Au magasin, Pauline et Charles veillaient soigneusement à éviter les gestes ou même les intonations de voix autorisant les employés à faire allusion à leur complicité de supposés amoureux ou à leurs noces, qu'ils avaient annoncées un peu maladroitement. Les longues journées de travail les rapprochaient à maintes reprises devant l'immense table-comptoir, mais jamais Charles ne s'attardait plus qu'avant près de Pauline. Il se contentait de l'envelopper d'un regard bref, puis il se dirigeait vers quelqu'un d'autre, pour donner des ordres ou des conseils.

Dans le huis clos de La Vernière, leurs relations intimes ne s'exprimaient pas avec beaucoup plus d'ardeur. Parfois, ils s'enfonçaient ensemble dans le parc, marchant sans nulle hâte de s'isoler, comme retenus par une impénétrable hésitation. En les regardant s'éloigner, Marianne pressentait qu'ils chemineraient ainsi à corps touchants, séparés par une distance infime que ni l'un ni l'autre ne franchirait lorsqu'ils seraient seuls sous le couvert des arbres. Pourtant, dans la maison, ils esquissaient parfois des gestes anodins de fiancés. Pauline souriait à Charles avec des airs de complicité. Lui, la frôlait d'une ébauche de caresse, saisissait ses doigts et les pressait pendant un instant.

Dans ses mauvais jours, Marianne regrettait d'avoir cédé aux exigences de son mari et se rongeait de reproches. Pourtant, elle n'avait jamais eu assez de courage pour interroger sa fille sur ses sentiments profonds à l'égard de son beau-frère. Pauline avait-elle finalement accepté de s'unir à lui par tendresse envers les enfants de sa sœur ou parce qu'elle admirait l'homme mûr ; ou par obéissance à la volonté impérieuse de son père ?

Au plus lancinant de ces incertitudes, une sorte d'instinct maternel frémissant incitait Marianne Labarthe à penser que sa fille n'aimait pas vraiment Charles.

Puis, elle se rassurait : Pauline restait réservée dans ses gestes tendres ou dans ses élans parce que l'éducation sévère des sœurs lui avait trop appris la méfiance à l'égard des hommes. Il suffirait de quelques semaines aux côtés de Charles pour que l'expérience des choses de la vie lui vienne et qu'elle sache se montrer plus chaleureuse, peut-être même plus séductrice.

Cependant, au fil des jours, Marianne n'avait jamais décelé dans le regard de l'adolescente la lueur et l'espoir un peu coupable de l'une de ces étreintes folles qui exaltent les fiancées les moins au fait des emportements de l'amour et des pulsions des sens.

– Vous ne vous couchez pas ? demanda-t-elle, comme si parler pouvait repousser ces doutes que la décision subite d'Henri ravivait brusquement, alors que la soirée eût pu rester insignifiante comme tant d'autres dans la vie de leur vieux ménage.

– Est-ce qu'on invitera des gens ? marmonna-t-il, sans se retourner vers elle.

– Des gens... Je préférerais personne... osa-t-elle avouer, en devinant qu'Henri Labarthe perçait le trouble qui la remuait à l'idée de sceller pour toujours le sort de Pauline.

– Personne ! Vous voulez dire seulement la famille ?

– Il faudrait attendre le retour de René, hésita-t-elle.

– Il abandonnera ses indigènes quand nous le lui demanderons. Je me charge de lui télégraphier, trancha le père pressé.

– La famille, ce serait bien... Ce serait assez, précisa-t-elle.

– Pourquoi faire étriqué ? Je ne sais pas ce qui vous gêne ! lui jeta-t-il, en se retournant tout d'une pièce, le visage dur.

– Croyez-vous que Pauline aimera des noces solennelles ? biaisa-t-elle, sans aucune illusion sur le choix final d'Henri.

– Ne vous torturez pas ! Comme vous, j'ai d'abord souvent pensé que la disparition d'Agathe nous coupait de nos semblables et nous interdisait les fêtes pour toujours… articula-t-il d'une voix rauque.

– Henri, taisez-vous… chuchota-t-elle.

– Non, refusa-t-il, je ne veux renoncer à rien. Nous restons debout ! Les Labarthe doivent marquer les esprits. Pour ce mariage, plus encore que pour celui d'Agathe.

– Taisez-vous… répéta Marianne.

– Une cérémonie solennelle à l'église, puis un grand raout à La Vernière et en ville, voilà comment nous unirons Pauline et Charles.

– Vous ne croyez pas… ?

– Marianne, ce que pensent les gens, je m'en moque ! Cette journée dont on parlera sera notre revanche sur la Mort ! Je suis sûr qu'Agathe m'approuve là où elle est.

Henri Labarthe s'était penché sur sa femme étreignant les couvertures de ses phalanges serrées sur le satin luxueux. Ses traits s'étaient figés et ses yeux luisaient d'une force inimaginable.

Elle fut effrayée par la violence, mais aussi par la douleur encore vive qu'ils traduisaient. Une fois de plus, cette révolte sauvage de son compagnon contre le sort la déchirait car, en bonne chrétienne, elle avait accepté le malheur imposé par un dieu cruel à leur égard, mais dont les volontés devaient être admises. Henri ne les accepterait jamais, sa rébellion farouche contre le destin traduisant avant tout l'amour immense qu'il avait voué à la disparue, mais aussi sa tendresse à l'égard de sa sœur, à qui il croyait offrir un bonheur organisé à sa manière. Tout cela était trop fort pour Marianne, épouse modèle, mère blessée.

– Couchez-vous maintenant, l'implora-t-elle.

Elle se recroquevilla dans le lit. D'abord, elle eut besoin de prier. Mais elle n'y parvint pas. Que pouvait-elle demander, maintenant qu'elle avait consenti au mariage si particulier de sa dernière fille ? Un moment, elle s'arrêta à l'espoir vague que le missionnaire n'obtiendrait pas l'autorisation de quitter son poste africain. Puis l'insomnie l'étreignit. Les nerfs en pelote, elle veilla interminablement, ressassant tour à tour la culpabilité dont elle s'accablait et des tableaux idylliques d'une vie future à La Vernière, éclairée par les rires d'Alicia et de François et par l'union de Pauline et de Charles, qui se révélerait peut-être sans faille, jusqu'à garnir bientôt un berceau d'un beau bébé, elle le souhaitait si tendrement !

La réponse au télégramme d'Henri ne tarda pas. René Labarthe exigeait seulement un mois et demi pour ordonner le quotidien de sa mission en prévision de son absence et pour chercher un bateau en partance vers Marseille.

– Nous avons assez de temps. Nous inviterons large : le député, le conseiller général, le maire, toute notre corporation des tissus, les relations de toujours, les cousins.

– Vous voulez convier les drapiers et les négociants du département ? hésita Marianne.

– En ces temps de crise, il faut montrer que nous avons toujours les reins solides. Cela ne peut que nous servir, expliqua l'industriel, avec une force tranquille dans les yeux.

– Je vais prévenir Bergougnoux. Je veux une messe concélébrée avec René, décida Marianne.

– Lui et notre bon père des Missions étrangères ! Pauline sera bien mariée ! Occupez-vous de toutes ces choses, concéda-t-il avec une certaine ironie.

– Que faisons-nous pour la robe de mariée ?

– L'Incomparable offre un beau choix. Mais ma fille ne portera pas quelque chose de déjà-vu dans la région, trancha Henri Labarthe sur un ton étrange, comme s'il était lui-même surpris d'accorder autant d'importance à la tenue de Pauline.

– Nous irons à la préfecture, annonça Marianne.

– Non. Charles vous emmènera à Toulouse, avec sa Traction.

Tous les achats nécessaires occupèrent le peu de semaines avant le grand jour des noces. Pauline ne manifestait ni enthousiasme ni trouble, admettant sans beaucoup d'objections tout ce que décidaient son père ou sa mère. Dans la voiture, au cours des trajets, dans les magasins, au moment des essayages, elle offrait le même visage tranquille, souriant souvent, comme en proie à une douce émotion.

Parfois Marianne était gagnée par la sensation que sa fille vivait dans l'absence, flottait dans une espèce de vide de l'esprit et de légèreté du corps. Était-ce à cause de la fatigue des voyages répétés, certains soirs Pauline était saisie de brèves pâleurs, comme si le sang se retirait pendant quelques instants de son visage et de son cou.

– Je voudrais inviter Emma, dit la jeune fille, un jour, dès qu'elle apparut au petit déjeuner.

– Quelle Emma ?

– Emma Baraban. Nous étions dans la même cabine à l'institution.

Marianne ne put réprimer le frémissement léger qui fit tressaillir ses traits. C'était la première fois, depuis qu'on se préoccupait de chaque détail du mariage, que Pauline manifestait avec force une envie précise. À entendre le timbre de sa voix, c'était même une exigence.

– Tu ne nous avais jamais parlé de cette camarade…

– J'aimerais l'inviter, insista Pauline.

– Elle est de notre milieu, je suppose ? Ton père…

– Rassure-le ! C'est une fille de docteur.

– Écris-lui, si tu veux, consentit Marianne Labarthe.

– Il lui faut un bon cavalier. Elle danse bien, affirma Pauline, en riant.

– Elle n'est pas de la famille. Quelqu'un du magasin suffira.

– À qui pensez-vous ? questionna Pauline, toujours avec le même éclat inexplicable dans les yeux.

– Je ne sais pas. Je trouverai… promit la mère, agacée par l'importance inattendue que revêtait l'invitation d'une adolescente qu'elle ne connaissait ni d'Ève ni d'Adam, et surtout par le ton volontaire, ressemblant à celui d'un caprice, de Pauline.

À table ou au salon, Marianne Labarthe ne pouvait s'empêcher d'observer les fiancés. Ils n'exprimaient ni ne laissaient paraître aucune impatience. Charles entourait la jeune fille d'une tendresse évidente, mais jamais il n'esquissait d'autres gestes que des caresses timides et insignifiantes. Pauline acceptait le regard qui l'enveloppait soudain de façon un peu plus ardente que d'habitude, le frôlement des doigts masculins sur son épaule ou sur son bras, mais elle demeurait toujours réservée, peut-être distante, ne laissant jamais transparaître dans ses yeux une flamme d'abandon et de complicité, qui aurait renseigné Marianne sur ses sentiments les plus profonds.

Incertaine, celle-ci tentait parfois en vain de rassembler ses souvenirs de la période précédant son union avec Henri Labarthe. Il lui semblait que ces moments uniques avaient été comme une ligne de démarcation dans le déroulement de sa vie, une porte qui se ferme sur un passé d'adolescente, puis qui s'ouvre sur un avenir foisonnant d'espérances merveilleuses : l'amour d'un homme pour toujours, les enfants espérés, les joies mystérieuses du couple. Un matin, deux ou trois jours avant son mariage, Marianne avait eu la sensation délicieuse de s'être endormie petite fille et de s'être réveillée femme. Ces frémissements, ces idées désordonnées et exaltantes à dix-sept ou dix-huit ans, emplissaient-ils les nuits de Pauline ?

Marianne en doutait parfois. Elle en voulait alors à son mari d'avoir précipité la cérémonie pour la simple raison que Charles devait reprendre ses voyages d'affaires. N'aurait-il pas fallu laisser plus de temps aux fiancés pour qu'une tendresse toujours plus ardente les roule doucement ensemble comme les vagues poussent le flot vers la côte ? L'image plaisait à Marianne et elle s'y attardait, quand Henri ne la harcelait pas de ses questions sur les dispositions à prendre et sur tous les choix minutieux à prévoir en vue de la fête.

Le négociant avait supervisé l'envoi des cartons d'invitation avec le souci de n'oublier personne d'important. Puis, il s'était un peu désintéressé des innombrables achats, dont, jugeait-il, sa femme pouvait se charger. Mais, dans les derniers jours, il s'affaira à nouveau à veiller à chaque chose, revenant parfois du magasin pour vérifier tel détail qui, en temps ordinaire, lui serait apparu d'une futilité absolue.

– Je viens de voir Trigosse. Vous ne pensez à rien… reprocha-t-il à Marianne.

– À quoi aurais-je dû penser pour ne pas vous mécontenter ? répliqua-t-elle, touchée par cette remontrance, qu'elle ne méritait pas.

– À des dizaines d'ampoules électriques !

– Vous craignez que les lampes de La Vernière explosent toutes en même temps ?

– Non, mais je veux que pendant une nuit entière personne dans la ville ne puisse ignorer que nous marions Pauline, affirma-t-il, peu enclin à une discussion.

– La maison sera illuminée.

– Trigosse installera des ampoules le long du chemin qui sort du parc. Ce sera comme un ruban de lumière entre La Vernière et Espalion.

– Vous avez sans doute raison : le personnel pourra passer par là, entre la maison et les salons du Grand Hôtel, où nous dînerons, concéda-t-elle.

– J'oubliais de vous prévenir, se souvint-il tout à coup, notre missionnaire m'a téléphoné de Marseille.

– Il arrivera demain, dans la soirée ?

– Oui. Et que Rosette se distingue ! exigea-t-il.

– Elle connaît ses goûts, le rassura-t-elle, comprenant l'importance exceptionnelle qu'il donnait à l'arrivée de son frère.

– Moi, je connais ses foucades ! Voudriez-vous qu'il change d'avis parce que Rosette aurait manqué son soufflé ?

– Il tiendra les promesses qu'il vous a faites. Il a de l'affection pour Pauline et le sens de la famille... énonça Marianne avec douceur, en attribuant charitablement l'énervement dont Henri l'accablait depuis quelques jours à de la fatigue.

– N'oubliez pas, nous devons tout réussir en même temps, le mariage et nos arrangements familiaux, insista-t-il, visage fermé.

– Allez chercher René en gare de Rodez, conseilla-t-elle.

– Non, décida-t-il, Charles ira, avec Pauline.

– Il sera heureux de voyager dans la Traction. Il est si intéressé par les autos...

– Bizarre, pour un prêcheur d'Afrique, vous ne trouvez pas ? railla Henri Labarthe, persuadé d'agir habilement en envoyant le couple au-devant du baroudeur du Christ.

Comme beaucoup d'originaires du département, expatriés sous des cieux proches ou lointains, René Labarthe se montrait d'une fidélité absolue aux plats roboratifs de la cuisine paysanne ou bourgeoise locale. À chacun de ses séjours à La Vernière, il se bourrait de ces mets du terroir, auxquels il rêvait en secret lorsqu'il se trouvait au service de Dieu dans les contrées miséreuses où un aligot, un bouilli de bœuf gros sel, des pommes de terre farcies eussent rassasié un village entier de cases.

Rosette, en femme de tête, notait dans un vieil agenda forclos, serré d'un dos noir, tous les menus qu'elle servait aux invités de marque de ses patrons. L'Africain, du fait de ses visites espacées, n'avait droit qu'à une page en fin de registre. Mais elle était aussi soigneusement tenue que les autres.

– Prévois large et bon, dit Marianne, en se reprochant d'entrer dans le jeu de son mari, dont le souci d'endormir la vigilance de son frère la mettait plutôt mal à l'aise.

– Filet mignon de veau aux cèpes, annonça Rosette avec une modestie qui regorgeait de vanité.

Quand René vint la saluer à la cuisine, lui prenant affectueusement les deux mains dans ses grosses pattes de solitaire athlétique, elle fut frappée par sa dégaine. Il dressait devant elle un corps efflanqué, mais qui suggérait une force indicible, une ardeur que jetait aussi la lueur de ses yeux, encavés dans un visage de plus en plus buriné au ciseau d'acier.

– Rosette, déclara-t-il, ça sent bon. Ton veau devait tomber blanc, quand il avait encore ses pattes.

– Tu connais le boucher des Labarthe, lui rappela-t-elle.

– Rosette, pour que tu restes un cordon-bleu, je prie souvent pour toi, là-bas, la flatta-t-il en riant, désignant d'un mouvement vague un monde lointain qu'elle n'imaginait même pas.

On dîna dans le silence, après les bonnes paroles des retrouvailles. Les rires brefs et les exclamations semblèrent mourir dès qu'on passa à table. Une espèce de retenue, peut-être de gêne, borna la conversation à des banalités, énoncées par bribes, qui se révélèrent vite inutiles pour meubler le temps.

– Veux-tu un armagnac ? demanda Henri Labarthe, se souvenant de l'aversion de son frère à l'égard des cognacs coloniaux.

– Oui, un Ténarèze, si tu as ça.

– Nous allons passer dans la bibliothèque, décida l'industriel, en adressant un signe à Marianne, qui signifiait qu'elle pouvait aller se coucher sans l'attendre.

– Joignez-vous à nous, Charles, proposa le missionnaire, pour bien indiquer que ce qui allait suivre était une affaire d'hommes.

Sans nul doute, chaque lignée dominante de la ville avait ses grands jours et ses grandes heures, dont personne en dehors d'elle n'était capable de préciser ni le motif ni la fréquence. C'étaient les naissances, les unions, les morts et les successions qui en fixaient le rythme. Combien de fois au cours d'un siècle ? Les familles qui se perpétuaient étaient celles qui savaient franchir cette poignée de minutes sans se briser ou sans s'avilir en querelles interminables, veillant à ne laisser voir sur la place publique que l'image de l'harmonie.

Lorsque les trois lentes silhouettes s'effacèrent pour se fondre dans la lumière indécise du bureau, Marianne Labarthe dut prendre sur elle pour ne pas trahir l'anxiété qui lui serrerait le cœur jusqu'à l'instant où son mari la rejoindrait et lui confierait les décisions prises. Pour se donner une contenance, elle ordonna à Rosette d'apporter des verveines.

Parce que la manipulation de documents serait plus facile, Henri Labarthe s'assit à sa table de travail. Carré dans son fauteuil familier, il se sentait plus fort. Face à lui, René et Charles avaient l'air de simples clients.

– Tu peux poser ton armagnac, proposa-t-il, en désignant la surface de bois patiné par le temps et les affaires.

Charles suivit le mouvement rapide des yeux de son beau-père et de l'oncle de Pauline. Au-delà de l'insignifiance de la proposition concernant le verre d'alcool inachevé et des légers sourires, ils s'observaient, se mesurant en silence, comme cela se produisait souvent quand René Labarthe séjournait à La Vernière.

Dès le premier des retours successifs du missionnaire, Charles avait deviné qu'une sourde hostilité régnait entre les deux frères : une animosité trouble, qui ne se haussait pas jusqu'à de la haine, mais qui bouillonnait de reproches et de griefs mal exprimés, peut-être de secrètes jalousies, comme si l'un en voulait à l'autre d'avoir réussi dans sa vie, qu'elle fût vouée à l'argent ou à la religion.

En les observant à nouveau, René écrasant avec délectation l'eau-de-vie ambrée sur ses muqueuses demeurées aptes à apprécier les plaisirs terrestres, celui que lui procurait le feu d'un alcool de prix en particulier, Henri commençant à chercher des papiers dans un tiroir, à droite, Charles pensa qu'ils ne s'aimaient pas parce que ni le bourgeois ni le prêtre n'avaient voulu céder à la volonté dominatrice de l'autre.

– Charles, vous avez su gagner le cœur de notre petite Pauline, en dépit de l'écart de vos âges. Je ne vous cache pas que je doutais de ce miracle, dit le père René avec une évidente tendresse, après avoir posé lentement son verre en cristal.

Tout en faisant glisser celui-ci sur le bureau, jusqu'à une statuette qui l'abriterait de tout mouvement malencontreux, il opposa à l'industriel un regard ferme indiquant qu'il prendrait son temps avant de parler argent.

– Elle a été merveilleuse avec les enfants et je crois qu'elle est heureuse de notre mariage.

– Je suis vraiment comblé de revenir à La Vernière pour une telle fête familiale, dit le missionnaire avec gravité.

– J'aimerais que Pauline vous ait entendu, murmura Charles.

– Je lui dirai ces choses de vive voix, soyez-en sûr, affirma René avec un sourire de totale bienveillance.

Henri Labarthe ressentait la gravité de l'instant, pensant à sa fille, dont la place dans la dynastie serait fixée à jamais dès cette soirée. Sans en être remué, il était plus tendu que ses compagnons ne croyaient le deviner.

Mais par habitude des affaires, il eût préféré commencer leur discussion très vite. Cependant, il se composa une attitude de circonstance sans trop de mal, écoutant les mots choisis de René avec attention, puis adoucissant ses traits pour partager l'émotion de ses deux proches.

– Et les petits ? Que disent-ils ? s'informa le prêtre, après une légère hésitation.

– Je ne sais pas… avoua Charles, qui n'avait pas eu le courage d'évoquer son mariage en tête-à-tête avec Alicia et François.

– Allons ! s'exclama Henri, Pauline est leur tante. Ils ne verront pas en elle une marâtre.

– Il se fait tard. Parlons maintenant, reprit l'Africain après un temps de silence qui sembla épurer les esprits de toute sensiblerie, pour ne plus les vouer qu'à la raison et à la clarté des décisions.

– À toi de dire, René… fit le négociant.

– J'aurais dû céder tous mes droits sur la maison et nos affaires aux Missions étrangères, auxquelles je me suis donné, lança l'évangélisateur des colonies avec une certaine jouissance.

– Tu aurais deux paroles ? persifla Henri d'une voix sourde, en se souvenant des engagements nets de son frère la veille du retour définitif de Pauline à La Vernière.

– Je tiendrai mes promesses, mais je pourrais encore faire ce que je viens de dire… le défia René.

– J'imaginais que ce que promettait un curé était parole d'évangile !

– Voilà que tu ne trouves que des sarcasmes de rad-soc fatigué ! grinça René Labarthe, en bougeant légèrement sur son siège, comme s'il devait prendre du recul pour juger de l'effet de sa banderille sur l'énervement d'Henri.

– Maintenant, lâche ta combine de jésuite ! exigea celui-ci.

– J'abandonnerai mes droits sur l'héritage de papa pour que dure notre famille. Pas pour t'enrichir personnellement.

– Je vais me coucher, décida Charles qui se sentait terriblement indiscret à suivre ainsi l'affrontement des deux frères.

– Non, vous êtes concerné par ce que j'ai décidé ! Restez ! exigea le missionnaire d'une voix calme et froide.

– Sers-nous ton entourloupe ! demanda alors Henri Labarthe, en se calmant car il possédait assez de lucidité pour deviner que ce bras de fer en phrases à l'emporte-pièce pouvait aboutir à un refus brutal de René.

– Je donne tout ce que je possède à Alicia et à François, mais je vous charge d'administrer ces droits jusqu'à leur majorité : toi d'abord, Charles et Pauline ensuite, expliqua René Labarthe, en souriant, comme si l'altercation ne s'était jamais produite.

– En somme, je devrai gérer des choses qui ne m'appartiendront jamais.

– Prévoir l'avenir, Henri… C'est la loi de nos familles, si nous voulons qu'elles passent les générations, articula le missionnaire, sur un ton de gravité qui n'autorisait pas de contestation.

– Vous avez entendu, Charles ? fit Henri Labarthe, comme s'il espérait que son gendre se sentirait gêné par le geste de René au profit de ses enfants.

– Charles accepte, je le sais. Et toi, es-tu capable de bâtir l'avenir des affaires des Labarthe avec lui et Pauline ? questionna alors l'Africain en appesantissant sur son frère un regard d'une ironie glacée.

– Tu ne me laisses pas le choix.

– Merci pour les petits, murmura Charles, sans qu'on sût s'il remerciait le prêtre pour cette donation inattendue ou son beau-père.

– Maintenant, ne pensez plus qu'à votre mariage, conseilla René Labarthe, souriant.

Il se leva lentement, redressant sa haute stature sans cacher une grimace de douleur parce que ses os, trop longtemps soumis à la moiteur tropicale, le faisaient souffrir. Il parut chercher quelque chose dans les poches de sa soutane, puis il fixa Charles.

– Venez, dit-il, Henri a encore du travail pour préparer les pièces nécessaires au notaire.

Comme l'avait prévu son frère, l'industriel resta très tard à son bureau. Il lui semblait que la lumière de la lampe donnait une lucidité aiguisée à son esprit. Il examina toutes les conséquences des décisions de l'Africain. Celui-ci disposait de droits sur la maison, où rien ne changerait puisque la famille réunie y habitait. Mais René avait aussi une part dans l'usine, dans les bâtiments de L'Incomparable ou même dans un vieux portefeuille d'actions et d'obligations des Labarthe. En reprenant l'inventaire de ce dernier, Henri ricana : il comptait quelques milliers de francs d'emprunts russes, qui ne valaient plus un clou.

Il parvint à mettre tout en ordre en vue du rendez-vous chez l'homme de loi, prévu la veille du mariage de Pauline. Dans le silence de la grande pièce un peu froide, son irritation s'émoussa jusqu'à se transformer en satisfaction, parce qu'il venait de réussir en moins de deux heures à déterminer clairement les droits de son frère. Henri Labarthe triompha avec modestie : René s'était retiré en compagnie de Charles, mais il lui faisait confiance parce qu'il se savait tout à fait incapable de s'attarder à ces choses d'argent. Que lui, Henri, maîtrisait à la perfection !

Lorsqu'il eut bouclé ses dossiers, il sortit de la maison. La nuit noire le happa, tandis que la fraîcheur le glaçait. Mais il descendit les degrés du perron et il s'enfonça sans hésitation sous les arbres, comme s'il possédait des yeux de chat-huant. Au bout de quelques minutes, il devina qu'il se trouvait sous les vernes, leurs énormes racines affleurant sous ses pieds.

L'air avait un goût étrange, douceâtre. Une humidité entêtante montait des flaques d'eau, qui subsistaient là, été comme hiver. Des particules, qu'Henri ne voyait absolument pas, tombaient des hautes branches, lui frôlant le visage dans l'obscurité. Pourtant, il resta longtemps immobile, le dos appuyé à l'un des arbres, invisibles dans l'obscurité. Un animal passa à quelques mètres, en émettant une espèce de grognement porcin : un blaireau sans doute.

– Seul ! Je suis seul… constata-t-il.

Longuement, il sonda l'avenir. Mais il ne parvint à aucune certitude. L'époque était dure et il ne pouvait pas compter sur Marianne, à qui il cacherait ce crochet dans la solitude absolue du noir, en la rejoignant dans leur couche ensatinée.

5

Y avait-il un haut, y avait-il un bas dans la société de la petite ville ? En temps ordinaire, les différences semblaient de peu de sens, tant la cité conservait des habitudes simples dans ses façons de vivre. Mais il y survenait de temps à autre des événements qui faisaient les grands jours, dont on se souviendrait et dont on gloserait pendant des mois dans les conversations huppées ou populaires. Les enterrements de première classe solennels et les noces, si elles paraissaient réussies, figuraient bizarrement sur un pied d'égalité dans cette curiosité de l'opinion.

Ce matin du mariage de Pauline Labarthe, une partie de la population observait l'autre. Une ligne humaine s'était formée le long du boulevard, qui ne cessait d'onduler, de s'épaissir avec l'arrivée des premiers véhicules enrubannés. Des buveurs oisifs, après leur deuxième ou troisième canon, sortaient des cafés, la mine interrogative. Des passants s'arrêtaient. Des ménagères petites-bourgeoises se pressaient, encore en robe de chambre minable, redoutant de ne pas apercevoir la mariée.

Ces gens ne se gênaient pas pour avancer des commentaires entendus et pour lancer des rumeurs sur tous les sujets : la couleur de la tenue de Marianne, les raisons supposées de la présence du missionnaire, ce que coûterait la noce à l'industriel. Les plus rustiques criaient à la cantonade le nom des arrivants et les désignaient du doigt à l'intention de leurs voisins non initiés.

Face aux curieux tout-venant, le beau linge se rassemblait peu à peu. Tous les invités qui ne s'étaient pas jugés assez intimes des Labarthe pour se présenter à La Vernière ou qui n'y avaient pas été conviés clairement tentaient de bien se placer, face à la collégiale, en vue de l'instant où le cortège déboucherait sur le boulevard.

Cette petite foule relevée affichait des manières distinguées, mais une cohue s'amorçait, suggérant un certain désordre des fortunes et des prétentions. Les femmes avaient hésité entre le court et le long, qu'il s'agisse des cheveux ou des robes. Les hommes portaient des costumes de cérémonie uniformément sombres.

En revanche, en ces années de révolution de l'automobile, on se partageait entre les hautes conduites intérieures, carrées et lourdes, et des voitures aux lignes félines, coupés et berlines surbaissées. Un moment même, on applaudit côté bistrots. Un nobliau, réputé pour ses manies rétrogrades, survenait en phaéton vert céladon, cuivres superbement bichonnés.

– Vous êtes de la partie ? Il y a bien longtemps que nous n'avions eu de telles noces bourgeoises ! fit-il, sarcastique, en reconnaissant une relation à éclipses.

– Vous n'y avez pas échappé non plus, à ce que je vois. Et pourtant vous n'êtes pas plus que moi dans les tissus.

Ils se serrèrent la main en riant, ni le hobereau ni le marchand ne souhaitant exprimer complètement les raisons véritables de leur présence. Sans doute l'un et l'autre étaient-ils redevables de quelque somme d'argent à Henri Labarthe. N'insinuait-on pas qu'il avait secouru des lignées aristocratiques ruinées par la dureté de l'après-Grande Guerre pour les propriétaires terriens et qu'il disposait de créances sur certains qui le rendaient en fait maître de centaines d'hectares ?

– Toute la ville nous regarde, observa le vieil original, à nouveau sur le ton de la raillerie.

– De ce côté-ci, on fait plutôt bonne figure, vous ne trouvez pas ?

– Ne vous y trompez pas, il y a là des gens qui portent de l'argent prêté sur leur dos ! Pour tenir leur rang à la fête de Labarthe, trancha l'homme au phaéton vert tendre.

– Je me demande si Henri sera toujours aussi solide que le roc, soupira le commerçant, remuant sans doute involontairement les cendres de déboires personnels récents.

– Cette petite Pauline… Mon cher, croyez-vous que Bergougnoux va bénir un mariage d'amour ? persifla le noble des campagnes voisines.

– Amour… En tout cas, cela évitera bien des complications d'argent. Pas un seul partage des biens depuis deux ou trois générations chez les Labarthe ! Nous n'avons pas tous cette chance… regretta l'autre.

– Il existe des familles qui paraissent longtemps heureuses et unies…

À La Vernière, on finissait l'habillage de la mariée. Pauline semblait se mouvoir dans un songe léger, tournant avec grâce au gré de la volonté de la couturière, présente pour un ultime ajustage de la robe à traîne, ou des exigences contradictoires de Marianne et de ses meilleures amies. Des fillettes en blanc et des garçonnets cravatés couraient à l'étage, en attendant de prendre leur place de cérémonie.

Pauline s'inclina légèrement pour vérifier l'attache de ses escarpins immaculés. Tout à coup, comme s'il attendait cet instant depuis un moment, François se précipita d'un élan vers elle. D'un petit geste sec, il tira sur la voilette fragile qui devait ombrer le regard de la mariée à l'office.

– Tu es fou ! cria Marianne Labarthe, au comble de l'effroi.

Pauline avait eu le temps de saisir le bras de l'enfant. Elle le serra très fort, parvenant à l'immobiliser à quelques centimètres seulement de son visage. François ne chercha pas à se débattre.

– Tu es méchant, bredouilla Pauline qui ne trouvait aucune explication à ce geste totalement imprévisible.

– Ce n'est pas moi… pleurnicha brusquement François, réalisant sans doute la stupidité de son agression.

– Que veux-tu dire ? le questionna Pauline, frémissante. C'est Alicia qui m'a commandé de t'arracher ton voile, avoua le gamin, l'air piteux et contrit.

– Mais, pourquoi ? Ce n'est pas possible ! murmura Pauline, bouleversée, en cherchant une explication sensée à cet invraisemblable incident.

– Lâchez-le. Il n'y a pas de dégâts, dit la couturière, en écartant le petit coupable pour redonner un joli pli et sa préciosité à la voilette.

– Alicia… répéta Pauline, d'une voix qui tremblait.

– Garnement ! accusa Marianne, dont le cœur tapait à l'idée de la catastrophe de dernière minute qu'on venait de frôler, mais qui ne pressentait pas avec lucidité quelle hostilité subite avait animé sa petite-fille.

– Partons, demanda la mariée oppressée, mue par un besoin instinctif d'échapper au confinement de la pièce.

En bas, on l'attendait, en un remous élégant refluant lentement dans le hall, se déversant en désordre sur le perron ou dans l'élargissement de l'allée. Un crépitement d'applaudissements l'accueillit lorsqu'elle s'engagea sur les marches du large escalier de La Vernière, ses doigts gantés retenant la robe blanche.

– Que tu es belle ! constata Henri Labarthe, en frôlant son front et ses joues d'un baiser très affectueux, mais en veillant à ne pas dévaster l'arrangement de jeune princesse qu'on avait fait à sa fille.

– Ma chérie… chuchota Charles.

– Pauline… Vous permettez que je vous appelle Pauline, aujourd'hui ?

C'était le maire qui lui demandait cette familiarité, en souriant et en lui saisissant les mains, dans un geste qui se voulait officiel et paternel à la fois. Plutôt que d'attendre le cortège à la mairie, il avait choisi de manifester sa considération et son amitié aux Labarthe en se rendant à La Vernière.

Pauline pensait encore au bond de François contre elle, mais la sensation de totale incompréhension et de peur d'elle ne savait quoi, qui l'avait parcourue en une fraction de seconde, s'effaçait. Les bravos, les rires, les mots agréables la soulevaient, la rendaient à nouveau légère. Maintenant, elle se sentait étourdie, vide de toute volonté, comme si elle ne s'appartenait plus, seulement désireuse de flotter dans l'onde de joie et de fête qui, à cet instant, submergeait la belle maison, puis qui allait s'ordonner pour l'emporter vers la collégiale où on célébrerait son mariage.

Dans la cohue, pas très loin d'elle, elle distingua Emma, qui lui adressait un petit signe de la main et qui semblait vouloir lui parler. Mais elle ne parvint pas à s'en rapprocher. D'ailleurs, qui eût compris qu'elle se séparât de son père pour bavarder avec une ancienne camarade de pension ?

Un regret désagréable la parcourut. Une idée étrange s'imposa dans le brouhaha de cette foule de parents et d'amis : Emma était-elle la seule, parmi toutes ces personnes débordant de bienveillance convenue, capable de comprendre ses pensées les plus secrètes ?

Pauline monta à l'arrière de la longue Delahaye ivoire, qui serait la voiture des fiancés, puis des nouveaux époux, pendant toute la journée. Elle sourit à Charles, qui s'installa à côté d'elle, à l'arrière. L'instant lui sembla irréel, comme manquant de consistance. Soudain, elle ressentit du froid, inexplicable, qui la fit frissonner pendant quelques secondes.

Leurs yeux se rencontrèrent mais chacun détourna aussitôt son regard, fixant la foule élégante, qui commençait à se diriger vers les voitures, la cohue de chapeaux et de capelines colorées.

– Chers fiancés, je vous emmène au pied de l'autel, énonça le chauffeur, un ami d'Henri Labarthe, en prenant un ton emphatique et enjoué à la fois.

– Oui, démarrez, souffla Charles d'une voix étouffée.

Quand la Delahaye se rangea en douceur devant l'église, les deux villes, celle des élites et celle des curieux, explosèrent d'impatience enfin satisfaite et de joie mêlées. Pauline vit-elle tous ces inconnus ? En sortant de la voiture, elle parut hésiter sur la manière dont elle devait tenir son bouquet.

– C'est elle ! crièrent plusieurs femmes, côté boulevard, comme s'il s'agissait d'une star.

Les invités qui attendaient eurent des réactions plus distinguées. Les mains habillées applaudirent de manière feutrée, tandis que les visages s'animaient de sentiments nuancés, dont certains n'étaient pas exempts de dépit ou de perfidie.

– Pauline, prends mon bras, intervint Henri Labarthe, qui avait vu le flottement de sa fille.

Les participants se formèrent en un cortège d'abord presque immobile, en respectant instinctivement les degrés de parenté avec la famille et de relation avec l'industriel. Marianne, à qui sa nature angoissée faisait craindre un impair, se rassura au bout d'une minute ou deux. Rien dans ce qu'elle distinguait autour d'elle ne laissait sourdre une tension ou un mécontentement, fût-il superficiel. Et Pauline, s'appuyant contre Henri, semblait très calme, bien qu'émue, Marianne le comprenait.

Le curé Bergougnoux et le père d'Afrique se tenaient très droits dans leurs vêtements sacerdotaux de grand apparat, venus attendre les fiancés sur le parvis. De la pénombre sacrée de la nef, montait le chant merveilleux d'une maîtrise de jeunes filles, triées sur le volet, qui allaient accompagner toute la cérémonie de leurs voix pures.

– Tu m'auras donné le plus beau jour de mon sacerdoce. Merci d'avoir voulu cela, chuchota René Labarthe, en se penchant doucement vers Pauline.

Sans en référer à Bergougnoux, il prit une décision brusque, même s'il ne discerna pas clairement quels sentiments le traversaient tout à coup. Fut-il remué par une trop grande émotion ou voulut-il signifier à tous les fidèles que les fiancés s'étaient déterminés dans une totale indépendance de leur consentement à l'union qu'il allait consacrer ?

– Charles, maintenant, conduisez Pauline, commanda-t-il, passant outre aux principes admis qui veulent que les fiancés se présentent séparés à l'autel, chacun au bras d'un parent.

– Oui, nous vous suivons, bafouilla l'abbé Bergougnoux, retrouvant son onction naturelle après une seconde de surprise réprobatrice.

L'entente liturgique des deux prêtres apparut parfaite, conférant à cette messe concélébrée une magnificence que les habitués de l'église n'avaient jamais connue. L'homélie de René Labarthe s'éleva à des sommets spirituels jamais atteints, même aux rares visites de l'évêque ou des prédicateurs de Carême les plus réputés. Son passage sur la famille chrétienne toucha une assistance pour qui la stabilité et la durée des lignées constituaient une préoccupation lancinante, face aux risques d'aventures toujours possibles de leurs membres écervelés ou trop faibles pour supporter les lois de la morale et de la société, déviant, fouettés par les délires de la chair, de la jalousie ou du lucre.

Pauline suivait le tempo solennel de la cérémonie, les gestes imposés et les paroles des officiants sans bouffées d'émotions brutales. Il lui semblait qu'elle avait repris la maîtrise d'elle-même et que son esprit distillait des idées assez précises. Mariée ! Elle allait être mariée… Elle se rapprocha légèrement de Charles. Elle le regarda. Ses yeux possédaient une fixité mystérieuse, comme fascinés par un point invisible, derrière les prêtres.

– Mes enfants, nous allons recueillir vos consentements. Il y a beaucoup d'amis autour de vous. Parlez bien fort, pour qu'au moins les premiers rangs vous entendent, conseilla Bergougnoux.

C'était fait. Pauline n'était plus une jeune fille. Quand Charles se pencha vers elle pour lui donner un chaste baiser, elle ne sut pas si elle se sentait heureuse ou effrayée.

L'office nuptial se termina sur un nuage. Une félicité superficielle et contagieuse paraissait effleurer l'assistance, autorisant quelques rires étouffés et des bribes de chuchotements, alors que jusque-là on était resté dans un mutisme guindé.

Puis, à l'instant des signatures, la sacristie risqua de craquer, envahie par une bousculade insensée d'intimes des Labarthe ou de ceux qui se croyaient tels. Charles dut protéger Pauline de ce déferlement en lui enveloppant les épaules de son bras.

– Vous êtes ma femme… murmura-t-il dans ses cheveux.

Elle ne lui répondit pas. Sa femme ? Réalisait-elle vraiment tout ce que ce mot signifiait ? Qu'attendait-il d'elle dès la nuit qui viendrait, au terme de la fête ? Que seraient-ils l'un pour l'autre dans les prochains jours, les mois lointains, imprécis ? Ils commençaient une vie commune. Pauline avait de la peine à l'imaginer.

Il lui adressa un regard chargé de tendresse. Mais il la considérait avec une espèce de résignation, comme s'il se persuadait qu'une distance subsisterait toujours entre eux. La bousculade faiblissant un peu, il détacha sa main de ses épaules et il lui prit la taille, dans un geste qui se voulait détendu et familier.

La journée de noces avança lentement, surchargée d'usages convenus, comme la photographie, que réalisa un spécialiste venu de la préfecture. Pauline rayonnait de beauté. Elle souriait à chacun. Elle acceptait les baisers et les félicitations exagérées avec la même sérénité, ce qui rassura tout à fait Marianne et qui émerveilla ses amis.

Le soir, comme l'avait voulu l'industriel, la petite ville fut illuminée par la fête brillante et parcourue d'un brouhaha joyeux, montant de tous les lieux où s'amusait la gent Labarthe. La Vernière, dont on oubliait la présence les jours ordinaires, scintillait de tous ses feux. Des lueurs s'élevaient au-dessus de l'obscurité habituelle du parc. La sente menant au portillon, équipée d'ampoules par Trigosse figurait une manière de cordon ombilical lumineux, étincelant entre la propriété et le cœur de la cité.

Quant au Grand Hôtel, il apparaissait incendié de mille lueurs différentes, jaillissant de la cour, des portes, du hall, des croisées des étages. Si on se laissait en même temps éblouir, étonner par le nombre impressionnant de belles voitures et pénétrer par la musique, on pouvait croire que les réjouissances ne finiraient pas, ayant submergé pour des heures et des heures l'établissement estimé, mais d'habitude un peu somnolent.

La pièce montée, avec ses deux personnages. Les premières bulles d'un champagne millésimé somptueux. Le ballet des serveurs en habit noir…

– Pauline, si vous saviez comme je suis heureux, chuchota Charles, qui venait de prendre la main de sa jeune femme, sur la nappe de damas blanc.

– Je suis heureuse, moi aussi, avoua-t-elle dans un rêve, terni d'un peu de migraine.

– Nous devons ouvrir le bal, j'aime danser…

– Je ne saurai pas, s'effraya-t-elle.

– Laissez-moi vous guider. Vous verrez, ce sera très facile, lui assura-t-il.

Le repas de noces s'allongeait interminablement. Après les desserts, il fallut attendre le café, les fines et les liqueurs, les cigares, que certains commencèrent à fumer sans quitter la table, alors que des salons s'offraient à eux.

Lorsque Charles se leva, mettant ainsi fin à une trop longue soirée vouée à la gastronomie bourgeoise, une volée d'applaudissements monta parmi les amateurs de pas à la mode ou de valses. La salle de banquet se vida en quelques minutes.

Pauline Labarthe ne possédait ni l'expérience des bals ni la passion pour la danse qui transforment certaines femmes en séductrices, dès qu'elles cambrent leur corps, au rythme de la musique, dans les bras d'un cavalier expert. Cependant, elle s'accorda assez bien avec Charles au bout de quelques évolutions seulement sur la piste cirée. Il la conduisait à merveille. Elle se laissait aller contre lui, en éprouvant un incontestable plaisir de se sentir ainsi emportée avec assurance.

– Pauline ! l'appela doucement Emma, que le déroulement de la journée avait tenue jusque-là éloignée de son ancienne camarade de pension.

La jeune mariée détourna les yeux en direction de l'interpellatrice, suivant le glissement souple de l'ex-pensionnaire et de son danseur qui formaient un duo dont on ne pouvait que remarquer l'aisance et le plaisir apparent.

– Ta mère ne me pardonnera jamais ! Tu vois, j'ai laissé tomber le cavalier qu'elle m'avait présenté ce matin, s'amusa Emma.

– Vous le regrettez ? parut s'informer son partenaire du moment, avec un rire provocant.

– Je voulais seulement te dire que tu es très belle et que vous formez un beau couple avec ton mari, reprit la jeune fille, sans relever la fatuité de la réplique de son compagnon.

– Emma a raison : vous êtes belle en mariée et je ne saurai plus comment vous appeler au magasin.

– « Pauline », comme avant, souffla-t-elle, un peu décontenancée par cette question que lui poseraient certainement d'autres employés de L'Incomparable.

– C'est sûr ! « Madame Pauline », ça fait vraiment trop vieux pour vous, plaisanta-t-il, en éclatant de rire.

– Rien ne sera changé demain, assura alors Charles, avec un air emprunté, comme s'il croyait devoir donner l'autorisation d'appeler sa femme par son prénom.

Pauline côtoyait souvent Hugues de Rofiac. C'était l'un des voyageurs-représentants-placiers, ces VRP qui constituaient les chevau-légers d'Henri Labarthe, lancés à longueur d'année à la quête de nouveaux clients : particuliers, commerçants des bourgs, culottières, couturières et tailleurs. À chacun de ses retours, il rangeait sa voiture d'une belle arabesque dans la cour, entrait au magasin et jetait des chiffres pour montrer que les employés auraient à s'activer pour satisfaire ses commandes, toujours prioritaires. Puis, rayonnant, il tournait autour des comptoirs et filait rendre compte à l'industriel de chaque détail de son voyage.

– Venez, Emma. Je me serais moi aussi mortellement ennuyé en compagnie de ma cavalière officielle, ironisa-t-il, en entraînant à nouveau sa partenaire.

En même temps, il jeta sur Pauline un regard qui prit une profondeur et une force qu'elle n'avait jamais remarquées, lorsqu'ils échangeaient quelques mots autour de la table de vente et de coupe de L'Incomparable. Elle observa aussi le soin avec lequel il s'était vêtu pour la fête : complet sombre, chemise immaculée, cravate et pochette assorties, rehaussaient son teint pâle et l'or peu appuyé de sa chevelure. Grand et élancé, mais solide d'épaules, les traits d'une grande régularité, il offrait une silhouette de Nordique, suggérant une origine lointaine insolite, parmi les statures plus tassées de la plupart des hommes présents.

– On dirait qu'ils sortent du collège tous les deux. Il ne fait pas beaucoup plus âgé qu'Emma, constata Charles, plutôt amusé qu'Hugues de Rofiac eût délaissé la fille que Marianne lui avait attribuée.

– Vous le connaissez bien ? s'intéressa Pauline.

– Don Juan ! Votre invitée devrait se méfier...

Le couple avait une façon de danser qui fascinait. C'était une sorte de défi, de jeu de la provocation, dans lequel ils se séparaient, puis se retrouvaient dans une complicité parfaite. Le jeune homme repoussait Emma, la faisait virevolter, puis soudain la ramenait vers lui, la ployait contre son torse ou contre sa cuisse, au gré des figures.

Pauline, parfois, distinguait le mouvement des yeux de la danseuse et la lueur qui les parcourait à cet instant. Elle y devinait sans être sûre de rien de la soumission et du refus, un don fugace d'elle-même, mais toujours de la distance à l'égard de son partenaire.

Elle suivait les pas de Charles, elle se laissait pénétrer par une foule d'idées confuses. Était-ce une sorte de jalousie ? Elle envia Emma de savoir ainsi rester tellement maîtresse d'elle-même, tout en mettant autant de fougue et de plaisir à chaque tempo dans les bras d'Hugues de Rofiac.

Elle n'en dit rien à son mari. D'ailleurs, elle n'aurait pas su trouver le ton et les mots justes pour lui avouer la sensation étrange qui l'envahissait. Mais, tout à coup, lui vint la certitude qu'Emma n'était plus celle qu'elle avait connue dans la cellule-cabine de l'institution. Elle était devenue une femme qui jouait sous ses yeux à séduire un homme. Pourtant, elle repartirait en n'emportant que le souvenir d'une nuit de jeu sensuel et d'amusement, sans s'attacher aucunement à lui.

– Vous avez aperçu les enfants ? questionna Charles.

– Ils sont perdus dans la foule ou sortis dans les jardins, suggéra Pauline, qui ne s'attendait pas à cette question, si éloignée du flirt explicite auquel elle assistait.

– Alicia ne m'a pas dit un mot depuis ce matin, regretta Charles.

– Elle a d'abord pensé à s'amuser avec les filles de son âge.

Mais, en se souvenant de l'incident provoqué par François et des accusations de celui-ci à l'égard de sa sœur, qu'elle s'abstint de révéler à son mari, elle ne douta pas que le comportement d'Alicia fût dicté par la bouderie ou par un caprice dont elle ne parvint pas à deviner les motifs.

– Excusez-moi de me préoccuper des enfants ce soir, alors que je ne devrais penser qu'à vous…

– Faites-moi danser encore, murmura-t-elle, étourdie par la musique et une sorte d'euphorie agréable qui la rendait légère et brouillait son esprit.

– Vous ne préféreriez pas une coupe ? suggéra-t-il.

Sur l'un des petits côtés de l'immense salon, un buffet de douceurs et du champagne offraient de quoi refaire son énergie ou simplement combler sa gourmandise. Avec l'avancement de la nuit, les couples s'épuiseraient et les petits-fours attireraient de plus en plus de monde. Déjà, des groupes bavardaient à proximité de ces délices.

Des conversations chuchotées : complots d'argent ou accords secrets sur de mystérieux sujets se déroulaient depuis la fin du dîner, dissimulées dans un recoin discret ou abritées par des embrasures de porte, où on était à la vue de tous, mais où il semblait qu'on n'échangeait que les banalités insignifiantes, commandées par une rencontre fortuite.

– Vous permettez, Charles, que je vous enlève ma fille pendant un instant ? plaisanta Henri Labarthe, lorsque les mariés abordèrent les tables aux friandises raffinées.

Il entraîna Pauline dans un simulacre de danse. En fait, il la guidait vaguement, au rythme de la musique, pour la sentir contre lui, l'admirer avec une sorte de satisfaction de sa beauté et de lui-même. Pauline appuyait un bras sur son épaule, tandis qu'il serrait les doigts fins dans les siens, indécis ; peut-être ému.

Pourquoi avait-il eu envie de danser avec Pauline ou plus exactement de s'isoler avec elle, en prenant le prétexte de la faire évoluer pendant quelques minutes sur la piste, dont la patine luisait sous les beaux lustres du Grand Hôtel ? Finalement, il la reconduisit vers le petit groupe qui s'empressait autour de la maîtresse de maison et de son gendre. Mais il n'avait pas desserré les lèvres.

– Les gens s'amusent… observa-t-il, en paraissant rendre la mariée à son légitime propriétaire.

– C'est une belle fête, murmura Pauline.

– Notre fille est heureuse ! Toi qui ne voulais inviter qu'une poignée de parents proches… reprocha-t-il avec une légèreté affectée à sa femme.

Tout à coup, des larmes perlèrent aux paupières de Marianne Labarthe. Ce n'était pas un flot de tristesse, mais d'imperceptibles aiguilles liquides qui lui rougirent les yeux. Charles, mal à l'aise, se composa une attitude en se rapprochant de sa jeune femme. Était-ce le souvenir d'une scène ou d'un moment comparable de son premier mariage, avec Agathe, qui revenait brusquement devant les yeux de sa belle-mère, assez cruel pour lui tirer des pleurs ? Henri Labarthe écarta sa femme, en lui saisissant le bras.

– Pas de scène, je vous en prie ! exigea-t-il d'une voix sourde.

– Pauline… souffla-t-elle.

– Nous continuerons de vivre ensemble à La Vernière, votre fille, Charles, vous et moi. Il y a des mères qui sont plus mal loties que vous !

– Si Pauline n'était pas heureuse demain…

– Pas de sensiblerie, Marianne ! Regardez-la ! Est-ce qu'elle a l'air triste ? trancha Henri Labarthe, lèvres serrées.

– Excusez-moi, mes amis. On ne devrait pas pleurer un jour de noces. Je ne sais pas ce qui m'est arrivé... voulut se justifier Marianne en revenant près de ses invités.

– Un mariage est toujours une séparation et une épreuve beaucoup plus dure que nous le croyons, nous les mères... philosopha une voix féminine.

Les généralités mondaines possèdent l'onctuosité d'un baume adoucissant et la vertu apaisante des masques qu'on place sur des yeux trop sensibles à la lumière. En obligeant à suivre le feutré de la phrase et à percer le sens exact des mots choisis, elles émoussent l'acéré des angoisses ou de la tristesse. Confusément réconfortée, Marianne sourit.

Pauline avait tenté d'imaginer une foule de détails qui, l'un ajouté à l'autre, se succéderaient pendant la journée, puis la nuit de ses noces, comme les touches de couleur doivent composer un tableau réussi. Mais elle n'avait jamais deviné quels gestes ou quels mots l'entraîneraient enfin loin de la cohue des fêtards, pour se trouver seule avec Charles, dans leur chambre.

– Partons, maintenant. Il ne reste plus que les obstinés et j'en ai assez des félicitations, dit-il, alors que la musique se taisait pour une courte pause.

– Si vous voulez, consentit-elle, frissonnant soudain.

Il la prit à la taille, la poussant avec lenteur un peu en avant de lui, la guidant à travers les groupes attardés, s'effaçant lorsqu'ils parvenaient à une porte.

– Nous rentrerons avec ma voiture, que Trigosse a amenée. Ce sera catastrophique pour votre robe, mais elle est déjà froissée, constata-t-il avec sérieux, comme si cela pouvait avoir une quelconque importance.

– J'enlève ma capeline, décida-t-elle, en riant.

Ils se regardèrent. Ce n'était pas encore l'intimité de leur refuge de jeunes époux, mais la musique, qui avait repris, s'éloignait, allait se perdre. Les groupes ne bruissaient plus de banalités ou d'exclamations, le brouhaha de la foule ne leur parvenait qu'en sons discontinus.

– Pauline, attends-moi ! appela soudain Emma, derrière eux.

– Tu valsais encore…

– Ce n'est pas une raison pour t'enfuir avec Charles, reprocha la jeune fille, en éclatant de rire.

– Je vais chercher la Traction, proposa le marié, qui se sentit gêné ou peut-être de trop.

Emma et Pauline se regardèrent. Elles restèrent figées, face à face, comme si elles se persuadaient lentement qu'elles étaient devenues étrangères l'une à l'autre. Entre la jeune épousée en robe longue et l'adolescente habillée court, la distance qu'avait créée la vie en si peu de temps semblait énorme.

– J'aurais tant voulu parler de Charles avec toi, dit Emma.

– Il est très gentil ; et puis il y a les enfants…

– Je te souhaite beaucoup de bonheur, tu sais…

– Ne te préoccupe pas de moi. Toi ? demanda Pauline dans un souffle.

– Je passerai le baccalauréat, l'année prochaine, annonça Emma, sûre d'elle.

– Il y a si peu de filles qui s'y présentent. Ce sera très dur pour toi.

– J'aurai l'examen, sois-en certaine !

– Et après ?

– Je veux aller à Paris, faire médecine. Mon père est d'accord.

– Médecine ? C'est très long. Nous ne nous reverrons plus.

– Tu m'écriras pour tout me raconter. Tu pourras toujours compter sur moi, quoi qu'il arrive, promit Emma avec une gravité qui émut Pauline.

– J'entends l'auto de Charles.

– Embrasse-moi. Ne le fais pas attendre, conseilla Emma, mutine et complice.

En roulant entre les alignements de maisons, vite tronqués, qui tenaient lieu de faubourg à la ville, Charles pensa qu'Henri Labarthe serait satisfait en embrassant le tableau nocturne offert à tous ceux qui traverseraient la cité. La Vernière éclatait de lumière. Île scintillante, elle flottait sur l'obscurité des bois environnants, semblant se balancer au bout de la ligne fragile des lampes posées par Trigosse le long du sentier piéton.

Lorsqu'ils sortirent de la Traction, l'illumination les aveugla. La façade violemment éclairée de la grande maison, renvoyant trop de clarté brutale, leur parut hostile.

– Je ne me sens pas bien, frémit la jeune femme.

– Ce n'est rien. La fatigue, puis la fraîcheur de cette nuit, s'efforça de la rassurer Charles.

– Écoutez. Ce silence… Il y a tant d'oiseaux ici, qui commencent à chanter dès qu'il fait un peu jour, comme maintenant.

– Venez, Pauline, exigea-t-il, avec beaucoup de douceur.

Elle le suivit. Savait-elle seulement ce qui se passait entre les nouveaux époux, lorsqu'ils se retrouvaient seuls dans leur chambre ? Devinait-elle à cet instant comment Charles se comporterait ? Marianne Labarthe, compassée dans sa pudeur craintive, n'avait jamais évoqué l'intimité des couples devant elle. Et ce n'étaient pas les rêveries d'adolescente et les secrets partagés avec Emma dans leur cellule de l'institution qui lui permettaient de prévoir avec assurance comment elle répondrait aux gestes et aux chuchotements pressés de son mari.

– Montons, murmura-t-il.

Il lui avait pris la taille. Elle observa qu'il avait beaucoup de force, en guidant son pas dans l'escalier. Il la soutenait et elle aima la pression du bras masculin contre son corps. Mais il ne chercha pas à l'embrasser avec fougue.

– Je vais vous aider à dégrafer votre robe, proposa-t-il, quand il eut refermé la porte de leur chambre.

– Si vous voulez… accepta-t-elle dans un murmure.

– Je me coucherai le premier, je vais passer à la salle de bains, décida-t-il.

Celle-ci était magnifique, pourvue d'une baignoire vaste et de deux vasques, dont le luxe était souligné par une robinetterie dorée. Des portemanteaux de goût, dans une encoignure, des valets de nuit, une belle coiffeuse, une profusion de miroirs avaient été disposés pour faciliter les gestes les plus ordinaires de la toilette, parfois si désagréables dans des réduits exigus.

– Vous savez quoi ? dit Charles, en riant fort, j'irai toujours le premier ici. C'est une bonne habitude à prendre…

Il n'avait pas interrompu l'écoulement de l'eau, qui gargouillait dans le siphon du lavabo. Pauline l'imagina nu et elle frissonna.

Comment cela était-il, un homme entièrement dévêtu, debout sur le marbre aux nuances rosées ?

– Je vais me coucher en vous attendant. À vous maintenant, plaisanta-t-il, en réapparaissant dans un peignoir en soie.

Dans les familles bourgeoises de la ville, un linge de maison de haute tenue restait un motif d'orgueilleuse satisfaction. Marianne Labarthe avait fait appel aux fournisseurs les plus prestigieux de L'Incomparable pour garnir la couche nuptiale de sa fille.

Charles se glissa entre les draps raffinés que Rosette avait lissés et arrangés avec un soin extrême. En proie à un trouble indicible, qu'il ne parvenait pas à maîtriser, il s'appuya contre un oreiller, à demi assis, totalement incertain de ce qu'il allait faire ou dire.

Il entendait bouger Pauline dans la salle de bains. Elle ouvrait et refermait les robinets, elle allait vers la coiffeuse. Sans doute s'asseyait-elle sur le tabouret aux pieds sophistiqués. Il distingua avec précision des sons métalliques. Elle devait enlever ses bijoux, les poser sur le plateau étroit du meuble.

Elle se coiffait, avant de le rejoindre. Il l'imagina dans cette attitude, les bras levés avec grâce, révélant le galbe des seins, le cou élancé, la sensualité des hanches, encore loin sans doute de la plénitude qu'avait atteinte Agathe à la suite de ses deux maternités.

Pauline allait sortir de son refuge de marbre et de dorures en chemise de nuit. Pourtant, elle semblait immobile. Charles se demanda si elle avait peur de lui. Il pensa qu'il devait se lever, aller la prendre dans ses bras, l'emporter vers leur lit, comme on le voit dans les films et les livres. Elle frémirait, elle lui serait reconnaissante de cette façon très théâtrale de s'imposer à elle.

Mais, soudain, il douta de tout. Les objections terribles qu'il s'était tant de fois adressées durant les heures éprouvantes de ses insomnies ou sur la route, lors de ses interminables périples solitaires, l'assaillaient avec une brutalité qui l'accablait de culpabilité. Il avait accepté de trahir la mémoire d'Agathe, il avait forcé le consentement de Pauline, qui n'était qu'une adolescente sans défense. Charles prit peur. Comment affronterait-il les yeux de sa jeune femme, lorsqu'il tenterait de pénétrer en elle ?

Dans un effort farouche de volonté, sa résolution fut prise. Mais comment lui annoncer ce qu'il venait de décider et de s'imposer ?

La porte de la salle de bains était restée entrouverte. Une lueur frappa les yeux de Charles. C'était l'image de Pauline dans le grand miroir surmontant les vasques. Dans un mouvement instinctif de pudeur, elle essayait de resserrer le col délicat de dentelle sur son cou.

– N'ayez pas peur. Je jure de vous respecter aussi longtemps que vous le voudrez. Venez, Pauline, s'entendit-il énoncer d'une voix qui vibrait étrangement.

Elle releva le drap de son côté et entra dans le lit. Contrairement à ce qu'il craignait, elle ne se recroquevilla pas au plus loin de lui. Elle posa sa tête sur son épaule, sans doute parce qu'elle se sentait désemparée et qu'il lui paraissait agréable de s'appuyer contre quelqu'un.

6

Étaient-ce des manies nocturnes ou le sommeil d'Henri Labarthe dépendait-il curieusement du cycle de la lune ? Alors qu'il s'endormait la plupart du temps comme un enfant, les jours proches de culmination de l'astre, il se retournait dans les draps, agité d'impitoyables insomnies qui le rongeaient de pénibles migraines. Très souvent, il se levait, tendu et énervé, puis gagnait son bureau. Se convaincre qu'il ne perdait pas sa nuit, examiner des broutilles ou quelques dossiers beaucoup plus difficiles, parfois pendant une heure ou deux, l'apaisait.

Aux premières grisailles de l'aube, il rejoignait Marianne, qui errait dans un demi-sommeil, l'esprit plus ou moins obscurci par les idées floues, foisonnant sans prendre une réelle consistance. Mais, à la minute même où son mari rentrait dans leur lit, pour n'y rester qu'un bref moment car il allait commencer sa journée très tôt, elle se forçait à retrouver toute sa lucidité, espérant une nouvelle inattendue ou une confidence. C'était dans ces imprévisibles périodes d'intimité matinale qu'il avouait ou qu'il laissait deviner ses préoccupations ou ses sentiments véritables.

– Marianne, je crois que nous avons atteint le but que je m'étais fixé, assura-t-il, un matin, plusieurs mois après les noces de Charles et de Pauline.

– Que voulez-vous dire ? demanda-t-elle, ne comprenant pas quelle approbation il cherchait en énonçant son affirmation.

– Charles et Pauline s'entendent bien, vous ne pensez pas ?

– À les voir vivre chaque jour, oui, concéda Marianne, même si elle s'interrogeait encore souvent sur l'harmonie du couple que formaient sa seconde fille et son gendre.

– Citez-moi un fait ou un mot entre eux qui vous inciteraient à envisager le contraire ! s'agaça Henri Labarthe.

Elle ne le poussait jamais dans ses retranchements, évitant de lui poser des questions trop précises, qu'il s'agisse du magasin ou de la famille. Cependant, elle osa des mots plus inquisiteurs, qui lui parurent trop directs et qu'elle regretta aussitôt, avec ses penchants d'épouse effacée.

– Même si vous ne m'en disiez rien, vous avez longtemps douté, n'est-ce pas ?

– Charles a du caractère et des prévenances pour Pauline. J'avais confiance en lui.

– Vous les avez observés dans la maison ? Vous vous préoccupiez donc du bonheur de Pauline ? chuchota Marianne, émue.

– Aviez-vous cru que j'aurais donné notre fille à un goujat ? lui reprocha Henri Labarthe, le regard soudain brillant d'irritation contenue.

– S'il n'y avait pas cette volonté permanente de rébellion d'Alicia contre Pauline… se plaignit Marianne.

– Je ne comprends pas cette révolte. La petite était si attachée à sa tante, encore juste quelques jours avant le mariage.

– Je suis inquiète. Elle s'oppose à Pauline sur tout, révéla Marianne, affligée par la violence et la jalousie confuse qu'elle devinait dans les impulsions agressives de sa petite-fille.

– La rentrée approche. Menacez-la de la pension, suggéra Henri Labarthe, pour qui toute difficulté devait trouver une solution définitive.

Des heurts se produisirent à l'office. Rosette, levée avant le bon Dieu, devait grogner en découvrant un ustensile mal rangé. Elle reviendrait à une humeur moins revêche quand l'arôme de son nectar emplirait la pièce.

Marianne se replia dans un silence prudent. Les réparties méchantes d'Alicia, les petits incidents récents traduisant une malignité incessante, se pressaient en désordre dans sa mémoire. Pour ne pas exaspérer l'agacement d'Henri, elle avait préféré lui cacher le nombre d'épisodes stupides ou irritants et l'hostilité sourde de la gamine à l'égard de Pauline. « Tu m'as volé mon papa », avait crié Alicia contre celle-ci, qui la grondait. Cela, Marianne ne le révélerait jamais à son mari.

– Je touche également au but dans mes affaires, qui sont aussi les vôtres, reprit Labarthe, en trahissant une jouissance secrète et une assurance qu'il exprimait d'habitude avec plus de réserve.

– Vous vous êtes très bien tiré du partage des biens de votre père avec René, convint-elle.

– Cette succession bien menée et le mariage de Charles et de Pauline, on ne peut plus favorable pour l'avenir de notre famille, l'année a été faste, insista-t-il, en pesant sur chaque mot.

– Vous voyez bien et loin... constata-t-elle.

Les choix d'Henri la dépassaient assez souvent, lui apparaissant vite hors de la portée de son esprit ou de son jugement. Aussi ne s'attardait-elle pas beaucoup aux décisions importantes concernant le magasin ou l'usine.

Certaines d'entre elles la mécontentaient ou lui causaient de la peine, parce qu'elles heurtaient ses bons sentiments ou qu'elles brisaient ses rêves. Il en avait été ainsi lorsqu'elle l'avait accompagné à l'institution des sœurs. Mais, pouvait-elle seulement lui opposer des projets qu'elle aurait conçus pour l'avenir de sa fille cadette ? Maintenant, elle admettait qu'elle s'était faussement alarmée. Chaque journée semblait apporter la preuve que La Vernière abritait une de ces belles familles unies, telles que les esquissait le curé Bergougnoux au cours de ses homélies de la grand-messe et telles qu'on les aimait dans la bonne société.

Alors que le gris se muait en clarté hésitante, Henri Labarthe alluma la belle lampe de chevet sur colonne, qui flanquait le lit. À demi redressé, il posa son regard sur sa femme, peut-être avec plus d'intensité qu'à l'ordinaire. Fut-il parcouru d'un épanchement de tendresse ou l'intérêt, inhabituel et si prolongé de Marianne pour ses paroles de ce matin-là, le toucha-t-il ? Tout à coup, il se pencha vers elle, frôla son visage trop empâté d'une étrange caresse et l'embrassa au front d'un léger baiser.

– Henri, il faudrait vous lever, lui reprocha-t-elle, comme si elle se défendait de ce débordement si extraordinaire d'aménité maritale.

– Restons, voulez-vous..., mâchonna-t-il.

Elle se raidit imperceptiblement, décontenancée par cette suggestion inattendue, incapable d'en juger la signification véritable. Si c'était une exigence, Henri Labarthe la répéterait. S'il s'agissait d'un prolongement de la tendresse retenue dont il venait de la gratifier, Marianne ferait mine de la tenir pour un épanchement excessif.

Se reprochait-il déjà son invitation à paresser à deux ou fut-il déçu ? Il rejeta la literie, puis replia ses genoux contre son torse, entourant ses jambes dans l'anse de ses bras et de ses mains jointes. Elle le trouva un peu ridicule dans cette position, mais elle se garda de lui en faire la remarque amusée. Ne ressemblait-il pas plutôt à un enfant se préparant à jouer à roule-barricot qu'à un homme rassis au lever ?

– Marianne, maintenant que rien ne peut se mettre en travers de l'avenir, nous lancerons des projets. Des choses indispensables pour nous ! la prit-il à témoin, emporté par la certitude du succès.

– Avec la concurrence des grosses usines et la crise, le textile souffre partout dans le département. Vous ne craignez pas…

– Arrêtez ! s'irrita-t-il. Nous avons les reins solides. Je n'ai pas perdu un centime dans la faillite des banques.

– Vous aviez donc mis votre argent ailleurs que chez les amis banquiers que nous fréquentons ? demanda-t-elle parce qu'elle s'efforçait de comprendre ces déconfitures répétées, peut-être pour la première fois.

– Marianne, il y a les amis et il y a l'argent… J'ai toujours placé ce que j'ai gagné comme un paysan : à la Caisse d'épargne et chez notre notaire.

– À quoi pensez-vous, pour l'avenir ? le questionna-t-elle, prête à lui faire confiance, impressionnée par le sang-froid avec lequel il venait de franchir la débandade générale et qu'elle reconnaissait une fois de plus à son mari, lorsque des choses graves pour les Labarthe étaient en jeu.

Il ne relâcha pas l'étreinte de ses bras contre ses jambes repliées, comme si cette position recroquevillée lui donnait une lucidité particulière pour rassembler ses idées et les exprimer. Son regard s'éleva, traversa l'inconnu du petit matin, puis se fixa sur un beau tableau, accroché au mur, en face du lit.

– Les temps changent, Marianne. L'Incomparable reste encore très fréquenté, mais les gens ne nous sont plus aussi fidèles qu'autrefois, à cause des autos. Bientôt, les instituteurs, les employés, les curés même, auront une voiture. Ils iront acheter les tissus et leurs habits à Rodez ou ailleurs.

– Les couturières, les tailleurs prennent de moins en moins de coupons, parce que leurs clients s'habillent de plus en plus en vêtements de confection, admit Marianne, qui constatait elle-même cette mévente depuis plusieurs mois déjà.

– Il faut réagir, ou nous sombrerons dans dix ans, prédit Henri d'une voix déterminée.

– Que peut-on faire ? hésita-elle.

– Je vais fermer l'usine, parce que la filature est morte dans le département, agrandir L'Incomparable, acheter une flotte de camions que je transformerai en magasins roulants, pour aller vendre dans toutes les foires de la région et sur les marchés des villes, annonça-t-il, dans une sorte de faim d'action.

– Il faudra beaucoup d'argent, objecta-t-elle.

– J'ai l'argent et j'ai les hommes. Charles me secondera directement, comme il y réussit si bien déjà. Hugues de Rofiac dirigera les camions et les vendeurs, trancha-t-il.

Elle le regarda. Elle était prise d'une bouffée de vertige à l'écouter tailler dans l'inconnu de l'avenir à grands coups d'idées et de mots. Où Henri Labarthe puisait-il sa force de lutteur, sa brutalité si on lui résistait ? Elle l'admirait et elle se sentait coupable de ses craintes, de ses hésitations, de ses ambitions étriquées. Comme pour se pardonner sa pusillanimité, elle chercha une objection, même si elle devait être balayée d'une phrase.

– Hugues de Rofiac, c'est un simple VRP, rappela-elle, surprise de ce choix.

– J'ai deviné ce type-là, le jour où il est venu frapper à la porte de mon bureau : il a l'ambition chevillée au corps, parce qu'il veut réussir contre sa famille. Et cette rage sera bonne pour nous, expliqua froidement Henri.

– Vous connaissez sa famille ? s'enquit Marianne à regret, parce que l'industriel allait assener l'un de ses jugements cyniques sur les hommes qui la choquaient souvent.

– Des châtelains ruinés, des gens qui détestent le commerce… Exactement ce qu'il fallait pour que Rofiac se sente bridé ! Et qu'il choisisse de travailler dans un métier où on ne réussit que par l'argent, railla Labarthe, agacé de l'antipathie instinctive de sa femme à l'égard du vendeur.

Il n'ignorait pas que ses propos et surtout leur ton sarcastique risquaient de heurter Marianne, effarouchée par des mots trop directs. Mais, peut-être parce qu'il possédait une grande confiance en lui, il aimait appeler un chat un chat et ne pas renoncer à juger les uns et les autres. Le mépris à l'égard des affaires des parents d'Hugues de Rofiac caractérisait jusqu'à la caricature certains membres de l'aristocratie rurale du cru, même s'ils le saluaient ou le complimentaient, faussement empressés et louangeurs. À l'occasion de rencontres imposées, ponctuant les relations de la bonne société et les mondanités locales d'une sous-préfecture déchue et de sa couronne de dynasties rustiques, il ne se gênait pas pour formuler sans précautions superflues ce qu'il pensait, que son interlocuteur portât un nom à un ou à deux coups.

– Ma chère, excusez-moi ! Vous n'allez pas être à l'aise, quand vos amies apprendront que j'arrête la filature, observa-t-il.

– Non, elles ne comprendront pas, admit Marianne.

– Elles seront si heureuses de croire que les Labarthe frôlent le précipice et vont y basculer ! Ne les dissuadez pas, mais ne les autorisez pas à vous faire avaler des couleuvres, recommanda-t-il, sans trop d'illusions, parce qu'il connaissait bien les sous-entendus destinés à blesser, ces gentillesses perfides, proférées d'une voix de miel et mine de rien.

Henri Labarthe possédait l'intuition des changements que les esprits communs ne distinguent pas dans le présent et qui pourtant forgent l'avenir. Il pressentit que celui de L'Incomparable dépendait de l'ampleur de sa modernisation, qui devait attirer de nouveaux clients parce qu'elle les étonnerait, puis les retiendrait.

Un jour, il prétexta la nécessité d'une discussion avec un grossiste filou, pour se rendre à Toulouse au volant de la Peugeot. Ni son tempérament ni la manière dont il décidait de tout en maître ne le portaient ordinairement à ce genre de mensonge de précaution, mais il souhaitait parcourir la grande ville en toute liberté et garder sa déception pour lui, s'il ne découvrait rien qui le satisfasse ou lui inspire des idées nouvelles.

Il devait être onze heures, après un voyage rapide dont la dernière partie, dans la plaine, lui avait permis de tutoyer le cent trente. Il gara la voiture dans l'une des rues principales, menant au cœur de la ville. Un soleil brûlant commençait à chauffer le pavé toulousain, duquel émanait une réverbération désagréable. Il claqua la portière. Une femme se dirigea aussitôt vers lui, cambrée sur des talons très hauts. Elle lui offrit un sourire presque distingué, qui surplombait des seins magnifiques, gonflant un chemisier transparent. C'était une chasseresse dont la nuit avait été peu fructueuse et qui, déjà, cherchait le coup de midi. Il la repoussa, en remarquant, avec une sorte de jugement ironique sur lui-même, qu'une fois de plus, il restait totalement insensible aux arguments généreux dont semblait disposer cette pute incongrûment matinale.

– Marianne… pensa-t-il, avec sans doute un chuchotement dont il n'eut pas conscience.

Il ne l'avait jamais trompée. Était-ce parce qu'il l'avait aimée à sa manière, leur vie durant ? Parce que son esprit était pétri de principes ? Ou parce qu'il prenait tant de plaisir à toujours raisonner froidement, même devant la séductrice la plus ardente ? La certitude de demeurer maître de lui en toutes circonstances lui procura une formidable jouissance et la conviction que son voyage ne serait pas vain.

– Chéri, tu viens ? s'entêta la fille, bien qu'elle eût deviné son indifférence et qu'elle ne conservât plus aucune illusion de retenir le bel homme mûr si bien habillé.

– Pas de chance, ma belle ! lui lança-t-il.

– Salaud ! l'insulta-t-elle.

Sur les trottoirs, la foule grouillait. Henri Labarthe s'y fraya un passage hardiment, jouant des épaules. Le contact des passants inconnus l'excitait. Comme chaque fois qu'il venait à Toulouse, il pensa qu'il avait eu tort d'obéir à la volonté de son père et de prendre sa succession. La grande cité le fascinait. Seule une ville comme Toulouse eût été à sa mesure, l'obligeant à mobiliser toute son énergie et toute son intelligence.

Mais il n'était plus temps ! La loi des dynasties marchandes avait fait de lui le rouage principal de cette machine qui forgeait le destin des Labarthe depuis des générations. Dans un cadre trop étriqué à son goût…

Maintenant, c'était lui qui devait défendre par tous les moyens leur lignée bourgeoise à la petite ville qui l'avait vue naître jadis. En unissant Pauline et Charles, ne leur avait-il pas imposé des chaînes plus lourdes encore que celles dont son père l'avait lui-même chargé ?

Son visage se durcit. C'était cela la règle des familles. Elle obéissait à une logique d'une grande simplicité, ignorant les aspirations personnelles, les répulsions, les rêves bien sûr. Il fallait l'accepter ou s'en affranchir. Partir…

Pourquoi était-il resté à Espalion ? Il se jugea ridicule d'avoir pensé à ces choses, peut-être ravivé des regrets, simplement parce que la cohue dérangeant sa marche lui suggérait un autre monde que le sien. Il décida d'aller déjeuner dans un très bon restaurant.

Henri Labarthe ne s'était pas rendu à Toulouse pour philosopher, mais pour voir. Il connaissait les maisons de commerce les plus prospères et les plus réputées de la ville, mais il avait voulu observer lui-même les changements et les nouveautés, les recettes les plus récentes qu'appliquaient leurs dirigeants pour vendre toujours plus, avec de beaux profits.

Il commença par les boutiques de luxe, dont il détailla les prestigieuses vitrines, s'imprégnant des dernières tendances de la mode qu'il voyait sur un nombre étonnant de mannequins, présentés dans des poses surprenantes de souplesse et de réalisme. En commerçant lucide, il évalua l'extraordinaire savoir-faire des étalagistes, qui força son admiration. Il était heureux de flâner ainsi, de prendre son temps pour regarder. Des idées séduisantes couraient dans sa tête, qu'il appliquerait peut-être un jour à L'Incomparable.

Il avait rencontré plusieurs fois le directeur du Grand Magasin du Capitole, mais il ne se fit pas connaître, parcourant avec l'air d'un acheteur indécis les rayons et les allées. Les tissus captaient le regard : chatoyants, luxueux, d'une diversité de coloris et de matières qui le captiva. En lés de grande largeur, en coupons, ils attiraient les femmes comme le miroir attire l'alouette. Henri Labarthe les épiait, tentait de percer leurs paroles chuchotées, l'éclat de leurs yeux qui trahissaient leurs tentations. Elles admiraient, elles touchaient, elles s'enthousiasmaient.

Les étages consacrés aux vêtements devaient faire face à la même invasion féminine. Des élégantes se pressaient devant les rayons de prêt-à-porter, s'agglutinaient devant les cabines d'essayage. Henri Labarthe pressentit que toutes obéissaient à une pulsion acheteuse parce qu'elles disposaient d'un choix d'une folle diversité et de la liberté d'aller et de venir, de contempler, de toucher.

Lorsqu'il se résolut enfin à sortir de cet immense « bonheur des dames » dernier cri, dans lequel il n'avait pas dû pénétrer depuis deux ans, il resta sous le charme des couleurs et des drapés gracieux. Son imagination fourmillait déjà d'idées et de projets pour imprimer un coup de jeune à L'Incomparable.

Il était heureux. Obtenir l'approbation de Marianne, ne pas imposer sa volonté ? Pas facile ! Mais il se sentit de belle humeur. Il pénétra dans le bazar Labit, si réputé pour ses produits d'Orient. Sa femme serait fière de proposer à ses amies les douceurs tropicales qu'il allait acheter.

Henri Labarthe exécrait tergiverser, reporter au lendemain. Pendant tout le temps du retour, il ne pensa qu'à ce qu'il avait vu dans sa tournée des meilleurs magasins de Toulouse. Il reprenait chaque remarque, chaque notation, chaque bouillonnement de son imagination, les retournait, les soupesait, disséquait leurs conséquences sur ses affaires avec la méticulosité d'un entomologiste.

Les mauvaises routes lui opposèrent leur volonté rugueuse de retarder les voyageurs. Il ne regagna La Vernière que tard dans la soirée. Mais, il était encore assez tôt pour tenir une sorte de conseil d'état-major, dans le bureau bibliothèque, après un repas réchauffé, servi par une Rosette maussade.

– Vous revenez avec l'argent qu'on vous devait ? demanda Marianne, qui n'avait pas douté du motif annoncé le matin par son mari.

– Ma chère, je vous ai menti. Mais je rapporte plus que des billets : des idées, beaucoup d'idées ! Vous ne reconnaîtrez pas L'Incomparable, quand je l'aurai modernisé. Nous allons tout changer. Je veux en faire un magasin aussi attirant que ceux que j'ai visités aujourd'hui.

– Que penseront nos amis ? objecta Marianne.

– Il faudra vous habituer à ne plus voir la grande table de coupe. Je vais la supprimer et la remplacer par des présentoirs, autour de sortes de petits salons où les clients se sentiront choyés et comme chez eux, annonça-t-il.

– Vous désorienterez nos gens des campagnes et ils seront mal à l'aise.

– Détrompez-vous, ils aimeront trouver chez nous ce qu'ils voient dans les journaux. Les femmes veulent suivre la mode, s'obstina-t-il.

– Les travaux ? demanda Charles, devinant que son beau-père n'attendrait pas pour les commencer.

– Nous allons fermer pendant un mois. Ce sera assez, trancha Henri Labarthe.

– Vous changez aussi les collections ?

– Vous en doutiez ? Nous devrons repartir vers les usines tous les deux, trouver des modèles qui plaisent aux acheteuses jeunes, à la pointe de la mode.

– Et mener la décoration du magasin en même temps !

– Ce sera difficile, mais Pauline vous soutiendra, maintenant qu'elle est entièrement à vos côtés, souligna Henri Labarthe.

– J'aimerais m'occuper des papiers peints et des rideaux, proposa la jeune femme.

– Je vais prendre un architecte et un décorateur, puis un étalagiste de Toulouse, mais tu diras ton mot, convint le négociant.

– Vous fermez la filature, mais vous engloutissez des millions dans ce magasin : les gens ne comprendront pas, se troubla Marianne.

– Je me fous des gens ! Des amis mordent la poussière, l'un à la suite de l'autre. Les Labarthe doivent avancer pour ne pas couler comme eux.

– Je me battrai avec vous, crut bon d'assurer Charles, remué par la gravité soudaine de son beau-père.

– J'ai besoin de vous, Charles, souligna celui-ci, peut-être parce qu'une hésitation sur ses chances de réussir s'insinuait dans son esprit, en dépit de la force de sa volonté et de sa conviction.

Chaque nuit, les lumières de La Vernière brillaient tard. Le dîner se terminait rapidement. Rosette débarrassait la table familiale, en maugréant contre ces repas vite expédiés, qui ne permettaient pas à ses patrons d'apprécier la finesse de ses plats. Puis, elle se retirait dans sa cuisine jusqu'à son coucher, se livrant à une foule de récurages et à la préparation des menus du lendemain.

Ces bruits triviaux n'atteignaient pas les maîtres. Seuls les heurts maladroits de Trigosse, fermant toutes les ouvertures, celles des dépendances et celles de la maison, parvenaient à traverser les murs et le silence. Cet enfermement méticuleux semblait transformer La Vernière en une forteresse, se barricadant pour se défendre ou pour protéger des secrets.

L'homme à tout faire de La Vernière n'exécutait pas un ordre particulier de son maître, la fermeture des portes et des fenêtres de la propriété faisant depuis toujours partie de ses tâches habituelles. Mais Henri Labarthe suivait les claquements des grands volets avec une espèce de satisfaction intérieure. Il lui semblait que ce repliement de La Vernière sur ses pièces parfaitement closes resserrait les liens entre les êtres et donnait plus de force aux Labarthe, dans cette période si décisive pour l'avenir de leurs affaires.

Henri entraînait Charles dans la bibliothèque dès la fin du repas. Marianne et Pauline les y rejoignaient presque aussitôt, laissant assez souvent à Rosette le soin de surveiller le coucher des enfants. Parfois, le décorateur de Toulouse, s'il se trouvait là, ou Hugues de Rofiac, lorsqu'il s'agissait des camions et des foires, venaient donner leur avis. Mais ils savaient qu'Henri Labarthe trancherait en dernier ressort.

Jusqu'à minuit ou une heure du matin, le négociant étalait les plans, les catalogues, les spécimens, les échantillons, les chiffres. Il formulait ses idées et ses projets, avec une lucidité et une assurance qui rendaient Marianne confiante en dépit de son tempérament craintif.

Charles restait souvent aux côtés de son beau-père, alors que Pauline et sa mère montaient se coucher. Ensemble, les deux hommes ne voyaient pas filer le temps, s'attardant au choix subtil des nuances des présentoirs ou à la vérification des dépenses à engager dans les jours à venir.

Pauline terminait sa toilette très vite, comme si elle se sentait gênée par l'arrivée de son mari. Elle enfilait sa chemise de nuit, puis elle se glissait dans les draps, éteignant la lumière, se couchant sur le côté, chaque soir anxieuse en imaginant des gestes provoqués par une pulsion subite, toujours possible, même s'il lui avait promis de la respecter, comme il disait.

Allongée à l'extrême bord du lit, elle tentait vainement de s'assoupir. Mais elle ne parvenait qu'à s'énerver. Sans illusion, elle savait qu'elle devrait feindre le sommeil, lorsqu'il entrerait dans leur chambre.

Il prenait soin de ne pas provoquer de choc bruyant. Elle ne l'entendait pas monter l'escalier. Il frappait deux coups légers, avant de pénétrer dans la pièce, sans espérer de réponse.

– Vous ne m'avez pas attendu, constatait-il, peut-être comme un reproche, peut-être soulagé que la chambre fût dans le noir.

Sans tâtonner, il passait à la salle de bains, ne laissant filtrer qu'une fente de clarté brillante que Pauline fixait dans une semi-léthargie. En sortant, il éteignait le luxueux luminaire derrière lui, occupant avec précaution sa place dans leur couche.

– Vous dormez déjà ? demandait-il un peu stupidement.

– Vous m'avez réveillée, se plaignait-elle, mais il savait que ce n'était pas vrai.

Il allongeait son bras vers elle, lui caressait d'abord les cheveux, puis les épaules, enfin son corps, qu'il parcourait d'un lent effleurement.

– Pauline…

Certains soirs, cette tendresse douce et retenue ne lui suffisait pas. Tout à coup, il se rapprochait d'elle et lui couvrait la nuque de baisers rapides, cherchant sa peau satinée. Cependant, cela ne devenait pas une étreinte sensuelle : il maintenait son corps à distance de celui de sa femme, pour ne pas succomber à une envie d'elle violente.

– Pauline… balbutiait-il à nouveau, frémissant.

Ces caresses, à peine commencées, cette tendresse pathétique, ne la révulsaient pas. Elles lui étaient même agréables. Parfois, elle se sentait coupable de ne pas le lui avouer, de ne pas se montrer tendre à son tour.

Lorsqu'il l'embrassait ainsi, il eût suffi d'un soupir, il eût suffi qu'elle se retournât lentement pour qu'ils fussent emportés dans la même ardeur jusqu'à ce plaisir qu'elle ignorait et qu'il espérait retrouver. Mais, jamais, elle n'avait pu se tourner vers lui ou s'abandonner à la sollicitation muette de ses doigts et de ses petits baisers.

Au matin, il se levait le premier. Peut-être pensait-il marquer par là un égard bourgeois à sa femme, une attention convenue, puisque chacun pouvait ainsi voir que Pauline disposait de temps pour un reste d'alanguissement matinal, suivi d'une toilette prolongée.

– Vous avez passé une bonne nuit ? s'informait aimablement Marianne.

– Je tombe de fatigue, avouait Charles.

– À votre âge, on a besoin de beaucoup de sommeil. Vous ne devriez pas accepter de travailler si tard avec Henri. Montez donc vous coucher en même temps que Pauline, conseillait-elle, avec un sourire discret.

Sorti dès l'aube, Henri Labarthe ne tenait pas compagnie à son gendre pour le petit déjeuner, que Rosette servait invariablement avec ses plateaux, ses verseuses en métal argenté et son cérémonial imité de celui des grandes maisons, qu'elle croyait connaître à la perfection.

Les deux hommes se retrouvaient à L'Incomparable, corseté de hautes palissades, destinées à protéger les passants des accidents, mais surtout à piquer leur curiosité. Certains tournaient autour du bâtiment, à la recherche d'un interstice à travers lequel on pût voir l'avancement et la nature des mystérieux travaux. D'autres plaisantaient les ouvriers. Mais Henri donnait des consignes strictes. Pas de bavardages !

Dès le milieu de l'été, on pressentit que le nouvel Incomparable ouvrirait pour la rentrée des classes et les collections d'hiver, deux événements d'octobre, aussi importants l'un que l'autre pour la réussite des ventes.

La fin de l'été brûla de lumière aveuglante. Pressé par la rapidité avec laquelle s'écoulaient les jours, Charles peinait sur les routes où Henri Labarthe l'avait jeté, avec mission de relancer tous les fournisseurs pour qu'ils respectent les dates impérieuses de leurs livraisons de tissu, de vêtements, d'accessoires et de colifichets féminins.

Le soir, au terme d'heures de conduite éprouvantes sur des chaussées mal entretenues, il aboutissait à des villes textiles lui paraissant perdues au bout du monde, bien qu'il les connût toutes. Il se morfondait dans les hôtels, quel que fût leur agrément ou leur confort.

Un sentiment de solitude, qu'il n'avait jamais éprouvé au cours de ses voyages, lui serrait la poitrine. Après le repas, il demandait un jeton et il s'enfermait dans la cabine téléphonique de l'établissement. Il appelait La Vernière. À plusieurs reprises, il dut se mesurer à l'inertie d'une opératrice incompétente ou trop bavarde.

– Pauline ? Oui, bien sûr… grésillait la voix de Marianne, qui filtrait les communications destinées à son mari.

– Je voudrais parler quelques secondes à Pauline, disait-il, comme si cette insistance pouvait chasser la friture sur la ligne.

– Pauline… Vous ne nous aviez pas habitués à cela, susurrait Marianne, que Charles avait envie de tuer.

– Passez-la moi ! s'énervait-il.

– Y a-t-il quelque chose à dire à Henri ? questionnait encore la maîtresse de maison.

– Allô ! soufflait Pauline, infiniment lointaine.

Elle serrait l'écouteur contre son oreille. Elle le conservait une minute dans cette position, sa main tremblant imperceptiblement, jusqu'à ce qu'elle distinguât un déclic métallique. Charles venait de raccrocher. Il était resté silencieux. Seule sa respiration un peu haletante était parvenue à Pauline.

La nuit de son retour, Charles resta jusqu'au petit matin dans le bureau-bibliothèque. Le compte rendu de son périple commercial, pas plus que les décisions à prendre à l'égard de chaque fournisseur ne pouvaient attendre. Il ne donna pas les deux coups discrets habituels pour prévenir Pauline. Il y avait des heures qu'elle avait éteint la lumière. Mais il savait qu'elle ne dormait pas.

Il s'approcha du lit, remarquant que le jour pointait dehors. Cependant, l'obscurité régnait encore dans la pièce. Il se déshabilla à la va-vite, jetant des vêtements sur une chaise proche, dont il localisa assez facilement la forme.

Pauline l'attendait, tout son corps crispé, le cœur battant. Des frémissements qu'elle ne contrôlait pas parcouraient sa peau. Son esprit divaguait, dans une complète irrésolution. Mais, depuis qu'elle s'était couchée, elle s'était persuadée qu'il devait exister des instants uniques dans la vie de tous les êtres et que cette nuit serait l'un de ces moments qui pèsent sur l'avenir d'un poids imprévisible et mystérieux.

Charles se pressa contre elle. Elle perçut sans se tromper son frisson d'impatience. Ses mains semblaient posséder une force exigeante, ne pas vouloir effleurer. Prendre.

Il jeta son bras autour de son buste, l'obligea à se retourner, l'attira. Soudain, il l'embrassa avec violence, en un baiser profond, qui la fit défaillir, qui l'effraya.

– Je veux que vous soyez ma femme. J'en ai le droit ! s'affola-t-il.

Pauline lui sut gré de ne pas avoir inondé le lit de lumière. La pénombre la rassurait. Sous l'éclat bleuté de la lampe, elle eût été incapable de le regarder, de s'opposer au désir que devaient trahir ses yeux.

Quels sentiments, quelles images, quelles sensations étaient les plus forts dans la confusion de son cœur et de son esprit ? Était-ce d'imaginer que Charles avait serré Agathe de la même façon qui la paralysait, qui la terrorisait ? Son mari, le souffle pressé contre le corps de sa sœur... Maintenant que Charles l'enveloppait de ses bras, que ses jambes cherchaient à emprisonner les siennes, cette vision prenait une précision extraordinaire.

– Pauline, ne me refusez pas, haleta-t-il, en la couvrant d'un mouvement irrésistible, qui la soumettait totalement à sa force et à sa volonté.

– Non, Charles ! Pas ça ! Pas encore ! murmura-t-elle avec la certitude horrible qu'il allait la pénétrer avec une brutalité animale.

– Comme vous voudrez... renonça-t-il, dans un déchirement de tout son être.

Il se laissa aller sur le côté, mais il ne se détacha pas de la tiédeur de sa femme. Ils demeurèrent ainsi en silence, serrés l'un contre l'autre. Leurs corps proches pouvaient suggérer l'abandon de deux amants épuisés.

Pauline ne repoussa pas Charles, mais en dépit de son inexpérience de la vie, elle devina qu'une irréparable distance s'était établie entre eux. Fixant une tache lumineuse qui s'agrandissait du côté de la fenêtre, elle suivit l'arrivée du jour, qui lui sembla cruellement longue.

– Levons-nous ! Dans nos familles, pour un jeune couple, cela ne se fait pas de rester au lit jusqu'à huit heures, persifla-t-il.

7

– Vous avez vu ? Il ne manquait personne, constata Marianne.

Même si elle était très fatiguée, au soir d'une journée harassante, les félicitations et les compliments continuaient de bruire à ses oreilles, telles ces musiques joyeuses qui rendent euphorique parce qu'elles sont insignifiantes et agréables à l'oreille dès la première note.

Elle évoquait aussi les centaines de sourires qu'on lui avait destinés et les regards chargés d'éclats brefs, dont certains l'avaient troublée parce qu'ils contenaient de l'envie ou peut-être une réprobation. Ses amies la jalousaient-elles parce que son mari semblait échapper définitivement aux malheurs que subissaient la plupart des manufacturiers de la ville ? Ou lui reprochaient-elles de l'approuver et de le soutenir, maintenant que L'Incomparable étoufferait les petites boutiques ? Les portes de quelques maisons se fermeraient-elles ? Marianne perdit un peu de couleur à cette idée, mais son bonheur de voir Pauline rayonner au côté de Charles parmi les invités la défendait de toutes les perfidies.

– Personne, c'est vrai ! Sénateur, député, maire et sous-préfet, présents ensemble, nous ne pouvions espérer mieux, insista Henri Labarthe, heureux de découvrir que sa femme s'était sans doute laissé emporter par le flot continu de mondanités de cette fête exceptionnelle, alors que celles-ci la contrariaient assez vite d'habitude.

L'inauguration des nouvelles galeries de vente de L'Incomparable avait été un triomphe pour les Labarthe et un événement, dont la cité se souviendrait longtemps.

Du brillant à la façon d'Henri, solide d'abord, affichant la puissance et la maîtrise de soi avant le clinquant…

Dans la matinée, précédant un somptueux buffet, quelques dizaines de privilégiés se pressèrent autour d'Henri et de Charles, qui répondaient aux phrases enthousiastes ou flatteuses et répétaient, inlassables, leurs explications sur la manière dont seraient accueillis et servis les futurs clients.

Puis, avant midi, l'un à la suite de l'autre, les caciques locaux se présentèrent, s'insinuant habilement dans la cohue pour se placer au premier rang, là où on les remarquerait au moment des discours. Ceux-ci apparurent à tous à la hauteur des circonstances : trop nombreux, trop longs, mais nécessaires, solennels, dithyrambiques. Le négociant ne s'émut pas de ces louanges. Il concéda simplement à chacun un sourire d'homme de bonne compagnie, que la flatterie officielle effleurait agréablement, mais qui conservait toute sa lucidité et sa capacité de juger les empressements de circonstance et les amitiés fortes.

Il attendait avec plus d'attention les réactions du public, à l'ouverture des portes, au début de l'après-midi. Contrairement à ce que certains espéraient, on ne l'aperçut pas à l'entrée, offrant une possible fébrilité aux regards. Abrité derrière des présentoirs, il guetta avec un peu d'appréhension l'arrivée des premiers curieux.

Ceux-ci hésitaient à s'enfoncer dans le labyrinthe des allées entre les présentoirs et les mannequins habilement disposés, comme animés d'une vie réelle, soulignant l'élégance des vêtements qui enserraient leurs formes élancées. Mais, bientôt, les arrivants se pressèrent contre les portes de L'Incomparable, se bousculant, puis envahissant le magasin comme une houle s'insinue dans chaque recoin d'une baie. Alors, seulement, Henri Labarthe sourit en silence, puis se dévoila, certain d'avoir pensé juste.

– Et nos amis des manufactures ! Venir vous féliciter, même si vous avez fermé l'usine… ajouta Marianne.

– Envie de voir, ma chère. Envie de respirer un air qui sente moins le moisi que leurs ateliers presque vides !

– Vous n'achèterez plus leurs tissus, n'est-ce pas ?

Marianne Labarthe possédait assez le sens des choses matérielles pour pressentir que la modernisation de L'Incomparable retentirait jusque dans les bourgades les plus reculées, comme un mal insidieux ronge un corps malade, asphyxiant les petits fabricants, désormais incapables de répondre aux exigences d'Henri en qualité et en quantité.

Elle les connaissait tous, comme il sied dans une caste ancienne et respectée, et il lui était difficile d'admettre que les Labarthe allaient, directement ou indirectement, accélérer le délabrement inexorable de ce monde auquel elle restait attachée par ses origines. Elle admettait les raisons de ce déclin, que lui avait dix fois exposées son mari, mais il lui inspirait une inexplicable nostalgie.

– Ils n'ont pas compris que les clients veulent de la fantaisie et de la couleur à bon marché. Ils ne fabriquent rien de ce qu'on nous demandera maintenant à L'Incomparable, dit-il, en essayant d'adoucir sa voix, car il pressentait que sa femme souffrait confusément de la déchirure qu'il infligeait à la vieille solidarité des dynasties du textile.

– Vous les gênerez aussi dans les foires.

– Marianne, que voulez-vous que je fasse ? Les paysans ne cultivent plus de chanvre et ne donnent plus la laine de leurs brebis à carder et à filer, comme autrefois. Et tous les campagnards prétendent trouver sur les étalages les mêmes habits qu'en ville ! s'emporta Henri Labarthe.

– Combien avons-nous de camions ?

Elle le questionnait, moins pour l'entendre donner des précisions ou des chiffres qu'elle connaissait pour la plupart, que parce qu'elle se sentait remuée par un pénible sentiment de culpabilité à l'égard de certaines de ses relations, épouses d'industriels ou de commerçants menacés par les méthodes d'Henri. Ces dames, toujours distinguées, mais bientôt dans la gêne, bouderaient ses après-midi ou même n'y assisteraient plus.

– Quatre magasins roulants, Marianne ! Ils rapporteront bientôt autant que L'Incomparable. Et Rofiac vendrait des glaces au pôle Nord ! Il a même imaginé d'installer des cabines d'essayage dans les camions. Les élégantes de village disposeront d'une glace dans laquelle elles pourront se contempler en pied.

– C'est étonnant ! Il ne savait rien des paysans d'ici, avant de travailler pour vous, objecta-t-elle.

– Corsets et culottes fendues pour les vieilles, blouses, flanelles, pantalons de velours pour les paysans, lingerie fine et prêt-à-porter chic, il flatte chaque âge et toutes les envies d'acheter dans nos fourgons ! s'exclama Henri Labarthe, séduit par la réussite de cette motorisation du commerce.

– Il n'empêche ! Il me semble que notre nom n'est pas à sa place, peint en énormes lettres rouges sur la tôle. Et, puis, votre Rofiac me met mal à l'aise, se confia Marianne, pour qui vendre du tissu à une maîtresse de maison aisée, à une femme de fonctionnaire, ou à un ecclésiastique désirant renouveler sa garde-robe sacerdotale, représentait un travail empreint d'une certaine noblesse.

– Vous n'aimez pas Rofiac. Que lui reprochez-vous ? s'agaça Henri Labarthe.

– Rien… Je ne sais pas… Peut-être ce que vous appréciez trop chez lui, bredouilla-t-elle.

– Ma chère, Rofiac ramène beaucoup d'argent des foires auxquelles il se rend chaque semaine. Quand cesserez-vous de douter de tout ? la rudoya-t-il.

L'automne déversa des milliers de francs dans les caisses, avec la prodigalité d'une corne d'abondance. Les collections de la mode parisienne, les nouveaux tissus aux nuances chatoyantes, fascinaient les acheteuses se pressant au magasin. Libres de leurs mouvements dans les larges allées agréablement décorées, elles venaient admirer, comparer, caresser les étoffes et les vêtements, rêver. Toutes n'achetaient pas, mais toutes étaient séduites. Henri Labarthe devina bien vite que L'Incomparable jouait aussi le rôle de rendez-vous des élégances et des envies féminines, où on s'efforçait d'apparaître fréquemment pour frimer et donner l'impression qu'on n'hésitait pas à dépenser en robes et en chiffons.

À chaque changement de saison, avec la découverte des derniers modèles lancés à Paris, ou au moment des fêtes, l'activité s'emballait. On voyait très peu Henri et Charles à L'Incomparable. Signe évident de réussite, aux yeux des petits fabricants ou des boutiquiers, ils ne travaillaient plus de leurs mains, se consacrant complètement aux affaires et aux voyages dans tout le pays pour prospecter les usines ou les entrepôts des grossistes et choisir ce qui devait plaire.

Avec le triomphe du Front populaire, les jaloux crurent l'heure de vérité arrivée. Labarthe, comme tous les patrons, serait écrasé par les congés payés qu'il devrait accorder à ses employés. Et, affirmèrent les plus pessimistes, à cause de ces vacances que Paris octroyait aux ouvriers, les gens partiraient à la mer, vidant L'Incomparable pendant des semaines.

La peur des uns pour leurs propres affaires, la jouissance des plus envieux, imaginant, chiffres à l'appui, ce que coûteraient les lois du Front à Henri Labarthe, aigrissaient les discussions, à l'heure de l'apéritif. Mais l'industriel ne renonça pas à ses parties de billard du dimanche dans l'établissement réputé où il avait ses aises.

– Tu vas fermer L'Incomparable pour le temps des vacances des ouvriers, que nous devons à ce vendu de Blum ? grinça un vieux drapier au bord de l'apoplexie.

– Non ! Je regrette que la journée n'ait que vingt-quatre heures. Nous pourrions travailler deux fois plus qu'avant les congés payés, le défia Henri.

– J'en serais étonné. À t'entendre, tu mangerais du fer pilé !

– Non, je n'avale pas du fer pilé, même pas des couleuvres ! Mais nous vendons déjà des pantalons cyclistes, des maillots de bain ou des bonnets pour la plage. Et, en août, les Parisiens vont descendre chez nous par les trains de plaisir ou en voiture. J'espère qu'ils s'arrêteront à L'Incomparable.

– Tu es devenu un mercanti, Labarthe. Tu n'es plus des nôtres. Tu as trahi, accusa le petit drapier retardataire.

– Libre à toi de crever, en tissant des cadis ! s'emporta Henri Labarthe, exaspéré par cette rigidité suicidaire.

D'ordinaire, les attaques directes ou les insinuations de ceux qui se disaient ses amis, ne le faisaient pas sortir de ses gonds. Mais ce dimanche était un peu particulier, parce que Marianne avait invité Hugues de Rofiac au repas de midi. Cette prévenance inattendue à l'égard du jeune homme lui avait été agréable et, en faisant ses derniers points de la matinée au jeu, il s'était persuadé que sa femme finissait par l'apprécier, après une longue période de méfiance injustifiée.

Lorsque le manufacturier grincheux lui avait jeté ses doutes et ses griefs au visage, l'image de la table familiale, à laquelle Rofiac allait s'asseoir pour la première fois, s'était imposée à son esprit pendant une fraction de seconde. Cette scène fugace lui sembla posséder une force qui exalta sa confiance en lui-même. Comment son interlocuteur osait-il mettre en cause l'avenir de ses affaires ? Marianne et Pauline, Charles et Rofiac, partageant avec lui le repas dominical de La Vernière, quelle autre vision pouvait être plus empreinte de solidité ? C'était peut-être parce que l'autre jetait un voile d'aigreur sur cette promesse d'un déjeuner succulent, comme Rosette savait les réussir, qu'il lui avait si durement cloué le bec.

Marianne, Henri l'admettait avec une certaine admiration, savait recevoir, veillant avec soin à ce que l'apparat de La Vernière s'accordât au goût ou à l'importance de ses invités du jour.

La table qu'il aperçut en traversant le vestibule lui convint à la perfection. Les couverts d'argent, les verres de cristal mettaient en valeur le service en porcelaine de Limoges, mais l'ensemble suggérait seulement le souci d'un luxe discret, sans aucune ostentation. Celui-ci traduisait parfaitement l'attention avec laquelle on avait voulu accueillir l'invité, mais il ne l'autorisait aucunement à penser que La Vernière le traiterait autrement que comme un salarié méritant.

– Charles ne jouait pas au billard avec vous ? s'étonna Marianne, surprise de voir arriver son mari seul.

– Vous avez bien vu qu'il a pris la Traction, rappela Henri, l'air agacé.

Au loin, on devinait la fin d'une matinée de dimanche banale. Les cloches sonnèrent midi, puis ce fut le bruissement de la sortie de l'office : des voix confuses que la distance étouffait, mais qui parvenaient jusqu'à la grande maison, des ordres de conducteurs de voitures à cheval, des ronflements de moteur. Ces bruits moururent. Puis une rumeur leur succéda, coupée d'appels et d'interjections. Le populo quittait les bistrots, après plusieurs tournées.

Le retard inhabituel de son gendre irrita Henri. Son mécontentement s'accentua lorsqu'il vit Hugues de Rofiac descendre de voiture, encombré d'un magnifique bouquet, destiné à son hôtesse. Il remarqua aussi que le jeune homme avait adopté un complet de couleur claire et d'une coupe à son avantage, associant un tombé classique et une touche de fantaisie dans les revers du veston et le façonnage des poignets.

Rofiac faisait partie des êtres qui savent regarder. Acceptant l'invitation du maître de maison, il prit place dans un fauteuil avec un air poli. Mais Henri Labarthe ne s'y trompa pas. Ses yeux s'attachèrent à chaque meuble du salon, alors qu'ils semblaient rester immobiles. Puis, ils se posèrent sur Marianne et Pauline, qu'ils effleurèrent seulement.

– Charles ne tardera pas. Je vous offre un porto vintage ? proposa Henri Labarthe.

Hugues de Rofiac accepta. Il regarda le vin noble, dont la robe somptueuse se situait entre le mordoré et le grenat, s'écouler lentement dans son verre. Il conserva le silence encore quelques secondes ; puis il parut chercher ses mots pour s'adresser à Marianne.

– Madame, si vous n'y voyez pas d'inconvénient, j'appellerai votre fille par son prénom, comme je le fais à L'Incomparable, dit Hugues de Rofiac, un sourire retenu sur les lèvres.

– Bien sûr. Vous êtes tous les deux de la jeune génération, convint-elle.

Pauline portait une robe unie, qui amincissait sa silhouette, jusqu'à donner l'impression d'une imperceptible fragilité. Elle sut gré de sa demande au jeune homme car elle avait hésité elle-même sur ce point, en apprenant qu'il déjeunerait à La Vernière. Comme s'il percevait son soulagement, il posa rapidement ses yeux sur elle, mais revint aussitôt au vintage. C'était sa façon de dévisager les gens, qu'elle avait déjà remarquée dès son entrée dans le personnel du magasin. Ses prunelles ne se fixaient pas. Elles enveloppaient, brillant pendant une fraction de seconde, mais leur acuité s'émoussait aussitôt, comme s'il craignait que ses pensées les plus personnelles fussent percées.

– Charles a de beaux enfants, observa-t-il aimablement, en souriant à François et à Alicia.

– Oui, admit Pauline, qui regretta aussitôt d'avoir répondu avant sa mère, sans réfléchir.

– Ils doivent vous adorer ? On vous voit si souvent avec eux ! la complimenta Hugues de Rofiac sur un ton condescendant, qui déplut à Marianne.

– Rosette s'impatiente. Nous allons passer à table, décida-t-elle. Charles finira par arriver.

– Excusez-le, articula Henri Labarthe, que le retard de son gendre contrariait d'autant plus que celui-ci se montrait habituellement d'une ponctualité sans faille.

Charles déboucha dans l'allée alors que Rosette emportait les entrées. Le moteur de la Traction émit un miaulement surprenant, comme si le conducteur martyrisait la voiture en freinant et en accélérant en même temps. Puis, on entendit un claquement brutal de portière et des pas qui paraissaient irréguliers.

Charles entra. Sans saluer Rofiac, il alla s'asseoir dans le siège vide, à côté de Pauline. Son front et ses pommettes étaient blêmes ; ses yeux, parcourus de fibrilles, rosées semblaient chercher un point d'appui ou peut-être un secours.

-. Qu'avez-vous ? chuchota Pauline, en comprenant que son mari était à demi ivre.

– Rien, se défendit-il.

– Vous êtes pâle à faire peur, dit-elle alors, lèvres serrées, si bas que Rofiac ou Henri ne durent pas entendre.

– Rien, je vous assure, s'entêta-t-il à voix basse, lui aussi, comme s'il croyait que l'invité pût ne pas avoir constaté son état.

Charles chercha le rebord de la table, dans lequel il parut vouloir enfoncer ses doigts. Henri, atterré, gardait des traits impassibles. Il suivit le froissement de la nappe immaculée, redoutant que ce mouvement renverse un verre ou précipite une assiette sur le sol. Il observait en même temps le bleuissement des phalanges crispées sur le tissu.

Ou l'arrivant ne subissait pas l'emprise de l'alcool au degré qu'imaginait son beau-père ou il disposait d'une belle capacité d'encaisser, qui lui conservait assez de lucidité pour sauver la face. Tout à coup, ses yeux s'éclaircirent et devinrent plus mobiles. Il lâcha le damas brodé aux lettres des Labarthe, puis il redressa son torse, affrontant le regard de Rofiac.

– Hugues, excusez-moi. J'ai vraiment un retard trop important, déplora-t-il, en parvenant à prendre un air souriant et mondain.

– C'est plutôt vous qu'il faut plaindre. Nous ne vous avons pas attendu. Si j'ai bien compris, c'est la faute de la cuisinière, trop zélée ! rétorqua le jeune commis sur le ton d'une plaisanterie facile.

Charles essayait de fuir les yeux de Pauline. Dans une espèce d'euphorie fragile, il s'adressait tour à tour à Rofiac et à Henri, évoquant de récentes affaires, assez délicates, qui tenaient à cœur aux trois hommes, Labarthe, sidéré, observa que son gendre éméché raisonnait étrangement juste et qu'il s'exprimait même avec un brillant inhabituel. Cependant, à plusieurs reprises, les mots lui manquèrent. Il ne flotta chaque fois qu'une seconde, mais l'observateur le plus superficiel aurait relevé ces fugaces effets de l'alcool sur sa mémoire et son élocution.

– Non, merci. Permettez-moi de me retirer et de vous laisser en famille, s'excusa Rofiac, lorsque Marianne l'invita à gagner le salon pour les liqueurs.

– Je vais partir en Picardie, dès demain lundi, annonça Charles.

– N'oubliez pas, j'ai besoin de cotonnades pour mes paysannes, qui veulent du beau, pas cher, lui rappela le maître des camions de foire.

– Rofiac, je viens avec vous. Nous ferons le point dans les fourgons, décida Henri Labarthe, qui se sentait incapable de rester en tête-à-tête avec Charles sans l'accabler de durs reproches.

Les deux voitures démarrèrent au même instant. Lorsqu'elles se mirent à rouler, le gros moteur de la Peugeot du maître des lieux parut avaler le bruit plus grêle du coupé de son invité. Puis le silence retomba sur le parc.

– Charles, vous devriez aller vous reposer, suggéra Marianne.

Elle lui donna ce conseil parce que la fatigue marquait son visage, tant il avait dû faire d'efforts pour paraître participer à la conversation, mais aussi parce qu'elle redoutait le vis-à-vis muet qui allait s'établir, maintenant que la nécessité de parler s'effaçait.

– Vous avez sans doute raison, reconnut-il, en se levant et en quittant la pièce, un peu malhabile dans ses gestes.

Les deux femmes suivirent son pas dans l'escalier. Elles se regardaient avec une gêne qu'elles n'osaient traduire par des mots, tant l'ivresse de Charles les avait bouleversées, l'une comme l'autre.

– Papa… fit Pauline, en pensant au retour d'Henri Labarthe et au repas du soir.

– Conduire calmera ton père, la rassura Marianne, avec un sourire forcé.

– Charles a dû être entraîné à boire par des amis. Je lui demanderai de s'excuser.

– Non. Laisse-le.

– Le dîner va être sinistre, soupira Pauline.

– Je te l'accorde, mais il y a des choses qu'il vaut mieux oublier très vite.

Marianne était prête à pardonner l'écart de conduite de Charles, auquel elle portait une véritable affection, née dans l'épreuve commune de la disparition d'Agathe. Par la suite, il s'était toujours montré attentionné à son égard, bon père, ponctuel dans son travail et sans cesse prêt à tous les efforts pour seconder Henri.

Encore au cours du repas, il l'avait étonnée par sa capacité à participer à la conversation, sans se ridiculiser, en dépit du flottement de son esprit, dû aux apéritifs absorbés. Cette estime ancienne rendait sans doute les interrogations de Marianne plus lancinantes. Pour tenter d'expliquer l'enivrement si stupéfiant de Charles, elle avait imaginé n'importe quoi tout au long du repas : une perte d'argent inavouable, un mal secret peut-être. Maintenant elle considérait Pauline, en pensant que la fièvre dans laquelle toute la famille avait vécu pendant et après la modernisation du magasin l'avait rendue moins attentive aux sentiments de sa fille et à l'harmonie du jeune couple.

– Tu ne m'as pas dit… s'inquiéta-t-elle.

– Que vouliez-vous que je vous dise ? hésita Pauline.

– Charles et toi, vous ne vous êtes pas disputés ?

– Non. Charles est gentil, affirma Pauline, en frémissant car elle n'avait jamais oublié la violence défaite de son mari lorsqu'elle l'avait repoussé.

Se pouvait-il qu'il soit désespéré au point de chercher dans la boisson l'oubli de la distance ambiguë qui les séparait depuis leur mariage et qui restait entre eux comme un secret douloureux, sans cesse repoussé et chaque nuit ravivé ?

Un bref dîner de plomb, de courtes heures de mauvais sommeil, que n'entrecoupèrent aucune question ni aucune confidence entre les deux êtres reposant l'un près de l'autre dans le même lit. Charles quitta La Vernière à l'aube.

– Embrassez-moi, demanda-t-il à Pauline.

– Si vous voulez... Vous reviendrez quand ? souffla-t-elle.

– Je ne sais pas, dit-il.

Il aimait ces départs matinaux, parce qu'il s'enfonçait dans l'obscurité des routes désertes, sur lesquelles il lançait la Traction à plein régime. Ce matin-là, il plongea avec une délectation amère et violente dans sa solitude.

Il poussa le moteur. Le faisceau jaune des phares peignait des formes fantastiques sur la chaussée et les rochers qui l'enserraient. Après son humiliation de la veille, puis les déchirements de la nuit, aux côtés de Pauline, la vitesse occupait tout son esprit, conduire devenant sa seule préoccupation, telle une sorte de drogue qui agirait pendant toute la journée. Quand l'Aubrac lui offrit une clarté bleutée de hautes brumes, il parvint à ne plus penser à La Vernière.

Seul ou en compagnie d'Henri Labarthe, Charles avait parcouru la plupart des grandes routes de France. Celle qui menait vers le nord, qu'il empruntait ce matin-là, ne comportait aucun virage ou aucune traîtrise qui ne fussent gravés dans sa mémoire, faisant partie de ces choses qui s'ancrent dans l'esprit, tels les vers des poèmes cent fois rabâchés lorsqu'il n'était encore qu'un écolier studieux.

Il franchit les gorges sauvages du Cantal en un temps record, avec la sensation de se libérer d'un étouffement, qu'il avait rarement éprouvé en traversant ces vallées, somme toute assez familières. Lorsqu'il déboucha dans la plaine, il augmenta sa vitesse, ne ralentissant que dans les trop fréquents villages-rue, dans lesquels un obstacle imprévisible, bête ou humain, pouvait surgir.

Ainsi tendu par un inexplicable besoin d'accumuler des kilomètres, il brûla l'étape agréable de Lamotte-Beuvron, où il avait déjeuné bien souvent.

Après un interminable après-midi de routes monotones, il aborda les faubourgs d'Amiens lorsque la nuit tombait. Une obscurité grasse de brume feutrait le damier des minuscules parcelles de cultures maraîchères formant les hortillonnages. Il regretta d'arriver si tard car, chaque fois qu'il était passé là, il s'était arrêté pour contempler ce paysage étonnant. Ce soir, il ne distinguait que les centaines de canalicules d'eau glauque, divisant les marais.

À chacun de ses séjours dans la région, Charles restait fidèle à l'Hôtel de Picardie. C'était un bel établissement, fréquenté à la fois par la bonne société de la ville et par les hommes d'affaires. Épuisé par son trop long voyage, il n'apprécia ni la cuisine du chef, pourtant réputé, ni la conversation de collègues, qu'il ne fut pas surpris de retrouver dans ce lieu où les gens du textile prenaient leur cantonnement à chaque saison de prospection.

Le lendemain, les visites aux industriels d'Amiens se révélèrent difficiles. Après d'âpres discussions dans les bureaux occupant le rez-de-chaussée des demeures bourgeoises du centre de la cité, les interlocuteurs successifs de Charles le conduisirent dans leurs usines des faubourgs miteux. La lumière sale tombant des sheds vitrés, le bruit des métiers mécaniques et des machines, l'accablèrent, alors qu'il connaissait bien l'atmosphère particulière des grandes manufactures, semblable partout ailleurs en France. Mais cette première journée de prospection lui sembla marquée par une dureté inhabituelle. Ses partenaires ergotaient sur tout, les francs et les centimes, le nombre de fils de trame ou de chaîne, les délais de livraison. Charles éprouva la sensation d'heures absurdes et stériles, au cours desquelles rien n'avançait.

La soirée à l'Hôtel de Picardie ne détendit aucun des convives, qui avaient essuyé les mêmes déceptions que Charles. Dans une totale indifférence, il écouta ses voisins de table étaler leurs déconvenues. Comme s'il ne pouvait plus les entendre, il suivit un moment les mouvements de la serveuse. C'était une blonde un peu bovine, une fille placide. Une Picarde ou une Flamande ? Il pensa qu'il s'en foutait, mais qu'elle traînerait pour apporter les desserts. Il se leva, comprenant qu'il ne dormirait pas de la nuit, s'il ne fuyait pas.

– Charles, il n'est que dix heures. Où vas-tu traîner ? D'habitude, tu ne nous lâches pas, s'étonna l'un des types, dans son dos.

– Peu importe, dit-il, excédé et morose, prêt à prendre une rue au hasard quand il serait dehors.

Les brumes, qui s'étaient avancées la veille sur les hortillonnages et sur la ville, s'étaient dispersées. L'air lui parut un peu frais, mais sa limpidité le réjouit. Il marcha un moment, s'engageant dans une direction, puis une autre, attiré au hasard par une enseigne lumineuse ou la silhouette d'une bâtisse qu'il ne connaissait pas.

Où était-il ? Peu lui importait. Il ne se sentait pas égaré. Finalement, il vit un bistrot éclairé, une grande tache de lumière vive qui lui parut vide, ce qui lui convint.

Il poussa la porte à double battant. Elle se rabattit en soufflant une bouffée d'air frais qui chuinta bizarrement. Les grandes poignées cuivrées étincelèrent, percutées par l'éclairage agressif du comptoir.

Deux personnages s'appuyaient sur la surface polie par les coudes des buveurs, muets, fixant leur verre de rouge. Tous les deux étaient bouffis, les joues luisantes de couperose. Charles se demanda s'ils l'avaient vu entrer. Il s'assit dans un angle.

– Un café et un cognac ! commanda-t-il, sans élever la voix.

Cet établissement vide et peu luxueux réservait-il de l'arabica à ses clients ? Charles trouva le café velouté. Puis, il dégusta lentement l'alcool, en l'écrasant au palais, comme s'il se délectait de sa brûlure. L'immobilité de la salle lui parut si apaisante qu'il eut envie d'un second verre. Parce que sa bouche s'était habituée au cuisant de la fine, il la trouva somptueuse d'arômes.

C'est alors seulement qu'il remarqua la présence de la femme installée devant un guéridon assez proche. Il fut mécontent de ne pas l'avoir aperçue, avant de s'asseoir car il se serait installé loin d'elle.

Avait-elle quelque chose de remarquable ? Il l'observa. Pas vraiment jolie. Assez petite, mais pourvue d'une poitrine généreuse, qui gonflait un chandail noir bon marché. Il abaissa son regard : des jambes fines, bien galbées, des talons aiguilles en vernis.

Le double cognac semblait donner un sens à la nuit, parce qu'il rendait léger. Charles sourit à la femme, qui détourna son visage vers le comptoir. De profil, elle prenait une sorte de piquant : une chevelure très brune, coupée assez court, une peau mate, un petit nez sur des lèvres sensuelles.

Il l'enveloppa du regard comme s'il voulait relier l'un à l'autre les résultats de son examen rapide, qui avait disséqué la silhouette. Les yeux de l'inconnue revinrent sur lui : ils ne traduisaient pas d'irritation. Elle bougea, puis elle sourit.

– Venez vous asseoir, l'invita-t-il, abasourdi de cette audace.

– Vous avez l'habitude de faire ce genre de proposition ? ironisa-t-elle en le rejoignant.

– Non, vraiment pas, avoua-t-il, devinant que sa maladresse se lisait dans ses yeux et qu'elle l'avait rapidement jugé, avant de quitter sa table.

– Vous n'avez pas le genre d'ici... observa-t-elle, un peu moqueuse.

– Que voulez-vous dire ?

D'un mouvement discret, elle désigna les buveurs, qui semblaient toujours fascinés par le globe des ballons de rouge, avec leurs bourgerons salis de traminots ou d'ouvriers. Comme le miroir de salle les reflétait, Charles esquissa un mouvement de recul involontaire, tant leur image déformée suggérait la lourdeur et l'abrutissement.

– Regardez-vous... lui lança-t-elle. Les trois-pièces cravate fourmillent pas dans ce zinc.

– Vous prendrez un cognac, comme moi ? la défia-t-il.

– Vous vous croyez obligé de m'offrir quelque chose ?

– Non, mais ce serait plus agréable de pouvoir discuter devant un verre. Cela nous laisserait plus de temps, s'enhardit-il.

– Une Marie Brizard, accepta-t-elle d'une voix neutre.

Tandis que le patron préparait la commande, ils s'observèrent, surpris l'un comme l'autre de s'être rapprochés aussi facilement. Charles se demanda qui elle était : une prostituée, une petite-bourgeoise arrondissant ses fins de mois grâce à des occasions masculines, au gré de rencontres hasardeuses ? Mais elle n'avait ni la tenue ni le comportement d'une fille.

– Et vous ? fit-il, sans véritable curiosité, simplement parce que ne rien se dire commençait à peser.

– Peu de chose qui puisse vous intéresser, murmura-t-elle.

– Vous êtes seule ? insista-t-il.

– Vous portez une alliance. Je ne vous demande pas si vous êtes marié, ironisa-t-elle.

– Oui, convint-il.

Elle remarqua que sa voix avait soudain pris un timbre assourdi, mais elle fut incapable de choisir parmi tous les mots qui pouvaient traduire avec justesse la distance qu'elle pressentait entre cet homme et sa compagne inconnue.

– Vous racontez ce genre de rencontre quand vous rentrez chez vous ?

– Je n'en avais jamais eue avant ce soir, je vous l'ai déjà dit. Vous ne me croyez pas ?

– Si, admit-elle, vous avez l'allure d'un type rangé…

Elle se renversa contre le dossier à peine incliné de son siège et elle partit d'un grand éclat de rire. Des fossettes se creusèrent sur son visage et, en même temps, ses yeux brillèrent, ce relâchement spontané la rendant très séduisante, parce qu'il lui donnait un charme juvénile.

– Maintenant, vous savez presque tout de moi… plaisanta-t-il, en riant à son tour, comme si une complicité existait déjà entre eux.

– Il n'est pas nécessaire de se connaître pour se parler, un soir où on est seul, lui répondit-elle, avec un visage grave tout à coup.

Charles ne tenta pas d'amener la jeune femme à plus de confidences, devinant qu'elle lui opposerait un refus ferme ou qu'elle s'en irait, s'il la pressait d'une seule question précise.

Les deux buveurs du comptoir sortirent, en adressant au tenancier un signe qui devait traduire un salut et une excuse de retardataires, se sentant plus ou moins coupables de s'être éternisés. L'homme consulta machinalement une pendule de réclame, accrochée au mur, face à lui. Mais il sembla ne pas prêter attention au couple, qui constituait son ultime clientèle.

– Je vais rentrer, décida l'inconnue.

– Vous venez souvent ici ?

– Oui, assez souvent, depuis quelque temps, précisa-t-elle.

Quel événement de son existence l'avait poussée à passer ses soirées dans cette salle de café violemment éclairée et vide ? Un drame ? Une subite solitude ? Ou seulement un ennui soudain, plus pénible à supporter qu'un coup brutal de l'existence ?

Debout près de lui, le visage un peu indécis, comme si elle ne se résolvait pas à le quitter, elle lui apparut en même temps vulnérable et très forte. Elle n'était qu'une étrangère pour lui, dont il avait même pensé qu'elle se prostituait, mais pendant une seconde il regretta de ne pas lui avoir parlé de La Vernière.

– Nous ne nous reverrons sans doute pas. J'aimerais savoir votre prénom, dit-il, sur le trottoir.

– Il y a peut-être des années que je n'avais pas bu une Marie Brizard. Vraiment merci !

– Vous vous moquez de moi ?

– Ne croyez pas ça. Ce n'est pas tous les soirs qu'on rencontre un homme comme vous, protesta-t-elle, d'une voix douce et persuasive, avant de fuir le regard de son compagnon éphémère, de se séparer de lui et de s'enfoncer dans le noir d'une rue sans lampadaire.

Le lendemain, Charles décida d'entreprendre une tournée d'une centaine de kilomètres à travers les campagnes proches de la ville, de façon à visiter certains petits fabricants, qu'il connaissait assez bien et qui pouvaient lui procurer les articles destinés à Rofiac.

Il constata avec satisfaction que ces bourgades n'avaient absolument pas changé depuis sa dernière visite. Elles composaient des tableaux plutôt cafardeux. Le centre se parait avec résignation de trois ou quatre gris : celui des murs, tirant vers le blanc sale, celui des toits, nuancé de bleu ardoise, celui des clochers, s'éclaircissant parce que les flèches s'élançaient dans plus de lumière. À la limite de ces villages, une ou deux manufactures dressaient des formes massives de briques ternes, écrasées de laideur. Puis la route filait à travers des champs de blé et de betteraves, vers un autre lieu et d'autres usines.

Vers onze heures, Charles eut la certitude de ne pas s'être trompé. Les petits patrons campagnards se montraient moins arrogants et coriaces que les usiniers de la ville. En déjeunant dans un estaminet rustique, il fit rapidement ses comptes : il avait déjà acheté toute la bonneterie et les tabliers-robes que désirait Hugues de Rofiac pour remplir ses fourgons.

L'après-midi l'absorba totalement. Il examina des dizaines d'échantillons, dont il jugea les couleurs et la tenue, il arrêta des prix avec les fournisseurs, il brassa des chiffres. Entre chacun de ces contrats, son esprit se relâchait. Charles conduisait, calme, pensant vaguement à la satisfaction d'Henri Labarthe.

Était-ce la tension due au qui-vive sur lequel il s'était tenu en permanence dans le bureau de ses interlocuteurs ou l'effet de la monotonie de la plaine, au retour les verts lui parurent glauques. Lorsqu'il aborda les faubourgs, une envie impérieuse l'étreignit : revoir l'inconnue. Pourtant, il n'avait jamais pensé à elle pendant la journée.

– Pigeon, aujourd'hui encore ? s'informa un plaisantin, dans le hall de l'Hôtel de Picardie.

– Je dirais plutôt chasseur, rétorqua Charles.

– Tu nous raconteras ça…

– Ne m'attendez pas.

Charles se moquait de ce que l'autre allait supposer et de ce qu'il colporterait à table. Il gagna sa chambre et en redescendit, après avoir soigneusement vérifié sa tenue. Mais une inquiétude l'occupait : la jeune femme éprouverait-elle le besoin de sortir et d'aller boire un café hors de chez elle ?

Il eut de la difficulté à le retrouver. Cependant, il repéra l'établissement d'assez loin. La salle scintillait, tout aussi violemment éclairée que la veille, déversant dans la rue une large coulée de lumière froide. Quand il entra, le duo de buveurs de canons distillait sa drogue, toujours collé au comptoir. Trois ou quatre autres personnages sirotaient des apéritifs.

La répétition des choses et des scènes possède-t-elle un pouvoir particulier ? Charles se dirigea sans hésiter vers sa table de la veille. Le mastroquet, venu prendre sa commande, le considéra avec une sorte d'étonnement indifférent.

– Un sandwich et un demi.

– Je donne pas à manger le soir. Mais, parce que vous êtes revenu…

– Elle n'est pas là ? demanda Charles.

– J'attache pas les clientes au pied des guéridons… rétorqua le patron, qui n'avait pourtant aucune raison de se montrer malpoli.

Combien de temps dura l'attente ? Charles n'osait regarder ni la pendule, sur le mur, ni sa montre, par crainte de constater qu'il était déjà tard. Trop tard pour que l'inconnue vînt, ce soir-là.

Finalement, elle entra. Crut-il d'abord que c'était elle ? Il vit qu'elle était habillée avec plus de recherche que la veille. Elle portait une robe sombre, une sorte de bleu profond, qui amincissait sa silhouette, lui donnant plus de distinction que son chandail. Elle fit un mouvement gracieux en enlevant son manteau trois-quarts, que Charles jugea d'assez belle qualité. Elle prit un air amusé en remarquant les miettes, sur la table, seul relief de son repas de fortune.

– Un café, demanda-t-elle au patron en s'asseyant.

Dans ses yeux la légère moquerie se transforma en quelque chose de plus doux, peut-être de la tendresse, un frémissement. Elle déplaça son siège et se pencha vers lui, très proche. Charles sentit monter en lui un désir qui submergeait tout.

– J'ai très envie de vous, vous savez, chuchota-t-il.

Elle frissonna. Le regard brillant la pénétrait, remuait une pulsion très profonde : un besoin de prendre et d'être prise, une assurance merveilleuse, une peur peut-être.

– Nous venons seulement de nous rencontrer.

– Est-ce que cela a de l'importance ? la défia Charles.

– Non, convint-elle dans un souffle.

– Où allons-nous ? la pressa-t-il, comprenant qu'elle le désirait aussi.

– Chez moi. C'est à deux pas d'ici, expliqua-t-elle.

– Nous n'attendons pas votre café ?

– Si... murmura-t-elle, avec un sourire de complicité sensuelle absolue.

L'immeuble se dressait au bout de l'enfilade obscure, dans laquelle elle s'était évanouie le soir précédent. En montant l'escalier, elle exigea qu'il mît ses pas dans les siens, sans bruit. Au troisième étage, elle ouvrit une porte défendue par plusieurs serrures.

L'appartement n'était pas luxueux, mais il était meublé avec goût. Un haut rectangle d'ombre annonçait la chambre, qu'elle n'avait pas fermée avant de quitter son logement.

Il ne connaissait pas d'autre intimité féminine que celle qu'il avait partagée avec Agathe, Puis avec Pauline. Peut-être parce qu'il se sentait totalement maladroit, il prit brusquement la jeune femme dans ses bras, cherchant sa bouche, la serrant contre lui.

– Laissez-moi au moins enlever mon manteau ! protesta-t-elle, encore maîtresse d'elle-même.

Quand elle eut retiré ses bas, elle passa à la salle de bains. Resté debout, se jugeant un peu ridicule, il suivit les mouvements lents de la silhouette de plus en plus désirable.

– J'aimerais que vous m'emportiez dans vos bras, lui confia-t-elle en réapparaissant.

Ils s'abattirent sur le lit. D'abord hésitant, impatient, il trouva très vite les caresses qui faisaient culminer leurs sensations réciproques. Lorsque la jeune femme le plaqua contre lui avec une force farouche, il se précipita dans le plaisir brûlant qu'elle lui offrait.

– Tu n'avais pas fait l'amour depuis longtemps, n'est-ce pas ? lui demanda-t-elle plus tard, alors qu'ils se contemplaient, abandonnés dans cette confiance dans laquelle il n'existe plus de distance entre les êtres.

– Si je te disais...

– Ta femme ? chuchota-t-elle.

– Non, rien n'est de sa faute... protesta-t-il, mû par il ne savait quels sentiments de culpabilité inexprimables.

Il devait être une heure du matin. Quelques voitures filaient encore dans les rues voisines, dans un ronflement étouffé. Parfois une moto pétaradait ou un train sifflait au loin. Ils refirent l'amour, retombant ensuite chacun de son côté, simplement unis par un frôlement léger et le silence de la chambre.

– Tu veux passer la nuit chez moi ? lui demanda-t-elle avec un sourire de grande tendresse.

– Éteins, maintenant, murmura Charles.

8

Comme la plupart des hommes qui ne trompent leur femme qu'une fois dans toute la durée de leur vie, Charles tenta de se justifier à ses propres yeux et de trouver une explication à la pulsion irrésistible qui lui avait fait fuir la compagnie de ses collègues, pas plus odieuse que d'autres soirs, et qui l'avait entraîné vers le bistrot où rien de sa brève rencontre de la veille ne l'autorisait à croire que la jeune femme réapparaîtrait. L'incertitude de ses sentiments, les questions qui se pressaient dans sa tête, venaient le troubler en conduisant la voiture ou à chaque moment de liberté, entre deux rendez-vous. Mais il n'avait pas envie de revoir l'inconnue et il ne chercha pas à la retrouver les jours suivants.

Cette aventure ne modifia pas le déroulement de ses entretiens avec les industriels, qui lui permirent de conclure des affaires plus avantageuses qu'il ne l'espérait et de quitter la Picardie avec l'assurance qu'Henri Labarthe le féliciterait.

Un ciel boursouflé de nuages laiteux s'appuyait sur l'horizon indécis. Les plaines betteravières se distendaient à l'infini. Roulant beaucoup moins vite qu'à l'aller sur les routes le ramenant vers le sud, Charles récapitulait ses commandes, alignant des chiffres qui lui convenaient et qui conviendraient à Henri.

Mais, à plusieurs reprises dans la voiture et encore en déjeunant dans un restaurant gastronomique, assez luxueux, où il aimait faire étape, il se sentit un peu honteux et ridicule de ses précautions matinales. Avant de sortir de sa chambre d'hôtel, il avait soigneusement inspecté ses vêtements, vérifiant qu'aucune trace de sa nuit coupable ne pût y être décelée : ni un cheveu ni le moindre effluve de parfum féminin. Cet examen méticuleux l'avait rassuré, mais il lui restait une parcelle d'inquiétude confuse.

Charles craignait de se révéler très mauvais dissimulateur, même si Pauline n'avait aucune raison de lui poser des questions gênantes. Il redoutait son premier regard. Allait-il se trahir par quelque maladresse digne d'un adolescent transi ? Les mots qu'il lui adresserait, les gestes de tendresse convenue qu'il devrait lui manifester en la revoyant après quelques jours d'absence, ne laisseraient-ils pas percer son malaise ? Il ne se sentait sûr de rien.

Lorsqu'il parvint à La Vernière, la scène des retrouvailles familiales prit un tour inattendu, ne se déroulant pas du tout comme il l'avait imaginée. Pauline et les enfants, arrivés en vacances, s'avancèrent vers lui et l'embrassèrent tendrement. Mais, les effusions terminées, François, avec sa spontanéité naïve, remit le retour de son père à sa juste place. À l'évidence, il le jugeait moins excitant que l'autre événement marquant de la semaine.

– Papa, proclama-t-il, avant que l'arrivant eût déchargé ses valises d'échantillons, la voiture de maman est là.

– Elle est très belle, souffla Pauline, frémissant de plaisir.

– Mais, je ne l'ai pas aperçue, en rangeant la Traction, se récria Charles, feignant un reproche bien qu'il fût plutôt soulagé que l'attention des siens ne se soit pas portée sur lui avec trop d'acuité ou d'insistance.

– Elle est au garage, portail fermé. Nous voulions vous faire la surprise, précisa Pauline en riant.

– Allons admirer la merveille !

Marianne se joignit à eux. Pauline était joyeuse, mais un peu fébrile car elle ne possédait le permis de conduire que depuis un peu plus d'un mois. En s'appuyant légèrement au bras de Charles, elle le questionna sur la façon de lustrer l'auto, peu curieuse en apparence de connaître les détails du voyage de son mari. On aurait tout loisir de les découvrir, avec les questions précises d'Henri Labarthe, au cours du repas familial.

Quelques pas devant eux, François s'exaltait, énonçant toutes ses envies de voyages dans l'auto merveilleuse, plus féeriques à ses yeux les uns que les autres.

Alicia avait accueilli Charles avec une évidente affection, mais aussi avec une certaine réserve de mots et de gestes. En se dirigeant vers le garage, elle marchait un peu en arrière, silencieuse, dédaignant les arabesques désordonnées de son frère, en train de courir en compagnie du chien.

Pendant les semaines suivantes, elle conserva cette attitude distante, parfois boudeuse ou hostile à l'égard d'on ne savait qui. Traversait-elle une période où sa sensibilité à ce qui l'entourait était avivée ? En remarquant le mutisme imprévisible de sa fille, ses sautes d'humeur, ses invectives subites et agressives contre François, Charles se sentait maladroit et désarmé. Parfois il se rongeait d'inquiétude, mais il se satisfaisait facilement en attribuant le comportement étrange d'Alicia aux lubies habituelles de l'adolescence.

Cependant, certains jours, il se demandait si sa fille n'était pas la seule à avoir pressenti qu'un événement exceptionnel s'était produit durant son séjour en Picardie. Il ne voulait pas croire que son esprit fût capable d'imaginer des faits ou des scènes équivoques, par exemple qu'il sourie à une femme, qu'il puisse l'aborder ou peut-être l'embrasser. Mais lorsqu'Alicia le fixait longuement de ses yeux si profonds et si brillants, il n'était plus sûr de rien.

L'accusait-elle alors d'avoir été infidèle à la mémoire de sa mère et en souffrait-elle ? Ou une jouissance confuse et perverse la parcourait-elle, si elle se persuadait qu'il avait trompé Pauline, à l'égard de laquelle elle se montrait de plus en plus désagréable depuis le début des vacances ?

Charles assistait, impuissant et malheureux, aux efforts de sa femme pour éviter un éclat, mais Alicia se complaisait dans sa volonté de provoquer, de se montrer indomptable, par des silences têtus et interminables ou par ses refus d'obéir, si Pauline avait l'air d'exiger. Parfois, il suffisait d'un baiser, d'une gentillesse spontanée de François à l'égard de celle-ci pour que l'adolescente sortît de ses gonds, tournant les talons, claquant les portes.

Si, dans le secret de ses pensées, Marianne Labarthe était peinée par les caprices de sa petite-fille et relevait chacune de ses phrases agressives ou incorrectes à ses yeux, elle réprimandait rarement Alicia. Elle rappelait doucement la coupable à l'ordre, évoquait les bons sentiments, se référait aux bonnes manières, mais ne brandissait aucune menace de sanction, venant soutenir Pauline. Son affection exagérée pour ses petits-enfants la rendait-elle aveugle ? Ou était-elle prête à toutes les indulgences parce qu'elle désirait avant tout qu'Henri trouve une atmosphère familiale sereine, lorsqu'il rentrait à La Vernière ?

Sans doute crut-elle s'assurer une dernière semaine de vacances sans nuage, en prévoyant un dimanche de plaisirs artistiques, au cours duquel François et sa sœur iraient peindre à la campagne.

– L'après-midi sera beau. Charles et toi devriez emmener les enfants barbouiller des paysages, proposa-t-elle à Pauline.

– Je ferai des arbres verts, avec des pommes rouges, promit François avec enthousiasme.

– Marraine conduit comme un pied ! Je ne veux pas monter dans sa voiture, s'entêta aussitôt Alicia, bien décidée à jouer les pestes.

– Tu monterais dans l'auto de Pauline, si ton père la conduisait ? faiblit Marianne, attristée de l'échec prévisible de la sortie champêtre remplie d'harmonie dont elle avait rêvé.

– Pauline prendra le volant, trancha Charles, excédé.

Dans cette région où les rouges violacés des terres gréseuses se mêlent aux gris ocrés des calcaires et aux verts opulents des prés et des bois, les sujets de tableaux colorés et faciles foisonnaient. Pauline arrêta la voiture près d'un gros hameau. Comme beaucoup d'autres, il se composait de maisons et de granges grenat, coiffées de toits magnifiques dont les lauzes s'animaient de pigeonniers, de lucarnes et de fenêtres charmantes. De quoi inspirer les artistes en herbe ! Mais la trentaine de familles paysannes qui vivaient là devait aimer se rencontrer et bien manger, puisqu'un café-restaurant était né et avait prospéré dans ces lieux éloignés de tout.

– Si vous peignez un très beau tableau, nous mangerons à l'auberge, promit joyeusement Pauline, en extrayant les chevalets et les boîtes à peinture du coffre de l'auto.

– Je n'aurai pas faim, mâchonna Alicia, qui semblait à l'évidence dans un de ses plus mauvais jours.

Elle refusa de poser son chevalet à côté de celui de François, sur un petit replat, face à un paysage splendide, d'où la vue portait vers des collines moirées de pourpre velouté. Elle s'éloigna de lui, montrant qu'elle voulait se couper du reste de la famille.

Pauline s'abstint de lui adresser des remarques ou de lui donner des conseils, jugeant préférable de ne pas aggraver sa mauvaise humeur. Mais, lorsqu'elle s'approcha de l'adolescente, quelques instants avant midi, elle constata que le tableau d'Alicia n'était composé que d'un bleu uniforme.

– Pourquoi ? ne put s'empêcher de murmurer la jeune femme, attristée par la volonté de contradiction systématique que traduisait l'outremer violent, dont il n'existait pas la moindre touche ni dans le ciel ni dans la nature proche.

– Je n'avais pas d'autre gouache que celle-là, se défendit ridiculement Alicia.

– Tu pouvais en demander à François.

– Je ne veux pas ! cria l'entêtée.

Comme elle l'avait annoncé, Alicia repoussa les plats copieux de l'aubergiste, pourtant en veine de sourires, se contentant de chipoter quelques miettes de dessert. Charles et Pauline demeurèrent silencieux, ne répondant que de façon évasive aux questions et aux exclamations de François. Ravi de la bouderie de sa sœur, le garçon mangeait avec un appétit d'ogre et ne cessait d'évoquer son tableau encore inachevé, qu'il disait très beau.

– La petite demoiselle mange pas plus qu'un poussin. C'est qu'elle veut garder sa ligne, commenta le mastroquet rustique, en encaissant son argent avec satisfaction, mais sans cacher que cette fille mal élevée de clients de la ville l'avait vexé.

– Voulez-vous que nous rentrions à La Vernière ? proposa Charles.

– Non, restons. Les couleurs de la vallée seront splendides cet après-midi et François n'a pas terminé sa peinture, refusa Pauline.

– Alicia a été odieuse. J'ai honte, avoua Charles, les traits tendus.

– Ce sera l'une des plus mauvaises journées de ses vacances, observa Pauline, avec un mince sourire désabusé sur les lèvres.

– Je regrette que vous soyez celle contre qui elle se dresse au moindre prétexte ou au moindre caprice.

– J'ai cru pouvoir être sa mère. Maintenant, elle me fait sentir que c'était une illusion et elle y prend plaisir, je crois.

– Ne la condamnez pas définitivement, plaida Charles, mais il se sentait coupable d'il ne savait quoi.

Dehors, le frère et la sœur avaient gagné leurs chevalets. La révolte matinale de l'adolescente n'était pas retombée. Isolée, un peu en contrebas de François qui s'appliquait, elle fixait le moutonnement des collines, les mains inertes, tout son corps raidi. Cependant, Pauline remarqua que, de temps à autre, elle donnait de grands coups de pinceau coléreux. Au moment de ranger l'attirail des jeunes peintres, elle constata que le bleu uniforme avait été zébré de griffures rouges. Elle ne put s'empêcher de penser à la déception navrée de Marianne lorsqu'elle découvrirait ce barbouillage empreint de provocation.

Charles regarda du côté des maisons paysannes. Il n'aperçut personne. Mais il était sûr que beaucoup d'habitants épiaient, plutôt moqueurs à l'égard de cette famille huppée, prétendant former le goût pictural de ses rejetons en les emmenant au vert, face à une nature qu'ils devaient juger banale et sans grand intérêt.

Derrière leurs fenêtres, un peu comparables à des meurtrières tant les façades étaient massives, les curieux distinguaient-ils la tension silencieuse émanant de l'étrange scène intime qui s'offrait à eux: les parents muets et figés, à l'écart, très près du village; puis, plus bas, le garçon appliqué, enfin l'adolescente solitaire, indifférente ou hostile.

Pour se donner une contenance, Charles esquissa quelques pas, puis revint vers Pauline. Bouger eût pu le détendre et lui inspirer trois ou quatre phrases admiratives, face à l'étonnant panorama environnant. Pourtant, il continua de ruminer sa gêne morose, évitant de dévisager sa compagne.

– Nous devrions regagner La Vernière, suggéra-t-il.

– Attendons que François finisse son tableautin: il n'est pas si mal... plaida Pauline.

– Vous avez un côté bonne fée des familles, persifla-t-il, bien qu'il devinât toute l'injustice et toute la cruauté de cette raillerie.

– Cette peinture sera un beau souvenir pour François. Et la seule chose positive de cette journée…

– Excusez-moi. Vous auriez dû me jeter à la figure qu'Alicia est ma fille, pas la vôtre, articula sourdement Charles.

– Rapprochez-vous de moi. Faisons mine de marcher, suggéra-t-elle.

On atteignait le milieu de l'après-midi. La lumière possédait une force exceptionnelle, mais elle s'adoucissait de nuages immobiles dans le ciel. De vastes taches vaporeuses ourlaient les bois, assez dispersés et les versants tournés vers le nord.

L'heure était aussi à d'opulentes exhalaisons. Des fonds émeraude, s'élevaient des effluves complexes d'herbe et de fleurs, qui gardaient un mystère parce qu'ils provenaient de trop loin. En revanche, on reconnaissait parfaitement les parfums un peu entêtants des pollens des petites sylves proches.

Charles huma une fragrance corsée de chatons très mûrs. Il vacilla imperceptiblement, avec une sensation d'étouffement, sans doute due aux poudres impalpables en suspension autour de lui.

Ce mouvement involontaire l'avait rapproché de Pauline. Il eut une envie irrépressible de lui prendre la main, puis de lui chuchoter quelques mots. Mais il resta paralysé, comme autrefois, lorsque, fiancés, ils s'enfonçaient sous les aulnes de La Vernière. Il pensa même que la distance qui le séparait de sa femme était plus infranchissable que jamais, en dépit de l'harmonie apparente de leur couple aux yeux de leur entourage.

– Venez voir mon tableau ! Il est très joli ! cria le petit peintre.

– Allons-y, conseilla Pauline.

Il ne fallut pas beaucoup de temps pour ranger le chef-d'œuvre de François dans la voiture, même s'il exigea qu'on prît de multiples précautions. Alicia, silencieuse, déposa sa peinture tout près, sans que ses parents lui adressent de remarque. Mais, en montant à l'arrière, à côté de son frère, elle écrasa avec une calme détermination un tube de couleurs sur la banquette.

– Cette gouache ne vaut rien. Je n'ai pas pu terminer mon tableau ! ragea-t-elle.

Pauline, installée au volant, s'apprêtait à démarrer. Elle se retourna, le visage blême. Une souillure rouge s'étalait sur le cuir délicat de la banquette. En une fraction de seconde, elle pressentit la gravité des dégâts.

Pauline eut le temps de remarquer le regard mauvais d'Alicia. Celle-ci ne cilla pas et ne baissa pas les yeux. Un instant très court, elle les détourna vers des oiseaux qui passaient, mais elle revint aussitôt à sa belle-mère et elle la défia.

– Non, cela ne servira à rien, murmura la jeune femme, en arrêtant la main de Charles, qui voulut gifler sa fille.

Pour tenter de se ressaisir, elle crispa ses doigts sur le volant, mais elle ne put empêcher quelques larmes de sourdre au pli de ses paupières, aussi douloureuses que l'auraient été d'imperceptibles gouttes d'acide.

L'intention de souiller la banquette de la voiture était indiscutable. Pauline se demanda si l'hostilité d'Alicia, qui venait de se muer en méchanceté, traduisait simplement une fidélité exacerbée à la mémoire de sa mère ou si l'adolescente avait acquis maintenant assez de finesse pour pressentir qu'elle avait épousé son père sans l'aimer vraiment.

Cette idée la bouleversa. Aurait-elle désormais à faire face à cette agressivité d'Alicia, chaque fois que celle-ci séjournerait à La Vernière ? Se sentirait-elle jugée, méprisée peut-être parce que l'adolescente avait percé le secret du couple qu'elle formait avec Charles, uni seulement en apparence ?

Le soir, ils respectèrent assez mal le rituel quotidien de leur coucher conjugal. Lorsqu'elle le rejoignit dans le lit, elle constata que le visage de son mari était défait, exprimant une désillusion et sans doute aussi une culpabilité qu'elle n'avait jamais lues aussi clairement dans ses yeux jusque-là.

– Demain, je montrerai la banquette à Trigosse. Il trouvera un détachant. Sinon, j'irai conduire l'auto chez un teinturier spécialiste, proposa-t-il d'une voix sourde.

– Ce n'est pas un grand malheur, dit Pauline en affectant de minimiser la gravité de l'incident.

– Vous devez être si choquée par l'ingratitude d'Alicia, chuchota-t-il, en détournant son regard.

– Non, c'est encore une enfant, voulut-elle le réconforter.

– Vous vous êtes tant dévouée pour elle et pour François que j'ai honte de ce qui arrive, se déchira-t-il.

– Ce sont mes neveux et je les aime, protesta Pauline.

– Mais ce ne sont pas vos enfants. Vous auriez pu me demander d'engager une gouvernante ou une gardienne. Je l'aurais compris. Au lieu de cela vous avez été une vraie mère, alors que vous étiez si jeune.

– Il fallait bien que je m'occupe de François et d'Alicia, c'était naturel pour moi.

– Je vous ai imposé mes enfants. Excusez-moi, jeta-t-il soudain avec une sorte de brutalité.

– Charles, taisez-vous, murmura Pauline.

Brusquement, il se redressa. S'appuyant sur l'un de ses bras, il la força à affronter l'éclat dur de ses prunelles. Elle frissonna, comprenant que, pour la première fois, il allait lui lancer des mots et des phrases dont tous les faux-fuyants seraient exclus. Pauline devina confusément que Charles était parvenu à ce point effrayant où un homme éprouve un besoin invincible de parler, même s'il sait qu'il va détruire son bonheur ou sa tranquillité.

– Que nous restera-t-il maintenant ? fit-il d'une voix haletante, comme si son esprit venait soudain de prendre conscience d'une menace terrible.

– Que voulez-vous dire, Charles ? murmura-t-elle, remuée jusqu'au plus profond d'elle-même par le ton farouche de son compagnon.

– Que nous restera-t-il si les enfants eux-mêmes nous séparent ?

– Mais François est très gentil et ce n'est qu'une mauvaise période à passer pour Alicia, protesta-t-elle sans illusion, parce qu'elle comprenait parfaitement ce que voulait dire Charles.

Elle était forcée d'admettre qu'il venait d'exprimer la vérité nue car elle mesurait parfaitement l'ampleur du précipice que mettait brutalement en lumière la question de Charles.

– Pauline, notre vie sera de plus en plus difficile, maintenant qu'Alicia a ouvert cette distance entre nous, s'entêta-t-il.

– Mais non, je vous assure, tenta-t-elle une fois encore de le calmer et peut-être de le réconforter.

– Ne soyez pas aveugle ! Elle a deviné certaines choses et elle ne manquera pas de les utiliser pour vous faire du mal.

– Non, ce n'est pas possible, chuchota Pauline, bouleversée par cette lucidité amère.

– Vous n'avez accepté de m'épouser qu'à cause des enfants, n'est-ce pas ? demanda-t-il, dans une sorte de fureur de tout dire de ses incertitudes et de ses angoisses.

– Mais non, Charles, vous le savez bien, bredouilla-t-elle, au comble d'une douloureuse confusion.

– Vous vous êtes mariée avec moi pour remplacer Agathe auprès de ses petits. Et maintenant Alicia vous rejette. Vous n'étiez qu'une collégienne. J'étais un homme mûr. Je n'aurais pas dû vous faire courir ce risque. Je suis le seul responsable de ce qui nous arrive aujourd'hui, se déchira-t-il.

– Alicia va repartir dans son pensionnat,

– Peu m'importe Alicia ! Vous ne m'aimiez pas dès le jour de notre mariage. Puis, comme vous étiez gentille, vous avez fait beaucoup d'efforts pour m'aimer. Mais vous n'y parvenez toujours pas !

Il termina sa phrase en essayant de lui imprimer un ton de profonde dérision, mais Pauline fut impressionnée par la vibration cruelle de sa voix.

Des secondes, qui semblèrent éternelles, passèrent, comme s'ils se trouvaient soudain, tous les deux, dans l'impossibilité absolue de trouver d'autres mots. Sur le visage de son mari, la jeune femme crut lire autant de peur que d'espoir, peut-être une imploration muette.

– Maintenant, Pauline, je veux savoir. M'aimeras-tu un jour ? reprit-il soudain.

Le tutoiement inattendu la surprit. Mais elle fut surtout touchée par le ton étrange de Charles, dans lequel il y avait à la fois une exigence impérieuse et une incroyable fragilité. Elle le fixa. Chaque trait de son expression démentait qu'il gardât en lui une parcelle de force, capable de soumettre sa femme à sa volonté.

Elle le vit si désemparé qu'elle en fût troublée jusqu'au plus intime de son être. Lui inspirait-il seulement une espèce de besoin presque maternel de le réconforter ? Ou la passion qu'elle avait conscience d'avoir fait naître, embrasait-elle en elle des pulsions qu'elle avait voulu se cacher jusque-là ?

– Embrasse-moi, chuchota-t-elle.

Mais elle ne savait pas que lui dire d'autre, que faire, flottant tout à coup dans un trouble immense, ignorant si elle le désirait enfin.

Charles était éperdu. Il lui prit le poignet, chercha sa peau de soie, qu'il parcourut de baisers. Puis, il effleura ses bras de caresses pressées, en s'approchant de son visage. Soudain, il écrasa ses lèvres sur les siennes, en la couvrant de son torse et de ses reins puissants.

Une peur instinctive saisit Pauline, mais en même temps elle était prête à accepter l'étreinte de son mari. Qu'il parcourut ses seins, son ventre de ses doigts enfiévrés ! Qu'il la possédât enfin !

– Non, pas tout de suite, souffla-t-elle cependant, dans une ultime et confuse défense.

– Tu veux ? Ce soir…

Soudain, elle sentit que le corps masculin qui l'enserrait frissonnait, dans une sorte de relâchement dramatique. Elle devina la défaillance qui frappait Charles, mais elle n'osa rien formuler par des mots effrayés et précis. Elle détourna les yeux.

– Je ne peux pas. Je ne pourrai jamais. Pardonne-moi, se déchira-t-il, en se jetant avec rage sur le côté.

– Plus tard… Ne dis rien maintenant, s'entendit-elle chuchoter, comme si elle possédait l'expérience de ces choses, telle une maîtresse résignée ou une épouse compatissante.

– Il n'y aura pas de « plus tard ». J'ai presque deux fois ton âge. L'idée m'est venue que tu pouvais être ma fille. Ce sera toujours entre nous.

– Charles, tais-toi, le supplia-t-elle.

– Maintenant je sais que j'ai fait ton malheur. Notre malheur, Pauline, acheva-t-il.

La chambre demeura éclairée durant toute la nuit. Pauline et Charles étaient étendus l'un près de l'autre dans une couche défaite, dont le désordre pouvait suggérer que s'y étaient déroulées des luttes secrètes et sensuelles. Mais leurs ventres étaient figés. Leurs yeux immobiles s'acharnaient à fixer les médaillons du papier de prix couvrant les murs.

Lorsque Pauline se leva, toutes les fibres de son corps s'étaient contractées. En posant les pieds sur le petit tapis chinois utilisé comme descente de lit, ses jambes étaient dures comme du bois et elle dut s'appuyer à l'armoire pour ne pas tituber. La même sensation de raideur et de dessèchement du moindre de ses muscles lui rendait les mouvements douloureux et voilait toutes ses pensées d'une brume de résignation, traversée de secondes de lucidité qui la ramenaient toujours à admettre que Charles avait raison : les caprices et le dépit d'Alicia répandaient entre eux un poison insidieux.

Pauline regarda sortir son mari, puis n'entreprit rien, traînant d'une pièce à l'autre, déplaçant un bibelot sans raison, croyant avoir envie de lire pendant un moment, mais rangeant le livre au bout de cinq pages.

Elle s'assit dans un fauteuil, livrant un combat constant à l'assoupissement. Se réfugier dans la léthargie pour oublier… Pauline le pouvait-elle, sans admettre qu'elle capitulait devant l'intransigeance et l'ingratitude de l'adolescente ?

Vers onze heures, outre les papiers d'affaires, il n'y eut qu'une seule lettre au courrier. Pauline tressaillit. C'était Emma ! Et à la surprise de cette correspondance, qu'elle n'attendait plus vraiment, s'ajoutait celle de la nouvelle que celle-ci annonçait : la jeune fille passerait le dimanche suivant à La Vernière, avant de gagner Paris pour la première année de Médecine.

La Compagnie se moquait des besoins de sommeil des oisifs et des douillets. Voué aux campagnards lève-tôt, montant dans des stations de villages perdus pour se rendre à la préfecture, où ils voulaient disposer du plus de temps possible, le train arrivait à la gare de Rodez à huit heures, y compris les jours de fête ou de repos.

– Tu as dû partir…

– À l'aube, oui ! Mais surtout j'ai voyagé avec un paysan qui apportait un canard dans une panière.

– Il cancanait ?

– Il n'a pas arrêté. Et le type m'a expliqué que c'était parce qu'il n'était pas habitué au chemin de fer !

Elles s'étaient embrassées en silence, préférant d'abord laisser vibrer doucement leur émotion. Mais elles partirent du même éclat de rire, tant ces détails étaient grotesques et aussi parce que la vivacité de ces réparties faisait ressurgir les bribes de certaines moqueries d'Emma à l'institution.

– On dirait que je porte de la fripe ! Je suis si froissée ! J'aurai honte devant tes parents et Charles, tout à l'heure, se plaignit-elle pour rester encore pendant quelques instants dans cette légèreté.

– La fripe te va bien !

Pauline était assez experte pour évaluer le prix de la robe de sa camarade de pension d'autrefois. Le tissu, d'un bleu pastel, luisait de brefs chatoiements aux premiers rais du soleil matinal Très à la mode, elle moulait des hanches et des jambes parfaites, puis s'évasait en un plissé du plus bel effet. Et ce n'était pas le chapeau assorti, joliment en cloche, qui pouvait convaincre de l'idée que la jeune femme ignorait son élégance naturelle ou sa séduction !

Emma sourit, suivant l'examen de son amie. Cela lui permit d'essayer de comprendre la sensation étrange qui s'emparait d'elle. Elle calcula combien de mois s'étaient écoulés depuis le mariage de Pauline. Assez peu pour modifier un visage.

Comme au collège, ou au soir de ses noces encore, son teint de porcelaine pure ne souffrait pas d'altération décelable ni d'aucune imperceptible ridule. Et elle avait les mêmes réactions spontanées que naguère. Mais Emma était sûre de ne pas se tromper : une ombre s'était glissée dans le regard de la jeune mariée.

– Prenons ma voiture, proposa celle-ci.

– Tu conduis ?

– Tu vois ! Je suis une femme plus moderne que toi ! feignit de triompher Pauline.

– Si tu passais devant l'institution… On verrait peut-être de loin l'une des vieilles peaux ! persifla Emma.

– Tu veux t'arrêter ? Les saluer ?

– Non. Je les ai assez vues…

Les deux complices des incartades d'autrefois pouffèrent ensemble. Mais, lorsque la conductrice rangea la voiture en pleine campagne, les souvenirs d'une époque insouciante ne leur permettaient plus d'ignorer que cette rencontre marquerait sans doute une très longue séparation et comme un point de divergence de leurs destins.

– Que fais-tu ? dit Emma.

– Nous avons beaucoup de temps avant midi. Nous pourrions marcher, si tu veux.

Un chemin hirsute d'herbes et de genévriers nains semblait leur opposer son inhospitalité. Mais à cause de fleurs inconnues qui le couturaient de courts ourlets mauves, il les attira très loin de l'auto.

– Je ne peux pas croire que tu es bachelière et que tu vas commencer des études de médecine, dit Pauline à la fin d'un passage entre des épineux.

– Tu aurais pu l'être toi aussi...

Les deux jeunes femmes se regardèrent. Emma eut envie de souligner son idée, d'affirmer que son diplôme brillant n'était dû qu'aux études prolongées, que sa camarade aurait pu obtenir le baccalauréat facilement. Mais elle renonça à énoncer ces évidences, parfaitement oiseuses et peut-être cruelles, savait-elle ? Pauline avait-elle un jour regretté d'avoir accepté de quitter l'institution sans protester ? Pensait-elle encore parfois à ce soir d'étude, à la Supérieure ? Entendait-elle la voix de glace ?

– Non. Je n'étais pas faite pour les études comme toi... assura Pauline.

Un flot de pensées étranges submergea Emma Baraban, la persuadant, si c'était encore nécessaire, qu'elle ne devait pas poursuivre cette conversation au sujet de son succès de lycéenne.

La future étudiante embrassa l'immensité du causse. Leurs deux vies ! La sienne ne comporterait pas d'autres limites que son intelligence, sa volonté, ses passions. Elle lui sembla incertaine, mais riche de promesses comme l'horizon qui se dorait peu à peu. Elle se sentit incroyablement libre.

Celle de Pauline ; elle lui apparut écrite déjà : La Vernière avec ses règles, Charles, les enfants de Charles... Emma frémit.

Elle se décida à rester à la surface des choses, alors qu'elle avait mis tant d'espoirs dans ce dimanche : tout se demander, tout s'avouer.

– Où logeras-tu à Paris ? s'enquit Pauline.

– J'ai réservé une chambre pour une année. Mais le docteur Baraban rêve de posséder un pied-à-terre à Paname et il me mettra bientôt dans mes meubles, à condition de disposer d'un lit, s'il monte un jour chez moi.

– Revenons vers la voiture, Charles va s'inquiéter, décida Pauline, comme si imaginer l'existence quotidienne de son amie, parcourant la grande ville et fréquentant la faculté, lui était impossible.

La journée à La Vernière fut merveilleuse de bonnes manières, de confort et de bons plats. Charles, un peu impressionné, Marianne sur la réserve, François et Alicia indifférents, composèrent un accueil banal mais agréable à l'invitée.

Emma devina qu'Henri Labarthe la jugeait avec une lucidité acérée et que cet examen ne lui était pas défavorable, bien qu'il comprît qu'elle possédait la même volonté et la même vivacité d'esprit que lui.

– Mademoiselle, je vous souhaite bonne chance dans vos études, articula-t-il, alors que Pauline démarrait la voiture.

– Merci, Monsieur.

– Je ne connais pas votre père, mais vous lui direz que j'ai été vraiment très heureux de vous accueillir à La Vernière.

Emma ne répondit pas, mais elle comprit qu'il admettait qu'on pouvait élever les filles selon des principes différents.

Sur le quai de la gare, de la mélancolie, beaucoup d'insatisfaction, assaillirent la jeune femme. Comment pouvait-elle quitter Pauline sans savoir au moins une part de son secret de femme ?

– Tu as des soucis ? demanda-t-elle avec une précipitation maladroite.

– C'est Alicia ! Elle réussit à devenir une peste !

Emma pressentit que son amie ne lui révélait qu'une mince parcelle de la vérité. Mais, il était vain de s'obstiner. D'ailleurs quel droit avait-elle de forcer les confidences de Pauline, maintenant qu'elle s'éloignait d'elle pour une durée inconnue ?

– Nous nous écrirons souvent. Je serai toujours ton amie. Je l'ai juré, tu t'en souviens ? rappela-t-elle, en s'efforçant de rendre ce souvenir léger. Mais Pauline en perçut toute la gravité. Cela lui fit du bien et adoucit l'instant de l'ébranlement métallique du train.

9

Alicia avait atteint son but. Elle se trouvait au centre du monde clos de La Vernière. Il y avait toujours des yeux qui la suivaient ou qui l'examinaient, essayant de percer ses sentiments les plus secrets, inquiets des idées courant dans sa tête, du moindre geste qu'elle esquissait, frémissant quand elle ouvrait la bouche ou quand elle avançait sa main vers un objet quelconque. Pouvait-elle le briser avec la même volonté de paraître odieuse à tous qu'elle avait mise à écraser le vermillon sur le siège de la voiture de Pauline ?

Marianne Labarthe ne vivait plus. Du lever au coucher, elle glissait telle une ombre dans la maison, craignant d'entendre des éclats de voix parmi les adultes et à l'affût des courtes querelles des enfants, On la devinait préoccupée, sourcilleuse, bouffie de bonnes paroles apaisantes dont elle couvrait les fautifs avec précipitation, comme on s'efforce d'étouffer un incendie naissant par un seau d'eau dérisoire. Elle s'appliquait avec une anxiété pathétique à maintenir l'apparence de la sérénité familiale.

– Pourquoi François t'apporte-t-il aussi souvent des fleurs ? Il a quelque chose à se faire pardonner ? questionna-t-elle.

Depuis la partie de campagne vouée à l'éducation picturale, elle n'avait pas manqué de remarquer que le garçon se cachait pour disparaître à l'angle de la bâtisse. Il filait sans doute sur les chemins ou dans les prés voisins, d'où il rentrait en exhibant une gerbe gracile de fleurs colorées, qu'il offrait à Pauline, très fier de lui.

– Qu'aurait-il à se faire pardonner ? Il est si gentil, protesta celle-ci.

Elle avait moulé le timbre de sa voix le plus lisse et le plus léger qu'elle put, pour ne pas alarmer sa mère. Mais c'était la vérité : François s'évertuait à l'évidence à lui faire oublier l'après-midi de méchanceté de sa sœur et elle avait été touchée par ses manifestations de tendresse. Son bouquet, presque quotidien, n'était pas la moins émouvante de ces démonstrations affectueuses. D'ailleurs, après que Charles eût ramené Alicia au pensionnat pour adolescentes, il avait continué ses cadeaux champêtres, même s'ils étaient devenus moins fréquents.

À l'Institution, le dernier trimestre s'était écoulé très rapidement, raccourci par les examens blancs des grandes élèves, qui obligeaient la Supérieure à renvoyer certaines pensionnaires pour pouvoir disposer d'assez de salles destinées à ces répétitions, avant le grand jour. Les sœurs, désireuses de placer leurs candidates dans l'atmosphère du Brevet, écartaient les tables les unes des autres, afin d'éviter la tentation de copier.

Alicia de retour plus tôt que prévu, Marianne se désola à nouveau de la plus petite dispute entre le frère et la sœur, redoutant un caprice ou un défi de sa petite-fille. Mais pendant toutes les vacances d'été, celle-ci se montra moins agressive, moins changeante même.

Cependant, elle fuyait Pauline, l'évitant dans le corridor ou le salon, ne lui adressant jamais la parole la première, profitant du moindre prétexte pour sortir, guettant les occasions de quitter La Vernière pendant quelques jours, si des cousins des alentours l'invitaient. Et, quand elle rentrait à la maison, elle dressait à plaisir la liste de tous ses jeux et de toutes ses distractions ou celle des plats qu'on avait servis, toujours merveilleux à son goût et meilleurs que ceux de Rosette.

Peut-être parce qu'on abordait septembre et qu'elle quitterait La Vernière dans trois semaines, Alicia se montrait parfois tout miel et tout sucre, même si Pauline la devinait irritable, prête à sortir ses griffes de façon imprévisible, comme un jeune félin rebelle.

L'été s'achevait en chaudes journées qui engourdissaient la maison. L'après-midi, des brumes sèches crissaient sur le parc. Au magasin ou le soir, Charles apparaissait tendu, mais Marianne n'osa jamais lui poser de question, constatant pourtant sa sensibilité à fleur de peau.

Le couple reléguait au plus secret du silence de l'intimité le souvenir des gestes et des mots de la nuit dramatique. Dans la chambre, avant de se coucher côte à côte dans leur lit, Pauline et Charles n'échangeaient que des banalités ou se bornaient à des commentaires brefs des faits saillants de la journée, à L'Incomparable ou à La Vernière. Parfois, ils se réfugiaient dans une sorte de vacuité de l'esprit et du cœur.

Cependant, Charles se livrait à des rites de tendresse, qu'il reproduisait chaque soir, avec les mêmes gestes prudents et calculés, la même voix appliquée à ne pas trahir ses pulsions ou ses déchirements intérieurs. Il se tournait vers Pauline, se rapprochait d'elle. Puis il effleurait ses cheveux d'une main maladroite, mais infiniment tendre.

– Bonne nuit, soufflait-elle.

Bizarrement, à cet instant où elle se voulait assez calme pour demeurer insensible aux caresses de son mari, il arrivait que la silhouette d'Emma vînt s'allonger pendant quelque temps de veille aux côtés de Pauline. C'était plutôt celle de l'adolescente longiligne que celle de la jeune femme épanouie qui lui avait rendu visite à La Vernière, l'année précédente. Elle croyait alors entendre la voix juvénile lire Maupassant, puis partir d'un éclat de rire. Maupassant, le « lit tabernacle »... Elle ne s'expliquait pas cette réminiscence de collégienne, mais lorsqu'elle s'en libérait enfin, l'amertume lui nouait la gorge.

Tous les espoirs mystérieux, toutes les peurs inavouées de la jeune pensionnaire qu'elle était alors revivaient. La tendresse d'Emma... Pouvait-elle toujours attacher de l'importance ou une réalité quelconque à ces souvenirs ? Pauline les rejetait, juste avant le sommeil. Ces rêveries concernaient-elles une femme mariée de la bonne société, vouée à la banalité de la vie quotidienne ? En s'endormant, elle se sentait vaguement coupable de s'être laissé surprendre par les mots si lointains, si irréels, et les songes.

La fin de l'été coupa court à toutes ces divagations de l'ancienne pensionnaire comme aux états d'âme ou aux sentiments personnels des autres membres de la famille. La rentrée des classes imminente et l'approche de l'hiver décuplaient la clientèle de L'Incomparable, qui bourdonnait pendant toute la journée telle une ruche.

Cette fièvre acheteuse épuisait Marianne, mais le soir, elle ne sacrifiait aucune parcelle de l'étiquette bien réglée des repas. La fatigue de tous, la conversation qui se concentrait sur le travail du lendemain, Pauline et Charles côte à côte, tout cela possédait une sorte de consistance harmonieuse, qui paraissait ne donner prise à aucun doute, ni à la plus petite fissure.

La veille de la grande foire de septembre à Rodez – une date cruciale pour les affaires –, après le dîner, Henri retint Charles pour fixer avec lui une sorte de plan de bataille : Rofiac placerait l'un des camions magasins géants sur le boulevard le plus commerçant de la cité ; Charles visiterait les tailleurs, les couturières ou les petits boutiquiers que fournissait en tissu et vêtements la maison Labarthe.

Charles écouta son beau-père avec attention, posa des questions, avança son point de vue sur de nombreux détails et sur certaines personnes qu'il devrait rencontrer, sans paraître se soucier du temps qui passait.

Onze heures sonnèrent en même temps à toutes les pendules, avec un timbre unique, qui ressembla à celui de l'airain sans doute parce que La Vernière était devenue absolument silencieuse.

– Que diriez-vous d'un armagnac ? proposa-t-il à Henri.

– On croirait que vous n'êtes pas pressé de rejoindre votre femme ! plaisanta l'industriel.

– Vous voulez encore veiller ? objecta Charles, ironique.

– Allons ! Ne prenez pas exemple sur le vieux couple que nous sommes, Marianne et moi, conseilla Henri avec humeur.

– Pauline ne m'aura pas attendu pour s'endormir. Nous avons du temps...

Charles saisit un document, qu'il examina attentivement, tout en commençant à déguster le doigt d'alcool qu'il s'était octroyé. Il pensa que sa nuit au côté de Pauline ne se passerait pas autrement qu'à l'ordinaire, en dépit de l'heure tardive à laquelle il se coucherait. Du moins, aurait-elle l'avantage d'être courte ! Il s'enfoncerait dans un sommeil réparateur de sa fatigue, la sensibilité à vif, mais maître de lui. Une question d'habitude en somme…

Henri Labarthe parut s'absorber dans une réflexion intense, après avoir rapidement porté les yeux sur son interlocuteur, comme s'il avait décelé une fêlure dans sa voix. Cependant, lorsqu'il reprit la parole, Charles comprit qu'il échapperait à toute question indiscrète de son beau-père, seulement préoccupé des affaires du lendemain.

– Cette foire de septembre sera de l'or pour nous, prédit-il.

– Les gens qui viennent à L'Incomparable semblent moins serrés du portefeuille qu'il y a quelques mois, convint Charles, sans exprimer trop d'optimisme.

– Ne faites pas la fine bouche ! Demain, très tôt l'argent des campagnes suivra le même chemin que nous. Il quittera les piles de draps, les tiroirs et les pots où on le cache pour monter à l'assaut de Rodez ! s'exclama Labarthe, railleur et satisfait d'imaginer ainsi le flot des milliers de poches rustiques garnies de billets.

– Je vous l'accorde, c'est la rentrée des écoles et les femmes vont courir toute la journée pour acheter des trousseaux, admit Charles.

– Quand vous aurez rencontré vos tailleurs et vos boutiquiers, allez donc traîner du côté du camion de Rofiac ! Je suis sûr qu'il va faire un malheur, affirma Henri, avec le calme de quelqu'un capable de lire avec certitude dans l'avenir le plus proche.

– Vous pensez que les autobus seront nos rabatteurs ? suggéra Charles, en terminant son verre.

– Les autobus et les femmes. Autrefois, elles achetaient chez la mercière de leur village. Maintenant, elles peuvent traîner dans toutes les grandes foires, pour un aller et retour de quelques francs. Et en toute liberté à l'égard de leurs maris, qui s'occupent de leurs vaches ou de leurs veaux sur le marché aux animaux.

– Une toile d'araignée ! dit Charles en riant, même s'il commençait à sentir la fatigue.

– C'est ça ! Les lignes d'autobus sont les fils de notre toile et Rofiac sera l'araignée ! s'amusa Labarthe.

– Rofiac… mâchonna Charles, qui ne put réprimer une crispation de dépit, parce qu'il jugeait un peu excessive la considération de son beau-père à l'égard de celui-ci.

– Ne vous frappez pas, Charles ! Allez rejoindre Pauline, maintenant, conseilla Henri Labarthe, en définitive assez content de découvrir une pointe de jalousie entre ses deux lieutenants.

Du saisissement ! C'était le premier sentiment qui s'imposait lorsqu'on accostait devant la cathédrale, austère mais si imposante, au matin de ce grand jour de boulimie d'achats. La tranquillité ordinaire des rues grises de la préfecture, glacées l'hiver et que l'été n'avait réchauffées qu'à demi, se transformait en bousculade, raz-de-marée d'hommes et de femmes agités, de voitures en tout genre, de bétail bêlant, meuglant, hennissant et puant.

L'étranger le moins au fait des aspirations intimes de cette cohue, nourrie des richesses et des appétits des campagnes, était capable de deviner que les hommes arrivaient sur l'immense foirail, dominés par les inquiétudes propres à la vente des animaux, tandis que les femmes marchaient vers d'autres lieux, en proie à une autre fièvre, dépensière, mais que contrecarrait cependant la peur de trop dissiper leur bas de laine.

Charles ne jeta qu'un regard distrait en direction du foirail, vaste comme un champ de manœuvres d'un régiment de hussards. Des paysans en blouse noire descendaient l'avenue. Ceux, déjà installés au cul des vaches, formaient un magma sombre, qui ondulait en émettant une rumeur rugueuse, comme un grondement parfois. Charles savait que ces hommes avaient lâché peu de francs à leurs épouses ou à leurs filles, et qu'ils ne rajouteraient pas grand-chose, même s'ils vendaient leurs bêtes dès le matin.

Les marchands d'habits ou de tissu, Rofiac dans son camion, devaient plutôt compter sur les économies des mères de famille, qu'elles cachaient dans leur sac ou leur cabas, sous un désordre d'objets de peu de valeur.

Charles pénétra dans le sanctuaire du commerce citadin : les boulevards circulaires, envahis de longs étalages et de camions, provenant parfois de loin ; les rues centrales, royaume des dynasties du textile de la préfecture, négociants en tissu et débitants de nouveautés.

Même si Henri l'avait ironiquement invité à saluer Rofiac, rien n'obligeait Charles à chercher le camion-magasin à l'enseigne des Labarthe. Pourtant, poussé par une curiosité dont il aurait été incapable de dire les motifs véritables, il s'efforça d'apercevoir la puissante silhouette anguleuse du véhicule.

Hugues de Rofiac avait-il soudoyé le placier ? Au carrefour de deux larges boulevards, le fourgon énorme constituait une sorte de môle aux couleurs vives, attirant obligatoirement les regards des passants. Au plus fort de la foire, la foule des acheteurs viendrait s'échouer devant les présentoirs. Déjà, Rofiac avait déployé son interminable étalage.

Charles pressentit que ce jour-là il ne laisserait pas à ses aides le numéro de camelot qu'il réussissait si bien, s'il voulait s'en donner la peine. Vendre ! Silhouette élancée, coiffure gominée, chemise immaculée, pantalon noir au pli impeccable, il essayait déjà son charme viril et son bagout auprès de trois ou quatre passantes matinales.

– Un pari, Charles ? plaisanta-t-il.

– Quel pari ?

– Aujourd'hui, je bats *Conchon-Quinette.* Malgré leur devanture de luxe, là, en face, à cinquante mètres.

– À voir ! douta Charles.

– À faire ! Je t'invite à la comptée, ce soir, devant Labarthe.

Charles pensa que la vente révélait la véritable nature de Rofiac : conquérant, capable d'utiliser toutes les habiletés pour convaincre, méprisant peut-être. Il ne put s'empêcher de comparer ses manières condescendantes à l'égard des femmes et la politesse distinguée dont il faisait preuve lorsqu'il était reçu à La Vernière, à table ou pour les affaires des Labarthe.

Charles n'aimait pas ce double jeu. Pourtant, il reconnaissait les mérites de Rofiac, enviant sans doute sa jeunesse, son assurance inébranlable. Parfois, bien que leur différence d'âge fût somme toute modeste, Charles avait le sentiment d'appartenir à une autre génération, préférant le sérieux au clinquant, la persuasion à la muflerie cynique avec laquelle il s'adressait à son parterre de clientes, agglutinées devant le camion.

L'une des femmes, la quarantaine besogneuse d'une paysanne, mais fascinée par le beau linge, tâtait et retâtait le tissu d'un trousseau de collégienne. Entre ses dents, Rofiac sifflotait une rengaine à la mode, mais ses prunelles guettaient la moindre réaction du visage, assez fin de l'éventuelle acheteuse.

– Ma jolie, proposa-t-il tout à coup, avec une œillade hardie, six serviettes de toilette gratuites, pour une belle personne comme vous !

– Je suis pas décidée. Je reviendrai plus tard, tenta-t-elle de se défendre.

– Cadeau du matin ! fit-il. Prenez toujours, vous n'êtes pas obligée d'acheter.

– Si vous mettez les serviettes… se laissa-t-elle persuader, en tirant les billets de son sac à main plutôt démodé.

Rofiac lissa ses cheveux comme pour s'assurer qu'il avait offert un profil de médaille à cette campagnarde encore jeune, puis fourra les coupures bleutées dans sa caisse de foire. Il regarda partir la femme avec un haussement d'épaules, dont Charles ne pût discerner s'il ne traduisait qu'une satisfaction commerciale ou s'il se moquait aussi d'une rurale si facilement convaincue.

– Voila le travail, mon cher ! triompha Hugues de Rofiac, assez content de démontrer au gendre d'Henri Labarthe qu'il savait vendre.

Charles ne lui répondit pas. Il pénétra dans le réseau serré de rues, le long desquelles s'alignaient les boutiques. Sur les grands rectangles de leurs devantures, se peignaient successivement le luxe, qui se prétendait de bon aloi, les désirs de la bourgeoisie citadine, et le goût bridé par le manque d'argent d'une clientèle plus modeste.

Dès sa première visite à l'un des commerçants qu'il prospectait régulièrement, Charles pressentit que les Labarthe étaient brûlés par une campagne de dénigrement, associée à une impitoyable concurrence sur les prix.

– Non, rien. Je n'ai besoin de rien, refusa catégoriquement le boutiquier, en le regardant en dessous.

– Vous vous moquez de moi ? Vous ne m'avez jamais laissé sortir de votre magasin sans réserver des dizaines d'articles et des mètres de tissu. La rentrée des écoles approche.

– Les prix, Charles, il n'y a que ça de vrai. Et ce matin, vous n'êtes pas dans le coup ! ironisa l'autre, heureux d'avoir réalisé une bonne affaire en se fournissant chez l'un des grands grossistes en textile de la ville, adversaire des Labarthe.

– Que voulez-vous dire ? s'énerva Charles, stupéfait d'apprendre que le commerçant lui manquait de fidélité pour la première fois depuis dix ans.

– Ils ont démarché chaque magasin. Ils vous ont coupé l'herbe sous le pied. Vous vouliez pas que je laisse passer de telles remises ?

– Qui, « Ils » ? éructa Charles, atterré de découvrir une manœuvre d'une telle ampleur.

– Cherchez ! Vous connaissez mieux vos amis que moi ! grinça le boutiquier.

– Les faux-jetons ! Ils étaient tous à mon mariage…

– Vous n'êtes peut-être pas le premier visé, même si vous étiez la victime. Parce que vous ne vendrez pas grand-chose aujourd'hui, jugea alors l'homme à mi-voix.

– Ils veulent abattre mon beau-père ?

– Je vous donne pas les noms de ceux qui jouent sa peau. À vous de les trouver ! Mais vous direz à Henri Labarthe que son idée de magasins à roulettes ne plaît pas à tous, dans la ville.

– À vous non plus ?

– Vous aimeriez qu'on vienne manger votre pain sur les boulevards au moyen d'un fourgon, alors que vous tenez boutique à cent mètres ?

Charles se raidit. Il parvint à se maîtriser et à masquer son immense désillusion, sortant en saluant son interlocuteur comme il se devait. Le carillon à tubes musicaux, qui l'avait si souvent accompagné de ses notes plutôt harmonieuses, sembla s'érailler, ironique sans doute. Affecter un calme faussement indifférent ne servait à rien. Même un client fidèle le trahissait et jubilait derrière ses invraisemblables verres en lune.

Amer, humilié, Charles décida pourtant de faire face à l'attaque perfide des négociants en gros, en offrant des rabais sur ses tissus. De quoi mettre Henri en fureur, mais il s'en moquait !

En dépit de son acharnement, il restait presque bredouille lorsqu'il se résigna à gagner le restaurant où il déjeunait habituellement. En franchissant l'entrée à tambour, une humeur morose s'empara de lui, à la pensée qu'au même instant Rofiac écoulait des trousseaux à tour de bras, cerné par la marée de midi.

Charles reconnut quelques représentants de maisons textiles, réunis au comptoir pour leur sacro-saint apéritif. D'habitude, il les évitait car c'étaient des viveurs acharnés, dont la conversation se cantonnait le plus souvent à faire étalage de leurs exploits de tombeurs de femmes peu farouches. Mais il les rejoignit. En leur compagnie, même si leurs plaisanteries salaces l'ennuyaient très vite, il serait à l'abri des insinuations fourbes de tous ceux qui commenteraient en jouissant les représailles lancées contre Henri Labarthe.

– Tu tombes à pic ! C'est exactement l'heure de nous offrir un jaune, lança l'un des voyageurs-placiers.

– Un jaune ou ce que vous voudrez, je paye…

– Tu te mets à l'apéro ? demanda l'autre, plutôt surpris de la rapidité avec laquelle Charles acceptait d'offrir une tournée.

– Tu vois… convint ce dernier, avec une sorte de grimace, comme si l'étonnement de son interlocuteur avait touché un point sensible.

Il possédait assez de lucidité pour constater que l'alcool servait de plus en plus souvent de dérivatif à ses inquiétudes. À La Vernière, il prenait une fine, sans que Pauline s'en soit formalisée jusque-là. Au cours de ses journées de travail, il n'était pas rare non plus qu'il ressentît le besoin de boire, lorsqu'il était tendu.

– Non, refusa-t-il cependant, quand un autre personnage proposa un troisième verre.

Comme Charles le redoutait, le repas fut émaillé de plaisanteries poivrées à la grivoiserie et de récits détaillés d'aventures personnelles, dans lesquelles chacun se donnait le beau rôle. Les don Juan d'occasion campaient des portraits sensuels de leurs conquêtes en deux phrases. Les mots crus roulaient, les rires entendus fusaient.

Charles sourit à plusieurs reprises, mais il n'oubliait pas ses échecs de la matinée, l'esprit encombré d'hésitations. Aux tables voisines, des yeux ironiques cherchaient sur son visage un signe d'abattement, un frémissement, se délectant des camouflets successifs qu'il avait dû subir en souriant et en remerciant avec naturel et aménité. Pour ces hommes vindicatifs, faire payer le gendre de Labarthe était de bonne guerre.

Près de lui, un Casanova, porté sur les petites couturières complaisantes, qu'il démarchait dans les villages pour leur vendre des coupons de vichy ou de cotonnade, des rubans ou des boutons, s'esclaffa. Son hilarité bruyante, au souvenir d'une étreinte ardente, ne parvint pas à chasser l'angoisse de Charles, qui pressentait les déconvenues et les refus vexants que lui promettait l'après-midi.

– Café ? s'enquit la serveuse, que les autres chahutaient.

– Café, acquiesça-t-il, l'esprit vide.

– Café arrosé ! Une foire de septembre, ça se fête ! corrigea le plus imbibé des mangeurs.

– Si nous descendions au Tango ? suggéra alors l'amateur de couturières.

L'établissement se situait à deux pas du centre de la cité et pourtant dans un lieu étrangement isolé, ce qui lui valait d'être très apprécié par une clientèle aimant la discrétion. Un méandre de la rivière avait modelé un petit replat caché des regards, où on se persuadait d'aborder dans une île ou de s'enfoncer dans un bout du monde. Cette thébaïde aurait pu rester peu attirante et solitaire, si un tenancier n'avait eu l'idée d'en faire un rendez-vous d'initiés.

La maison était tenue avec fermeté, doigté et mutisme, ce qui avait permis une élévation certaine du niveau de ses habitués. Si bien que le Tango ne ressemblait en rien au lupanar à soldats que possédait la ville. Ici, pas de filles encartées ! On pouvait y consommer apéritifs et liqueurs à la mode, y souper en musique d'agréable manière. Y prendre une chambre à toute heure, si on y venait à la sauvette en couple illégitime. Y trouver de la compagnie, si l'on était solitaire, marié ou célibataire.

– J'ai pas fini ma tournée, hésita un timoré.

– Même si tu trimes jusqu'à la nuit, au goût de ton patron tu vendras jamais assez, ironisa le bellâtre viveur.

– C'est pas vous qui vous ferez remonter les bretelles !

À l'évidence, le type, maigre, les yeux fuyants, paniquait à l'idée de s'autoriser à lâcher son travail pour l'après-midi entier. Les autres se mirent à rire, mais le meneur lui-même hésitait à son tour. Il laissa passer un long silence, en paraissant concentrer toute son attention à remuer son café.

– Nous pourrions dire cinq heures au Tango. Comme ça, même les bourreaux de travail pourront venir, proposa-t-il avec un grand éclat de rire.

– Cinq heures, c'est le bon moment ! Et Joséphine Baker sera là, comme tous les soirs de grande foire, précisa un connaisseur à l'intention de ceux qui tergiversaient encore.

Charles n'était jamais allé au Tango. C'était le genre d'établissement dont on connaissait bien sûr l'existence, mais qu'on n'évoquait jamais dans les conversations de La Vernière. Il avait écouté les phrases, deviné des sous-entendus, soit dans les mots prononcés, soit dans le ton des voix, mais il était incapable d'en apprécier la signification véritable et, plus encore, de dire qui était cette Joséphine Baker.

Dehors, le petit groupe se disloqua, les représentants se perdant dans la foule qui, à cette heure, grouillait de badauds et d'acheteurs. Charles les regarda se mêler au magma humain, puis s'y fondre et disparaître.

Leurs plaisanteries salaces et bruyantes résonnèrent dans sa tête pendant de longues minutes encore. Ces types étaient-ils mieux cuirassés que lui, plus insensibles à l'échec ? Les refus de la matinée lui revenaient, le plaisir équivoque de ses interlocuteurs à le savoir en difficulté aussi. Sans s'avouer clairement sa crainte sourde d'un nouveau fiasco, il renonça à des ventes perdues d'avance, simplement parce qu'il était le gendre d'Henri Labarthe. D'ailleurs, celui-ci ne lui avait-il pas demandé d'observer les devantures des concurrents ou des commerçants pour débusquer des nouveautés et se pénétrer de l'atmosphère du marché ? Indifférent aux gens qui le bousculaient, Charles erra dans les rues commerçantes et sur les boulevards noirs d'étalages et de clients, mais ne pénétra nulle part. Lorsque ses yeux se fixaient sur quelque chose de remarquable, il écrivait des notes brèves, sur les pages d'un calepin, mais son esprit tournait à vide.

La foule l'enveloppait, le portait il ne savait où. Il en émanait une sorte de moiteur animale qui, avec le brouhaha, entêtait. Il peina à se frayer un passage parmi les gens qui le cernaient ou à travers des grappes d'individus barrant les trottoirs, collés là par on ne savait quelle glu. Ce lent piétinement devenait harassant, bientôt intolérable. Charles avait la sensation de se contraindre à des efforts complètement inutiles et sa présence dans cette masse humaine lui apparaissait absurde.

Il mit beaucoup de temps pour y parvenir, mais il se dirigea vers la Traction avant. Il s'y glissa, puis il demeura indécis, tapotant le volant noir d'un mouvement machinal de ses doigts qui, peu à peu, s'accorda au rythme d'une rengaine qu'il sifflotait lèvres serrées.

Finalement, il démarra, se dégagea de la circulation encombrée du cœur de la ville, et s'engagea dans la forte descente menant au Tango. Deux ou trois lacets serrés l'obligèrent à manœuvrer. Il manipulait le volant avec une précision extrême, surveillant la position de l'auto dont les roues devaient se placer au centimètre près pour ne pas risquer de basculer sur la pente, très raide à cet endroit.

Mais sa tête bourdonnait dans le vague de ses interrogations. Devait-il cette incursion, si imprévisible dans l'établissement de plaisir à une curiosité ambiguë, à une envie inexplicable de partager il ignorait encore quelles émotions ? Ou cherchait-il d'abord à se réfugier dans un lieu où la rumeur et le souvenir des désagréments de la journée manquée ne l'atteindraient plus ?

Charles gara la Traction à côté d'une quinzaine d'autres voitures. La façade, austère avec ses pierres de pays brunes, ne préparait pas le visiteur à la décoration surprenante de l'intérieur, qui s'efforçait de suggérer une ambiance tropicale. S'organisant en une vaste équerre, la salle était morcelée par un arrangement de paravents fleuris, de faux palmiers en carton peint de vert tendre et de panneaux en trompe-l'œil, à l'abri desquels semblait exister de l'intimité.

Charles hésita, embrassant du regard les tables surmontées de petites lampes, déjà allumées pour la plupart, qui mêlaient leurs éclats insipides aux verdures factices, si kitsch qu'elles lui donnèrent envie de rire, malgré son humeur plutôt cafardeuse.

Un de ses compagnons de midi lui adressa un signe de la main. Il eût préféré s'asseoir à l'écart, mais il les rejoignit. Ils étaient tous là, y compris le plus pusillanime, attablés devant leurs premières consommations de la soirée. Tout autour d'eux la salle commençait à se garnir : des hommes seuls, des couples occasionnels qui se serraient amoureusement, qui se chuchotaient des douceurs ou des fadaises.

– Charles au Tango ! Demandez-lui s'il est venu pour nous ou pour Joséphine Baker !

– Ni pour vous ni pour cette femme ! se raidit-il.

– Te crispe pas. Regarde tous ces types, mariés comme toi. Ils entrent pas ici en pensant à leur bourgeoise.

– Ferme-la ! protesta Charles d'une voix sourde.

– Attends de voir… insista le hâbleur.

L'apparition de la divine beauté se fit attendre longtemps, survenant à point nommé, lorsque toutes les tables furent occupées. Des hommes en costume trois-pièces figuraient parmi les derniers arrivants. D'un mouvement de tête, ils saluèrent des connaissances, mais il était évident que chacun oublierait qui il venait de voir.

Charles se figea, la respiration suspendue. Celle qu'on appelait Joséphine Baker soignait son entrée, d'une démarche à la sensualité lascive, qu'avivait une robe fourreau d'un rouge violent, largement décolletée sur des seins agressifs, mais dont la peau était d'une soie délicieuse. C'était une jeune femme très noire, une Ivoirienne peut-être, au visage d'une grande beauté, et dont le corps atteignait la perfection, Elle possédait un magnétisme érotique, dont elle jouait à merveille.

Une sorte de feulement masculin l'accueillit, comme cela devait se passer chaque soir, lorsqu'elle entrait dans la salle du Tango. Charles comprit que la couleur et le tempérament apparent de cette fille exerçaient une fascination équivoque sur les initiés, comme sur ceux qui la découvraient pour la première fois. Ici, il ne s'agissait pas de s'encanailler en compagnie d'horizontales ordinaires, mais de chercher des plaisirs de connaisseurs dans l'exotisme d'une hétaïre aux origines mystérieuses.

Le genre de distractions qu'offrait le Tango ne semblait pas bien fixé. On devait composer avec les pulsions des clients du moment. Une petite estrade pouvait servir éventuellement de scène, bien qu'il n'y eût pas de piano. Ce soir-là le tenancier s'était contenté d'un phonographe qui tournait des rengaines. Charles se demanda si, certains jours, la négresse dansait ou s'effeuillait, du haut des planches surélevées.

Trois autres filles apparurent, d'abord simples formes irréelles nimbées par la lumière tamisée. Puis, elles gagnèrent en présence, poitrines opulentes de pâle porcelaine, qu'on avait sans nul doute choisies aussi blanches pour rehausser l'attirance de la perle noire. Mais, en cette soirée de grande foire, tous les désirs ne couvaient-ils pas parmi la gent masculine présente ? Trop blême ou d'ébène, la chair fraîche se parait de charmes qui seraient convoités. Les trois jeunes femmes commencèrent à se mouvoir d'une table à l'autre avec des frôlements d'entraîneuses. Joséphine Baker, elle, vint soudain se lover contre la poitrine de Charles. Puis, d'un geste voluptueux, elle lui caressa le visage et le cou, seins offerts.

– Champagne ? susurra-t-elle.

– Champagne ! Pour toute la table.

Elle attendit qu'on le servît. Sa caresse cessa. Elle regarda Charles d'abord avec une sorte de lassitude qu'il perçut parfaitement ; puis ce fut une lueur froide, comme si sa jouissance secrète consistait à provoquer le désir des hommes qui l'adulaient, pour ensuite leur laisser deviner du mépris. Charles se sentit transpercé par un sentiment indéfinissable. Il frissonna alors que toute la salle suffoquait dans une moiteur visqueuse.

La star de préfecture porta sa coupe à ses lèvres et fit mine de boire. Puis, elle se redressa, lascive. Les représentants suivirent la rotondité palpitante des deux fruits noirs s'élevant, à les toucher des yeux, avec l'ondulation de ses hanches. Charles, tendu par une lucidité exacerbée, était seul à voir la lueur dure du regard provocant, qui ne s'éteignit pas malgré le sourire enjôleur de la bouche pulpeuse.

– À plus tard, mes chéris… promit-elle.

Charles jeta un gros billet sur la table. D'abord, ses compagnons ne le remarquèrent pas. Mais, tout à coup, leurs traits se figèrent, comme s'il s'apprêtait à commettre un geste que leur esprit était incapable de concevoir, tant les quelques minutes passées à respirer la sensualité du corps d'ébène les envoûtaient encore.

– Tu as vu comment elle te regardait ? Tu pars ? Tu es cinglé !

– Vous êtes tous cinglés ! répliqua-t-il avec fureur.

– Ta Pauline, tu lui trouveras jamais des michons comme ça !

Charles envoya le goujat au sol et se précipita dehors. Dans la voiture, une seule envie le tendait : se libérer de la touffeur du Tango et de sa musique lente, être enfin seul. Il roula pendant quatre ou cinq kilomètres, sans mesurer l'état dans lequel il se trouvait, ressentant vaguement un picotement dans les yeux, conduisant dans une sorte de brume, guidant le véhicule au jugé quand les éclairs jaunes des phares venant en sens inverse l'éblouissaient.

Lorsqu'un élargissement de la route dégagea un terre-plein sur le bas-côté, il s'arrêta. En sortant de la Traction, il comprit qu'il était ivre. Il se redressa avec peine et dut s'appuyer contre la voiture, dont le métal lui parut glacé. D'ailleurs, autour de lui, la nuit fraîchissait rapidement et, surpris de conserver de la suite dans les idées, il pensa qu'une gelée blanche légère poudrerait les prés au petit matin.

De courts frissons désagréables le traversèrent. Cette sensation de froid le ramena à plus de clairvoyance, lui faisant découvrir qu'il venait de s'exposer à un accident et qu'il était hors d'état de conduire, avant une heure ou deux.

Il se tint ainsi debout contre la carrosserie, guettant l'effacement lent du vertige dû à l'alcool, suivant longtemps des yeux la trace lumineuse des rares voitures qui passaient, craignant vaguement qu'un conducteur le reconnaisse et s'arrête, pour lui proposer de l'aide. Un court instant, il redouta même de voir surgir le camion d'Hugues de Rofiac, qui pouvait s'être attardé à brader des lots de tissu ou à ranger l'énorme quantité de marchandises déballées. Mais aucun fourgon ne se présenta.

Malgré l'appui que lui offrait la Traction avant, à plusieurs reprises, Charles eut la sensation que le sol se dérobait sous ses pieds. Il essaya de trouver une autre explication que le nombre de verres qu'il avait absorbés depuis la fin de la matinée : les apéritifs, le vin du repas, le champagne. Il se dit qu'il était fatigué et que le froid tombant brusquement avait déclenché une réaction exagérée. Mais il savait que cette tentative de se mentir à lui-même constituait seulement un leurre. Lamentable !

Il devait admettre qu'il se laissait de plus en plus facilement aller à boire du vin ou des alcools forts, acceptant les invitations de ses amis ou de simples relations d'affaires, éprouvant même parfois le besoin d'avaler un verre en solitaire et de façon imprévisible, dans un café ou à La Vernière, en se cachant.

Il ricana, en se persuadant qu'il se dirigeait vers la déchéance éthylique, dont les instituteurs menaçaient les garçons dans les écoles du département : l'argent de la famille dilapidé par un père buveur, la déchirure des ménages, la terrible cirrhose au bout du voyage.

Au fond de lui-même, il se jugeait encore très loin de ces perspectives terrifiantes, que brandissaient les hussards de la République moralisatrice. Mais, les doigts rivés à la tôle luisante, l'esprit progressivement plus délié, il s'acharna à une sorte de jouissance cruelle, ne se cachant rien. Il buvait parce qu'il ne trouvait pas en lui assez de courage pour surmonter ses épreuves et conquérir l'amour de Pauline. De plus en plus souvent aussi, il ne respectait pas ses obligations. Que raconterait-il à Henri Labarthe pour justifier son fiasco et son retard ?

Il pensa à sa femme. Était-elle déjà inquiète, tourmentée, bougeant nerveusement sur sa chaise, touchant à peine au dîner, n'osant pas montrer son angoisse ?

Le ciel, parfaitement clair, promettait une belle nuit. Mais, sur cette route vide, la sérénité nocturne ne suggérait rien. Seul, un voile de brume semblait pouvoir susciter autre chose que de l'indifférence, parce qu'il attirait le regard, ouatait des prés en contrebas avec une espèce de fantaisie.

Charles constata enfin qu'il était à nouveau capable de tenir le volant, mais resta encore un moment immobile. Bizarrement, pour monter dans la voiture, il attendit un fait dérisoire, un mouvement, un bruit, venant rompre brusquement le silence impressionnant de l'obscurité figée qui l'entourait. Un animal brisa des brindilles sèches dans la haie proche et grogna. Ce fut le signal ! Charles lança la Traction, qui lui donna aussitôt un sentiment de sécurité, collant superbement à la route.

Hugues de Rofiac dînait à La Vernière, comme en témoignait la présence de son auto devant le perron. Charles l'imagina, assis entre Marianne et Labarthe, tandis que Pauline se trouvait en face, vraisemblablement à côté d'une place vide car Rosette avait dû retirer le couvert du retardataire.

Le griffon était couché sur l'un des tapis du hall. Il se dressa brusquement, déséquilibrant une petite table gigogne, qui chuta bruyamment en dépit de sa faible hauteur.

– C'est lui ! Il aura eu des ennuis de voiture… dit Pauline.

– Charles, vous avez crevé ? questionna Marianne en criant fort.

– Je me sens épuisé. Je ne mangerai pas. Je vais me coucher, annonça-t-il, pressé de s'élancer dans l'escalier conduisant à l'étage des chambres.

– Il aurait pu prévenir ! La Vernière n'est pas un restaurant, où on mange n'importe quand, lâcha Henri Labarthe, assez haut pour être entendu de l'arrivant.

Pauline eut envie de défendre son mari. Mais elle y renonça, redoutant d'enflammer l'irritation de son père et de paraître un peu ridicule devant Hugues de Rofiac. En convive discret, il n'avait pas paru relever le reproche du maître des lieux, mais il avait jeté un bref regard à la jeune femme. Savait-on ce qu'il contenait ? Un amusement, parce que son patron ne cachait pas sa contrariété, même en présence d'un étranger à la famille ? Un sentiment de triomphe personnel ?

Lorsque Pauline pénétra dans la chambre, Charles l'attendait, debout. Un livre, dont il ne parvenait pas à terminer la lecture depuis une semaine, gisait sur la commode, une fois encore abandonné. Elle comprit qu'il s'était efforcé de reprendre le fil de l'intrigue, mais qu'il avait été incapable de fixer les pages, préférant flotter ; sans occupation, irrésolu et fébrile à la fois.

– Je me suis vraiment inquiétée, même si je ne l'ai jamais montré pendant tout le repas, avoua-t-elle.

– En sortant de la ville, j'étais soûl. À ne plus pouvoir conduire ! Fin soûl, Pauline.

– Charles, n'essaie pas de te rabaisser, le supplia-t-elle.

– Soûl, parce que je t'aime ! Il faudra t'y habituer ! lança-t-il avec violence, comme s'il voulait la défier.

Ils se firent face en silence. C'était un de ces soirs comme ils en avaient déjà passés dans le secret étouffé de leur chambre. Charles pouvait commencer un monologue qui durerait un temps incertain. Avec des phrases et des mots d'une grande précision, déversés à flots saccadés de voix sourde, il se chargerait de reproches, refusant obstinément d'admettre les objections emplies de tendresse qu'elle tenterait de lui opposer.

Pauline devina qu'il venait de lui dire l'exacte vérité. Une fois encore, il avait trop bu. Mais elle n'osa pas lui demander quelle déconvenue l'avait conduit à cet excès d'alcool à la fin de la foire, jusqu'à se juger incapable de piloter la Traction. Cependant, elle ne refusa pas d'affronter l'évidence : son mari buvait et les jours où il semblait dans un état second étaient devenus plus fréquents dans les derniers mois.

L'autre certitude la bouleversa plus profondément encore : l'affection protectrice de Charles s'était muée en une passion ardente, qui le tourmentait et que l'échec sensuel rendait plus cruelle. Maintenant, il l'aimait avec déraison, elle devait l'admettre.

Émue jusqu'au plus profond de sa sensibilité par la sincérité de son compagnon, elle se demanda quels gestes ou quelles paroles murmurées l'apaiseraient. Mais elle ne trouva que de la confusion dans les sentiments douloureux qui l'assaillaient à cet instant. Seule la certitude de se sentir impuissante face à l'amour pressé de Charles s'imposait avec évidence dans son esprit. Elle le dévisagea avec douceur. Quand leurs regards se frôlèrent dans une espèce de caresse inutile, elle comprit que le feu qui brûlait dans le cœur de son mari ne s'assoupirait jamais. Cette passion qui eût émerveillé tant de jeunes épouses la bouleversa, tant elle avait cru jusque-là que la douceur suffirait à rendre leur commune existence supportable, malgré ses propres refus et la cuisante défaite intime de Charles, paralysé par ses souvenirs ou ses fantasmes inexprimables.

– Couchons-nous, il est tard, parvint-elle à articuler, sans nourrir d'illusions sur le pouvoir lénifiant de sa proposition dérisoire de banalité.

– Tu ne veux pas savoir pourquoi je me suis piqué ? grinça-t-il.

– Non, pas ce soir. À quoi cela servirait-il ? murmura-t-elle.

10

Les chiffres journaliers de L'Incomparable, pas plus que ceux des autres secteurs de ses affaires, n'échappaient à la vigilance d'Henri Labarthe qui, au nom d'un principe auquel il s'était toujours tenu, ne consentait de confiance qu'à lui-même, dépiautant le travail du comptable avec la volonté d'y déceler une faille, en dépit de la compétence remarquable et de l'honnêteté de saint de ce dernier.

De la même façon, chaque matin le patron scrutait les visages pour y surprendre un frémissement incontrôlé, une ride trop creuse, une fêlure du calme affecté de l'employé, augurant d'un désordre inconnu de son comportement ou de sa vie, pouvant représenter un risque pour la réputation de L'Incomparable. Car il n'était jamais de bon ton de trahir des peines de cœur sourdes, des passions voyantes ou des déboires d'argent devant les clients…

La propension grandissante de son gendre à boire, rendue plus évidente encore par sa faible capacité à supporter deux ou trois verres, justement parce qu'il manquait d'habitude, préoccupait Henri. Pourtant, il s'abstenait de sermonner l'intéressé, comme il l'eût fait avec n'importe quel subordonné. Et lorsque Marianne avait tenté une allusion aux petits coups de vin ou d'apéritif du mari de sa chère Pauline, il avait toujours feint de minimiser ces incidents, même ceux dont Rofiac avait été témoin.

Il ne posait pas de questions, mais il surveillait discrètement le travail de Charles et les opérations financières qu'il lui confiait, en étant certain d'ailleurs qu'il n'y découvrirait jamais même une broutille. Pas de dettes de jeu non plus !

Le négociant pressentait-il la cause et la profondeur du malaise qui accablait Charles ou renonçait-il confusément à son besoin habituel de lucidité, parce qu'il refusait encore d'admettre que la sérénité convenue et douillette de La Vernière dissimulait peut-être des déchirements personnels ?

Le lendemain de la foire de septembre, dans le parc, les vernes claquaient sous un coup de vent subit, Henri Labarthe, qui semblait distrait par le ballet éperdu des feuilles rousses et par le battement sec des troncs, n'était pas plus enclin à douter de lui-même que d'autres matins.

Bien que le retour tardif de Charles l'eût mis en fureur la veille, il voulut ramener leur tête-à-tête aux aléas des affaires et à l'argent, plutôt que de tenter de forcer, à la manière dont on débride une mauvaise plaie, l'énigme de la contrariété qui crispait les traits de son interlocuteur.

– Regardez mon carnet de commandes ! Il vous renseignera mieux que mes explications. Vous pourriez croire que j'essaie de vous endormir par des tartines de mots inutiles.

– Rien n'est inutile. Je vous avais demandé de relever vos remarques et vos impressions. Vous l'avez fait ? questionna Henri, en saisissant le bloc-notes sur le bureau, couverture de faux cuir déformée à force de trituration nerveuse des doigts de son propriétaire.

Il l'ouvrit avec une espèce de lente fascination car l'objet paraissait contenir une menace ou un défi, qui se précisèrent au fil de la lecture. La petite écriture de Charles accentuait le vide des pages, désertes côté commandes, peu fournies également en notations efficaces sur la concurrence.

– Vous voyez ! Je rapporte plus d'impressions et de laïus que d'argent.

– Même les relevés des articles que vous avez repérés dans les devantures des magasins chic sont raplapla ! On croirait que rien ne vous a intéressé hier...

– Mais si ! mâchonna Charles en se sentant pris en faute et en se reprochant cette protestation minable, pour laquelle il s'en voulut amèrement.

Labarthe rendit le carnet avec la sensation d'y avoir découvert toute la dureté d'un échec commercial, mais aussi un découragement que semblait traduire la graphie du scripteur, plus molle que d'habitude, comme relâchée en maigres boucles de lettres, à peine tracées, se perdant en queues d'encre filamenteuses sur les lignes.

– Reprenez votre calepin. Vous le garnirez mieux la prochaine fois.

– Je ne crois pas. Il ne s'agit pas seulement de moi. Je me suis trouvé devant un mur dès le matin. Il y a des gens qui vous haïssent, lança Charles en se redressant, comme si la brutalité de cette indication lui permettait de faire refluer ses préoccupations personnelles.

– Je ne vois pas de commande de Laurens. Pourtant c'est un bon cheval, un client de vingt ans. Vous l'avez visité ?

– Je commence toujours ma tournée chez lui.

– Vous avez insisté ? Vraiment essayé de lui vendre pour cent francs de marchandises ? s'énerva Labarthe.

– Il m'a poussé vers la porte en me donnant quelques conseils à vous transmettre, révéla Charles, sans dire exactement toute la condescendance satisfaite qu'il avait devinée chez le petit boutiquier infidèle.

– Laurens, faux cul ? On se trompe sur les hommes, même sur ceux qu'on croit connaître…

La Vernière s'animait des pas habituels du matin. Rosette devait commencer à pourchasser la poussière, s'agitant entre cuisine et hall, dans lequel une pendule articula les coups d'une heure auxquels les deux hommes ne prêtèrent aucune attention.

Henri Labarthe, raidi contre le dossier, semblait sans respiration, posé sur l'assise de son fauteuil tel un marbre sur un socle. Ses yeux eux-mêmes étaient fixes, mais ils regardaient sans doute la tempête sèche qui battait la maison et les arbres.

Charles se demanda si le négociant conservait une conscience nette de sa présence. Il savait que celui-ci appartenait à ces êtres calmes et froids, mais qui ressentent leurs émotions et leurs sentiments avec une extraordinaire violence. À ces instants de grande tension, Henri Labarthe se tassait sur lui-même, s'extrayait du monde qui l'entourait, engageait toute son intelligence pour analyser les faits, raisonner, repousser avec toute la force dont il était capable les pulsions de colère, pour aboutir à une décision dure comme de l'acier.

– Qui a poussé Laurens à vous foutre à la porte avec des sourires ? Qui ?

La forte voix d'Henri coupa le glissement de souris de Rosette. Métallique comme le claquement d'un ressort comprimé qui se libère. Elle n'exprimait que de la volonté. La morsure de l'humiliation était sous-jacente, mais il la cachait à la perfection et ce n'était pas elle qui dominait. Seule la nécessité de faire face au coup fourré des concurrents de la préfecture guidait la lucidité du patron comme la mire de l'arme guide le tireur.

– Ceux des boulevards : les grossistes en tissu et en vêtements, que vos camions affolent, précisa Charles, même si Labarthe connaissait bien ses adversaires et leur fureur, qui montait depuis des mois comme des œufs en neige.

– Nous nous voyons à la chasse, chez des relations communes et aux enterrements de première classe. Des amis, comme on dit… crut-il nécessaire d'ironiser.

Il ne quittait pas son immobilité de buste sculpté. Il s'appliquait à dresser une liste de cinq ou dix noms de personnages du textile de la place ayant jugé posséder assez de force et d'influence pour lui casser les reins, en obligeant les petits commerçants des rues passantes à refuser d'acheter à Charles.

Il hésita sur quelques-uns de ces gros manitous des étoffes, des costumes trois-pièces ou des dessous à falbalas. Il en blanchit deux ou trois sans certitude, se ravisa, les lava à nouveau de ses soupçons avec un haussement d'épaules. Qu'importait le nombre exact de ces gens-là ? Ils ne lui pardonneraient pas sa réussite, ni son idée de camions magasins, ni Rofiac à la foire, avec son fourgon enfoncé en coin dans leur suprématie confortable, qui frisait le monopole, ni ses œillades de beau garçon et ses effets de manche de chemise immaculée, magnétisant les acheteuses.

Ils possédaient depuis deux ou trois générations des immeubles bordant les beaux boulevards circulaires ou formant angle en donnant sur deux rues principales, noires de monde les jours d'affluence dans la cité.

Des dynasties ! À deux ou à trois étages de tables à découper, de présentoirs, de mannequins d'osier, de machines cuivrées desquelles ruisselait un doux et aigrelet son de monnaie, sous les phalanges expérimentées de caissières indéfiniment souriantes malgré leur sévérité intérieure. Et lui, Labarthe, qui aurait dû se satisfaire dans sa bourgade des chalands de L'Incomparable, osait porter la concurrence au cœur de cet éden bourgeois !

– Hier soir, Rofiac a rapporté beaucoup d'argent, vous savez ?

– Inutile de me le dire… Je l'ai vu jubiler de son bagout devant des femmes, grommela Charles, les nerfs à fleur de peau, soudain.

– Il n'aurait pas dû provoquer nos chers amis en avançant son camion si près.

– Ne croyez pas qu'ils l'auraient mieux toléré s'il s'était installé ailleurs. J'étais frappé d'interdit avant de garer la Traction. Si vous persévérez, ce sera la guerre, je l'ai bien senti.

– Vous repartirez, Charles. Jusqu'à la prochaine foire, vous démarcherez en douceur les couturières, les tailleurs et les petits marchands de chiffons. On verra ce que les durs ont imaginé contre nous. Et Rofiac débarquera à nouveau en décembre.

– Ils sont sans doute prêts à tout, s'inquiéta Charles.

– Pensez à Pauline et aux enfants. Battez-vous, Charles ! La Vernière n'a jamais plié.

– Pauline…

– Oui, pensez à Pauline, cela vous aidera. Quand les choses vont mal comme aujourd'hui, j'essaie de deviner ce qu'aurait fait Agathe. Elle était si volontaire…

Les yeux de marbre se désintéressèrent tout à coup du vent qui traversait toujours le rectangle lumineux de la belle fenêtre, battirent, se réchauffèrent d'un éclat fulgurant, peut-être d'une certaine vulnérabilité. Henri Labarthe était-il effrayé d'avoir lâché cet aveu à son gendre ?

– Ne croyez pas que j'aie voulu établir une quelconque comparaison entre la somme rapportée par Rofiac et votre déconvenue ! s'exclama-t-il en riant et en se renversant sur son siège.

– Je reviendrai à Rodez, promit Charles, en décidant de ne pas parler de cet étrange entretien à Pauline.

Maintenant qu'il était complètement dégrisé, promettre lui faisait du bien. Il se persuada avec une rassurante facilité que son échec ne procédait que d'un découragement éphémère, survenu par malchance le jour où les adversaires les plus excités de son beau-père avaient décidé d'agir contre ses méthodes nouvelles de vente.

Ce dernier apprendrait-il tôt ou tard son apparition au Tango et les cajoleries dont l'entraîneuse d'ébène l'avait entouré ? Cette perspective était désagréable, mais Charles constata que la fausse Joséphine ne lui laissait aucune parcelle de trouble, ce qui donnait de la vraisemblance à l'idée confortable d'une poussée malencontreuse d'abattement au mauvais moment. D'ailleurs l'hostilité des ennemis d'Henri Labarthe ne retomberait-elle pas aussi vite qu'elle venait de gonfler ?

Pourtant, Charles préféra d'abord contourner l'obstacle, ne réapparaissant pas à Rodez pendant plusieurs semaines, choisissant de louvoyer dans les villages et les bourgs, visitant des couturières, des tailleurs, des boutiquiers modestes, dont beaucoup ne cachaient pas leur surprise de le voir. Aucun ne lui dit que sa condition de gendre du patron le dispensait à leurs yeux de ce démarchage laborieux. Parfois, il devina une gêne, qui n'empêcha pas certains de refuser d'acheter, en se prétendant déjà pourvus des tissus nécessaires à leur activité sur le déclin.

– Je ne comprends pas… Selon votre fiche chez nous, chaque automne vous commandiez des coupons entiers depuis des années et des années, insista-t-il, face à une couturière réputée, dans un bourg important.

– Vous direz à Labarthe qu'il peut pas en même temps vouloir gagner de l'argent en vendant des étoffes et des doublures aux couturières et les tuer en attirant leurs clientes dans ses camions pour les couvrir de robes, de tabliers ou de fanfreluches fabriqués au diable vauvert par des usines, s'encoléra la femme, sans doute ravie de cette occasion de vider son sac.

– On vous a monté le bourrichon ! s'énerva Charles.

– J'achète chez qui je veux et à qui baisse ses prix, même si ça vous plaît pas.

La coupeuse de vêtements sur mesure, à qui certaines campagnardes faisaient sans doute des infidélités, s'était facilement démasquée. Comme ses semblables de Rodez, elle avait été dressée contre Labarthe.

L'automne avançait, morne, dans des brumes obstinées qui étouffaient l'esprit et l'énergie. Lorsque Charles se risqua enfin à Rodez, il n'espérait plus grand-chose. Ses interlocuteurs semblaient revenus à des sentiments moins agressifs à son égard, le gratifiant de minces sourires, mais demeurant serrés en achats. Cependant ces petites commandes lui procuraient des satisfactions, auxquelles il se résignait avec une sorte d'amertume morose, comme on se résout à l'aigre-doux d'un plat chez une hôtesse amie, même si on ne l'apprécie pas.

Henri ne révélait ni ses réflexions sur ces demi-déroutes ni ses intentions secrètes. Dans le bureau de La Vernière, il posait rarement des questions précises. Parfois, il prenait les carnets de commandes, les ouvrait, laissait glisser son regard sur les pages mal remplies, mais n'émettait aucun jugement, comme s'il accordait un sursis à son associé; ou à ses ennemis, savait-on?

– Vous ne me voyez pas, y compris quand nous marchons sur le même trottoir et que je dois me jeter de côté pour éviter de vous rentrer dedans! ironisa le négociant un soir, tirant un trait sur une journée décevante de la fin de novembre.

– Vous étiez à Rodez?

– Vous rasiez les murs. Vous aviez la tête ailleurs à ce que j'ai vu.

– Peut-être..., admit Charles, mécontent d'avoir été pris en flagrant délit de défaitisme commercial ou de repliement sur ses angoisses intimes.

Les voyages d'Henri Labarthe s'étaient multipliés au cours de l'automne, ne durant jamais la journée entière. Il quittait La Vernière vers dix heures, le matin, ou au début de l'après-midi, sans prévenir Marianne ni donner d'indication sur l'heure de son retour. Mais il survenait toujours ponctuellement quand Rosette s'apprêtait à servir, comme s'il eût craint de devoir lâcher une justification, à la suite d'un de ses reproches, biaisés mais redoutables, de cuisinière que le patron n'impressionnait pas.

Charles n'ignorait pas ces mystérieuses visites à on ne savait qui. À plusieurs reprises, il avait aperçu son beau-père au détour d'une rue. Quand ils s'étaient croisés, Henri s'était esquivé sur un mot aimable ou une banalité sur la fraîcheur du temps ou l'animation de la ville.

Quand le maître de La Vernière se défilait en lui adressant un geste vague de la main dont le sens était difficile à saisir, Charles lui destinait un sourire léger et silencieux, feignant l'indifférence, regardant pendant un instant la haute silhouette fendre les grappes de passants agglutinés devant certaines vitrines. La tête et les épaules restaient hautes, la démarche écartait plus qu'elle n'évitait. Qui pouvait croire qu'Henri Labarthe était un homme cerné par des concurrents sans pitié, dont certains l'épiaient sans doute, cherchant à découvrir où le menaient ces brèves incursions dans leur cité. Comment conduisait-il son combat contre les conjurés décidés à le couler ?

Dans la dernière semaine de novembre, il ne quitta pas son vaste bureau de L'Incomparable. À l'exception de Rofiac, qu'il convoqua à plusieurs reprises, peu de collaborateurs ou de visiteurs y furent admis. Labarthe travaillait sans sortir pendant deux ou trois heures, faisait une apparition dans le magasin, posait quelques questions, donnait un ordre précis à quelqu'un, puis se réfugiait à nouveau dans sa solitude de patron.

Ce fut une semaine où La Vernière suspendit son souffle. Le solennel repas du soir semblait unir la famille comme à l'ordinaire, mais celle-ci n'avait plus qu'une sorte de consistance factice car chaque membre se repliait sur ses interrogations au sujet des intentions véritables d'Henri. Cependant, jamais le silence ne s'étendit sur la grande table, tant des banalités prononcées avec la volonté de meubler une conversation peuvent être efficaces. Chaque soir Marianne s'efforça d'exceller à cet exercice et de veiller à ce que les autres convives y excellent aussi. Puis, elle rejoignait à la hâte la chambre conjugale, veillant en attendant son mari, mais simulant un sommeil lourd lorsqu'il se glissait enfin près d'elle.

– Ce qui va se passer à la foire de la Saint-André sera crucial pour nous. Nous ne pourrions pas supporter un demi-échec comme lors de celle de septembre. Je tiens à la réputation de notre nom autant qu'à nos ventes, finit-il par dire au terme de ces étranges soirées où l'air se feutrait, prenant une sorte de sécheresse et d'épaisseur oppressante, et où même Rosette se muait en un ectoplasme vaguant avec une discrétion sourcilleuse entre office et tablée des maîtres.

– Au cours de l'automne, j'ai pu placer un peu de tissu. Je ne suis jamais rentré bredouille de Rodez. Je crois que certains clients nous reviennent, expliqua Charles, bien qu'il se sentît mal à l'aise de défendre cette idée, somme toute débilitante, qu'il devait sa modeste réussite des derniers mois à une bonne volonté aléatoire, voire à la commisération de certains boutiquiers moins vindicatifs que d'autres.

– Je sais tout ça, mais nous ne resterons pas sur la défensive. Dans l'esprit des gens, si vous n'avancez pas, vous tombez plus bas que terre.

– À la Saint-André, j'avancerai ! se raidit Charles.

– Vous présumez de vos forces, énonça Labarthe d'une voix calme.

– Je peux mieux faire qu'en septembre. Je remplirai le carnet de commandes.

– Ne vous énervez pas !

Marianne adressa un signe de la tête à Rosette, qui se retira avec de la précipitation dans ses mouvements de femme replète, parce qu'elle devinait que La Vernière vivait un de ces moments auxquels les domestiques ne doivent pas avoir part. « Qu'ils se dépatouillent ! » pensa-t-elle *in petto*, avec une petite crispation de ses lèvres qui fit saillir la galoche dodue de son menton prognathe.

– J'ai réfléchi. Ceux qui jouent contre nous n'ont pas tort. Nos camions vont ruiner les tailleurs et les couturières, comme les marchands de chiffons. Et ils achèteront de moins en moins de coupons, il ne faut pas être diplômé des hautes études commerciales pour le comprendre, reprit Henri Labarthe, en dévisageant successivement chacun des participants à ce repas qui avait menacé de s'achever dans l'atonie, mais qui secouait tout à coup les esprits.

– Vous abandonnez Rodez ? murmura Marianne.

– Non, ma chère, j'attaque ! gronda la voix dure de Labarthe.

– Mais vous déconseillez à Charles de démarcher pour la Saint-André.

– Nous allons tout miser sur le camion de Rofiac. Charles se joindra à lui. Ensuite, j'agirai selon les ventes et selon les réactions de nos amis. Je leur garde un chien de ma chienne, croyez-moi, persifla le négociant.

– Soyez prudent, s'effraya l'épouse pusillanime.

– Non, Marianne, ce n'est pas le moment d'être prudent. C'est celui de gagner contre ceux qui veulent notre mort.

– C'était cela vos voyages à Rodez ? Vous vous êtes forgé des idées de vengeance. Je ne sais pas ce que vous tournez dans la tête...

– Vous verrez bien ! Mais je vous rassure sur une chose : je n'ai aucune idée de vengeance. Seulement celle de rester le plus fort pour assurer l'avenir de notre famille, assura Henri en rendant le timbre de ses mots dur comme le métal.

Charles rencontra le regard de son beau-père pendant une fugace seconde, mais il n'ajouta rien : ni une phrase de soutien ni une question, qui aurait pu lui permettre au moins des conjectures sur les décisions de ce dernier. Défier à nouveau les maîtres du textile de la préfecture par la présence ostensible du camion-magasin, y réaliser des ventes massives, constituait-il toute l'offensive d'Henri Labarthe ou existait-il dans son esprit un autre plan de lutte sans merci, inavouable ce soir-là ?

– Le camion au milieu des gens, qui vont grouiller, Rofiac avec sa faconde, vous avec votre pondération d'homme à qui on fait naturellement confiance, nous devrions bien figurer, vous ne pensez pas, Charles ?

– Merci pour la pondération ! plaisanta celui-ci, tout en se demandant comment il pourrait jouer son rôle à côté du jeune aristocrate camelot en chemise à manchettes.

Il n'était pas six heures quand ils claquèrent ensemble les lourdes portières du Berliet, vaisseau amiral de la flotte de fourgons de Labarthe. Dans l'aube hasardeuse, le puissant moteur frôla l'étouffement à plusieurs reprises, lorsqu'Hugues de Rofiac écrasait l'accélérateur pour passer les montées vicieuses, obligé de se battre avec le levier des vitesses, tel un démon tisonnant le feu infernal.

– Le patron m'a demandé de tout remplir comme un œuf. Et vous, qu'il colle à la vente aux rombières ! Vous savez ce qu'il combine ?

– Il veut simplement, je suppose, que nous vidions le Berliet d'ici ce soir, avança Charles sans paraître remarquer la question piège de son compagnon d'inconfort.

– Dur, mon cher ! Mission impossible si je pense au fourniment que j'ai mis là-dedans. D'ailleurs, le moulin va caler…

– Ralentissez. Vous allez faucher un piéton ou enfoncer un troupeau de vaches.

Les cahots se répétaient et le balan du véhicule les amplifiait de façon insupportable. On était encore loin de Rodez et pourtant des groupes bouchaient tout à coup le cône jaune blafard des phares. C'étaient des bouillies sombres d'hommes en blouse et de bêtes, dont on ne savait qui tirait ou poussait l'autre vers les foirails. De loin en loin, des marchands de bestiaux dirigeaient vingt ou trente bovins, toute cette convergence animale rendant vraisemblable l'idée que la Saint-André de 1937 serait une foire exceptionnelle.

– Regardez la Marie ! Au cul des vaches ! C'est pas un vain mot ! dauba Hugues de Rofiac.

Sur le bas-côté, un petit éleveur se démenait pour forcer une génisse à avancer, gueulant sans doute des ordres colériques à sa femme qui, de toute la faible force de ses doigts tentait de tordre la queue du bovin pour qu'une brusque douleur l'oblige à jaillir du fossé dans lequel il se carrait sur ses pattes.

– Vous pouvez aussi vous payer la trombine de celle-là ! Elle n'est pas mal non plus, railla Charles en désignant une paysanne peinant sous le poids d'un énorme panier d'œufs.

– Tout à l'heure, ces sagouins pourraient bien lâcher cent francs à ces pauvres femelles pour qu'elles viennent voir nos nouveautés parisiennes. Elles les auraient pas volés… crut utile d'ajouter Rofiac.

– Comme vous dites…

Plus près de Rodez, les scènes de même aloi foisonnaient, obstruant la chaussée de leurs agitations subites et imprévisibles. On eût pu croire à une fascination de la cité, attirant vers elle des êtres enfiévrés, gesticulant, précipitant la cadence, pour parvenir à on ne savait quels plaisirs ou quels butins urbains.

Jusqu'à tard dans la nuit pour les plus relâchés, les campagnards allaient respirer l'air ambigu de la ville, convoiter toutes les choses qu'on voit dans les vitrines, se tâter, acheter peut-être, s'emplir l'estomac de mangeaille et de boisson, en retardant le moment fatidique de s'enfoncer enfin sur les routes obscures qui les ramèneraient vers les hameaux et les fermes lointaines, sur lesquels l'hiver répandrait bientôt le gel, la neige et la solitude.

Charles avait adopté le ton ironique pour répliquer à Hugues de Rofiac, mais il n'aimait pas cette moquerie à l'égard des paysannes. Il n'ignorait pas que ce matin-là elles ressentaient très fort l'importance, somme toute dramatique pour elles, de la foire. Tout au long de la journée, elles y auraient l'esprit occupé de besoins, d'envies et de rêves. De retour dans leurs *ostals*, la mauvaise saison les couvrirait de sa chape de silence et de renoncements forcés, sous laquelle l'ennui des jours, la grossièreté des vêtements et aussi celle des hommes deviendraient insoutenables.

C'étaient les pulsions, les sentiments ambigus, les craintes confuses de ces femmes qui allaient vider le camion. Il se promit de les satisfaire sans s'abaisser à la cupidité d'un mercanti, en les aidant de ses conseils. Était-ce cela que Labarthe avait appelé de la pondération ?

Le fourgon manœuvrait comme un pachyderme embarrassé par son volume et son poids. Rofiac le força à se placer de façon à capter toute la vue de ceux qui circuleraient sur ce lieu de passage et de convergence des badauds qu'il s'acharnerait à muer en acheteurs.

– Mieux qu'en septembre ! On ne voit que nous ! jubila-t-il en s'octroyant un peu de recul, après avoir sauté de la cabine.

Se prit-il pour un prestidigitateur ? En quelques gestes d'une étonnante rapidité, il souleva le côté qui devait servir d'auvent, le fixa sur ses longs vérins, puis monta son vaste étalage, aussitôt chargé de centaines d'articles, qu'il disposa selon un ordre flatteur propre à rappeler aux ménagères que les travées de leurs armoires contenaient plus de vide que de plein.

Charles le regardait se mouvoir. À l'évidence, Hugues de Rofiac jouait un rôle, tant sa manière de dresser des piles si parfaitement égales suggérait l'artifice d'un acteur tout préoccupé de son apparence et du regard porté sur lui, masculin ou féminin.

– Remarquez ! Notre soleil d'Austerlitz ! fit-il en désignant le pinceau de clarté amphibologique, fluant avec hésitation entre cathédrale et immeubles bourgeois.

Charles leva les yeux. Le si fameux clocher de Rodez ne s'arrogeait encore aucune grandeur. Il peinait à respirer dans les strates de brouillard glacé immobiles sur les toits. Les cris mêlés d'un vol de corbeaux freux tombaient sur la rumeur matinale, n'incitant nullement à l'optimisme.

– Vous comptez rester en chemise? s'enquit Charles, en constatant que Rofiac tirait ses manchettes.

– Ces dames n'aiment pas les frileux.

– Le soleil viendra peut-être vous réchauffer, mais je suis sûr de ne pas me tromper: ce matin annonce un sale hiver.

– Priez pour que les paysannes pensent comme vous. Nous allons les couvrir de molleton et de pilou!

– Vous ne considérez jamais que l'argent? grommela Charles que le cynisme commercial de son compagnon de foire mettait plutôt mal à l'aise.

– Ramener du blé ce soir doit vous intéresser aussi. Vous êtes le gendre du patron, je crois... grinça Rofiac.

En assenant son point de vue et ses répliques sardoniques, celui-ci obéissait-il à sa nature profonde ou se forçait-il pour provoquer? Charles se demanda s'il le détestait vraiment à cet instant et comment leurs rapports en étaient arrivés là. Mais il était incontestable que le jeune homme lui apparaissait de plus en plus odieux depuis des semaines.

Devant le fourgon, les passants matinaux marchaient avec rapidité vers d'autres lieux de la ville, la tête rentrée dans les cols relevés des vêtements à cause du piquant de l'air.

Hugues de Rofiac fut-il vexé de cette indifférence? Tout à coup, il bondit sur le plancher du camion-magasin, d'où il interpella une femme sur un ton qui la happa, comme l'épervier fond sur l'oiseau. Elle s'immobilisa d'abord, puis, lourde et étonnée de son lent mouvement, s'approcha.

– Ah! Je vois une connaisseuse! s'exclama le camelot d'une voix portant à cinquante mètres.

Alors, devant cette unique cliente, il se jeta dans un sketch commercial bien rodé, qu'il jouait en exagérant volontairement les bons mots, les intonations chaudes ou railleuses, les gestes théâtraux. En même temps qu'il dégoisait ses phrases, Hugues de Rofiac brandissait des articles de literie, qu'il posait les uns sur les autres pour constituer un lot mirobolant. La femme le fixait avec des yeux dont la lueur exprimait une incertitude totale, mais restait figée, comme subjuguée par un pouvoir étrange émanant de la silhouette qui se mouvait face à elle.

Le numéro de bateleur se termina sans résultat, mais la passante ne bougea pas, ce qui encouragea Rofiac à le recommencer aussitôt, en enflant son timbre, en brodant ses plaisanteries d'allusions graveleuses, en poussant ses effets de manchettes jusqu'à la caricature et en interpellant des inconnus à droite et à gauche, tous ces efforts ne parvenant qu'à agglutiner quelques badauds sceptiques.

Mais soudain il jugea qu'il lui fallait user de son coup de génie, qui avait tant de fois réussi. Il sauta brusquement sur le bitume, prit une brassée de couvertures et d'oreillers et alla en charger la femme pivot, qui vacilla.

– Cadeau pour vous, ma beauté ! Voilà comment la maison Labarthe récompense les clientes fidèles !

La bénéficiaire de cette largesse imprévue marqua d'abord une incrédulité obtuse. Puis, elle lutta contre le mou des courtepointes pour les emprisonner toutes contre sa poitrine et elle s'en alla, telle une énorme baudruche flottant au milieu de la place.

– Partez pas, Madame ! Ce matin, les cadeaux vont tomber comme la manne.

Charles, de côté, avait suivi toute la scène en silence, hésitant entre écœurement et admiration désabusée. Mais le bluff du jeune homme rameutait des grappes de curieux et d'acheteuses. La vente était lancée.

– Charles, vous vous occupez des hommes et des costumes, moi je prends les femmes, se permit même de lancer Hugues de Rofiac, en se lissant les tempes avec satisfaction.

Vers dix heures, on atteignit la congestion. Une foule épaisse moutonnait autour du vendeur miracle. Les paysannes jouaient des coudes pour se trouver aux premiers rangs, vers lesquels celui-ci jetait de temps à autre douze mouchoirs, trois serviettes de toilette, voire une couverture, qu'il fallait être habile à saisir au vol.

– Des cadeaux, toujours des cadeaux ! aboyait-il sur un ton dans lequel les plus lucides croyaient distinguer de la moquerie, voire du mépris.

Mais cette pluie de générosité, qui restait calculée et parcimonieuse, grossissait la cohue, la serrait, lui arrachait des cris d'excitation ou de dépit. Triomphant, Hugues de Rofiac se penchait, saisissait les billets des femmes, se relevait en riant, les fourguait en liasses dans sa sacoche en cuir. Il semblait oublier la présence de Charles, qui à l'autre extrémité de l'étalage vendait des blouses, des pantalons ; et de temps à autre un complet habillé aux hommes silencieux.

– J'avais raison. Le soleil ! lui lança Rofiac entre deux poignées de monnaie, comme s'il devait aussi triompher dans le domaine des prévisions météorologiques.

– Votre soleil est anémique.

– Un peu blanc, je vous l'accorde, mais regardez la cathédrale, ça peut meubler vos temps morts.

C'était une pique perfide, comme il en advenait de plus en plus souvent entre les deux hommes. Mais le réchauffement de la matinée se révélait agréable, ce qui retint peut-être la répartie acide qui pointa dans l'esprit de Charles.

L'approche de midi tranchait les hautes brumes en un millefeuille aérien, fourré de lumière opaline. Distinguer les arcatures du clocher, son octogone historié d'apôtres et surtout le lanternon et sa statue mariale, exigeait des yeux de lynx, mais des trouées dirigeaient vers le sol des faisceaux de clarté plus franche, celle qui autorisait Hugues à tabler sur un après-midi resplendissant. Pourtant, Charles continua d'attribuer à ce ciel faussement bienveillant tous les symptômes d'un froid sévère, à venir. D'ailleurs, côté place d'Armes, sous les tours austères de la façade de l'édifice, l'ombre persistait, ne cédait pas un mètre carré.

La voiture hippomobile des Messageries, qui dans cette cité sévèrement dénivelée joignait la gare au centre, en émergeait surchargée de colis, tirée par un cheval pommelé, devenu au fil de sa longue carrière un animal mieux connu que le maire.

Quels que fussent le temps ou les circonstances, cet attelage n'interrompait jamais ses livraisons de paquets et d'objets aux échoppes d'artisans, aux boutiques, aux hôtels et aux particuliers. Ce matin de foire, il s'engagea sans précaution spéciale dans le flot de la circulation, simplement bien plus dense qu'à l'ordinaire, dans laquelle lents et opiniâtres, les conducteurs luttaient pour avancer. Les breaks des paysans, d'incroyables guimbardes motorisées datant des limbes de l'automobile, se mêlaient pour un jour aux conduites intérieures cossues des citadins, qui mâchaient des insultes à l'adresse des rustiques, horrifiés à la pensée des dégâts dont était capable une roue ferrée rasant leurs belles carrosseries.

La plateforme des Messageries parvint à s'extraire de ce magma mouvant pour desservir un hôtel. Le conducteur descendit de son siège, laissant flotter les rênes sur la croupe du hongre placide, qui profita de cette étape habituelle pour donner quelques coups de sabot sur le sol, qui lui soulagèrent les paturons, raidis par l'âge et le piétinement urbain.

Tout à coup, un éclair étrange prit naissance dans l'un des cônes de lumière. Il oscilla pendant une fraction de seconde, peut-être à la recherche d'une trajectoire. Puis, il sembla jouer avec le moutonnement de la foule, rebondissant d'épaule en épaule, paraissant décapiter certaines silhouettes. Mais il filait en droite ligne vers son but, avec la rapidité et l'inexorabilité d'une torpille fonçant sur sa cible.

La lueur mince vrilla, atteignit la tête du cheval et s'enfonça dans son œil avec la force d'une dague. La bête terrorisée hennit, se cabra, puis écrasa tout ce qui se trouvait devant elle, jusqu'à ce que le camion-magasin arrêtât sa fuite affolée.

Les hurlements et les plaintes emplissaient la place. Les badauds indemnes tentaient de relever les blessés, tandis que le conducteur, accouru, abreuvait le bourrin chenu d'onomatopées apaisantes.

La cohue avait explosé en groupuscules désemparés, dans lesquels des scènes tragiques ou grotesques se côtoyaient. Une femme, dont l'enfant gisait devant elle, appelait au secours, l'esprit vide. Non loin, une rombière énorme déversait le même désespoir, en brandissant une redingote serrée qu'elle avait achetée en rêvant d'une parfaite contention de son être mafflu.

Le bonheur des dames sur roues était sinistré. L'étalage désarticulé vomissait sa charge de tissus, de vêtements et de dessous à dentelles, qui formaient des monceaux dans lesquels certains étaient tentés de puiser, tout en restant prudents. Les vérins soutenant l'auvent tôlé, tordus ou arrachés, celui-ci retenait les deux vendeurs prisonniers.

– Quelle tuile ! Vous imaginez ce qui se passe dehors ? articula Hugues de Rofiac que le mouvement brutal de la tôle avait renversé.

– Vous n'êtes pas blessé ? se préoccupa Charles.

– J'ai vu trente-six chandelles, mais ça va. La journée est foutue.

– Il y a plus grave que votre bosse et l'argent que nous allons perdre...

– Quoi ?

– Je vous le dirai quand le calme sera revenu. L'auvent est bloqué. Personne ne pense à nous tirer de là. Sortons par la cabine, grogna Charles, bouleversé par ce qu'il avait cru voir avant que tout ne s'obscurcisse.

Dehors, les abords du camion ne se trouvaient plus occupés que par la guirlande multicolore et ridicule des articles textiles en désordre. Les gens demeuraient curieux de ce qui allait se passer, mais ils avaient reculé vers les limites de la place, formant un cercle prudent d'où montait un brouhaha de commentaires et d'exclamations.

Quand les policiers s'adressèrent au conducteur du cheval, puis à Charles pour dresser le constat des faits, l'agitation se dilua peu à peu. Puis, il ne resta qu'une mince frange d'obstinés, tandis que la plupart des quidams disparaissaient en ordre dispersé, déçus de n'avoir pas vu plus de drame.

– Qu'est-ce qu'on fait ? demanda Rofiac à la fin.

Sa chemise blanche flottait, souillée. Ses cheveux dérangés accentuaient l'altération de son visage. Charles fut heureux en pensant qu'il était impressionné par l'accident.

– Le moteur n'a pas souffert, la caisse me semble en était de rouler. Il ne nous reste plus qu'à vider les lieux.

– Vous croyez que le patron serait d'accord s'il était là ?

– Il nous faudra plus d'une heure pour ramasser notre marchandise. Vous prétendez recommencer votre numéro ? railla Charles.

– Sans cette saleté de cheval, nous vendions tout, se désola Rofiac.

Il tournait son idée fixe dans sa tête, mais le dérangement de sa tenue et la crispation de ses traits trahissaient ses doutes. Il comprenait que ce manque d'assurance subit ne le mettait pas à son avantage.

– Sans ce canasson de malheur… voulut-il se convaincre à nouveau de la malchance qui lui tombait dessus.

– Le percheron n'aurait pas bronché plus qu'une statue équestre, si un salaud ne l'avait pas affolé pour qu'il se jette sur nous avec la plateforme, gronda Charles.

– C'est pas un accident ? Un coup monté…

– Oui, le coup du miroir ! Vieux comme le monde. Quelqu'un a saisi un rayon de soleil avec une glace et l'a renvoyé entre les œillères du cheval. Même avec cette lumière blanche, c'était imparable.

– Vous êtes sûr de ce que vous avancez ? Vous avez vu le sagouin ?

– J'ai aperçu la lueur qui courait sur les têtes pendant même pas une seconde, mais je ne sais pas d'où elle est partie. Un type qui connaissait l'heure de livraison des Messageries à l'hôtel attendait patiemment une éclaircie pour agir. Facile et sans risque, non ?

– Ils sont prêts à tout pour couler votre beau-père en affaires. Mais nous, nous avons joué notre peau, raisonna Rofiac secoué par sa constatation.

– Vous en doutiez ? Je ne vous croyais pas naïf, grinça Charles.

– Outre la marchandise perdue, il y a pour des milliers de francs de dégâts, calcula le jeune homme en détaillant les ravages du choc et de la saignée des moyeux d'acier de la voiture de livraison dans le flanc, dont les grandes lettres des formules publicitaires ne représentaient plus que de grotesques hiéroglyphes hérissés de frisottis redoutables de métal déchiré.

– Nous ramènerons le fourgon dans le parc de La Vernière. De cette façon, les choses ne s'ébruiteront pas aussi vite, décida Charles.

– Vous n'avez pas porté plainte quand les flics vous ont interrogé…

– Labarthe fera ce qu'il voudra, mais je crois qu'il se passera du commissariat comme de la gendarmerie.

Le camion-magasin était blessé du côté droit. Hugues de Rofiac se dit qu'une certaine chance existait, puisqu'il pouvait cacher ses plaies aux automobilistes venant de face en frôlant la berme herbeuse de la route. Il s'y appliqua avec une prudente lenteur, pénétré par un sentiment bâtard de rage et de honte, lui qui avait été ridiculisé par sa culbute et enfermé dans l'énorme boîte de tôle, dans laquelle il avait tant de fois déjà brillé de son incontestable talent de vendeur d'exception.

Le passage du portail de La Vernière se révéla délicat, mais le lourd véhicule fut disposé sans éraflure supplémentaire à l'abri des regards, sous la première rangée d'arbres.

Moteur silencieux, flanc éventré, lourdement inerte, le mastodonte parallélépipède sur roues confinait à la fois au dramatique et au dérisoire. C'était comme un blessé arraché aux lignes ennemies, qu'on cachait parce qu'on n'avait pas prévu l'attaque surprise qui l'avait éventré.

Quand le clan Labarthe au grand complet, domestiques inclus, apparut sur le perron, abasourdi par ce qu'il découvrait, Hugues de Rofiac mesura combien la famille se sentait atteinte. Il s'éclipsa pour rejoindre sa voiture, garée quelque part dans la ville.

Rosette et Trigosse s'écartèrent vers l'extrémité des marches, muets, branlant maladroitement du chef, sans doute pour signifier que ce qu'ils voyaient était impossible. Marianne, pâle à faire peur, se raccrocha au bras de Pauline, mais n'osa pas descendre les degrés du perron en direction du fourgon.

– Henri… gémit-elle.

Charles, la main tenant toujours la portière, ne bougeait pas. Labarthe s'avança, évaluant rapidement les dépenses à envisager, tentant surtout d'imaginer ce qui s'était passé quelques heures auparavant dans l'effervescence de la foire.

– Vous avez un air de déterré. Ce n'est pas un accident, n'est-ce pas ? ragea-t-il d'une voix sourde.

– Non, je ne crois pas.

– Vous ne croyez pas ou vous êtes sûr ?

– Je suis sûr, dit Charles, blême.

– Les fumiers ! Ils ont osé. Ils pouvaient vous tuer ou tuer quelqu'un, près du camion.

– Oui, maintenant nous le savons, c'est la valise ou le cercueil.

– Comment c'est arrivé ? questionna Henri Labarthe, en se plaçant face à la tôle labourée de plaies.

– Le coup du miroir, qui nous a jeté dessus le vieux cheval des Messageries, précisa Charles, en rejoignant son beau-père, qui songeait déjà à sa riposte.

– Vous n'aviez repéré personne, j'imagine ?

– Non, personne.

– Je m'attendais à tout, sauf à ce coup de salopard, que je croyais aux oubliettes des voituriers les plus rustres d'autrefois, confia Henri.

– Vous voyez : les tours de cochon survivent bien dans les mémoires… ricana Charles.

– Trigosse, essaie de mettre un peu d'ordre là-dedans, commanda Labarthe, en désignant l'intérieur du magasin roulant.

Il venait de recouvrer son calme. Il se dirigea du côté des vernes. Avant de s'enfoncer dans leur ombre glacée, il se retourna vers la maison. Il l'enveloppa du regard, suivant pendant un court instant les mouvements et les gestes de ses proches, incapable d'exprimer ce qu'il éprouvait.

C'était un instant grave, lourd de menaces inconnues. Une grande lassitude lui serrait les tempes. Cependant, plus que jamais il ressentit la protection de La Vernière, qui lui assurait de la force. Reprenant sa marche, il décida de ne pas ajouter à l'émotion de Marianne et de Pauline, en entraînant Charles dans son bureau après le dîner pour lui apprendre ce qu'il avait déjà résolu si une agression comme celle de la foire de la Saint-André se produisait.

Henri Labarthe faisait partie de ces hommes qui paraissent maîtres du temps, au point de ne jamais consulter une montre ou une pendule. De son lever à son coucher, son esprit rattachait chaque minute à une obligation, à une tâche, à un projet, sans jamais se tromper. À Charles, aux autres, il annonçait ou il rappelait l'heure, d'un ton qui semblait indifférent, mais qui commandait.

Il remonta de l'aulnaie pour le Journal parlé, pensant que la voix stéréotypée du speaker serait à tout prendre préférable au silence gêné qui allait peser sur le repas, à moins qu'on ne se délecte à nouveau à se plaindre de la perfidie des adversaires et du coût des dégâts infligés au véhicule.

Le poste de TSF des Labarthe confinait au luxe d'un meuble de prix. Il impressionnait par sa taille et la richesse de son bois de palissandre. Possédant le maximum de lampes possibles, il déversait avec une sonorité merveilleuse les paroles et la musique, qu'on pouvait entendre aussi parfaitement du salon que de la salle à manger.

– Je vais mettre la radio, décida Henri dès le début du dîner.

La phrase ne s'adressait à personne car c'était toujours lui qui actionnait le gros bouton, ciselé avec goût, autorisant les nouvelles du monde à pénétrer dans le huis clos familial.

L'appareil ne crachota que pour le principe. En deux secondes, la tonalité parvint au mélodieux qui à chaque écoute justifiait d'avoir acquis la TSF la plus chère. Pourtant, dès les premiers mots audibles, les convives se raidirent, comme tétanisés par la violence de la voix émanant du poste.

– Je ne comprends pas. Ce n'est pas du français, murmura Marianne, avec un frisson incontrôlé.

– Taisez-vous, c'est Hitler. On va traduire, coupa Henri, impressionné par l'agressivité du timbre guttural et celle des phrases hachées, perceptible même pour qui ne connaissait pas l'allemand.

« Le Führer annonce le doublement des effectifs des Jeunesses hitlériennes, alors que le service militaire sera porté à deux ans », résuma le présentateur. La voix de ce dernier sonnait si peu en regard de celle du dictateur que les Labarthe reprirent leur souffle, dans un bref silence. Rosette, en provenance de l'office, les considérait, déboussolée par cette tablée figée sur laquelle continuaient de flotter des bribes d'informations dont elle n'avait cure.

– Pose ton plat. Tu vas pas te transformer en statue ! grommela Labarthe.

– La statue, c'est pas moi… Regardez-vous ! rétorqua la cuisinière dans son menton à bourrelets.

– Vous avez peur d'Hitler, Henri ? s'alarma Marianne.

Il ne répondit pas. Dans la ville, au cours de rencontres banales, autour du vert mousse du billard le dimanche, on évoquait de plus en plus souvent les menaces du chef nazi. Labarthe ne poussait jamais ces conversations car il hésitait encore sur les risques qu'encourait la France. Mais il devait admettre que le pessimisme le gagnait lentement.

Même impénétrables pour elle, les assauts de la harangue avaient achevé d'altérer les traits de Marianne, déjà remuée par la jalousie et la haine confuse qui semblaient cerner la famille. Il eut pitié d'elle. Pourtant, c'était des soirs comme celui-là, quand sourdait en lui le besoin de trouver dans les yeux de sa femme la lueur d'une intelligence vive et d'un soutien clairvoyant, qu'il regrettait leur mariage.

– Vous pouvez aller vous coucher quand vous voudrez. Je vous suivrai très vite, promit-il en se levant pour rejoindre ses comptes durant une heure ou plus.

– Vous ne voulez pas… ? marmonna Charles, surpris.

– Que nous fassions le bilan de cette journée désastreuse ? Excusez-moi, mon cher, je préfère le reporter à demain. Père…

– Vous devez être à bout. La compagnie de Pauline vous sera plus utile que la mienne, suggéra le négociant avec une grimace censée traduire un certain détachement par rapport aux événements de la foire.

Son gendre avait-il plus de chance que lui ? Trouvait-il auprès de Pauline la complicité lucide que tout homme attend de son épouse dans des circonstances difficiles ?

Le lendemain, Henri Labarthe fut certain que Charles sortait d'une mauvaise nuit, dévoré par une foule de questions sans réponse et sans doute par ce balancement des idées auquel il se complaisait parfois. Il était donc superflu de se perdre en préambules, qui eussent encore retardé la révélation du plan de bataille.

– Charles, j'ai confiance en vous, mais il faudra vous surpasser, articula-t-il avec dans chaque mot la détermination et la concentration qu'il aurait mises à préparer une arme pour un duel.

– Que voulez-vous dire ? J'ai toujours fait de mon mieux…

– Puisque nos amis ne veulent pas de Rofiac et de son camion, les jours de foire, nous allons les prendre à leur propre jeu ! Nous créerons un autre Incomparable. À Rodez ! Nous l'appellerons La Parisienne. Vous en deviendrez le directeur.

– Vos voyages, cet automne ?

– Vous vous posiez des questions... Excusez-moi de vous avoir tenu à l'écart, mais j'ai longtemps hésité. Maintenant, j'irai jusqu'au bout, soyez-en sûr ! affirma Henri Labarthe.

– Il y aura des manœuvres pour vous empêcher d'ouvrir votre grand magasin... Auprès des banques, peut-être, pour qu'on vous refuse l'argent, objecta Charles.

– Je me moque des banques. Je n'ai pas besoin d'elles. Pas d'un centime, vous entendez ! assena Labarthe en jouant de son coupe-papier.

Sa phrase expira en une sorte de murmure de basse. Ses lèvres se serrèrent de satisfaction. On ne savait ce qui le rendait le plus léger : surprendre son gendre, en lui dévoilant sa vraie puissance financière ; ou se représenter l'aigreur dépitée de ses ennemis apprenant, en confidence dans un dîner en ville, qu'il payait comptant de ses propres deniers son second Incomparable.

Dehors, des oiseaux rayaient de leurs volettements insignifiants la clarté laiteuse du matin. Charles crut pouvoir échapper à la tension qui s'emparait de lui en suivant ces minces traits de plumes grises. Mais le silence d'Henri Labarthe était impérieux. Il exigeait d'accepter ou de refuser sur-le-champ de diriger le futur magasin de Rodez.

Les deux hommes prirent cependant le temps de se mesurer, chacun dans le secret de ses incertitudes et en proie au flot d'interrogations qui conférait tant de gravité à leur face-à-face. Charles s'était souvent demandé quels étaient les sentiments profonds de son beau-père à son égard : simple affection superficielle ou confiance véritable. Mais, le juger capable d'affronter leurs adversaires au cœur même de leur pré carré, traduisait une estime sans précédent.

Charles réprima l'émotion qui risquait de creuser des sillons trop évidents sur son visage. Il se vit tout à coup en chef de la dynastie. Un jour... Que ferait-il alors, en lieu et place de Labarthe, si un combat comparable l'attendait ?

– Je me battrai avec vous, promit-il, en s'efforçant de paraître assuré.

– Vous irez habiter à Rodez avec Pauline et les enfants. Je crois que j'ai trouvé une maison agréable pour vous. Vous verrez…

– Oui, ce sera bien. Quand Alicia entrera au lycée, elle pourra être externe…

– On croirait que vous vous sentez déjà tout heureux de quitter La Vernière ! plaisanta Henri Labarthe, en fixant son gendre, sans savoir si sa boutade comportait une parcelle de vérité.

La perspective d'une scission nécessaire de la famille désola Marianne, mais elle n'émit pas de plaintes à table. Elle les réserva à son mari, dans le désert surchargé de la chambre conjugale.

– Ma chère, conclut celui-ci, Pauline se fera des amies et vous pourrez vous inviter à des thés que vous n'auriez jamais fréquentés dans notre petite ville. Je m'engage à vous y emmener…

Le même soir, Charles se contenta d'évoquer le quartier de la préfecture dans lequel son beau-père pensait avoir découvert un logement convenable pour le patron de la future Parisienne. Pauline parut heureuse, comme si imaginer une existence loin de La Vernière et de ses règles particulières, la plongeait dans une sorte de curiosité de toutes les choses nouvelles à découvrir.

Puis, elle ne parla plus de leur installation à Rodez, encore lointaine il était vrai. Charles crut qu'elle pensait seulement aux fêtes de Noël, qui approchaient à grands pas.

Au coucher, elle se recroquevillait sur elle-même malgré la tiédeur de leur lit, méticuleusement bassiné par Rosette. Elle frissonnait doucement. Charles accusait la cuisinière de légèreté dans son travail, sans pressentir que Pauline se sentait incertaine et nerveuse lorsqu'elle songeait à l'intimité de tous les instants, sans les rites de La Vernière, que leur promettait leur future maison.

11

Lorsqu'il avait appris l'ouverture d'un second grand magasin Labarthe à Rodez, Hugues de Rofiac avait félicité Charles avec l'indifférence qu'on met à un compliment obligé, non sans ajouter cependant une petite touche narquoise.

– Vous êtes sans doute attendu de pied ferme à la préfecture…

– J'imagine que vous l'êtes aussi.

– En cette période de vœux, je vous souhaite bon courage.

– Il vous en faudra également pour enfoncer le fourgon au milieu de la prochaine foire, celle de la sauvagine.

– Si Labarthe commande et court le risque d'un nouveau bourrin fou…

Le ton de Rofiac à l'idée d'un retour à Rodez contenait plus de résignation que d'enthousiasme. Retrouver des acheteuses témoins de l'incident de la Saint-André ne l'enchantait guère, car certaines ne s'étaient pas gênées pour rire lorsqu'il s'était extrait de sa prison de tôle, décoiffé, sa belle tenue de vendeur jeune premier froissée et maculée.

Rofiac redoutait-il d'avoir perdu sa baraka, peut-être même son brillant naturel qui lui procurait tant de satisfaction ? En janvier, on ne le vit que sur des marchés de second rang, plutôt éloignés de Rodez, sur lesquels les gros bonnets du textile possédaient peu d'influence ou devaient être peu écoutés.

Ces journées sur les places d'étendue réduite de certains villages ou sur les vastes foirails des bourgs n'en finissaient pas.

Tout paraissait calme, pour ne pas dire léthargique. Pourtant, il se jugeait bizarrement *persona non grata*, comme si le plein hiver ne se prêtait pas à ses artifices de colporteur motorisé.

Parfois, en surgissant au volant de son engin sur une placette dans laquelle il n'entrait qu'en manœuvrant au quart de millimètre, lui venait le sentiment de commettre un viol. Les couleurs vives et les lettres publicitaires des flancs du véhicule juraient face aux pierres rousses vénérables de l'église et des maisons. Les paysannes les plus craintives serraient leurs panières d'œufs et de volailles piaillardes, qui protestaient en piaulant, terrorisées par le vrombissement du moteur.

Lorsqu'il déployait le large auvent, les campagnardes le zieutaient avec une envie d'acheter, dont il voulait se persuader, mais il devinait qu'elle se nuançait de plus de circonspection qu'au cœur de l'été.

Une heure plus tard, poulets fourgués, argent des coquetiers au fond de leurs sacs noirs, elles formaient une maigre demi-lune face à lui. Mais il lui fallait finasser, pousser son éloquence commerciale, rajouter des cadeaux, flatter, cajoler d'un regard langoureux les plus jeunes.

C'était souvent de la prostitution de mercanti, il en convenait. Hugues de Rofiac s'en délectait en se moquant de lui-même, se demandant jusqu'où il pourrait aller dans cette saison déprimante pour placer ses toilettes, ses trousseaux et ses lots de linge.

Par moments, les angles de son étalage lui sautaient aux yeux, tout au bout, là où oscillaient au fil de l'air les gaines nuance chair, qu'il collait à des rombières rondes comme des tours. Il lui arrivait d'imaginer la nature intime, pléthorique et grotesque, de ces particulières. Parfois, il proférait des railleries salaces entre ses dents, pour se prouver qu'il conservait de l'entrain.

Au soir de ces foires piteuses, il reportait au lendemain les comptes qu'il devait à Labarthe, en se présentant de bonne heure dans les bureaux de L'Incomparable. On le voyait peu à La Vernière et ni Henri ni Marianne ne l'y invitaient.

Et les intempéries, qui semblaient donner raison au pessimisme, dans lequel Charles s'était obstiné le matin de la Saint-André !

Très tôt, dès que ses yeux perçaient la pénombre, il ouvrait sa fenêtre en grand, mais il n'espérait plus une matinée limpide, qui l'eût revivifié. Il quémandait seulement un filet de clarté, un atome de soleil, s'il en restait encore par-delà l'étoupe opaque des nuages. Il lui fallait bannir le souvenir de l'opaline claire de la Saint-André, que Charles avait ternie de ses prédictions glacées. Hugues de Rofiac eût même souhaité qu'un second cheval vienne se jeter sur le fourgon, pourvu qu'une vive lumière aveugle la place où il débitait ses harangues racoleuses.

Au lieu de cela, un ciel camard, affalé sur des brouillards gris de cendre, dans l'inconnu desquels il se battait contre le flou terrible des routes. Certains soirs, il frottait longtemps ses yeux douloureux, avec la sensation qu'ils étaient exorbités.

Peu à peu, les paysannes gardèrent le *cantou* et s'encaquèrent davantage dans leurs cuisines. Cependant, le camion fantomatique de Rofiac continua de surgir sur les marchés désertés, seulement peuplés de quelques obstinés, frissonnant dans une bruine insidieuse, vibrant de froid.

Soudain, au début de février, on comprit que c'était un de ces hivers qui ne vous tombent dessus qu'une fois par génération.

Le blanc chassa le gris, lentement d'abord car un brusque vent sibérien rendait la neige impalpable. Les averses glaciales claquaient comme des gifles. En jets furieux, cette limaille immaculée décapait la campagne. Pendant quelques minutes, on croyait à une simple foucade du ciel. Mais les éléments se rechargeaient de vent et de violence en un moment. Les grands arbres, étonnés, craquaient. Les buissons et les arbustes se révulsaient sous la bise qui prenait du plaisir à les tourmenter.

Hugues de Rofiac ne voulut pas capituler. Chaque nuit, il caparaçonnait le capot massif du Berliet d'une chape de couvertures défraîchies. Au petit matin, reconnaissant de cette attention, le moteur démarrait sans tousser.

Les routes se déroulaient avec lenteur, à peine discernables derrière la plainte obsédante de l'essuie-glace, raclant le pare-brise aveuglé par un givre collant comme de la poix. Chaussée parée d'un brillant de diamant, haies frémissantes, les départementales sinueuses étaient féeriques, mais devenaient chaque jour plus dangereuses.

De son passage matinal à son retour du soir, Rofiac ne reconnaissait plus ni les chapelets de virages étroits ni les rares tronçons rectilignes. Les plaques traîtresses de neige tassée ou de glace luisante se multipliaient, se joignaient entre elles, lui tendaient des pièges qu'il n'avait même pas imaginés à l'aller. En les décelant, pied de velours sur les pédales, il jurait d'abord. Puis, il grimaçait un rire de défi à on ne savait qui et il jouait les virtuoses, laissant glisser l'arrière du fourgon, le rattrapant *in extremis*, se demandant quel jour prochain il irait au fossé.

– Vous payerez la tôle froissée ! grondait Labarthe, sans interdire clairement ces sorties risquées.

– Non, parce que je resterai pas sur la route ! le bravait Rofiac d'une voix calme.

– Je me demande ce que vous prétendez prouver…

– Rien. Sinon que nos camions peuvent se montrer là où d'autres n'iraient pas.

– Vous rentrez presque bredouille de chaque foire. Vous ne vendez que quelques molletons ou quelques canadiennes, déplorait Henri Labarthe.

– Mais on voit le fourgon et on me voit, répliquait Hugues de Rofiac.

Lorsque le patron laissait percer son mécontentement sans se retenir, le jeune homme passait à La Vernière à son retour tardif, pour bien montrer qu'il rentrait une fois de plus sans casse. Si Marianne l'invitait à prendre une boisson chaude, Rosette servait dans le petit salon.

Un soir, il fut accueilli par Pauline, seule avec la cuisinière chef d'orchestre. Il déposa la sacoche contenant sa dérisoire recette sur une table de jeu, se redressant d'un mouvement vif pour quitter les lieux.

– C'est peu, mais c'est mieux que rien, par le temps qu'il fait dehors… Vous transmettrez ce trésor à votre père ? suggéra-t-il sur un ton très ironique.

– Vous prendrez quelque chose ? Je vais appeler Rosette.

– Oui, merci. Pour tout vous dire, je suis glacé de la tête aux pieds, accepta-t-il en muant son ironie en un sourire léger et bienséant.

Il s'interrogea sur les raisons qui l'avaient poussée à cette invitation, alors que l'absence de Marianne et la rapidité avec laquelle il venait de poser la sacoche auraient dû la dissuader de cette amabilité de convenance. Obéissait-elle à une simple règle d'hospitalité routinière ou était-elle gênée de le laisser repartir, par ce temps de chien, sans le viatique d'un grog ou d'un café brûlant ?

– Excusez-moi, je vais chercher le plateau à la cuisine. Je vous servirai, proposa-t-elle.

– Laissez Rosette à ses fourneaux. Ce sera beaucoup mieux.

Lorsqu'elle réapparut, le visage de Pauline se dessinait derrière les divers objets encombrant le plateau, dont la gouvernante avait jugé nécessaire de maintenir toute la panoplie un peu trop surchargée. Hugues de Rofiac se leva avec souplesse pour aider la jeune femme.

Tandis qu'elle remplissait les tasses, il pensa qu'ils ne s'étaient jamais trouvés ainsi en tête-à-tête, sinon pendant un court instant, dans une allée de L'Incomparable, pour quelques banals échanges professionnels. Il lui sembla que le cadre familial de La Vernière allait donner une signification singulière aux paroles de Pauline, qui seraient teintées de plus de familiarité.

– Vous savez, je n'ose pas m'aventurer avec ma petite voiture sur les plaques de neige. J'ai tellement peur et je suis si maladroite... regretta-t-elle, mi-enjouée, mi-contrariée.

– Question d'habitude ! Et puis, nos fourgons ne sont pas des savonnettes ! plaisanta-t-il.

– Charles me dit que ce que vous réussissez chaque jour de foire, depuis le début de l'hiver, n'est pas facile.

– Il exagère beaucoup, corrigea Rofiac avec une modestie feinte, cachant mal le plaisir brut qu'il mettait à maîtriser les dérobades vicieuses de son véhicule.

– Pourquoi prenez-vous ces risques ? Mon père n'exige rien.

Il fut surpris par cette question et par la vivacité inattendue de son ton. Ainsi, elle pouvait s'adresser à lui avec de l'intérêt, alors qu'elle s'en était toujours tenue à des conversations superficielles, lorsqu'il avait participé aux repas de la famille.

Il s'abandonna à l'idée que ses prouesses de conducteur l'épataient vraiment et qu'elle l'admirait peut-être, ce qui était agréable, spécialement ce soir où il avait beaucoup grelotté dans la cabine du Berliet.

– Peut-être parce que je suis payé pour ça, plutôt bien, et que j'aime l'argent, fit-il, en s'efforçant de paraître légèrement acide.

– L'argent…

– Mettons que c'est parce que j'aime conduire. Mais je vous expliquerai ces choses plus tard. Maintenant, je vais me retirer, avant d'abuser de votre vocation à réchauffer les visiteurs transis, répliqua-t-il en éludant la remarque de Pauline, partant d'un rire bref, dans lequel il ne mit aucune intention particulière.

En prenant congé, il pensa qu'elle paraissait plus à son avantage qu'à la table des dîners, au cours desquels elle n'ouvrait la bouche que pour énoncer des banalités ou des assentiments à ce qui venait d'être dit, laissant parler les autres, comme si elle se complaisait dans une attitude effacée, en imitant sa mère qui attendait toujours que les phrases de Labarthe soient terminées pour donner son opinion. Ce soir, Pauline avait voulu recevoir son visiteur en jouant son rôle de maîtresse de maison. Elle l'avait questionné, elle l'avait dévisagé sans détourner son regard.

Le timbre doux et clair de la voix de la jeune femme accompagna Rofiac pendant les quelques secondes que dura sa descente prudente des degrés verglacés du perron, s'effaçant dès que le froid du parc s'empara à nouveau de lui. Il entendit le bruit de la porte-fenêtre que Pauline refermait derrière lui, mais il ne chercha pas à l'imaginer regagnant le petit salon, se penchant vers la table pour évacuer elle-même le plateau ou appelant Rosette afin qu'elle desserve.

– Bon Dieu, ça devait arriver: la couche pour demain! s'exclama-t-il, en oubliant totalement le bref intermède de tiédeur et de bonnes manières qu'il devait à son hôtesse.

S'il avait pu faire abstraction de ses craintes pendant un instant en suivant les mouvements d'une silhouette féminine, celles-ci s'imposaient à nouveau. Il les repoussa en cherchant à se persuader qu'il se trompait. Mais tout ce qu'il redoutait depuis des jours emplissait la nuit, devant lui. Une voûte d'encre d'où tombait une sensation d'humidité glaciale écrasait de sa chape ce silence particulier qui précède les grands changements du temps. Seul un cri d'oiseau aurait brisé l'immobilité pesante de l'air. Hugues de Rofiac le guetta, mais il ne vint pas.

– Demain matin, ce sera encore roulable, grogna-t-il.

Il n'y eut pas d'aube. L'obscurité se mua avec résignation en un jour sombre, qui semblait interdire tout mouvement. Rofiac plongea dans cette bouillie comme on va se noyer, en n'espérant pas trois clientes. Pourtant, au fil de la matinée une dizaine de femmes, visage contracté par la température polaire, mains abritées de mitaines, tournèrent autour du camion, sorties d'on ne savait où.

Le vendeur émérite ne réussit qu'à embobiner deux d'entre elles. Vers midi, toutes s'étaient éclipsées. D'ailleurs, il n'avait plus le cœur à la vente, il remballa ses cliques et ses claques et démarra en direction de La Vernière. La bourrasque de flocons serrés s'acharnait contre la campagne et l'engin intrus qui la traversait, ce qui ne gênait pas Hugues de Rofiac au point de l'angoisser. Ne s'était-il pas habitué à conduire au jugé depuis le début de l'hiver ?

Un glissement sourd le mit en alerte. Il comprit que le ventre de tôle frottait contre la couche de neige grasse qui s'amassait très vite et qui geignait sous cette caresse métallique. Il dosa la pression de son pied sur l'accélérateur avec une infinie finesse, qui lui permit d'aborder le causse de Rodez sans rebuffade définitive. Il se tira du piège de plusieurs congères avec habileté, riant de ses frayeurs.

Finalement, ce fut la descente vers Espalion qui le stoppa. Le fourgon cula contre le talus bouffi de neige d'un virage trop étroit. Deux kilomètres peut-être restaient à parcourir.

Rofiac crut d'abord qu'il pouvait se dégager. Mais son espoir fondit en une minute. Progressant lourdement, chaussures trempées, il ne se décida qu'au dernier moment à prendre l'allée de La Vernière, grinçant à la perspective de se voir taxer de légèreté, alors qu'il s'était battu depuis un mois contre l'hiver, dans l'intérêt des Labarthe.

– Vous rentrez à pied ? ironisa Henri.

– Oui, mais il n'y aura pas la moindre bosse. La neige est molle aujourd'hui, expliqua le jeune homme d'une voix qui repoussait déjà les possibles reproches.

– Calmez-vous, Rofiac. Ce qui vient de vous arriver ce soir devait arriver, mais c'est un amusement à côté de ce qui nous est tombé dessus pendant que vous vendiez des torchons à des paysannes gelées.

– Il faudra des pelles pour dégager les roues.

– Personne ne passera sur la route pendant la nuit. Trigosse et deux ou trois autres iront vous aider demain. Foutez la paix à votre fourgon ! Asseyez-vous.

– Qu'y a-t-il ? mâchonna Hugues de Rofiac, surpris et plutôt vexé par l'indifférence avec laquelle on découvrait qu'il aurait pu basculer dans un ravin.

– Sales nouvelles ! éructa Henri Labarthe avec violence.

– Des nouvelles de Rodez ? Je n'ai rien appris de grave ces derniers jours…

– L'Anschluss est fait, Rofiac. Dans quinze jours, dans un mois, dans deux mois, l'armée du Reich sera à Vienne. Et ce n'est là que la première d'une série d'annexions, prédit le négociant avec une gravité qui figea Marianne et Pauline, tandis que Charles raclait de la gorge, mal à l'aise.

– L'Anschluss… C'est arrivé quand ?

– Peu importe ! C'est annoncé aujourd'hui. Hitler a convoqué le chancelier autrichien et lui a imposé une union avec l'Allemagne, articula Henri Labarthe, les traits tendus.

– La radio a annoncé des réactions, je suppose ? voulut s'informer Hugues de Rofiac.

– Oui, persifla Labarthe, la France et l'Angleterre ont formulé des protestations verbales, comme disent les diplomates.

– Hitler s'arrêtera, avança Charles, frappé par la contraction des traits de son beau-père.

– Je crois de plus en plus fort à la guerre. Dans un an, dans dix-huit mois…

– Ce n'est pas possible ! gémit Marianne.

– Pourtant si, ma bonne. Mais je prendrai mes précautions, gronda Henri en fixant chacun tour à tour.

– Je m'en vais. Prévenez Trigosse pour les pelles, bredouilla le jeune vendeur.

– Excusez-moi de ne pas vous retenir. Les mondanités ne sont pas de saison ce soir, résuma Labarthe, sans froideur ni amabilité.

Le Berliet regagna son immense garage au terme d'une descente hasardeuse sur la chaussée glissante. Il devint évident que

Rofiac ne repartirait plus jusqu'à la fonte totale de la neige. Mais, était-on pressé de la voir disparaître ? Sa ouate épaisse paralysait la petite ville comme les villages qu'on devinait à peine sur les flancs de l'ample vallée, où seules les respirations bleutées des cheminées témoignaient d'une présence humaine. En les regardant monter lentement, en écoutant cette immobilité, s'imposait l'étrange sensation d'habiter une île oblongue, coupée, peut-être protégée, du reste du monde et de ses dangers encore confus, mais réels. Ceux qui ne possédaient pas la TSF se muraient dans leur ignorance des grands événements. Henri Labarthe, lui-même, évita pendant des semaines de revenir sur les nouvelles menaçantes. Pourtant, dans le secret de son bureau ou de ses insomnies, il continuait de les rassembler, de les recouper pour mieux étayer son opinion personnelle sur les risques futurs que courait la France.

Pour l'heure, malgré la difficile aventure que représentait le moindre déplacement hors de chez soi, L'Incomparable attirait encore du monde. Les petites bourgeoises de la cité n'étaient pas fâchées de ne plus côtoyer autant d'acheteuses rustiques, lesquelles seraient sûrement confinées dans leurs hameaux jusqu'au redoux. Comme si elles se sentaient mieux entre elles, chaussées de bottines fourrées, couvertes de pelisses luxueuses, elles se pressaient à l'entrée du magasin dès le début de l'après-midi, puis vaguaient dans les rayons, plus ou moins décidées à des dépenses pour leur plaisir.

Privé de ses départs matinaux et de ses journées au long desquelles il jouait avec tant de réussite le rôle qu'il avait forgé à son goût et à sa mesure, Hugues de Rofiac s'essayait sur la scène de L'Incomparable, souvent en pure perte. Il lui manquait cette sorte de distance polie que Charles maniait à la perfection et qui lui valait la confiance absolue de ses bonnes clientes.

Ces dames préféraient le gendre du patron à un vendeur de foire. Parfois, lorsqu'il se berçait de l'espoir de les avoir convaincues, par dix arguments brillants, elles le lui faisaient sentir par un bref silence cruel, le dédaignant pour appeler Charles.

Était-ce à cause de ces désillusions ou parce qu'il étouffait dans l'espace clos du grand magasin, Hugues de Rofiac se déplaçait sans véritable raison d'un endroit à l'autre, accablé par une sensation d'inutilité, de jour en jour plus insupportable pour un tempérament dominateur comme le sien.

Était-ce aussi cet ennui qui le guida de plus en plus souvent vers Pauline ? Avant l'hiver, tant il était toujours pressé, il ne l'avait croisée que peu de fois dans les travées du magasin. Marchant d'un pas impatient pour rejoindre le Berliet ou pour s'entretenir avec Labarthe, il s'était contenté de lui jeter un bonjour, une remarque qu'il ornait d'un sourire aimable, quelques mots de circonstance.

La vie quotidienne en cocon, qu'imposait la neige à tous dans l'atmosphère tiède de L'Incomparable, davantage confinée et immobile chaque jour, semblait distendre le temps, ralentir les pas de chacun, permettre aux êtres, employés ou clients, de s'observer, de se regarder avec une attention et des yeux nouveaux.

Dans l'espèce de huis clos auquel la sévère mauvaise saison condamnait le magasin, Hugues de Rofiac crut d'abord qu'il recherchait souvent la compagnie de Pauline pour fuir les profils cafardeux et le ton de voix raide de certaines vendeuses pas très fraîches. Ils avaient des façons de se saluer le matin, de parler au cours de la journée qui les rapprochaient spontanément, parce qu'ils étaient jeunes tous les deux.

Puis, Hugues de Rofiac fut surpris de découvrir combien la femme de Charles était changeante, combien elle laissait percer des sentiments différents si on savait la regarder ou l'écouter, alors qu'il l'avait crue plutôt insignifiante et fade.

De plus en plus souvent, il était tenté de faire durer leur première rencontre ou celles qui ponctuaient leurs allées et venues de la journée. Il cherchait à deviner le sens d'un éclat imprévisible de ses prunelles, de l'animation de ses traits, d'un rire franc ou d'un sourire retenu, d'un flux de rose dans la carnation pâle de son cou.

Certains matins, quand la vallée faisait froid à voir, Pauline, les épaules couvertes d'un gros châle, s'engouffrait avec précipitation dans L'Incomparable, comme si elle était effrayée par le vent du nord et ses longs souffles gelés. Quand Hugues de Rofiac survenait pour lui souhaiter le bonjour, son visage rayonnait, ses yeux possédaient l'éclat du regard des femmes heureuses.

Mais, assez souvent, elle paraissait s'ennuyer et elle trahissait une mélancolie mystérieuse, peut-être une tristesse lasse, se montrant irritable quand un menu fait la contrariait. Sa curiosité vis-à-vis de Pauline mettait-elle du piquant dans des journées accablées de grisaille et d'inaction ? Rofiac se prit à chercher des explications à chacun de ces changements d'humeur, sans jamais pouvoir s'arrêter sur une certitude.

Février durait, décourageant trou noir. Il attribua d'abord les troubles de Pauline à la grisaille débilitante des jours les plus sombres. Mais ces bouffées de vague à l'âme se révélaient complètement imprévisibles et il dut s'avouer impuissant à les comprendre.

Un après-midi, elle lui apparut oppressée. Elle s'appuyait sur l'élégant comptoir de son rayon, dans une attitude lasse, et il vit qu'elle était très pâle, les yeux hésitant à fixer les siens.

– Qu'avez-vous ? Vous êtes malade ? osa-t-il lui demander.

– Rien. J'ai eu froid sans doute, répondit-elle, d'une voix murmurée, à l'évidence gênée par la question.

– Je suis désolé. Je n'aurais pas dû vous ennuyer, s'excusa-t-il.

– En quoi ma santé peut-elle vous intéresser ? se raidit-elle brusquement.

– Je ne sais pas. J'ai été peiné de vous deviner si abattue, essaya-t-il de se justifier, incapable de trouver pour lui-même une explication logique à cette sollicitude pour la jeune femme.

Il scruta rapidement son visage tendu. Il ne parvint pas à y déceler de l'hostilité, mais il la quitta, mécontent, en pensant qu'il venait de se montrer maladroit et de frôler les limites de l'indiscrétion. Quelle impulsion incompréhensible l'incitait à se préoccuper des états d'âme, éphémères ou durables, de la fille d'Henri Labarthe, épouse de son second patron de surcroît ?

Il suffit d'un gros vent d'autan pour briser le redoutable hiver prison qui avait frappé le département de paralysie. Chaque rafale tiède semblait dévoreuse de neige, lacérant la chape blanche en une matinée. Au cours de ces trois ou quatre heures, les employés de L'Incomparable ralentissaient le pas quand ils longeaient les vitrages, incrédules, étonnés de revoir le brun des arbres ou le gris luisant des toits voisins, ruisselant de mélasse fondante. Rofiac pensait déjà aux foires prochaines. Il ne tenta pas de déceler si le redoux subit alanguissait Pauline ou si elle se sentait à nouveau libre de ses mouvements, comme la majorité des habitants de la ville.

– Savez-vous, j'ai envie de canarder quelques oiseaux ! confia Labarthe, aiguillonné par un besoin impulsif de prendre de l'exercice.

– Le temps ne peut pas être meilleur. Les migrateurs doivent grouiller sur la rivière, affamés par la neige et attirés par la vermine que découvre la fonte, raisonna Charles.

– Nous devrions emmener le korthal se dégourdir les pattes ! plaisanta le négociant.

– Vous voyez une chasse, avec une fête à La Vernière ?

– Pourquoi pas ? Avant de nous relancer dans la bagarre. N'oubliez pas que vous devez ouvrir notre magasin de Rodez avant Noël prochain.

– Je ne vous ferai pas honneur au moment du tableau final. Je vous rappelle que je tire mal ! plaisanta Charles.

– Vous ferez une paire avec le député. Il est plus maladroit que vous, s'amusa Labarthe.

Succédant aux dures rigueurs de février, la modération du commencement de mars frappa les esprits. En exagérant à l'évidence, on ne parlait plus que de douceur et de sérénité des après-midi, en soulignant la vivacité des rayons de soleil qu'on trouvait déjà printanier.

Le premier dimanche du mois sembla spécialement favorisé par les bénédictions que l'abbé Bergougnoux venait de distribuer au cours de la messe matinale, à laquelle nombre des invités d'Henri Labarthe avaient assisté pour respecter leurs devoirs chrétiens, tout en ne se privant pas des plaisirs cynégétiques.

Le haut du panier local ne chassait pas à courre et ignorait tout des rites solognots. On se satisfaisait de réunir une quinzaine de fusils pour des sorties d'un style à la fois un peu rigide et amical, permettant de cultiver les bonnes relations autant que d'abattre des dizaines de pièces. Une grange isolée, les bâtiments d'une ferme propriété de l'un des participants servaient de pavillon de chasse.

L'accueil des Labarthe s'inscrivit à la perfection dans ces particularités propres à une bonne société dont les racines restaient fortement terriennes. Trigosse se tiendrait à la disposition des tireurs et des quelques jeunes femmes présentes, mais il n'était pas piqueux.

Il avait suffi de trois ou quatre journées meilleures pour que la nature parût éclore avec une ardeur inouïe, sous un irrésistible flux de sève. Avant de gagner la campagne proche, on s'extasiait sur l'ardeur des pousses vert tendre, en assurant qu'un printemps stupéfiant de fécondité ferait pièce à la mauvaise saison exceptionnelle qu'on venait de subir.

Cependant, ni ces considérations météorologiques consensuelles ni les légères mondanités présidant à ce genre de rassemblement n'endormaient la vigilance d'Henri Labarthe. Il fit le tour du groupe, d'importance honorable. Quelques yeux accrochèrent son regard. Des paupières battirent, lui exprimant un soutien fidèle avec une impalpable tension, montrant que ces derniers n'oubliaient pas quels projets l'animaient.

– Chers amis, soyez indulgents pour Pauline. Elle débute aujourd'hui, avec une carabine, recommanda Henri en riant.

– Vous n'auriez pas dû... protesta Marianne en chuchotant pour ne pas être entendue.

– Vous ne comprenez pas ces choses... Aujourd'hui, une femme doit être moderne, la rabroua-t-il, lèvres serrées.

L'eau était montée à ras bord des rives embroussaillées. En arrière, des mares brillantes reflétaient les peupleraies et morcelaient les prairies basses en îles aux formes biscornues, peu faciles à atteindre. Partout le sol, souillé de limons sales et de détritus de végétation, collait comme de la glaise.

Hugues de Rofiac regardait patauger Pauline, souriant peu charitablement lorsqu'elle peinait à avancer. Mais elle réussissait à triompher des difficultés de ce terrain encombré de pièges naturels, ingrat pour une femme s'aventurant là au terme d'un mois d'enfermement débilitant.

Même si elle n'avait rien d'une Diane armée de son arc, elle portait sa carabine sans ridicule. Sa tenue rustique aux nuances noisette lui allait bien. Un peu serrée à la taille, elle trahissait agréablement des rondeurs fermes, que Rofiac n'avait pas vraiment jugées attirantes au cours de leurs rencontres ordinaires.

La marche heurtée et l'effort, la transpiration légère qui duvetait son visage d'infimes perles humides, donnaient un piquant imprévisible à la chasseresse improvisée. Dans cette nature noyée de brume vaporeuse, Pauline ressentait-elle des sensations inconnues, peut-être un sentiment particulier d'indépendance à l'égard des comportements à respecter quand on était à l'intérieur de La Vernière ?

Une envie étrange assaillit Hugues de Rofiac : l'éprouver en lui destinant une cour prévenante, mais détachée. Puis, ses idées allèrent plus loin, indiscrètes. Pour Pauline, les matins de mélancolie du magasin suivaient-ils des nuits de désillusion ? Le couple vivait-il sous un ciel de lit uniformément bleu ?

Hugues de Rofiac esquissa une moue chargée d'ironie, qu'il se destina. Pourquoi se persuadait-il d'avoir découvert la raison des gênes ou des hésitations de Pauline et cela l'autorisait-il à lui parler sur un ton familier ou à partager des confidences ?

Le griffon korthal était réputé inconstant. Lorsque la chasse le fatiguait ou que les ordres l'assommaient, trop impératifs ou trop nombreux, il désertait, rejoignant qui lui plaisait, comme il venait de le faire en abandonnant le gros de la troupe et ses cinq ou six congénères, appartenant à des invités.

– Fainéant ! Chien de Cadet Rousselle, l'accusa-t-elle.

L'animal la considéra un instant, comme s'il se trouvait surpris par la sévérité du reproche. Puis, sans doute heureux d'entendre une voix féminine, il commença à flairer de petits fourrés avec lenteur, légèrement en avant, à droite et à gauche. Tout à coup, une sarcelle décolla en poussant un cri aigre, d'abord presque à l'horizontale, puis jaillit droit vers le ciel. Le geste de Pauline fut instinctif. Levant la carabine, elle tira, alors que l'oiseau était déjà très haut.

– Je regrette ! C'est horrible, bredouilla-t-elle.

– Ne regrettez rien. Vous étiez là pour ça. La première poule d'eau qu'on descend impressionne toujours. Puis c'est la routine, commenta Hugues de Rofiac, qui s'était précipité.

– Bravo, Pauline ! Elle montait comme une flèche. Tu as presque réussi le coup du roi, cria Labarthe, de loin.

– Qu'est-ce que j'en fais ? s'enquit le jeune homme en voyant approcher le korthal, la dépouille pendant de la gueule.

– Je ne veux pas la toucher. Appelez Trigosse.

– Vous avez raison. Le sang suinte longtemps, les plumes volent. Je vous vois mal, cette bestiole à la main, observa-t-il mi-moqueur.

– Vous n'avez pas lâché une cartouche, lui fit-elle remarquer sur un ton de défi.

– Vous m'imaginiez premier au tableau de La Vernière, ce soir ?

– Je ne savais pas.

– Vous êtes déçue ?

– Non, je ne crois pas, hésita-t-elle.

– Moi, je suis sûr que vous ne me rangiez pas parmi les viandards de la bande, affirma-t-il avec une sorte de gravité, en prenant possession de ses yeux.

Pauline ne se déroba pas à cette emprise, qui possédait assez de force pour effacer le frisson qui l'avait saisie en voyant s'abattre l'oiseau foudroyé. Elle se sentit réchauffée. Une idée étrange courut dans sa tête : dans ce paysage marqué par l'élément liquide et le silence, les autres lui semblaient enfermés dans un halo étrangement lointain et Rofiac représentait le seul être à qui elle pût parler avec la sensation qu'il l'écoutait vraiment.

– Restez avec moi, murmura-t-elle.

– Rappelez le chien, il ne faudrait pas qu'il lève un second canard…

– Ne vous moquez pas.

– Ne croyez pas que j'ironise. Marcher à côté de vous et du griffon me comble, dit-il en riant franchement.

– Nous allons rester en arrière de mon père et de ses amis. Ce sont eux qui devront tirer les premiers, s'il reste du gibier dans les parages, proposa-t-elle.

– L'arrière-garde pacifique et maladroite… Mais, je me trompe ! Vous venez de prouver que vous avez de sacrés réflexes.

Elle le fixa avec une lueur de mécontentement dans les yeux. Comme la chute de la sarcelle l'avait remuée, elle n'aimait pas qu'il fît durer ce ton ambigu, mêlant chaleur et persiflage léger.

– Si vous ne voulez pas rentrer bredouille, vous devriez me laisser et rejoindre mon père, conseilla-t-elle.

– Que je revienne à La Vernière sans le moindre oiseau n'a aucune importance. En revanche, cette journée nous aura permis de nous connaître bien mieux qu'une année au magasin, vous ne croyez pas ?

Hugues de Rofiac possédait trop de finesse pour ne pas avoir deviné qu'il avait contrarié Pauline en persistant à la railler, même avec gentillesse. Pour se racheter, il mit dans ses mots une émotion contenue, qui sembla effacer sa réaction de repli sur elle-même et la rapprocher de lui.

– Si, je suis heureuse que vous ne participiez à la chasse que par obligation.

– Vous voyez ! Il a suffi de cette matinée pour que nous ayons ensemble un souvenir que nous garderons, lui fit-il remarquer.

– Prenez ma carabine, il y a beaucoup trop de broussailles devant nous.

– Je vais vous aider, s'empressa-t-il en saisissant l'arme et en la soutenant de sa main restée libre.

Devant eux, les risques de se briser une jambe ne manquaient pas. Des branches pourrissantes, détachées des peupliers, encombraient le sol, souvent cachées par des fouillis de ronces qui se nouaient autour des chaussures, griffant les chevilles sans pitié.

À plusieurs reprises, Rofiac dut serrer Pauline contre lui, pour lui éviter une chute dangereuse. Elle se cramponnait à son bras, reprenait son équilibre en riant, puis restait un moment tout contre le torse et la hanche de son compagnon comme si une sensation de totale sécurité montait en elle. Quand, de temps à autre, le korthal poussait un bref gémissement parce qu'un dard végétal s'enfonçait dans les coussinets de ses pattes, elle lui lançait une moquerie affectueuse.

– Vous manquez de charité pour ce pauvre chien, feignit-il de lui reprocher.

– Ne vous occupez pas du griffon. Sentez plutôt !

– Qu'y a-t-il de si bon à sentir ?

– Tout ! L'humidité du bois mort, les primevères et même les feuilles naissantes des épines noires. J'ai appris à distinguer chacune de ces odeurs dans le parc de La Vernière, se confia-t-elle.

– Chasseresse, fine observatrice de la nature… Vous possédez tous les talents !

– À l'Institution, nous partions herboriser, se souvint-elle.

Leurs rires se confondirent. Ils venaient de dépasser les entrelacements de ronces foisonnantes. Le terrain ne recélait plus de chausse-trapes, mais ils continuaient de marcher appuyés l'un contre l'autre, sans rien ajouter, surpris par la connivence silencieuse qui les enveloppait tout à coup.

Un soleil paresseux s'élevait doucement des collines, vers l'amont de la vallée. Ses rayons jouaient avec les miroirs des vastes flaques d'eau, irisant les résilles de brumes accrochées aux arbres dénudés. Une caresse de brise, forcissant avec la vague de lumière montante, rafraîchissait agréablement les visages.

Lorsqu'ils rejoignirent le petit groupe des invités, Trigosse avait disposé les volatiles morts en demi-cercle, pour une sorte de bilan provisoire. Pas mal ! Rofiac tendit la carabine de Pauline à Charles qui la saisit avec vivacité, comme s'il récupérait un objet auquel il attachait beaucoup de prix ou d'importance. Mais il ne répondit que de façon évasive au regard direct du vendeur émérite. Plus tard, alors qu'on se dirigeait vers les voitures, il fixa sa femme avec de l'incompréhension dans les yeux.

– Tu as tiré un coup magnifique. Je ne sais pas pourquoi ensuite tu as donné ton arme à Rofiac. Tu devais continuer à chasser, affirma Charles sur un ton de reproche.

– Peut-être parce que je n'aimerai jamais la chasse, avoua-t-elle d'une voix claire.

– Si j'avais été près de toi… regretta-t-il.

– Je ne t'ai pas déshonoré. Une sarcelle au premier tir ! Et toi ?

– Deux malheureux colverts.

– Tu vois… J'ai presque aussi bien réussi que toi, plaisanta-t-elle.

– Que te disait Hugues de Rofiac, toujours si proche de toi ? reprit-il.

– Rien. Il m'a gentiment aidée à me dépêtrer des broussailles. Sans lui, je me serais enfoncée dans un trou d'eau ou j'aurais basculé dans les ronciers, expliqua Pauline, en prenant le bras de son mari.

– C'est vrai que tu as manqué du sens de l'orientation en t'éloignant de nous. Rofiac a bien fait de t'attendre, admit-il.

Le soir, à La Vernière, ce dernier ne se fit pas aussi brillant que d'habitude, lorsqu'il participait à des dîners en ville. Placé près de l'une des chasseresses, il se montra un peu mufle à son égard par le peu de compliments et d'attention qu'il lui consentit. Pauline, absorbée par ses devoirs de maîtresse de maison aux côtés de Marianne, n'en remarqua pas moins cette indifférence, qui l'amusa et dont elle se sentit heureuse, parce qu'elle n'aimait pas la pimbêche minaudante.

Les convives comprirent-ils que cette journée de chasse, au cours de laquelle on avait traîné au bord de la rivière, sans véritable envie de tuer beaucoup d'oiseaux, était le dernier épisode d'une saison froide marquée par l'oisiveté forcée ? Ils reprirent des plats délicieux de Rosette, mangèrent avec lenteur, se perdirent en conversations banales, égayées de plaisanteries, repoussant les affaires au lendemain. La soirée des Labarthe ne se termina que très tard, mais Hugues de Rofiac ne se trouva plus à aucun instant seul avec Pauline. Un peu en arrière de Marianne, elle paraissait satisfaite, rougissant légèrement sous les compliments de chacun, auxquels il se joignit en essayant de prononcer une phrase qu'elle retînt. Mais il ne trouva rien de particulièrement original. D'ailleurs pouvait-elle s'extraire pendant une minute du bruissement de ces mondanités provinciales pour l'écouter mieux que les autres ?

Elle portait une robe bleu-gris très simple, sur laquelle brillait un seul bijou : un saint-esprit de toute beauté, sans doute cadeau de mariage de sa mère. Le vêtement, plutôt moulant, ne désavantageait pas Pauline, mais elle se mouvait avec une certaine réserve et ses gestes trahissaient de l'hésitation.

La plupart du temps, elle se confina dans cette attitude précautionneuse, comme si elle craignait le jugement de ceux qui débitaient des lieux communs autour d'elle. Hugues de Rofiac attendit en vain un signe, un sourire léger pouvant lui rappeler la spontanéité de son comportement, lorsqu'elle peinait, suspendue à son bras, pour franchir les ronciers et les flaches abandonnées par l'inondation due à la fonte rapide de la neige. Mécontent, il s'approcha d'elle et prit congé avec cérémonie. Dans l'allée, il se demanda si elle avait seulement ressenti le pressant intérêt qu'il lui avait marqué au milieu des broussailles.

– Tu ne convoiteras pas la femme de ton prochain ! se reprocha-t-il, les lèvres pincées sur un rire de dérision.

Pourquoi avait-il cru désirer celle de Charles, qui s'efforçait avec tant d'application aux bonnes manières ? En se glissant au volant, il se jugea insensé, peut-être imprudent, mais le visage de Pauline, sur lequel se lisait tant d'inexpérience, flotta encore un moment devant ses yeux.

Dans l'épaisseur de la nuit, il ne pensa plus qu'à rouler très vite ; et au lendemain qui le relancerait dès six heures du matin sur la route d'une bourgade dont il se répéta plusieurs fois le nom pour tendre sa volonté, avec la même confiance qu'il aurait placée dans une pilule revigorante. Il écrasa l'accélérateur parce que l'idée de retrouver l'ambiance si spéciale des foires l'excitait.

Le printemps, puis l'été ne contrecarrèrent ni son besoin de briller devant ses clientes d'un jour ni son envie de gagner de l'argent tout en servant Labarthe. N'apparaissant à L'Incomparable que comme une étoile filante, il y rencontra rarement Charles, occupé à la création du grand magasin de Rodez.

– Vous allez bientôt vous installer dans votre maison de la ville ? demanda-t-il à Pauline un soir où il la croisa en gagnant le bureau du comptable, parce qu'elle s'était attardée devant un étalage à renouveler.

– Avant la Noël, je crois, précisa-t-elle.

– Vous fêterez le nouvel an là-bas ?

– J'aimerais bien…

– Bonne chance ! lui souhaita-t-il sur un ton qu'il voulut assez indifférent.

– Je vous inviterai le jour où nous pendrons la crémaillère, promit-elle.

Elle le fixait avec un visage détendu et engageant, mais ses yeux ne laissaient pas percer l'éclat qu'il espérait, sans consentir à se l'avouer. L'esprit occupé par les chiffres qu'il devait au teneur de livres d'Henri Labarthe, il ne chercha pas à prolonger cette brève rencontre.

Août raréfia encore les occasions que la vie du magasin leur offrait de se côtoyer, Pauline séjournant quelque temps à la mer avec François et Alicia. Et, lorsqu'en septembre, Henri Labarthe réunit son état-major le lendemain même de la conférence de Munich, Hugues de Rofiac ne caressait la perspective de séduire la jeune femme que comme une idée ancienne, bizarre, qui demeurait troublante cependant.

C'était un de ces soirs adoucis par la tiédeur d'une fin d'été merveilleuse. Sur le versant exposé au soleil couchant, les vignes rutilaient, déjà peintes de tons cuivrés. Comme s'il recherchait une harmonie avec cette lumière haute, le fond de la vallée éclairait sa palette de verts de quelques touches de blond ou d'ambre. Et, pour parfaire ce paysage heureux, une fragrance indéfinissable, mariant une odeur d'eau pure et des parfums de fleurs sauvages des berges, émanait agréablement de la rivière. On eût dit que la nature s'efforçait de prouver qu'elle resplendissait de beauté et de sérénité.

Hugues de Rofiac franchit avec lenteur le dos cassé du vieux pont. Peut-être sensible à la délicatesse du tableau qui s'offrait à lui, il prit le temps de contempler les balcons foisonnant de géraniums des maisons en encorbellement sur les rives et les massifs d'asters et de dahlias dans les jardins qu'il dominait. Cependant, son esprit revint à la question qu'il s'était posée dès qu'il avait appris le lieu de la rencontre. Pourquoi Labarthe avait-il jugé nécessaire de fixer leur rendez-vous dans son bureau de L'Incomparable, hors de La Vernière ? Même si les opinions de Marianne et de Pauline ne semblaient pas influencer le négociant, seul maître après Dieu, il avait si souvent donné une tournure familiale à telle ou telle décision qu'on ne pouvait qu'être surpris et intrigué.

– Entrez, vous êtes le dernier ! lança-t-il, lorsqu'il devina la présence de l'arrivant, de l'autre côté de la porte entrouverte.

– Excusez-moi, je me suis attardé sur le pont.

– D'humeur vagabonde, ce soir ? Vous m'étonnerez toujours ! railla Labarthe.

On ne répliquait pas à ce genre de pique du patron. Mieux valait étalonner l'instant à son exacte importance. Il devait être grave si on en jugeait par l'attente qui se lisait sur les visages.

Une satisfaction et une fierté aussitôt rentrées jaillirent dans l'esprit du retardataire. Ils n'étaient que cinq autour du chef : Charles, Trigosse, le comptable, le notaire et lui, le vendeur vedette des camions.

– Asseyez-vous si vous voulez… Moi, je préfère rester debout ! jeta Labarthe, sans s'adresser à quelqu'un en particulier.

Instinctivement, tous se serrèrent autour de ce dernier, comme pour former une garde rapprochée, prête à apprendre on ne savait quel secret ou à faire face avec lui à un péril encore inconnu.

– Je vous ai demandé de venir parce que la France sera en guerre dans un an, dit Henri.

Il était au centre de la pièce, très droit, les mains le long du corps, ne cherchant ni le secours d'un appui sur un meuble ni l'échappatoire d'un geste machinal. Chacun comprit qu'il possédait la certitude absolue de chaque idée qu'il avancerait, de chaque mot qu'il prononcerait.

– Daladier a été accueilli à Paris en triomphe et tous les journaux écrivent qu'il a sauvé la paix, objecta le notaire sans peut-être croire tout à fait à son affirmation rassurante.

– Merci de nous amuser, mon cher ! J'espère que vous ne buvez pas ces crétineries avec votre café ! Nous ne sommes pas obligés d'être aussi aveugles que la moyenne des Français !

– Vous voyez comment faire mieux qu'eux ? grinça le tabellion, en se souvenant pourtant en une fraction de seconde comment son client le plus important avait échappé à la déconfiture des banques du département quelques années plus tôt, alors que bien de ses semblables y avaient perdu des dizaines de milliers de francs.

– Je crois. Raisonner comme si nous connaissions la date de la déclaration de guerre et nous préparer.

– Vous êtes sûr du casse-pipe ? intervint le gendre en fixant gravement son beau-père.

– Sûr, Charles ! assena Labarthe avec un calme qui les figea tous.

Ils devinèrent qu'il guettait les nouvelles de Paris et celles de Berlin depuis des semaines, qu'il les analysait avec une lucidité absolue, qu'il appliquait toute son intelligence à tenter de prévoir les conséquences de la guerre sur ses affaires et sa famille.

– Vous serez mobilisable, Charles, comme Rofiac. Il nous faudra peut-être fermer le magasin de Rodez, à peine ouvert, et arrêter les fourgons qui n'auront plus de vendeur, reprit l'entrepreneur sans qu'un linéament de ses traits ne bouge, ce qui montrait avec quel sang-froid il imaginait l'avenir.

– Que pouvez-vous décider s'il y a mobilisation générale ? grommela le notaire.

– Rien pour Charles, Rofiac et les employés qui partiront, mais tout pour les marchandises, assura Labarthe sans hausser la voix, mais avec une fermeté impressionnante.

– J'ai connu 1914 dans ma jeunesse. Qu'y a-t-il à faire contre la guerre ? s'alarma le spécialiste du Droit.

Le maître de La Vernière fit le tour des visages. Aucun n'exprimait de la certitude. Les esprits flottaient, quelle que fût l'intelligence de chacun. Même s'ils avaient dû à un moment ou à un autre envisager le déclenchement des hostilités, ni le notaire ni Charles ni Rofiac ne s'étaient peint le tableau d'une guerre proche, avec toutes ses touches dramatiques. Seul Trigosse, parce qu'il ne se préoccupait que des détails triviaux de l'existence, avait peut-être pris certaines résolutions terre à terre.

– Mon cher Maître, la France sera envahie, notre belle cité incluse. Je crains que votre expérience de 1914 ne vous serve pas à grand-chose, ironisa Henri Labarthe.

– Des Allemands ici ! Vous êtes fou !

– C'est en tout cas une idée à creuser. Ils ont des divisions blindées, vous savez…

– Henri, où êtes-vous allé chercher ce défaitisme ? se désola l'autre.

– Vous verrez que je ne me trompe pas. Je vous parie un nabuchodonosor de Dom Pérignon. Vous tenez ? demanda Labarthe, les traits soudain imperceptiblement crispés.

– Vingt bouteilles de Dom Pérignon ! Non !

– J'en déduis que vous pensez que la guerre vous coûtera moins cher que ce champagne dont le prix vous retourne si fort.

Les répliques s'étaient succédé avec la rapidité des défis sans conséquence qu'on se lance dans une réunion amicale ou à la fin d'un repas bien arrosé. Henri Labarthe ne sourit pas du calcul ridicule de l'homme de loi. Il reporta toute l'acuité de ses yeux sur le factotum.

– Où en es-tu à l'usine ? le questionna-t-il.

– Le nettoyage est fini. Que du vide et du propre, patron ! annonça Trigosse, sur le ton sérieux dont il usait toujours en répondant à Henri.

– Merci d'avoir travaillé comme un noir. Il nous fallait cette cathédrale, souligna celui-ci.

– Je ne comprends pas. Que voulez-vous faire de la filature ? demanda Charles, qui ne s'était pas vraiment préoccupé des travaux de Trigosse dans les bâtiments délaissés.

– Y stocker assez de tissu et de vêtements pour servir nos clients pendant des années, même si les Allemands coupent tout. Seul celui qui aura prévu le pire pourra tenir longtemps, expliqua Labarthe.

– Vous avez sans doute raison, convint Charles.

– Nous ne savons pas de combien de mois nous disposerons pour remplir le vide que nous a fait Trigosse. Vous et moi allons partir sur les routes tout de suite pour acheter tout ce que nous trouverons.

– Il faudra beaucoup d'argent, intervint le notaire.

– Je l'ai, Maître. Déposé chez vous. Il ne s'agit plus de vouloir encore me convaincre de prendre vos rentes. Nous allons être en guerre, ne l'oubliez pas ! gronda Labarthe.

– Si ce que vous nous prédisez arrive, votre raisonnement est le meilleur. Quand les usines seront fermées, vous serez le maître du jeu. Tant pis pour ceux qui n'auront pas assuré leurs arrières comme vous !

– Vous avez enfin parfaitement compris, mon cher, railla le négociant.

– Il faudra entrer la marchandise dans la filature en douceur. Les gens parleront… fit observer Trigosse.

– Rassure-toi. Charles ne va pas acheter tous les articles disponibles en France en une semaine ! raisonna Henri, en posant une main protectrice sur l'épaule de son homme à tout faire, qui le remercia de ce geste avec des yeux de chien fidèle.

Les hommes se regardèrent. Il n'y avait rien à ajouter. Seul le patron pouvait rompre le silence pour insister sur un aspect particulier de son plan ou pour commander. Le secret de cette réunion les soudait. Le comptable, le notaire, Charles, Trigosse lui-même avaient déjà participé à des conciliabules de ce genre, mais ils se sentaient plus que jamais liés à Henri Labarthe par la gravité du moment et par le défi à l'avenir auquel il avait voulu les associer. Rofiac ne possédait pas une habitude aussi longue des relations avec ce dernier, mais il était subjugué comme les autres par le coup de poker qu'on allait jouer pour se soustraire aux conséquences des événements futurs, comme si on prétendait contrecarrer l'inexorable poids de l'Histoire.

– Il nous faut de la discrétion, chacun d'entre vous l'a compris. Charles, vous partirez demain en prospection, mais vous saurez trouver une explication pour Pauline. Moi, je me charge de Marianne, conclut Labarthe.

12

Si Henri Labarthe avait choisi de ne pas révéler sa terrible conviction à sa femme et à sa fille, au moins pendant quelque temps, il devait plus encore se défier de la curiosité des fabricants chez qui il achetait les vêtements, les articles de mode et les tissus. Des commandes massives et répétées, nécessaires pour remplir la filature déserte, risquaient d'éveiller l'attention des fournisseurs et de les inciter à poser des questions dont on n'avait que faire, peut-être même à forcer leurs prix.

Charles se lança dans des déplacements de vibrion. Il apparut dans tous les départements possédant une usine textile, s'obstinant à rouler, la nuit parfois, de l'Alsace à la Bretagne ou aux Pyrénées, du Lyonnais soyeux à la Picardie cotonnière. Tant il prit des précautions, il n'attira jamais de remarques indiscrètes ni d'étonnement de la part de ses interlocuteurs. Comme s'il avait réussi à se fondre dans la grisaille de l'automne, il ne se distinguait pas parmi les kyrielles de VRP qui se présentaient aux bureaux des usines le jour, pour passer leurs commandes, puis qui hantaient les hôtels le soir, s'adonnant à la bonne bouffe et aux galanteries usées envers les filles de salle.

Dans chaque ville qu'il visitait, Charles achetait par quantités modérées, préférant partir à l'autre bout de la France, pour revenir une quinzaine plus tard, ce qui anesthésiait la vigilance des vendeurs. Souvent, pour tenir sa réputation de dur à cuire en affaires, il jouait à ergoter sur les prix. À table, au milieu de convives portés sur le bluff et les bravades dérisoires, il suivait les conversations de loin, avec juste assez de mots pour n'être accusé ni de suffisance ni de chiqué. Mais tous ces voyages, au cours desquels nul ne semblait le voir, dévoraient le temps, engloutissant les semaines, le condamnant à ne pas regagner La Vernière.

Henri Labarthe se bornait à des périples de quelques jours. Pourtant, il manquait trop souvent les dîners, ces moments si importants, selon Marianne, pour se persuader de la cohésion familiale. Elle se tourmentait en contemplant son siège vide ou en le regardant avaler le repas en silence, pour filer vers son bureau et ses secrets, desquels il la maintenait à l'écart.

Les absences des deux hommes recommencèrent après la trêve de la Nativité. Mais Labarthe n'avait pas cru possible de cacher ses craintes et ses plans à sa femme et à Pauline pendant encore des mois. Sa certitude de la guerre, qu'il répétait avec la voix calme dont il avait commenté la découverte des cadeaux de Noël, avait assommé Marianne, qui en demeura muette pendant plusieurs jours.

Charles et Henri à nouveau sur les routes des lointaines provinces industrielles, elle avait peu à peu compris les intentions de ce dernier, tournant et retournant chaque détail dans sa tête. Elle admettait lentement le bien-fondé de son extraordinaire projet, elle reconnaissait une fois de plus sa lucidité prémonitoire, alliée à son génie du négoce. Et cela pacifiait son esprit.

À L'Incomparable, l'effacement momentané du patron et de son gendre mettait de plus en plus souvent Pauline sur le devant de la scène, pour répondre à mille questions qui survenaient au cours de la journée de façon imprévisible. Marianne observait avec un peu d'inquiétude combien sa fille pouvait se trouver harcelée par des clients impatients. Mais, en la voyant satisfaire leurs exigences avec une finesse et une maîtrise de soi qu'elle ne possédait pas autrefois, elle se sentait plus sereine.

La fin de matinée d'avril était tiède, annonçant un midi de fragrances épanouies sur toute la vallée. Dans le magasin, l'activité s'effritait autour de quelques visiteuses indécises. Pauline fixa la plus proche. Sans illusion : la femme n'en finissait pas de retourner une robe, de l'appliquer contre sa poitrine en feignant de juger sa taille, mais en pensant surtout aux reproches prévisibles de son mari.

– Madame, c'est pour vous. Urgent ! annonça un scribe du bureau.

Pauline enfila une longue allée entre les présentoirs, en se pressant. Lorsque l'employé lui tendit le combiné, elle remarqua que son regard fuyait.

– Qui est-ce ? articula-t-elle, le visage crispé.

– Je ne sais pas. C'est privé…

Il mentait. Il avait parfaitement identifié la personne qui appelait parce que celle-ci avait dû décliner son identité, avant de demander à parler à la femme de Charles. Un peu honteux de sa pleutrerie, il lui tourna le dos, puis partit s'affaler sur sa chaise.

– Allô. Vous m'entendez ? insista une voix féminine, dure, à l'autre bout du fil.

– Oui. Ne criez pas ! se raidit Pauline.

– Venez de suite, exigea l'interlocutrice lointaine.

– Qu'y a-t-il ? Dites-moi. Je voudrais être rassurée.

– Ne vous inquiétez pas, Madame. Mais ce ne sont pas des choses dont on peut parler au téléphone. Et nous devrons prendre une décision, prévint la femme.

– De quelle décision parlez-vous ? voulut protester Pauline.

– Vous verrez bien ! Mais il faut nous rencontrer le plus vite possible.

Marianne n'attendait pas sa fille aussi tôt. Elle se précipita vers elle, alertée en l'apercevant en train de courir vers le perron de la maison. Lorsqu'elle décela la tension de ses traits, elle s'affola.

– Un accident ? Henri ? Charles ? jeta-t-elle.

– Non. Alicia… Les sœurs m'ont prévenue.

– Elle est malade ?

– Je ne crois pas. On m'a recommandé de ne pas m'inquiéter.

– Pourquoi ont-elles refusé de te donner des précisions ? Pourquoi ont-elles téléphoné au magasin et pas à La Vernière ? essaya de raisonner Marianne.

– Je ne sais pas ! s'irrita Pauline, que les questions exaspéraient.

– Ne pars pas sans manger.

Dans la ville comme à la campagne, on accordait une grande considération à la nourriture et à ses rites. Pendant que la jeune femme expédiait en un quart d'heure le repas apporté à la hâte par une Rosette tremblante d'inquiétude, les gens s'étaient installés à table pour un long moment.

On eût pu croire que toute vie avait disparu. La route vide semblait démesurée pour la petite auto de Pauline. Cependant, elle roula assez lentement, s'efforçant de ne pas s'affoler et de conserver assez de maîtrise pour ne pas apparaître la mine défaite à l'institution. Lorsqu'elle se gara devant l'établissement, elle réalisa la manœuvre facilement ce qui témoignait au moins d'un calme relatif car elle n'aimait pas les créneaux.

La portière, haute et efflanquée, la conduisit chez la Supérieure. Les corridors exhalaient une odeur très fade, qui séchait la gorge. Tout au bout, le graillon des cuisines et du réfectoire sourdait. Mais il restait lointain, formant une sorte de bulle confinée, honteuse de rappeler la vulgarité des besoins du corps dans un pensionnat tout entier voué à modeler les esprits et les âmes.

– Asseyez-vous ici, mâchonna la religieuse en désignant l'ouverture sombre d'un réduit aux prétentions d'antichambre, habité par quatre ou cinq chaises.

Des bruits filtrèrent : paroles chuchotées, raclements de pieds, claquement d'un tiroir qu'on repousse trop fort. Puis une porte chuinta. Elle permettait sans doute d'introduire discrètement quelqu'un dans le bureau directorial. Pauline devina qu'on la faisait attendre volontairement.

– Madame, voulez-vous avancer ? dit la sœur maigre, enfin réapparue.

La pièce prenait le visiteur à la gorge. La sensation de nudité glaciale qui s'en dégageait coupait la respiration. Les yeux de Pauline se figèrent sur le mur d'en face. Blanchi à la chaux, il ne révélait aucune aspérité ni ouverture dans sa surface inerte. Mais il lui jetait à la figure, accrochés l'un sous l'autre, deux symboles de la raison d'être de l'institution : en haut, un austère rosaire aux gros grains noirs, de la taille d'une noisette, exprimant la dévotion absolue à la Vierge qui inspirait les nonnes ; au-dessous, un pieux chromo pâli figurant Joseph et Marie, destiné à signifier le souci essentiel de ces éducatrices hors pair de former des jeunes filles exemplaires, aptes à assumer leur rôle d'épouses et de mères dans les lignées aristocratiques ou bourgeoises du département.

Debout derrière la vaste table de travail surchargée de dossiers impeccablement rangés, la mère supérieure considérait Pauline avec l'acuité d'un entomologiste. Elle cherchait à deviner quelle femme était devenue l'ancienne élève des religieuses. Bien sûr, elle devait ménager la fille d'Henri Labarthe, mais cela n'excluait nullement une curiosité pénétrante.

– Vous pouvez vous embrasser, concéda-t-elle, en faisant signe à Alicia d'avancer.

L'étreinte fut rapide, étrange, mais la sœur ne sut pas si elle devait attribuer la raideur de l'adolescente à son esprit de rébellion, si manifeste depuis des jours, ou à de la distance, peut-être de l'hostilité, à l'égard de sa belle-mère. Pendant une fraction de seconde, elle scruta le visage de Pauline, mais celle-ci était seulement un peu tendue, ce qui pouvait s'expliquer par l'attente qu'on lui avait imposée.

Alicia se replaça sur la droite, devant le bureau. Elle redressa un pli de sa jupe d'uniforme d'un geste machinal, puis s'immobilisa, très droite même si elle se trouvait dans la position d'un accusé à la merci d'une justice sans tendresse aucune. Au lieu de baisser craintivement les yeux, elle les leva vers la supérieure et leurs regards se croisèrent.

Pauline se sentit frémir. La pensionnaire qui défiait ainsi la pédagogue d'autorité était-elle seulement la gamine têtue qui jouait de ses caprices entre Charles et elle ou s'était-elle transformée au point de posséder autant de fermeté évidente ? Les prunelles d'Alicia brillaient d'une lueur d'indépendance farouche, mais aussi d'intelligence et d'un charme un peu acide encore.

En quelques semaines, le corps gracile s'était affermi, ce que la tenue réglementaire ne cachait plus. Avec la malignité d'une coquette déjà, Alicia avait laissé dégrafés sur ses seins cinq centimètres de son corsage. Son visage n'était pas d'un ovale régulier, mais on devinait que le temps l'adoucirait, en lui enlevant cet air provocant avec lequel elle affrontait les adultes.

En dépit des coups de tête et des répliques peu affectueuses par lesquels elle avait ponctué son dernier séjour à La Vernière, Pauline ne put s'empêcher de se placer mentalement du côté de la fautive.

– Madame, j'ai le regret de vous dire que le comportement de votre fille est devenu intolérable depuis trop longtemps maintenant, énonça la directrice, en hésitant d'ailleurs sur le mot « fille », ce que Pauline perçut parfaitement.

– Il existe peut-être une explication…

– Ne lui cherchez pas des excuses, Alicia est devenue rebelle à toutes nos règles et insultante pour ses professeurs. Quand vous saurez sa dernière rebuffade…

Les yeux de la Supérieure enveloppèrent l'une après l'autre l'élève coupable et la mère trop prête à l'indulgence. Une crispation contracta ses traits. Elle les connaissait bien ces génitrices toujours disposées à la faiblesse ! Et celle-là n'était même pas la vraie mère de la récalcitrante !

– Parce que sa note ne lui plaisait pas, Mademoiselle a déchiré sa composition d'histoire et l'a lancée à la figure de notre sœur professeur, assena la Supérieure, après avoir attendu pendant quelques secondes une question inquiète de Pauline.

– Je regrette… murmura celle-ci, en se souvenant de certaines rages butées d'Alicia.

– Votre fille s'est résolue à prononcer quelques excuses forcées, mais un tel geste mérite une sanction pour l'exemple.

– Que voulez-vous lui imposer ?

– Une exclusion temporaire de quatre jours. J'espère que cela lui donnera tout le temps nécessaire pour réfléchir. Et si elle ne s'amende pas au retour, je vous préviens que nous ne pourrons pas la garder dans notre établissement. Une élève qui n'accepte ni la juste autorité des professeurs ni leurs notes n'a pas sa place chez nous,

La sœur chef avait choisi ses mots avec soin et elle les avait déroulés sur un ton grave, tranchant, qui ne souffrait pas la moindre objection. Pauline se leva, un peu titubante, pensant au retour de Charles que l'incartade d'Alicia et sa mise à la porte provisoire allaient assombrir de préoccupations désagréables, s'ajoutant à la fatigue du voyage.

– N'oubliez pas, ma fille ! Il faudra redresser votre conduite, menaça la sévère pédagogue dans le dos d'Alicia, quand elles quittèrent la pièce.

Soumis à l'ardeur du soleil de l'après-midi, l'intérieur de la voiture brûlait. Pourtant, Pauline s'y plongea avec la sensation d'être libérée d'un étouffement. Avant de démarrer, elle constata que l'adolescente, déjà tassée contre le dossier de son siège, affectait de l'indifférence, regard perdu loin devant le pare-brise.

Pendant toute la traversée du causse, Alicia n'esquissa pas le plus petit mouvement, pas plus qu'elle ne jugea utile de prononcer une seule phrase. En la dévisageant parfois, Pauline percevait sur ses traits une dure volonté. Elle s'appliquait à l'évidence à se figer bien qu'une gêne mal avouable la troublât.

– Tu aurais pu crier avec la Vieille… remarqua-t-elle tout à coup, alors qu'elles abordaient la descente vers La Vernière.

– J'aurais sans doute dû… Parce que tu es inexcusable.

– Je sais… admit Alicia.

Son timbre s'était adouci. C'était sa façon de remercier : en défiant, mais en reconnaissant aussi une certaine part de culpabilité.

Pauline se persuada qu'elle était peut-être un peu plus proche d'elle à cet instant. Mais elle ne se laissait emporter par aucune illusion réconfortante. Ces brèves paroles de gratitude déguisée, à la suite de la comparution tendue devant la Supérieure, n'effaçaient pas l'hostilité sourde d'Alicia à son égard, pas plus que le reproche muet qu'elle lui adressait quand celle-ci observait ses gestes familiers d'épouse, envers son père.

Alicia se laissa enserrer dans les embrassades de sa grand-mère, puis de Rosette. Mais elle opposa sa moue à toutes les deux, refusant de répondre avec précision à leurs questions.

– Mais pourquoi avais-tu mérité une si mauvaise note ? se désola Marianne la veille du retour de la coupable à l'institution.

– Parce que j'avais défendu les bolcheviks ! grinça Alicia, satisfaite de sa provocation.

– Tais-toi !

– Je peux devenir communiste, moi aussi ! menaça l'adolescente, jubilant du haut-le-corps d'indignation qu'elle déclenchait.

Pauline n'intervint pas. Ces bravades outrancières ne représentaient sans doute pas beaucoup plus que des gamineries. Cependant, dans ce parti pris de choquer sa grand-mère, il y avait le même besoin d'affirmer sa volonté que face aux religieuses.

– Ce que tu viens de dire est horrible. Tu as de la chance que ni ton père ni Henri ne soient là, la tança Marianne.

– Pas sûr qu'ils m'auraient pas comprise, eux ! mâchonna Alicia, emportée par son défi.

Le lendemain, elle restait les nerfs à fleur de peau, mais elle se glissa dans la voiture en semblant se résigner à se comporter avec plus de modération et à respecter les règles de l'école huppée.

– J'irai faire de vraies excuses pour la composition, décida-t-elle.

– À la sœur professeur d'histoire ?

– Oui, à cette chnoque…

– Très bien ! fit Pauline, sans relever le mot vulgaire.

– Tu cafarderas pas à mon père ?

– Non, je ne crois pas, promit la jeune femme en fixant Alicia, qui serra les lèvres, peut-être en guise de remerciement à peine consenti.

Une sensation confuse de trahison à l'égard de Charles traversa Pauline. Il pouvait l'accuser de manquer de fermeté et de s'être laissée avoir par l'adolescente. Pourquoi accepter de cacher sa frasque scolaire et sa punition à son mari ? Elle était sûre qu'Alicia ne se montrerait pas beaucoup plus gentille envers elle. Peut-être venait-elle de reconnaître simplement que l'ingrate se muait en une jeune fille qui serait de plus en plus libre.

Charles regagna La Vernière au milieu de la semaine. Comme à chacun de ses retours depuis que se succédaient ses incessants voyages d'affaires, il sourit à sa femme, l'embrassa sur la joue un peu machinalement, dans une espèce de geste réflexe. Quand il se redressa, il parut découvrir Marianne, qui eut droit elle aussi à une accolade, et le cadre familier de la maison. Son regard fit le tour des meubles et des tableaux avec une sorte de retenue, comme celui d'un visiteur bien élevé entrant dans une pièce pour la première fois, puis se fixa sur les croisées aux lourds contre-rideaux.

Pauline fut saisie par une étrange interrogation : Charles voyait-il vraiment les objets qu'il considérait pendant ces quelques minutes au cours desquelles il se laissait à nouveau pénétrer par la lumière tamisée de la pièce de réception ? Regrettait-il à cet instant tout ce qui composait ses journées au-dehors, qu'elle imaginait parfois, mais qu'elle ne connaîtrait jamais : les routes imprévisibles, sur lesquelles il circulait à toute vitesse ; les conversations animées des restaurants ; les âpres discussions d'argent auxquelles il excellait malgré son tempérament réservé ?

– Henri est au bureau. Ne tardez pas, il vous attend sans doute, indiqua Marianne comme si elle percevait le flottement de son gendre.

– Je ramène une montagne de commandes, précisa-t-il, en partant d'un rire satisfait, un peu faux parce que cette annonce lui permettait d'échapper à l'affection soucieuse des deux femmes.

Aucune des hésitations, des pièges intimes, des non-dits, qui venaient de marquer ses retrouvailles avec Pauline, n'embarrassèrent Charles face à Labarthe, même si l'examen de détail que celui-ci lui fit subir était décapant.

– Trigosse sort d'ici. Vous vous êtes tant démené que nous aurons réussi en quelques mois seulement à bourrer la filature jusqu'à la charpente.

– Vous croyez toujours à la guerre pour bientôt ?

– Plus que jamais. Hitler pousse ses pions partout.

– Voyez, il y aura du travail pour Trigosse ! plaisanta Charles en tendant son carnet de commandes au négociant.

Henri Labarthe compulsa le registre portant les noms des usines prospectées, les métrages de tissu achetés, les quantités d'articles vestimentaires et de nouveautés, les prix. L'écriture du voyageur était ferme, précise. Chaque ligne exprimait de la volonté, de la ténacité, de l'habileté dans les marchandages au centime près.

– Nous arrivons au bout, Charles. Maintenant à Dieu vat ! Nous aurons fait tout ce que nous pouvions…

Ce « Nous » contenait un remerciement plus intense que s'il eût été prononcé avec emphase et marqué d'effusions. Il exprimait aussi de la confiance, de l'estime et sans doute une solide sympathie d'homme froid. Charles ne s'y trompa pas : cette confiance l'autorisait à laisser transparaître sans les retenir toute la tension et la fatigue qui s'accumulaient en lui depuis des semaines.

– J'ai traversé deux fois la France, avant de rentrer à La Vernière. Même si la Traction est mieux suspendue qu'un tacot, j'ai le dos en bouillie, avoua-t-il.

– Nous attendrons l'arrivée de vos commandes pour savoir où nous en sommes des stocks à la filature. Vous ne repartirez pas la semaine prochaine.

Charles ne répondit rien. Labarthe se demanda si cette perspective l'enchantait. Reprendre le rythme quotidien invariable de L'Incomparable, saluer les employés chaque matin, côtoyer les clients, tout cela l'ennuyait-il, après les longs périples sans nul doute plus riches d'imprévus ?

– Vous disposerez de plus de liberté pour vous occuper en compagnie de Pauline de votre installation à Rodez, raisonna Henri.

– Oui, je crois que parfois je n'y pensais même plus, convint Charles.

– J'ai poussé les travaux au magasin, mais je crois que Pauline n'a rien entrepris dans votre maison.

– Si la guerre éclatait alors que nous nous trouvons en plein lancement de La Parisienne ?

– Rassurez-vous ! Les autres aussi se débattront dans la panade, mais nous aurons une carte de plus qu'eux : ce que contient maintenant notre vieille fabrique. Il faut vous en persuader, mon cher !

Mieux peut-être que les généraux parisiens, le dirigeant provincial envisageait un futur assez proche bouleversé par la pénurie. Charles comprit qu'aucune objection n'entamerait les idées pessimistes de son beau-père. D'ailleurs, beaucoup de nouvelles, de signes préoccupants, de conversations, qui l'avaient accompagné au fil de ses voyages, ne convergeaient-ils pas pour justifier toutes les précautions, dérisoires si on stockait dix kilos de sucre, formidables quand Labarthe prétendait à la paralysie générale prévisible ?

– Ce soir, je parlerai à Pauline, dit Charles.

– C'est ça ! Pensez à votre maison. Il faut prévoir les choses agréables de la vie comme si rien ne pouvait les empêcher d'arriver, philosopha Henri avec un léger sourire, parce que des souvenirs heureux des débuts de son union avec Marianne l'effleuraient.

Les heures glisseraient-elles cette fois plus vite que lors d'autres retours à La Vernière, puisque le couple savait qu'il disposerait d'assez de temps pour forger des projets ? Ni à L'Incomparable où Charles accompagna Pauline, ni au moment des repas, ils n'esquissèrent de geste tendre trahissant l'impatience de partager à nouveau une intimité si longtemps différée. Charles ne rejoignit la chambre conjugale que vers onze heures, après un moment d'arides comptes en compagnie d'Henri.

Pauline, en déshabillé soyeux, lisait un gros roman qu'elle appuyait sur ses genoux repliés vers son buste. Charles quitta son complet en lui destinant un sourire, qu'il jugea lui-même trop furtif, puis gagna la salle de bains. Sans doute mal réglé, le robinet se mit à pleurer une plainte aiguë. Insupportable. Bien qu'elle rendît leur conversation impossible, il n'essaya pas de modifier l'écoulement de l'eau. L'aigre stridulation avait l'avantage de fixer toute son attention et de lui éviter de penser à ce qu'il devait dire.

– Tu n'as pas eu de soucis avec les enfants ? s'enquit-il en revenant dans la chambre.

– Non, aucun, mentit-elle avec une espèce de précipitation des mots qu'il ne remarqua pas.

Elle posa le livre sur la table de chevet, regardant son mari rejoindre leur lit avec lenteur. Elle leva un visage affectueux vers lui, en ouvrant les draps d'un geste doux. Mais elle ne parvint pas à repousser une bouffée d'images cruelles, surgissant de leurs échecs nocturnes quand l'alcool poussait Charles à une dérision de lui-même ou qu'il ressassait sa culpabilité confuse à l'égard de sa compagne.

Lorsqu'il la frôla en s'allongeant près d'elle, Pauline frémit, troublée, peut-être prête à accepter des caresses sensuelles s'il la prenait dans ses bras, s'il la serrait très fort, s'il l'empêchait de remuer leurs mauvais souvenirs. Mais, paralysé par la peur d'une nouvelle défaillance ou retenu par l'engagement qu'il s'était imposé de ne jamais forcer Pauline, si elle ne lui montrait pas explicitement son désir, il renonça une nouvelle fois à la couvrir de son corps, se bornant à des baisers brefs et à des effleurements de ses doigts, dont l'immense tendresse la bouleversa. Cependant, ses sens ne l'emportèrent pas avec assez de violence pour qu'elle l'attire, qu'elle l'étreigne, qu'elle lui destine des cajoleries érotiques capables de vaincre toutes ses craintes.

– Charles… murmura-t-elle, sans savoir si elle espérait vraiment qu'il l'entraînât cette nuit-là dans l'affolement charnel qu'elle entrevoyait parfois dans ses rêveries ou dans l'égarement fugace de certaines pulsions de jeune femme insatisfaite.

– Je t'aime, ne l'oublie jamais, chuchota-t-il, mais sans croire possible de lui imposer sa volonté d'homme.

– Demain, je te dirai ce que j'imagine pour notre maison de Rodez, souffla-t-elle comme si l'évocation de ces projets matériels pouvait préserver jusqu'à leur sommeil le sentiment d'une douce intimité, tout en éloignant les risques d'un geste trop ardent de l'un ou de l'autre.

– Tu crois que ce sera mieux pour nous qu'à La Vernière ?

– Oui, pour nous, et aussi pour les enfants… assura-t-elle.

– Tu penses toujours à eux. Tu t'es si bien occupée de François et d'Alicia ! Je n'aurais pas dû t'en laisser toute la charge pendant ces semaines d'absence, ajouta-t-il en sachant qu'il était maladroit.

Pourquoi, dans la tiédeur de leur lit, venait-il lui rappeler que leur union avait été nouée d'abord dans l'intérêt des deux orphelins, même si elle avait accepté de son plein gré de l'épouser ?

Maintenant qu'il savait impossible l'assouvissement de son désir, parce que les ambiguïtés de leur couple les avaient assaillis dès ces premières minutes, alors que leur séparation prolongée eût pu exalter leurs pulsions, il se redressa sur ses coudes, comme si cette position lui offrait une grande lucidité.

– Aujourd'hui, tu paraissais fatiguée. Parfois, il me semble que tu t'ennuies au magasin et même à La Vernière, reprit-il, en fixant une volute compliquée sur de la tapisserie.

– Tu te trompes ! protesta-t-elle sans vivacité.

– À Rodez, ce sera une autre vie…

– Pourquoi veux-tu que j'attende une autre vie ? Celle que je mène ici me suffit, assura Pauline, surprise par l'idée jetée par Charles, de façon inattendue.

Ce soir, il n'était peut-être pas dupe : recluse dans sa solitude, elle avait parfois trouvé bien mélancolique l'écoulement des heures. Ne venait-elle pas de trahir de la lassitude et donc de révéler qu'elle imaginait à certains instants une existence plus colorée d'inconnu ? Ces aspirations passagères et imprécises étaient-elles de simples échappées furtives de son esprit ou un espoir, qui montait en elle à l'improviste, qui se répétait parfois jusqu'à devenir lancinant ?

– Une jeune femme comme toi devrait aimer une ville plus grande, avec plus de rencontres, le cinéma, le théâtre, insista-t-il sur un ton un peu amer, parce qu'il se reprochait d'avoir jusque-là confiné Pauline dans leur petite cité.

Et comme elle ne répondait pas, il se tourna vers elle, s'efforçant de deviner ses sentiments véritables en cherchant sur son visage ou dans ses yeux un frémissement, vite retenu. Mais il ne possédait pas assez d'intuition de la sensibilité féminine pour pressentir que Pauline s'était à plusieurs reprises aventurée à rêver d'événements fortuits, sans aucune consistance réelle dans son imagination, mais perçant soudain la monotonie des journées. François s'appliquant à se montrer affectueux et obéissant, Alicia soumise de gré ou de force à la discipline du pensionnat, le quotidien comportait de plus en plus de moments de liberté, au cours desquels elle s'autorisait ces songes agréables. Des envies de voyages la traversaient.

En se remémorant les semaines récentes, elle devait avouer que les vagabondages de son esprit avaient été sans doute plus nombreux que lors d'autres périples prolongés de Charles.

– Tu ne trouves pas que François grandit trop vite ? Je crois qu'il est en train de se voûter. Il faudra le conduire chez le médecin, suggéra-t-il comme si cette préoccupation de père de famille sérieux lui redonnait bonne conscience et pouvait alléger le silence pesant entre eux.

Pauline ne l'écoutait pas. Elle sentait poindre une léthargie insidieuse qui lui semblait promettre une sorte de néant protecteur, dans la profondeur duquel elle allait sombrer pour ne plus penser à rien : ni à l'amour ravagé de peurs de son mari ni à son propre trouble.

– Tu ne trouves pas ? répéta-t-il.

Elle guettait minuit, dont les coups à la belle pendule du vestibule feraient déclarer à Charles qu'il était temps de dormir. L'insistance de son mari la fit se raidir.

– Si, je crois, souffla-t-elle sans vraiment être sûre qu'elle était capable d'avancer un point de vue plausible s'il s'obstinait.

– Tu avais la tête ailleurs, lui reprocha-t-il. À quoi pensais-tu ?

Sa voix s'était durcie. Elle devina qu'il lui en voulait tout à coup. Il la dévisageait avec un regard résigné, désabusé aussi, comme si à cet instant il regrettait ses dernières nuits de solitaire, dans des hôtels anonymes.

– Je ne sais pas. À rien…

Elle crut qu'elle venait de lui mentir. Mais, à la vérité, elle ne pensait ni à aucun fait précis, qui serait survenu récemment, ni à quiconque, dont la silhouette se serait profilée devant ses yeux. Cependant, dans la seconde où la remarque chargée d'amertume de Charles avait soudain forcé le flou de ses divagations à demi-inconscientes, elle se sentit irritée et insatisfaite.

– Je suis un père intermittent et je m'étonne de découvrir que mon fils a grandi ! ironisa-t-il, en éteignant la lumière brusquement.

Avec la fin des grands déplacements dans tout le pays, Charles et Pauline pouvaient espérer que leurs journées reprendraient un tempo régulier, qu'elles s'ordonneraient pour leur ménager plusieurs occasions de rencontres brèves, au cours desquelles renaîtrait entre eux l'habitude de parler de tout et de rien. Ainsi retrouveraient-ils la complicité des mots à peine prononcés, celle des regards qui les rapprochait à certains moments dans les rayons de L'Incomparable, comme à La Vernière.

Mais le temps sembla se déliter en miettes chaotiques, ridiculement courtes si on songeait à toutes les décisions, à tous les achats et à tous les travaux qu'impliquait leur installation à Rodez.

Des allers et retours incessants entre la préfecture et La Vernière mettaient en morceaux les heures trop courtes. Charles, levé aux aurores, démarrait vers la ville après un déjeuner qui scandalisait Rosette par sa rapidité. Pauline traînait avec délices dans son bain, mais elle gagnait elle aussi très souvent leur future maison. Il arrivait qu'ils se croisent dans les vieilles rues de la cité ou sur la route du causse, s'adressant seulement quelques mots ou un signe pressé.

Le soir, La Vernière devait parfois renoncer à ses rites familiaux, malgré les efforts de Marianne pour maintenir le cérémonial du dîner. Charles survenait avec de longues minutes de retard, s'excusait. Elle s'abstenait de tout reproche, sachant qu'il avait été retenu par une obligation importante ; mais certains jours elle se prenait à penser que les voyages d'affaires lointains ne dérangeaient pas plus l'harmonie des soirées cocon de la maison que cette fébrilité.

Pauline veillait à chaque détail de la décoration des pièces de réception et des chambres. Bien souvent, elle courait le petit nombre de voies commerçantes du centre, le long desquelles se faisaient face les meilleures boutiques. Il lui arrivait de retrouver d'anciennes camarades, installées dans la vie, bien installées, comme elles l'affirmaient avec orgueil, qu'elle n'avait jamais revues depuis son départ subit du pensionnat pour jeunes filles, resté inexplicable pour beaucoup d'entre elles.

– Tu ne me reconnais pas ? lui reprocha une grosse femme, en l'arrêtant au beau milieu d'une place, devant la cathédrale, à la fin d'un après-midi.

– Non, je ne sais pas… hésita Pauline.

– Thérèse. Thérèse Lamond, précisa l'ex-pensionnaire, comme si elle se jugeait inoubliable et peut-être offensée.

À part Emma Baraban, Pauline n'entretenait de relations suivies avec aucune des anciennes de l'institution. Pas de retrouvailles émues dans les réunions de la bonne société, pas de lettres, même superficielles. Cependant, la rencontre imprévue de Thérèse la troubla plus qu'elle ne s'y attendait. L'élève gracile et charmeuse s'était muée en une masse de chair fagotée à la diable. Les yeux pâles semblaient ne traduire que de l'étroitesse, voire de la lourdeur d'esprit.

– Tu ne dis rien ? Tu n'es pas heureuse de me revoir ?

– Si, tu as bien fait de m'aborder… protesta Pauline sans beaucoup de conviction, ce que l'autre ne devina qu'à demi.

– Je me suis mariée à vingt ans avec un garçon que je n'avais pas vraiment remarqué. La vie est bizarre, non ?

– Oui. Au moins imprévisible… Comme notre rencontre !

– Tu plaisantes, mais beaucoup de nos copines d'autrefois sont avec des types invivables. Moi, j'ai trois enfants et mon mari gagne de l'argent.

– Ah.

– Entrons au salon de thé, suggéra Thérèse Lamond avec gourmandise.

– Excuse-moi, je suis trop pressée. Nous nous reverrons peut-être plus tard, se défila Pauline.

Elle n'avait pas retenu grand-chose des confidences de la jeune femme. Mais elle redoutait que celle-ci se lance dans une revue complète des ragots concernant ses amies. Pauline se détourna en consentant à la pipelette plantureuse un sourire poli, puis partit d'un pas précipité, fuyant sa volubilité sans gêne qui risquait de se transformer en une curiosité équivoque.

– Comme notre classe est loin ! murmura-t-elle, parce quelle ne parvenait pas à admettre l'idée que la silhouette élancée de Thérèse Lamond fût devenue cette forme pataude qu'elle quittait.

Pauline était surprise de ne garder dans sa mémoire que des souvenirs en bribes. Les mois qu'elle avait vécus dans le collège privé réputé semblaient dissous dans un passé flou. Cependant, le déroulement de sa dernière étude, la stature et la voix de la supérieure, s'encadrant dans le rectangle sombre de la porte, ses propres gestes lorsqu'elle avait quitté la salle réapparurent avec une certaine précision devant ses yeux, tandis qu'elle s'enfonçait dans une rue. Mais, il ne s'y mêlait aucun regret.

La soirée s'annonçait belle. Une lumière cuivrée dardait ses feux contre les plus hautes fenêtres des immeubles, qui flamboyaient. Cette clarté violente manquait aux vitrines des magasins. Pourtant, elles attiraient de nombreux passants qui s'arrêtaient, séduits par les étalages savants, mais aussi par la limpidité de l'air et la sensation de fraîcheur émanant de cette ombre, incroyablement plaisante au terme d'un après-midi déjà trop chaud.

Pauline éprouva-t-elle avec délices l'agrément de ce demi-jour, créé par le contraste des hautes lueurs frappant les étages élevés ? Elle ralentit sa marche, tout en n'accordant qu'une attention modérée aux devantures qui faisaient assaut d'originalité pour racoler des acheteuses. Tout à coup elle avait envie de perdre son temps parce que le crépuscule lui semblait encore lointain et que marcher sans but la rendait légère.

Le vendeur ambulant de glaces, un petit homme râblé au tempérament de bateleur, poussait sa carriole devant elle, en interpellant des badauds par des plaisanteries plus ou moins réussies. Pauline hésita. Achèterait-elle un cornet ? Elle retourna l'interrogation dans sa tête pendant deux ou trois minutes, puis y renonça en se convaincant que le sucré lui empâterait la bouche.

– Pauline, jeta une voix masculine.

Elle s'y attendait si peu qu'elle sursauta et qu'elle s'arrêta brusquement, cherchant d'où provenait l'appel, peu sûre d'identifier celui qui venait de troubler son indécision à la fois ridicule et si agréable au sujet de la glace.

– Attendez-moi, exigea Hugues de Rofiac, en s'extrayant d'une grappe de passants.

– Que faites-vous là ? Je vous croyais encore dans je ne sais quelle foire !

– Je ne répondrai à votre question que si je sais qui me la pose : Pauline ou l'héritière de Labarthe et Compagnie, répliqua-t-il en lui adressant un sourire à demi ironique.

– Choisissez vous-même, dit-elle sans savoir pourquoi son esprit recouvrait une grande acuité, si éloignée de la légèreté qui avait accompagné sa promenade dans les rues commerçantes.

– Je choisis Pauline…

– Alors, ne me parlez pas de votre camion.

– J'en déduis que j'ai le droit de traîner dans Rodez sans vous devoir des comptes !

– Oui.

– Vous m'accordez aussi celui de vous offrir un rafraîchissement ? proposa-t-il.

– Si vous voulez. Je viens de renoncer à une glace ! confia Pauline en riant.

– Vous avez fui le péché de gourmandise que vous interdisaient les sœurs de votre institution ? persifla Hugues de Rofiac.

– Non, je vous assure ! J'ai plutôt péché par paresse, parce que les gens cernaient le glacier et que je devais patienter.

Elle lui avait répliqué avec vivacité, comme si elle n'aimait pas son ton ironique. Mais son regard trahissait du plaisir, peut-être parce que la compagnie inattendue du jeune homme, avec sa prestance naturelle, lui permettait de reléguer aux oubliettes la lourdeur affligeante de Thérèse Lamond.

Un tête-à-tête comme celui qui les avait rapprochés le jour de la chasse printanière ne s'était jamais reproduit. Pauline pensa qu'effectuer quelques pas au côté de son compagnon impromptu serait une bonne façon de terminer l'après-midi.

– Où allons-nous ? demanda-t-il, à l'évidence indécis.

– Vous avez sûrement des habitudes : les Colonnes, le Broussy... Je vous suis.

– Vous aimez ces endroits très courus ?

– Je connais mal les cafés de la ville, avoua-t-elle.

– Vous permettez ? fit-il, en souriant.

Elle crut à une formule banale de politesse, dont elle ne comprit pas le prétexte, mais sans se soucier de sa réponse, Rofiac enleva sa veste, qu'il posa sur l'une de ses épaules, dévoilant une chemise impeccable, qui affinait sa stature, tout en mettant en valeur un torse plutôt athlétique. En même temps, sans prendre la taille de Pauline, il se plaça très près d'elle, un peu en arrière, mais avec des airs de la guider dans la foule.

Elle portait un parfum très classique : un Chanel, il en était presque certain. Même après des heures un peu étouffantes, sa fragrance distinguée conservait de la puissance et un charme indéniable. Au hasard de la marche, il frôlait la jeune femme. L'effluve doux de ses cheveux mêlé au numéro de Chanel troubla Hugues de Rofiac.

– Si je vous entraînais au Tango ? lâcha-t-il au bout d'un court silence, assailli de mille idées confuses.

– Le Tango... souffla Pauline, incapable d'exprimer ce que le simple nom du fameux établissement représentait pour elle.

Soudain, il se jugea insensé. Emmener la femme de Charles dans une guinguette ! Quelle déraison ! Mais il décida de jouer son va-tout en la provoquant.

– Vous avez peur d'être compromise, si on vous voit là-bas ?

– Non, répliqua-t-elle, avec une sorte de bravoure naïve.

– Soyez rassurée ! Au Tango, personne n'a vu personne... c'est un endroit plus discret qu'une église.

– Je n'ai rien à cacher, se raidit-elle.

– Non, bien sûr ! acquiesça Rofiac sur un ton détaché.

Toute son intelligence, tous ses sens étaient en éveil. Il devina que Pauline se débattait entre son envie de le suivre et une revue rapide des on-dit répandus autour des soirées de plaisir du Tango. Il suffisait d'un mot maladroit pour que ses préjugés brouillent son esprit et triomphent de la curiosité qu'il sentait en elle à cet instant. Il n'ajouta rien, comprenant que le silence les rapprocherait mieux que des phrases banales. Mais il lui prit le bras d'un geste à peine appuyé et ils se dirigèrent vers sa voiture, garée sur un boulevard proche.

À mi-pente, le panorama du méandre s'ouvrit au-dessous d'eux, d'une totale beauté sur laquelle le soleil couchant jouait comme sur la ville : cuivres étincelants sur les croupes des collines, ombres sereines, déjà un peu humides de fraîcheur le long de la rivière recroquevillée en une courbe serrée. Hugues de Rofiac ralentit pour offrir à sa passagère la magnificence de la vue.

– Regardez, dit-il seulement.

– Vous venez souvent ici ?

– Assez souvent, mais pas pour entrer chaque fois au Tango, contrairement à ce que vous croyez sans doute, plaisanta-t-il.

– Vous connaissez d'autres distractions dans cet endroit perdu ?

– J'y descends simplement pour marcher le long de l'eau, ce que nous pourrions faire si vous voulez, suggéra-t-il en souriant.

– Tout à l'heure, vous ne m'aviez pas proposé cette promenade. Seulement le Tango.

– Je vous sens curieuse.

– Oui, maintenant que nous sommes ici, j'ai envie d'entrer, avoua Pauline en ne refusant pas l'enveloppement de son regard.

À l'intérieur, seuls trois ou quatre couples abritaient leurs chuchotements derrière les paravents ou les plantes vertes, vraies ou en trompe-l'œil. Pauline se sentit confusément plus légère en traversant la salle déserte, pour gagner le petit salon, agrémenté d'une vue sur la vallée, vers lequel le larbin les conduisait.

– Vous êtes bien ? Vous imaginiez autre chose ? demanda Hugues de Rofiac, quand ils furent assis.

– Je ne sais pas… murmura-t-elle, un peu pâle.

– Je vous offre du champagne ?

– Oui, je veux bien, accepta-t-elle avec une vivacité, teintée de joie soudaine qui la fit ressembler à une adolescente, excitée à la perspective de ce breuvage de luxe et d'instants euphoriques.

La première gorgée de Moët & Chandon farda son visage d'un rose naissant, qui chassa définitivement sa légère pâleur. Les yeux baissés, elle suivait le frémissement ambré des bulles. Puis, tout à coup, elle fixa son compagnon pendant quelques secondes, détendue, heureuse pensa-t-il.

– On est si loin de tout ici. On croirait que rien d'autre n'existe, se confia-t-elle.

Hugues de Rofiac changea de position sur la banquette. Il avait déjà pris une consommation au Tango en compagnie d'une femme, mais jamais il ne s'était senti aussi peu sûr de lui.

Pauline Labarthe n'était plus une jeune fille. Elle partageait la couche de Charles depuis plusieurs années, elle s'occupait de ses enfants et elle se montrait une maîtresse de maison accomplie. Pourtant, elle lui paraissait encore une fois indécise, nerveuse, peut-être fragile. Face à lui, en dépit de ses petits rires et de la couleur qui lui montait aux joues, il aurait juré qu'elle restait vulnérable, remuée d'il ne savait quelle déconvenue.

Les prunelles de Pauline brillaient lorsqu'elle approchait ses lèvres de sa coupe en lui souriant. Il se demanda pourquoi elle l'avait suivi aussi facilement au Tango. Par curiosité ? Par envie irraisonnée de connaître un lieu insolite ou pour se prouver son indépendance dans une vie trop rangée ? Ou bien des sentiments plus complexes, nés d'une pulsion profonde, la poussaient-ils vers lui sans qu'elle en eût clairement conscience ?

N'est-il pas des jours où la sensibilité des êtres se fait plus vive, plus ouverte, plus tendue d'audace ? Rofiac se souvint de l'émotion de Pauline lorsque la sarcelle était tombée devant eux. Dans l'intimité spéciale de la cabine du Tango, elle lui semblait aussi troublée. Mais c'était par une sorte de plaisir de vivre l'instant qui passe, qui ne l'avait peut-être jamais effleurée auparavant. Ainsi, à la fois frémissante et enjouée, elle l'attirait très fort. Il lui prit la main dans un geste un peu hésitant, qui trahissait son propre embarras.

– Ramenez-moi à ma voiture, maintenant, lui demanda-t-elle d'une voix sourde, comme si elle redoutait de trop se livrer.

– Vous avez aimé le champagne ?

– Oui, le champagne et le Tango, avoua-t-elle sans feindre sa gaieté.

– Nous pourrions nous retrouver de temps à autre ici, chuchota-t-il en serrant plus fort ses poignets.

– Non, c'est impossible. Je ne sais pas pourquoi j'ai cru avoir autant de liberté à la fin de cet après-midi, se défendit-elle.

– Venez, nous allons remonter, décida-t-il.

Lorsqu'elle voulut quitter la voiture, il la retint en lui entourant les épaules et en la fixant avec des yeux qui ne cachaient rien de son désir.

– Souvenez-vous, Pauline, nous pourrions nous revoir. J'attendrai un signe de vous, dit-il avec tendresse.

– Non, n'y pensez pas. Je devrai m'occuper de tellement de choses à la fois, quand La Parisienne sera ouverte et que les enfants seront là, refusa-t-elle.

– Le magasin, les enfants… Je croyais que vous aviez mieux à m'opposer !

– Taisez-vous, souffla-t-elle.

– Vous vous sacrifiez depuis trop longtemps. Vous ne pouvez pas vivre seulement pour les autres. Pauline, vous perdez votre jeunesse, jeta Hugues de Rofiac, même s'il devinait qu'il la blessait.

– Je n'aurais pas dû vous suivre, balbutia-t-elle.

– Pauline, n'oubliez pas ! Vous n'avez pas le droit de gâcher votre vie, insista-t-il d'une voix passionnée, en la libérant.

13

Charles avait laissé carte blanche à Pauline pour meubler et décorer leur maison. Malgré l'insistance de Marianne, qui voulait les accabler de meubles de famille, comme elle disait avec gravité, la jeune femme adopta un style moderne, aussi bien pour le salon que pour les chambres. De La Vernière, elle n'accepta qu'un très beau deux-corps, destiné à l'entrée, à laquelle il apporterait de la distinction, et une dizaine de bibelots de qualité, dont l'aspect traditionnel créerait un contraste heureux avec la décoration contemporaine.

En surveillant le travail des livreurs qui déchargeaient ses achats, Pauline sentait un pincement au cœur, regrettant de peiner sa mère si désireuse de lui prouver son affection en se montrant généreuse. Parfois, elle se demandait pourquoi elle s'était obstinée à ne choisir que des meubles à la mode, alors que Marianne s'était appliquée à lui inculquer un respect religieux de chaque pièce, si minime fût-elle, du patrimoine familial des Labarthe. En changeant si totalement le cadre de sa vie quotidienne, n'avait-elle pas obéi à un besoin subit de rompre avec le décor de son enfance et de son adolescence, cette cage dorée dont elle avait supporté toutes les contraintes sans jamais protester ?

Quand la date de leur installation à Rodez fut fixée, elle guetta les sautes d'humeur du temps. Elle redoutait une mauvaise journée, pluvieuse, bien que presque tous ses meubles neufs soient déjà en place. Même si elle ne se confia pas à Charles, une autre peur que le risque de dégâts matériels la rendait fébrile : celle d'un jour gris et triste. Il lui semblait au contraire qu'une arrivée sous un soleil radieux dans la maison à laquelle elle avait consacré tant d'énergie et de goût présagerait d'une vie heureuse.

Pauline se désolait. Le printemps 1939 multipliait les intempéries, cinglant la ville de coups de vent en tempête, d'averses ruisselantes tournant à la neige glaciale quand bon leur semblait. La fin d'avril s'assécha, mais ce fut pour qu'un froid cruel brûle les bouquets de fleurs imprudentes, aussi bien dans le parc de La Vernière que dans le petit jardin écrin composé par Pauline.

Cependant, une lumière éclatante se mit bientôt à briller chaque matin, lui apportant autant de miettes d'espoir. Lorsque cette clarté s'attiédit, tout en demeurant aussi belle, elle fut sûre de ne pas déménager sous la pluie. Se défendant de l'espèce de superstition qui l'avait troublée pendant des semaines, elle crut à un bonheur serein en compagnie de Charles.

– Que prévoyons-nous pour les enfants ? s'enquit-elle parce qu'on atteignait juin et qu'un changement d'école pour deux quinzaines seulement la préoccupait.

– Ta mère gardera François et nous n'enlèverons pas Alicia à son pensionnat. Il vaut mieux qu'elle ne perde pas l'habitude de la discipline. Mais nous les réunirons ici chaque dimanche, raisonna-t-il.

– Alicia ne t'a jamais montré ses préférences ?

– Non. Mais j'irai la chercher en voiture après la messe du matin : pour le repas et l'après-midi. J'espère qu'elle préférera passer quelques heures avec nous plutôt qu'en promenade collective.

– Les promenades avec les sœurs ! La pire des choses de l'institution ! se souvint Pauline.

– Tu vois ! Je me comporte comme un père accommodant, en soustrayant ma fille à cette chiourme plusieurs dimanches avant les grandes vacances ! plaisanta Charles.

En entrant pour la première fois dans sa chambre de Rodez, quelque temps auparavant, Alicia n'avait pas laissé percer un enthousiasme excessif. Cependant, ce dimanche-là, après avoir embrassé son frère et Pauline d'un air distrait, elle se précipita dans l'escalier de l'étage comme si elle rejoignait un refuge. Elle ne réapparut que peu de minutes avant le déjeuner.

La pensionnaire chrysalide, engoncée dans sa tenue bleu collégien, s'était métamorphosée en papillon. Parée d'une robe d'été colorée, le contour de ses lèvres avivé d'une touche prudente de rouge, elle virevolta pour se faire admirer. « A-t-elle acheté un étui en cachette ou vient-elle d'utiliser le mien ? », s'interrogea Pauline, en s'amusant de cette coquetterie, hors de saison à La Vernière, mais possible à Rodez, pensait sans doute l'adolescente.

– Tu t'es maquillée ? bougonna Charles.

– C'est indispensable pour sortir sur les boulevards tout à l'heure. Je te rappelle que je n'irai pas en promenade, le défia-t-elle.

– Tout de même…

– Tu parles comme grand-mère, trancha-t-elle.

Pendant tout le repas, François ne cessa pas de jeter des regards dérobés à sa sœur comme s'il lui fallait observer à plusieurs reprises les motifs de sa robe ou son léger maquillage pour s'expliquer la signification de cette envie subite de ressembler aux jeunes femmes élégantes. Un instant, ses lèvres se crispèrent en pensant qu'elle lui semblait soudain lointaine, peut-être étrangère à ses préoccupations de gamin sensible. Cependant, Alicia lui souriait et ils échangèrent même deux ou trois grimaces complices, comme ils en avaient pris l'habitude pour couper la componction des dîners de La Vernière sous la surveillance attentive de Marianne.

Pauline devina-t-elle le trouble du garçon ou désira-t-elle faire comprendre à Alicia qu'elle ne partageait pas les demi-reproches de Charles à son égard et qu'elle appréciait son souci de coquetterie ? En rapportant de la cuisine un magnifique saint-honoré, elle décida de passer outre à la décision de Charles de maintenir sa fille sous la férule des religieuses jusqu'à la fin juin.

– Ton père et moi sommes très souvent absents de la maison. Mais tu pourrais continuer de manger au réfectoire à midi et coucher ici chaque soir. Tu aurais plus de liberté parce que tu serais seulement demi-pensionnaire, expliqua-t-elle heureuse de ce repas réussi.

– Moi, j'aime pas la pension ! s'exclama François, croyant sans doute précéder l'acceptation joyeuse de sa sœur.

– Moi, si, corrigea Alicia.

– Que veux-tu dire ? demanda Pauline, frappée par le ton glacé de cette réplique, qui à l'évidence ne s'adressait pas qu'à l'écolier naïf.

– Qu'il est inutile d'aller mendier une faveur pour moi. Je préfère rester en boîte jusqu'aux grandes vacances, affirma l'adolescente en fixant successivement sans ciller Charles et Pauline.

– Comme tu voudras... murmura celle-ci.

Elle tenait encore le saint-honoré dans ses mains, qui frémirent. Décontenancée, confusément blessée par ce refus, elle cherchait une place sur la table surchargée. Brusquement, elle se résolut à le glisser n'importe où, entre deux plats gras de restes. Alicia s'apprêtait à lancer autre chose.

– Papa, à la rentrée, je veux rester pensionnaire, reprit-elle avec le même timbre calme et froid, qui manifestement n'était plus celui d'une gamine capricieuse.

– Tu as ta chambre ici, avec tout ce qu'il faut pour bien préparer ton brevet, objecta-t-il, mal à l'aise.

– Ici, c'est chez vous, pas chez moi, assena Alicia sans que sa voix se trouble.

– C'est où, chez toi ? cria Charles.

– Je ne sais pas. Pas ici...

– Tu es désagréable... gronda le père, malheureux de cette révolte, qu'il découvrait avec autant de lucidité pour la première fois.

– Ici, c'est votre maison, avec Pauline ! exhala Alicia sur un ton soudain assourdi.

– Du saint-honoré ! Un gros morceau ! exigea François.

Il ne comprit pas pourquoi son père ne le reprenait pas, alors qu'à La Vernière Marianne se fût scandalisée d'une telle façon de demander. Il ne devina pas non plus pourquoi Pauline et Charles étaient devenus si pâles.

Après un temps d'hésitation, le gâteau connut un sort honorable. Vers trois heures de l'après-midi, on alla se promener sur les boulevards aux beaux marronniers, comme l'avait prévu

Alicia. Mais Charles ne lui fit pas remarquer qu'il était encore tôt lorsqu'elle voulut regagner la maison, puis l'institution.

– Inutile de me presser pour ramener François à La Vernière ! constata-t-il à son retour du pensionnat.

– Non, souffla Pauline.

– Je partirai assez tard. Je ne pourrais pas supporter longtemps les questions de ta mère.

– C'est un dimanche gâché, Charles.

– Je pensais qu'Alicia cesserait ses enfantillages. Je suis honteux de la façon dont elle nous a empoisonné cette journée, gronda-t-il.

– Ce ne sont pas des enfantillages. Elle veut s'affirmer comme toutes les adolescentes de son âge et elle ne parvient pas à admettre que je vive avec toi.

– Je suis honteux... s'accabla de nouveau Charles.

– Tais-toi. Ne parlons plus jamais de ces choses... chuchota Pauline.

Mais elle savait qu'une nuit de plomb les attendait. Il rentra très tard de La Vernière, alors qu'il avait déclaré vouloir éluder les amabilités et la curiosité de Marianne. En proie à une marée de sentiments désordonnés, elle avait déjà éteint la lumière de leur chambre lorsqu'elle entendit le bruit de la Traction. Il ne ralluma ni le plafonnier ni les lampes de chevet.

– Qu'as-tu fait ? J'étais un peu inquiète, se confia-t-elle.

– Rien. Je me suis arrêté sur le causse. J'ai marché sur un chemin. Pendant plus d'une heure, je crois, précisa-t-il avec une sorte de grincement las dans la voix.

Il se déshabilla dans l'obscurité, posant ses vêtements au hasard. Il passa rapidement à la salle de bains, puis gagna le lit. Il s'y glissa sans frôler sa femme. Couché sur le côté, il s'enroula dans le drap comme si un froid le saisissait.

– Henri m'a parlé de quelques commandes. Je vais repartir sur les routes. Pardonne-moi, Pauline, dit-il très bas.

Elle ne lui demanda pas pendant combien de temps il serait absent. Trois jours, cinq, dix ? Peu importait. Charles fuyait les silences et les secrets de leur couple. La voiture rassurante, les nationales interminables, les hôtels pour représentants, les conversations à l'emporte-pièce de ses collègues, les apéritifs et les digestifs aussi, elle n'en doutait pas, constituaient son refuge et de plus en plus la meilleure part de sa vie.

Son mari en voyage, Pauline dut affronter des tâches de plus en plus nombreuses, se déplaçant au gré des besoins entre les deux magasins, entre sa maison et La Vernière. Dans sa chambre moderne, lorsqu'elle ne dormait pas, les flonflons de la fête foraine égayant la ville chaque mois de juin lui parvenaient. Elle les écoutait avec attention pendant un instant. Alors elle imaginait avec mélancolie les couples et les familles qui s'y distrayaient. Une nuit du samedi emplie de musique, au milieu d'une foule en goguette, en compagnie d'Alicia et de François, que Charles serait allé chercher à La Vernière dans l'après-midi... Pourquoi cela leur était-il interdit ?

Charles réapparut pour une journée, puis disparut à nouveau à plusieurs reprises, tendu ou plus apaisé selon la réussite relative de ses voyages. Mais, dans son propre foyer, il ne semblait plus qu'une sorte de visiteur pressé.

À n'en pas douter, le mois de juillet 1939 représentait l'apogée de la maison Labarthe. Les camions sur les foires, L'Incomparable et La Parisienne tournaient à plein régime, envahis par une clientèle tout à ses envies de l'été, dont on ne savait pas si les bruits de pas cadencés résonnant sur les gigantesques stades nazis l'inquiétaient.

Le magasin de Rodez ne désemplissait pas. Chaque nuit, Henri Labarthe veillait tard pour vérifier et analyser les chiffres, que lui transmettait le comptable. Jour après jour, il se persuadait d'avoir triomphé de ses ennemis. Certains soirs, avant de commencer ses additions, il partait en direction de la vieille fabrique. Souvent, il y rencontrait Trigosse, traînant encore.

– C'est plein ? s'amusait-il.

– Vous voyez un trou de souris encore libre ? répliquait le factotum, aux anges.

– Non. Où on va foutre la marchandise de Charles ?

– Les Fridolins peuvent arriver, patron... On a de quoi tenir pendant des années.

Henri Labarthe régnait sur cet empire de tissus et d'argent, avec la sensation enivrante que procurent aux hommes de pouvoir la puissance et la richesse. Mais il ne s'aveuglait pas. La certitude de la guerre occupait toujours son esprit. Au lieu de le plonger dans la peur, elle excitait son intelligence. En revenant de la filature, marchant avec lenteur, il tentait d'imaginer dans quel état la France terminerait ce conflit. « Et nous ? » grommelait-il en pensant à La Vernière.

Pauline se sentait impressionnée par le profil d'empereur romain qu'offrait son père à ses proches au cours de certains dîners. Elle ne lui révélait pas les difficultés qui avaient surgi pendant la journée et qu'elle s'était efforcée de surmonter sans demander une aide à quiconque. De même, elle ne se confiait plus beaucoup à Marianne.

Le soir, avant de se coucher et le matin à sa toilette, Pauline scrutait le reflet de son visage dans le miroir, cherchant dans la lueur lasse de ses prunelles ou dans l'apparition d'une ridule des signes visibles trahissant sa solitude. Seul parmi tous ceux qu'elle côtoyait, Hugues de Rofiac décela le mal-être qu'elle cachait par quelques crèmes lénifiantes.

– Pauline, vous êtes fatiguée. Vous devriez vous reposer, lui conseilla-t-il à la fin d'une conversation professionnelle.

– Où voyez-vous que je suis fatiguée ? se raidit-elle.

– Je ne sais pas, mais j'en suis sûr.

Il ne s'obstina pas à lui prouver qu'elle manquait d'énergie depuis des jours, car il devina que son abattement n'était pas dû seulement à une atonie passagère. Il vérifia d'un coup d'œil rapide qu'ils se trouvaient hors de portée d'oreilles indiscrètes, puis il l'enveloppa d'un regard intense, qui la troubla.

– Vous devriez essayer de vous distraire, suggéra-t-il.

– Difficile en ce moment… Vous ne croyez pas ?

– Pauline, souvenez-vous du Tango. Vous y étiez bien. Nous pourrions nous revoir, là ou ailleurs, quand vous êtes seule à Rodez.

– Oui, c'était agréable.

– Pauline, ne repoussez pas mon idée.

– Pas au Tango. Il doit y avoir trop de monde le soir… hésita-t-elle.

– Venez chez moi, proposa Rofiac en adoucissant la flamme de ses yeux.

– Vous avez une garçonnière à Rodez ? murmura-t-elle, soudain méfiante.

– Non. Simplement un pied-à-terre, pour quand je m'ennuie ici, corrigea-t-il en riant.

– Ce n'est pas possible, refusa-t-elle comme si elle lui adressait une objurgation.

– Vous ne pouvez pas renoncer à tout, éternellement. Promettez-moi de sonner chez moi, quand vous en aurez envie. Je ne vous demande pas de date. Je vous attendrai tous les soirs, dit-il lentement, avant de lui chuchoter une adresse.

C'était un lundi qui avait semblé moins chargé de travail que d'autres. Le petit immeuble à la Haussmann suggérait un confort de bon aloi. Pauline s'élança à pas rapides dans l'escalier, tout en essayant d'atténuer le claquement de ses talons. Une rampe très simple, dont les barreaux étaient seulement ornés d'une bague moulée et dont la main courante élégante luisait de patine, appelait à monter.

Au troisième étage, trois appartements ouvraient sur le palier. Hugues de Rofiac avait mentionné la présence d'une plaque de cuivre. Celle-ci brillait sur la porte de droite, mais elle était lisse, vierge de toute gravure. Le jeune homme protégeait-il sa tranquillité par cet anonymat ou Pauline s'était-elle trompée d'adresse ? Elle eut un mouvement bref de recul, mais elle n'hésita pas à sonner, mue par une détermination qui la surprenait elle-même et qui rejetait comme une crainte dérisoire sa prudence habituelle.

– Vous ! Ne restez pas là, la pressa Rofiac.

– J'avais un peu de temps. Je suis venue. Mais je ne peux pas rester, expliqua-t-elle, mal à l'aise en constatant que sa voix vibrait malgré sa volonté de la rendre la plus banale possible.

– L'important est que vous soyez là… Venez.

Une haute porte-fenêtre filtrait la lumière décroissante, mais une clarté agréable atteignait le moindre recoin de la grande pièce, soulignant la qualité, voire le luxe des meubles. Incontestablement, le maître des lieux possédait un goût sûr, que traduisait également la facture du grand canapé sur lequel il invita sa visiteuse à s'asseoir.

– Vous êtes vraiment pressée ? l'interrogea-t-il en l'enveloppant du regard.

– Oui, assez pressée… confirma-t-elle avec une précipitation un peu feinte.

– Pauline, ce soir ou un autre, je savais que vous viendriez. Je suis heureux que vous soyez là même pour un moment seulement, dit-il en entrant dans ce jeu de la visiteuse disposant de peu de minutes.

– Comment en étiez-vous aussi sûr ? lui répliqua-t-elle, en s'appliquant à mettre une légère ironie dans ses mots.

– Il y a des certitudes inexplicables…

– Vous êtes sûr de vous. Toujours… souffla-t-elle.

– Ne soyez pas aussi tendue… Je vous aurais téléphoné si vous n'étiez pas venue, affirma-t-il en se tournant vers elle.

Pauline se demanda s'il la jugeait. Était-elle ridicule à ses yeux ? Soudain, elle se sentit totalement désemparée. Bizarrement, les interdits des religieuses, leurs silences lourds lorsqu'elles évoquaient les risques des fréquentations masculines ressurgirent. Puis, sous le coup d'une lucidité cruelle, à la seconde où elle devait décider d'accepter ou de refuser les gestes si évidemment prévisibles d'Hugues de Rofiac, elle revit l'inanité de ses nuits de femme mariée avec Charles.

Était-ce révolte farouche contre toutes ces choses trop longtemps acceptées ou pulsion de son corps qu'elle ne voulait pas reconnaître, elle éleva lentement ses bras vers le visage masculin, elle l'enserra dans ses mains et elle lui offrit sa bouche frémissante. Paupières closes, elle se laissa emporter par ce baiser qui ne lui semblait pas assez violent, écrasant contre sa poitrine le torse de l'homme, comme pour se l'attacher à jamais. Lorsqu'ils reprirent leur respiration, ils restèrent enlacés, muets, n'osant ni parler ni se regarder, prolongeant seulement leur étreinte par des caresses légères.

Pauline se sentait dans une expectative merveilleuse. Quand Hugues de Rofiac l'emporta vers la chambre, elle frissonna. Il la posa debout sur ses pieds en riant fort, puis se plaçant derrière elle commença à défaire sa robe boutonnée dans le dos.

– Laissez-moi, refusa-t-elle.

– Déshabillez-vous, j'aimerais…

Il s'écarta d'elle et alla s'appuyer à la croisée, guettant chacun de ses gestes avec une gourmandise sensuelle. Quand elle se mouvait pour se défaire ou quand elle ôta ses dessous, elle lui offrait une grâce qu'il trouva étrange, mêlant l'ingénuité d'une adolescente et l'épanouissement des formes et d'une carnation de femme mûre.

– Vous êtes très belle… murmura-t-il.

Le matin, elle avait choisi un ensemble en soie, finement orné, dont elle se parait rarement. Pauline rougit. Le compliment d'Hugues de Rofiac la flattait et l'émouvait. Mais en même temps ne lui révélait-il pas qu'elle avait pensé à leur rencontre dès son lever, alors qu'en poussant la porte du petit immeuble elle s'était persuadé qu'elle n'obéissait qu'à une anodine envie de parler avec lui ?

Comme elle jetait son second bas sur une chaise où gisaient déjà ses vêtements, il revint vers elle, s'appuya contre sa peau nue et l'embrassa avec une tendresse qui la fit palpiter. Tout à coup, il la poussa avec force vers le lit défait et il s'abattit sur elle. Elle se sentit haleter, bouleversée par une peur inexprimable, mais elle ne lui opposa qu'une résistance instinctive, une sorte de réflexe intime. Quand il commença à la pénétrer, elle poussa un cri sourd.

– Pauline, c'est la première fois ? Excuse-moi. Je n'avais pas imaginé…

– Non, tu ne pouvais pas imaginer, soupira-t-elle dans un murmure qui mourut sur ses lèvres.

L'incroyable virginité de la femme de Charles transporta Hugues de Rofiac. Il prenait donc possession de son corps, qui frissonnait sous son poids. Il était son initiateur ! Il lui fallait être le pédagogue infiniment patient d'un plaisir délicieux. Son Pygmalion des sens. Pour qu'elle ne l'oubliât jamais.

Il entreprit une tendre exploration dont il ne savait ni combien elle durerait ni où elle s'arrêterait. Seule Pauline pouvait éluder ce jeu érotique ou le précipiter.

Hugues de Rofiac passa son bras sous sa taille. Elle se cambra vers lui dans une avidité de caresses. Il couvrit son visage et son cou de baisers passionnés, qu'elle s'efforçait de lui rendre avec une maladresse touchante. Puis, il lui révéla longuement les délices qui naissent aux mamelons et aux aréoles sous l'effleurement d'un amant savant. Lorsqu'il poursuivit l'investigation sensuelle de son ventre offert, elle ne la repoussa pas.

Elle se laissait emporter par chaque vague brève, puis par chaque houle plus violente de jouissance. Elle gémit doucement.

Son désir montait vers une culmination. Impatiente de l'assouvir, elle serra le corps masculin contre elle, se coulant sous lui. Hugues de Rofiac la guida pendant quelques secondes encore, puis il se laissa enserrer.

Après l'amour, ils s'écartèrent l'un de l'autre, parcimonieux de gestes et de mots, dans un silence qu'emplissait seulement le souffle léger de leurs deux respirations. Au bout d'un temps indéterminé, Pauline chercha la main du jeune homme. Alors, il la saisit et il la roula cette fois sur lui, où elle se révéla une amante déjà expérimentée, peut-être seulement un peu surprise par cette domination qu'il lui offrait.

Elle ne resta pas. Lorsqu'elle sortit de l'immeuble la nuit était noire, mais il ne devait pas être très tard. Elle se hâta vers la petite rue où elle avait garé sa voiture, à trois ou quatre cents mètres. En se mettant au volant, elle fut étonnée de constater qu'elle se sentait très calme. Avant de démarrer, elle prit le temps d'arranger à tâtons une mèche de cheveux qu'elle croyait défaite.

Elle arriva chez elle en quelques minutes, sans rencontrer âme qui vive. Préparer un en-cas rapide, passer à la salle de bains, se coucher : elle s'appliqua aux gestes habituels, puis parvint à s'endormir pour quelques heures.

L'importance de ce qui venait de se produire dans sa vie ne lui apparut avec une certaine clarté que le lendemain. Ayant regagné La Vernière, elle se montra à tous souriante et détendue. Mais elle flottait sans cesse entre des sentiments contradictoires, parmi lesquels la sensation étrange d'être devenue une autre femme surgissait le plus souvent, s'accompagnant du vertige qui montait en elle quand elle pensait à son secret, si inavouable en regard des valeurs morales des Labarthe.

Pourtant Pauline eût aimé laisser deviner son bonheur à ses proches, même si elle en tiendrait les raisons dans l'opacité la plus absolue. Peut-être aussi voulait-elle comprendre pourquoi elle s'était trouvée si désarmée lorsqu'Hugues de Rofiac avait usé avec elle de son assurance de séducteur.

Elle agita ces interrogations pendant quelques jours. Puis, en dépit de la distance qui les séparait, elle pensa que seule Emma Baraban pouvait recevoir ses confidences en ne la jugeant pas. Leur correspondance se poursuivait depuis l'installation de l'étudiante à Paris. En missives un peu irrégulières, elles entretenaient cependant leur amitié et leur confiance réciproque. Peut-être aussi cette lettre lui permettrait-elle enfin de voir clair en elle, si du moins elle se résolvait à une franchise sans faux-fuyants vis-à-vis de la tendre amie de ses dix-sept ans.

Très chère Emma,

Te souviens-tu d'Hugues de Rofiac, ton beau cavalier à mon mariage ? Je suis sa maîtresse. C'est arrivé il y a quelques jours. Il ne m'a pas forcée ni séduite par un chantage ou des moyens pervers. Depuis des semaines, je n'étais pas dupe de son intérêt pour moi, mais il était toujours resté sur la réserve que lui imposait sa situation d'employé.

Pendant une nouvelle absence de Charles, je suis allée sonner chez Hugues, en feignant de croire que nous bavarderions de banalités. Mais c'est moi qui l'ai pris dans mes bras pour un baiser sans fin. Le reste a été un embrasement merveilleux de nos deux corps.

Chère Emma, je me suis livrée à lui très facilement, en frémissant cependant. Maintenant, j'essaie de chercher des explications sensées, mais à quoi bon ? Comment ai-je pu oublier si totalement la méfiance et la peur des hommes que les sœurs nous rabâchaient, heure après heure ? Comment ai-je pu profiter d'un voyage de mon mari pour me donner à notre vendeur de foire ?

Mais je ne me juge pas coupable ou honteuse. Je sais que la vie et nos incertitudes mutuelles ont abouti à un pacte jamais exprimé entre Charles et moi : notre union demeurera blanche. Notre différence d'âge, le souvenir d'Agathe flottent toujours dans nos nuits, surtout lorsque nous croyons leur échapper.

Ainsi je peux me rassurer : je ne suis pas une femme adultère, même si je ne doutais pas que mon époux m'aime avec violence, avant de coucher avec Hugues de Rofiac. D'ailleurs, j'entoure Charles de tendresse et il m'est indispensable.

Emma, cette nuit avec ton beau danseur d'autrefois m'a révélé un sentiment très fort et troublant à la fois. Je ne me sens plus contrainte par aucune règle. Cependant une grande vulnérabilité m'habite, quand je tente de mesurer toutes les conséquences possibles de ce peu d'heures de plaisir. Alors, une idée m'obsède : partir, m'éloigner de La Vernière, du magasin et de notre maison, au moins pour un temps. On dit que les couples ont parfois besoin de ces sortes de vacances conjugales. En faisant très attention de ne pas trahir mon si délicieux secret, je vais en parler à Charles, Il me comprendra et il acceptera. Et toi, que penses-tu de toute cette aventure si imprévisible à mes yeux ?

Tendrement à toi.

Charles était rentré de son dernier périple. Contrairement à ce qu'elle avait annoncé à son amie, Pauline n'eut pas le courage de le prévenir de son intention de prendre un logement indépendant, elle ne savait où encore.

Elle rangea soigneusement quelques effets personnels indispensables dans une valise et elle quitta leur domicile, alors que son mari était occupé toute la journée avec Henri Labarthe. Elle sortit de la ville l'esprit indécis, seulement guidée par la nécessité de trouver un hôtel pour la nuit suivante, n'importe où.

Elle s'engagea sur la route du nord. Après quelques kilomètres, une exigence étrange s'empara d'elle : faire un crochet par La Vernière pour emporter quelques objets de sa chambre.

C'était le milieu d'un après-midi accablé de soleil. Dès l'entrée, Pauline fut saisie par le silence du parc, d'où ne provenait aucun chant d'oiseau ni bruit remarquable. Comme si elle redoutait de troubler cette immobilité, elle coupa le moteur et laissa mourir la vitesse de la voiture jusqu'au perron. Elle s'était demandé comment elle calmerait les bonds et les jappements joyeux du korthal, mais il resta terré dans le coin d'ombre où il avait dû se réfugier pour se soustraire à la canicule, éprouvante pour un chien hirsute comme lui.

Pas de présence humaine non plus ! Rosette et Trigosse sommeillaient-ils quelque part ? Pauline traversa la vacuité du hall avec un peu d'hésitation. Un léger frôlement de l'air, aspiré par l'ouverture de la porte-fenêtre, le discret clac d'un balancier qu'elle ne parvint pas à identifier, le tempo incertain de ses propres talons, l'impressionnèrent parce qu'ils semblaient lui signifier qu'elle était une intruse.

Dans sa chambre, un pincement au cœur s'ajouta à toutes ces sensations plutôt désagréables. La pièce se trouvait dans la pénombre, mais de petits pinceaux de lumière filtrant par les interstices des volets suffisaient pour que Pauline parcourût d'un seul regard tous les recoins, avec leurs bibelots se rattachant à un souvenir précis.

Elle ne savait plus ce qu'elle était venue chercher. L'esprit vide, elle prit quelques objets qui attirèrent son regard ou auxquels elle attachait inconsciemment une grande importance : une poupée de son enfance, une photo de Charles, sur un chevet, un nécessaire de toilette en argent dans la salle de bains, un cahier relié en bleu, sur lequel elle avait jeté des bribes de journal intime.

Il lui fallait un sac pour transporter ces dépouilles hétéroclites de son adolescence. Elle en un trouva un, démodé, mais assez grand.

Elle descendit l'escalier quatre à quatre, telle une voleuse. En bas, Rosette lui barrait la route. Les cheveux plutôt en désordre, l'embonpoint ceint de son tablier de cuisine, elle paraissait peu amène.

– Tu te sauves en catimini ? accusa-t-elle.

– Excuse-moi, de ne pas t'avoir appelée. J'ai cru que tu dormais, bredouilla Pauline.

La cuisinière inspecta la tenue de la jeune femme : la robe habillée, le chemisier pastel, les trotteurs qu'elle avait choisis parce qu'ils seraient pratiques pour conduire. Tout à coup, Rosette parut découvrir le sac désuet et son insolite contenu.

– Qu'est-ce que tu es en train de faire, Pauline ? jeta-t-elle d'une voix chargée de reproches, mais d'une extrême froideur.

– J'étais venue chercher des choses dont j'avais envie.

– Pour mettre dans ta chambre de Rodez ? persifla Rosette.

Les deux femmes se regardaient, abasourdies par l'incongruité dramatique de la situation, la domestique s'apprêtant à user de son autorité à l'encontre de la fille de ses patrons, celle-ci ne sachant quel comportement adopter pour ne pas se sentir ridicule ou humiliée.

Tout à coup, avec le bon sens des gens du peuple, Rosette sut trouver les gestes et les paroles. Elle s'approcha de Pauline, la prit aux épaules, puis enfonça son regard dans ses yeux.

– Tu foutais le camp, n'est-ce pas ? articula-t-elle sans se départir de son air rogue, mais avec une nuance de tendresse dans le ton.

– Oui, je pars, reconnut Pauline.

– Tu as eu besoin de passer ici ?

– Je ne sais pas pourquoi j'ai eu envie d'emporter ces choses.

– Tu pars pour Rofiac ? gronda la cuisinière, pour qui ces nostalgies d'adolescente ne revêtaient qu'une importance très secondaire à cet instant.

– Comment peux-tu… ?

– Ma fille, les domestiques voient tout !

– Oui, je pars ! Crois ce que tu voudras ! cria Pauline.

Ses mots résonnèrent étrangement dans le hall assoupi. Ils défiaient la gouvernante, La Vernière, le monde entier.

– C'est impossible, reprit Rosette, prête pour un dur combat.

– Si ! Ce soir, je serai loin d'ici.

– Tu as prévenu Charles ?

– Non, il n'est au courant de rien. Je n'ai pas eu assez de courage. Je file…

– C'est impossible, Pauline. Tu ne peux pas quitter ton mari comme une femme de rien. Coucher avec un commis, même si c'est Rofiac, ce n'est pas digne de toi ! Tout plaquer ! Tu as pensé à ton père, à ta mère, à La Vernière ?

– Le scandale, je sais ! ironisa Pauline, frémissante.

– Il me semble que vous vous entendez bien avec Charles… reprit Rosette doucement, croyant avoir trouvé un argument ultime.

Elle devina que celui-ci troublait la fugitive, mais qu'elle l'avait elle-même tant de fois retourné dans son esprit qu'il ne soulevait plus assez d'émotion en elle pour la retenir. Alors, elle se décida à l'accabler d'un reproche qui l'atteindrait cruellement.

– Tu ne veux pas attendre que François revienne de l'école pour l'embrasser ?

– Non, souffla Pauline.

– Tu l'abandonnes lâchement, accusa Rosette.

– Tais-toi…

– Qui va lui annoncer que tu nous as quittés sans vouloir l'embrasser ? Que va-t-on lui dire de toi ?

La cuisinière frissonna, épouvantée de sa dureté. Mais elle devina qu'elle avait gagné. Pauline ne répondit pas. Elle se détourna pour cacher la pâleur de son visage.

– Viens. François va arriver bientôt. Je vais te servir une limonade fraîche pour l'attendre.

– Non, je préfère marcher dans le parc, refusa Pauline.

– Ne remonte pas dans ta chambre. Je remettrai chaque chose à sa place, décida Rosette en se saisissant du sac posé à même le sol du vestibule.

_ Tu es gentille…

– Personne ne saura, ça restera entre nous. Tu imagines ce que diraient ta mère et le patron, s'ils apprenaient ces choses…

Pauline respirait avec peine. Elle marcha droit devant elle, vers les grands arbres rougeâtres du fond, acceptant peu à peu l'idée singulière que La Vernière possédait une force plus grande que la volonté ou les pulsions secrètes de ses habitants. Même les domestiques, Rosette venait de le prouver, ressentaient l'impérieuse nécessité de prévenir tout égarement des êtres, pour sauvegarder sa réputation.

14

Marianne Labarthe ne parvenait pas à s'expliquer pourquoi la cérémonie religieuse ne marquait pas autant que les années précédentes les fidèles de la petite ville assistant à la messe de l'Assomption. Pourtant, depuis plusieurs jours, le curé Bergougnoux avait déployé son énergie habituelle pour qu'elle fût magnifique, aussi bien par la décoration de l'église que par la beauté des habits sacerdotaux, la solennité de la liturgie et l'ampleur des chants. Lui-même se dépassait en une homélie prolongée et de haut vol spirituel.

Le comportement des participants à cet office, rallongé d'une dizaine de minutes par le souci de perfection du prêtre, décevait beaucoup Marianne. En dehors du bataillon réduit de *menettes*, et des rosières de la chorale paroissiale, les participants s'obstinaient à un mutisme décourageant, tuant dans l'œuf toute vibration exaltante de ferveur.

Au lieu d'invoquer la protection divine, ces gens poursuivaient-ils leurs élucubrations politiques ou remuaient-ils leurs peurs personnelles depuis le commencement de la célébration divine – et peut-être même à l'instant sacré de l'élévation – parce qu'on parlait désormais ouvertement de la menace d'une attaque allemande contre la France ?

Et, alors que la confiance en Dieu eût pu les unir, ils devaient s'enferrer dans leurs divisions, bâillonnées un moment par leur participation au culte, mais qui reprendraient à la sortie, puis dans les cafés. Combien, sous la haute voûte, rêvaient d'en découdre avec les Boches et croyaient comme en Quatorze que la guerre serait une promenade de santé ? Combien voulaient au contraire composer avec le Führer, pour gagner du temps ou parce qu'ils redoutaient une punition humiliante des armées françaises et l'invasion prochaine du pays ?

Marianne Labarthe, de retour à sa chaise revêtue de velours pourpre, après la lente procession des communiants vers la Sainte Table, adressa une confiante prière à la Vierge. Pour elle-même. Pour toute sa famille.

Les hommes n'étaient pas mêlés aux femmes. Mais, sur la droite, elle apercevait Henri, près de Charles. Labarthe se tenait très droit, paraissant ignorer ses voisins en costume noir des dimanches. Marianne redoubla la ferveur de sa prière à son intention car il se pouvait qu'il n'ait pensé qu'à ses affaires depuis l'introït. Ne ressassait-il pas sa lucidité prémonitoire et ses décisions, en se disant que les nouvelles du monde lui donnaient, ô combien raison ? Sans comprendre que Dieu condamnait cette immodestie prométhéenne…

Une sensation de vacuité, des toussotements ponctuèrent la fin du défilé eucharistique. Pauline elle-même racla de la gorge, ce qui lui valut l'attention de Marianne. N'ayant pas conscience d'être observée, la femme de Charles laissait voir un pli de mélancolie ou de désenchantement aux rives de ses lèvres. Quelques ridules, à peine discernables mais réelles, accroissaient le vague de ses yeux, qui paraissaient uniquement attirés par le retable en bois doré d'une chapelle latérale.

Tout à coup, elle se redressa et son visage se détendit comme si elle reprenait pied dans le déroulement liturgique, oublié un instant. De quels secrets ou de quels songes Pauline venait-elle de s'extraire ainsi ? Marianne avait remarqué ces brèves absences de sa fille depuis une dizaine de jours ; mais une fois de plus, leur explication ou leur signification lui échappaient.

– J'ai commandé des babas au rhum chez le pâtissier, glissa Pauline dans un murmure, en se penchant vers sa mère pour être sûre d'être entendue.

– Tais-toi ! La messe n'est pas terminée, souffla celle-ci, choquée par cette légèreté de manières dans la maison du Seigneur.

Dehors, une grande satisfaction attendait Marianne : Henri et Charles ne s'étaient pas séparés. Après quelques mots et quelques congratulations d'usage avec des connaissances, ils rejoignirent les deux femmes. Alicia et François s'approchèrent à leur tour, en riant d'on ne savait quoi.

Marianne sentit qu'on les regardait. Elle corrigea d'un geste affectueux l'équilibre de la coiffure de son petit-fils, puis rentra la pointe de son col de chemise, retroussée par un mouvement trop vif. Elle sourit à son gendre – et peut-être à tous ceux qui suivaient cette scène banale d'une famille endimanchée – parce qu'elle se jugeait heureuse d'une félicité douce.

– Charles, vous devriez prendre le bras de Pauline, conseilla-t-elle, comme s'il lui apparaissait soudain qu'il manquait une ultime touche à ce tableau dominical, avant de regagner La Vernière.

Charles et Henri en voyage, Pauline préoccupée de l'agencement de sa maison, Alicia en pension, combien de fois ce printemps et ce début d'été, agités par la fièvre des affaires, avaient-ils semblé rompre l'unité de la famille, rendant les dimanches maussades en dépit de la canicule ? Or, depuis le retour de Charles, Pauline et lui avaient à nouveau dîné presque chaque soir à La Vernière. Marianne en était si satisfaite qu'elle ne tenta pas de percer les raisons exactes de cette nouvelle fidélité aux repas de Rosette et à son cérémonial.

En fut-il de même dans beaucoup de familles de la petite cité un peu assoupie sous la chaleur du milieu de journée ? Pour les Labarthe, le midi des fêtes de Notre-Dame se déroula dans une harmonie parfaite, sans la moindre égratignure aux bonnes manières et sans aucun écart de conversation. François parvint jusqu'aux babas au rhum sans commettre l'une de ces maladresses salissantes, qu'il recommençait en dépit des réprimandes et des leçons impérieuses de comportement à table de Marianne. Chose plus étonnante encore, Alicia adopta des airs de jeune fille bien élevée, parut s'intéresser aux propos des adultes et s'abstint de lancer des piques provocatrices. Assis côte à côte, Charles et Pauline semblaient un couple comblé, projetant de féliciter leurs enfants pour cette exceptionnelle preuve de savoir-vivre en société.

– Rosette servira le café dehors, décida Henri Labarthe, en effleurant des yeux la table dressée en Limoges luxueux.

– Tu ne te trouves pas bien ici ? proteste mollement Marianne, engourdie par le bonheur simple de cette fin de repas.

– Si, mais il doit faire très bon dans le parc, insista-t-il.

– Libérons Rosette. Je servirai, proposa Pauline, qui jusque-là s'était comportée en invitée parfaitement oisive.

– Non, nous aurons besoin d'elle, affirma Henri, dont personne ne devina l'idée qui venait de surgir dans son esprit.

Les deux hommes disposèrent les chaises d'extérieur autour d'un beau guéridon en métal laqué. Puis le cercle de famille se reforma en quelques secondes. François ne se rebella pas. Au lieu de s'élancer dans une course sous les vernes, il se jucha sur un siège et commença à balancer ses jambes en guettant l'apparition des gâteries accompagnant le moka.

La masse des grands arbres parvenait à faire oublier l'ardeur du soleil. Bien que l'air manquât de fraîcheur, il en émanait une douce sérénité. On pouvait croire, alors que se répandait la fragrance corsée de l'arabica, que le temps suspendait sa marche pour un instant. La conversation chuta en bribes de phrases de plus en plus lâches. Lorsqu'elles se perdirent dans le silence, seul restait perceptible le mouvement machinal des pieds du garçon.

Pour ne pas troubler cette semi-léthargie, Henri Labarthe évita tout geste brusque en prenant l'élégante bouteille de cognac Martell, qu'il poussa vers Charles, avec un signe muet, lorsqu'il se fut octroyé la fine champagne qu'il aimait.

À plusieurs reprises, Labarthe parcourut du regard le cercle réuni autour de lui. Le rite du café semblait lui donner une cohésion et une importance palpables.

Tout à coup, le maître de La Vernière fut assailli par une certitude : ces minutes ne se reproduiraient pas. On abordait les dernières semaines d'août. Alicia repartirait vers l'institution. La rentrée imposerait son agitation habituelle. Même si la paix prévalait, on ne se rassemblerait plus sous les arbres.

Mais Henri Labarthe craignait plus que jamais une déclaration de guerre très proche. Hitler ne cessait pas d'essayer ses banderilles pour éprouver la détermination de la France ou de l'Angleterre. « Mourir pour Dantzig ? » titrait déjà un journal dont il avait aperçu la une le matin. L'idée qui l'avait effleuré en exigeant la présence de la cuisinière devint impérieuse.

– Rosette ! appela-t-il.

– Vous voulez les cigares, patron ? s'enquit-elle, en réapparaissant, débarrassée de son tablier de service.

– Non. Va chercher mon Kodak dans le salon.

Devina-t-on les sentiments d'Henri ? Tous les participants se redressèrent, cherchant à se composer une attitude ou à dire quelque chose qui relançât la conversation.

– Non, ne bougez pas ! C'était très bien comme vous étiez, protesta-t-il.

– Je suis décoiffée ! minauda Alicia.

– Rosette, tu peux t'asseoir à côté de François, commanda Labarthe.

Il régla son appareil avec minutie. Reculant pour cadrer tout le groupe, il prit plusieurs clichés. Chacun s'efforçait de plaisanter et de sourire, mais cette envie subite d'un homme froid de fixer la famille au grand complet sur la pellicule remuait les inquiétudes sourdes et les peurs plus précises. Marianne blêmit. Une douleur vague lui enserrait le ventre, quand son mari lui tendit le Kodak, après en avoir replié le soufflet avec soin. Henri détenait-il des informations qu'il avait gardées pardevers lui ?

– Venez, Charles. Nous allons marcher un peu, suggéra-t-il.

Les deux hommes empruntèrent l'allée principale, avançant en silence jusqu'à la grille. Derrière eux, les bruits familiers de la vaisselle qu'on desservait, quelques exclamations de François, libéré de son siège, cessèrent peu à peu.

– Je n'ai pas envie d'aller plus loin. Nous rentrerons par les sentiers du parc. Ce sera déjà très bien pour nous dégourdir les jambes, décida Labarthe.

– Si vous voulez, accepta Charles, l'esprit en éveil car il ne doutait pas que son beau-père l'avait volontairement éloigné de la maison pour lui signifier une chose importante.

– Tout à l'heure, j'ai eu un mauvais pressentiment. Notre café en famille sera le dernier avant la guerre, se confia Henri, lèvres serrées.

– J'ai de la peine à imaginer le casse-pipe. Mais, l'autre jour, j'ai entendu un excité qui chantait *La Ligne Siegfried*, de Ray Ventura.

– Vous allez nous quitter, Charles. Mettez-vous ça dans la tête, rauqua Henri Labarthe, sans cacher son émotion.

– Je ferai ce que je dois.

– Je ne suis pas un fou de photographie, vous le savez, mais j'ai mitraillé pour que vous puissiez emporter au moins un souvenir d'ici : Pauline, les enfants sur un rectangle de papier brillant…

– Merci. Dans les mauvais moments, ça pourra m'aider, bredouilla Charles.

– J'espère qu'Hitler me laissera le temps de développer ma bobine et de vous montrer mes photos pour que vous puissiez choisir celle qui vous plaira le mieux.

Henri Labarthe sut gré à son gendre de ne pas ajouter un mot de plus. L'un à la suite de l'autre, absorbés dans leurs réflexions, ils regagnèrent la maison par la sente étroite qui sinuait sous les frondaisons, écartant les branches sans sortir de leur mutisme.

Les journées qui suivirent se révélèrent déconcertantes, comme si chacun ne parvenait pas à comprendre la signification des heures qu'il vivait. L'idée de se préparer à la guerre tournait dans tous les esprits, justifiant une sorte d'accélération des décisions et des gestes quotidiens, aussi bien à La Vernière que dans les deux magasins des Labarthe. Cependant, le temps paraissait ne plus appartenir à ceux qui le vivaient. Il se dérobait, il se distendait dans un incertain de plus en plus inquiétant et insaisissable, sur lequel nul ne possédait de prise, dans l'attente des événements que l'on redoutait, mais aussi avec des poussées d'espoir insensé.

Comme si la famille pouvait représenter un rempart contre le destin, Charles et Pauline quittaient Rodez chaque soir pour revenir dîner à La Vernière. Henri Labarthe ne cherchait plus à ménager Marianne comme il l'avait fait pendant les semaines précédentes. Il allumait le poste de radio dès le potage, laissant se déverser une succession de mauvaises nouvelles : provocations des milices hitlériennes, échecs des diplomates, qui constituaient autant de menaces quotidiennes, auxquelles on s'habituait. Mais, lorsque la TSF annonça le pacte germano-soviétique, dans les derniers jours d'août, Henri Labarthe se leva avec brusquerie pour couper le son.

– Pas besoin d'en entendre plus ! gronda-t-il en serrant les mâchoires.

– Si elle arrive, la guerre sera courte, assura Marianne, répétant l'opinion réconfortante de ses amies.

– Courte ? La question est de savoir pour qui. Pour nous ou pour les Allemands ? persifla Labarthe.

– Nous ne viendrons plus manger avec vous le soir. Je préfère me trouver à Rodez, s'il y a une mobilisation générale, expliqua Charles avec calme.

Il fixa Pauline, en espérant qu'elle ajouterait quelques phrases pour atténuer l'angoisse visible de sa mère. Mais elle demeura silencieuse comme cela arrivait souvent depuis des jours lorsque la conversation prenait un tour grave, en évoquant le probable départ des hommes.

– Tu ne m'approuves pas ? lui demanda-t-il dans leur chambre.

– Si, puisque tu es mobilisable à Rodez. Tu rejoindras plus facilement ton régiment et je pourrai aller te voir à la gare, quand tu partiras.

Elle avait peur, mais elle semblait résignée. Il voulut lui faire l'amour avec fougue, mais l'imminence de leur séparation pendant de longs mois ne suffisait pas pour effacer ses hésitations. Il ne supportait pas non plus l'idée qu'elle se livrât à lui par pitié, parce ce qu'elle le croyait désemparé.

– Demain, nous commençons les étalages de rentrée à La Parisienne, lui rappela-t-elle, comme si elle se défendait de son désir en dressant face à celui-ci l'obstacle des tâches quotidiennes.

C'était un bel après-midi. Soudain toutes les cloches de la ville se mirent à sonner. Les employés et les nombreux clients du magasin se figèrent, la respiration suspendue. Pendant des journées, ils s'étaient demandé comment ils apprendraient la terrible nouvelle. Le tocsin ! Ce mot et ce son qu'ils avaient imaginé dans leur enfance en écoutant le maître d'école ou en lisant leur livre d'histoire décrivant le déclenchement des catastrophes nationales, prenaient une terrible réalité. Des femmes se mirent à pleurer.

– La paix est foutue, ça y est ! C'est la guerre ! constata un paysan qui essayait une tenue de travail.

La Parisienne se vida en quelques minutes. Les gens se précipitèrent vers la sortie, trahissant leur anxiété sans vaine pudeur, fuyant.

– Toutes les lignes téléphoniques sont bloquées, précisa Charles, après avoir tenté en vain d'appeler Labarthe.

– Tu rejoindras la caserne demain matin, suggéra Pauline, la voix blanche.

– Non, ce soir tard. Je n'ai besoin que de quelques effets de dessous chauds et de quelques victuailles, si tu veux bien me préparer un petit paquet pour le voyage, demanda-t-il, sur le ton d'une plaisanterie légère, mais les traits tirés.

Comme si la déclaration de guerre surprenait les officiers, la mise en ordre de marche du régiment cafouillait. Des hommes muets et pressés, des estafettes, des véhicules militaires traversaient la ville à toute vitesse, mais cette agitation contribuait à renforcer les sensations désagréables des pessimistes.

Le colonel commandant la place voulut couper court à ces doutes des civils. Les mobilisés défilèrent comme s'il s'agissait d'une parade. Compagnie après compagnie, ils remontèrent vers la cathédrale, en s'efforçant à un air martial. Puis, quand, après un quart de tour, ils se livrèrent à la voie en forte pente qui les conduisait à la gare, on ne vit que leurs dos s'évanouissant peu à peu dans l'ombre et l'inconnu de leur sort.

Pauline s'était fondue dans une grappe mouvante de badauds agités de sentiments et d'intentions contradictoires : rentrer chez soi après avoir reconnu un être cher parmi les partants ou traîner là pour s'imprégner de la tristesse de la matinée.

Elle portait un manteau gris près du corps qui ne la mettait pas en évidence dans cette mince foule. La voilette légère dont elle avait protégé son visage accentuait l'anonymat de sa silhouette.

– Charles ! cria-t-elle d'une voix forte en levant le bras, quand elle aperçut son mari, placé sur le côté du défilé.

D'autres appels de femmes avaient jailli à la même seconde, mais il fixa ses yeux sur Pauline. Parce qu'elle était sûre qu'il l'avait aperçue, elle lui adressa un baiser du bout de ses doigts gantés.

C'était fini. Charles n'était plus identifiable dans la houle cadencée par le pas militaire s'éloignant vers le haut de l'avenue. Pauline détourna son regard du ruban de soldats, comme si elle s'apprêtait à partir. Mais elle demeura immobile, esquissant seulement un geste lent pour rabaisser sa voilette, relevée pour voir passer son mari.

Elle s'accabla de culpabilité. Rester là pour capter pendant une seconde l'attention d'Hugues de Rofiac, à l'instant où Charles parvenait déjà aux wagons d'embarquement, représentait une trahison pire qu'une nuit d'égarement des sens. Mais une force plus impérieuse que tout la retenait.

Pauline arrangea sa coiffure et, comme si ce mouvement instinctif pouvait la rendre invisible, se serra contre les inconnus agglutinés. La fine résille lui permettait-elle de percer des secrets sans se sentir elle-même devinée ? Mue par une étrange curiosité, elle dévisagea lentement plusieurs femmes qui se tenaient, silencieuses, les traits creusés, près d'elle. Combien étaient-elles à guetter l'apparition d'un amant ?

Pauline n'était sûre de rien. Dans l'agitation des dernières semaines, ses conversations avec le jeune homme avaient été rares et ils n'avaient jamais évoqué le lieu précis de son incorporation. Elle continua d'attendre, remuée par ses remords quand elle pensait à Charles, tendue dans un fol espoir quand elle distinguait les premiers rangs des nouvelles sections progressant vers elle.

Le découragement l'envahit lorsqu'apparut une vague de matériel. Elle ne remarqua pas les fourgons hippomobiles, mêlés à des camions, dont le roulement de charrette fit ricaner quelques patriotes, amers de découvrir ces vieilleries.

Mais une compagnie en bon ordre fermait la parade. Pauline, abandonnant soudain toute crainte des regards, fendit la cohue pour se trouver au bord de l'avenue. Hugues de Rofiac était à demi caché par des camarades, mais il était là ! Bien qu'elle distinguât mal sa silhouette, Pauline pensa que l'uniforme lui allait bien et qu'il gardait beaucoup de prestance dans l'anonymat de la troupe.

Comme quand Charles était passé, elle jeta le prénom du jeune homme dans le piétinement monstrueux emplissant l'avenue.

Comme Charles, il distingua son appel et il la regarda aussi longuement qu'il put. Mais, tout à coup, elle ressentit une grande incertitude : savait-elle seulement quels sentiments étreignaient Hugues de Rofiac, à la seconde où elle sortait de son champ de vision ?

– Je n'aurais pas dû venir… bredouilla-t-elle.

– Que dites-vous, Madame ? s'enquit un vieillard dont elle sentait l'épaule anguleuse contre la sienne.

– Rien. Laissez-moi passer, souffla-t-elle, en se dégageant sans précaution.

– Doucement ! C'est pas ma faute si votre type vous a pas fait un sourire ! railla l'homme.

Pauline louvoya entre les groupes qui se disloquaient en désordre, tendue par la peur de rencontrer une femme de ses relations ou une cliente connue. Elle redoutait de subir une conversation insupportable, avec ses trémolos de circonstance et ses bonnes paroles réconfortantes. En haut de l'avenue, elle se jugea tout autant incapable d'affronter la marée de plaintes ou de considérations apaisantes, suivant l'embarquement de la troupe, qui devait submerger le magasin.

La solitude de sa maison vide : c'était le refuge dans lequel elle pouvait taire son désarroi et son secret, que la guerre chargeait soudain de drame. La porte refermée, elle se jeta dans le canapé du salon, écrasée par la sensation d'avoir perdu toute clairvoyance et toute emprise sur sa volonté.

Était-il possible qu'elle aimât deux hommes et qu'ils lui fussent enlevés en même temps ? Certains jours, quand elle se souvenait de la sensualité de sa nuit avec Hugues de Rofiac, elle avait retrouvé chaque délice de ce jardin intime, jusqu'à oublier son mariage pendant ces instants de rêverie.

Maintenant, la séparation n'autorisait plus de confusion trompeuse. Sur l'avenue, Pauline avait senti son cœur se rompre en voyant disparaître Charles dans le moutonnement cadencé des uniformes. Elle avait compris qu'elle lui vouait une tendresse et une affection que la mort même ne briserait pas.

Elle ne remarqua pas que la matinée s'achevait et qu'il lui fallait préparer son repas. Elle laissait fluer les idées dans sa tête, en se sentant impuissante devant leur crue insidieuse.

Lorsqu'elle tentait d'imaginer l'avenir, un vertige la saisissait, comme si le canapé, la pièce, les tableaux et les meubles étaient soudain soumis à un flottement imparable. Alors, elle revenait à des nécessités matérielles : regagner le magasin, interroger la caissière sur le montant de la recette, appeler son père au téléphone.

Elle pensa aussi qu'elle devrait plus que jamais jouer son rôle de mère à l'égard des enfants de Charles. Mais comment, quand elle le prendrait à la sortie de l'école, annoncer à François que celui-ci avait quitté la ville, pour monter au front ? Puis, lorsqu'Alicia apparaîtrait pour un court dimanche, quelle attitude adopterait-elle, elle qui savait se montrer si distante ou hostile ?

Pauline s'agita, la gorge soudain nouée. Elle revivait sa tentative de fuite. La silhouette lourde de Rosette, sa voix et ses mots durs surgissaient, accusateurs. La guerre les rendait plus justes. Comment avait-elle pu croire qu'elle était capable d'abandonner à leur sort les enfants de Charles et d'Agathe, pour ne considérer que sa propre liberté et se livrer à ses pulsions ?

Ce trouble et ces réflexions condamnaient si évidemment sa passion pour Hugues de Rofiac que Pauline laissa sourdre un gémissement entre ses lèvres, comme si elle se sentait d'une extrême fragilité.

Lorsqu'elle traversa la ville en direction de La Parisienne, l'agitation des gens et l'onde d'angoisse de la matinée semblaient déjà se résorber ou s'affadir. Les rayons du magasin s'étaient regarnis de clients et le souci de la qualité, de la nuance ou du style des vêtements, celui du prix aussi, reprenaient leur place habituelle dans le brouhaha des allées feutrées.

L'arrivée, que nul n'avait prévue, d'Henri Labarthe, évita sans doute à Pauline la curiosité des employés les plus observateurs, à qui sa pâleur n'avait pas échappé.

– On m'a annoncé que le régiment avait gagné la gare en défilant. Tu étais sur l'avenue ? demanda-t-il.

– Oui, je me trouvais juste au bord du trottoir.

– Moi, je crains un désastre. Mais comment c'était ? Les gens pavoisaient ? questionna Henri sur un ton amer.

– Je ne crois pas… Par moments, il y avait de grands silences dans la foule. Le pas cadencé semblait métallique.

– Tu as pu voir Charles et il t'a vue ?

– Oui, il m'a regardée, souffla Pauline.

– C'était très important pour lui. Tu as bien fait d'aller au défilé.

– On n'a pu se voir que pendant deux ou trois minutes, précisa Pauline en frémissant.

– Et après ? Tu es rentrée de suite ? mâchonna Henri Labarthe, tout en continuant d'imaginer le passage de Charles sur l'avenue, au milieu de son régiment.

– Oui, affirma Pauline.

– Ici ?

– Non, à la maison.

– Je comprends, Pauline, mais oublie ce mauvais moment, insista Labarthe en fixant sa fille, comme s'il pouvait lui communiquer sa force de volonté.

– Non, personne ne comprendra jamais… murmura-t-elle.

– Il faut oublier ou au moins ne plus y penser. Viens, maintenant, commanda-t-il, en se dirigeant vers les bureaux.

D'un geste, il invita les principaux employés à le suivre. Ils s'assirent en silence autour de lui, devinant qu'il allait leur annoncer des décisions portant sur tous les aspects de la vie de l'entreprise, sans attendre que la guerre étreignît la ville de sa main de fer, même si le canon tonnait à l'autre bout du pays seulement.

– Pauline dirigera ce magasin. Je vous demande de lui obéir comme à moi, exigea Labarthe.

– Je ne sais pas si… hésita-t-elle.

– Avec la charge des enfants, ce sera sans doute lourd. Mais tu dois ça à Charles, trancha Henri.

– On voyait souvent Rofiac. Qui mènera le camion aux foires ? se préoccupa un homme proche de cinquante ans, qui eût aimé succéder au premier vendeur.

– J'ai embauché une femme, jeta Labarthe, avec un air de défi.

– Patron, vous donnez la fouace du Berliet à une mijaurée ? râla le dur, misogyne.

– Pas à une mijaurée ! À Arlette.

– La seule conductrice de camion du département ! Vous avez réussi à la débaucher ?

– Oui, elle entre chez nous.

– Arlette à la place de Rofiac. On change de genre ! s'exclama l'employé.

– Il faut faire confiance aux femmes, maintenant que les soldats se trouvent au front.

Arlette, la quarantaine vigoureuse, ne minaudait pas comme un tendron. Mais elle ne ressemblait pas non plus à une mégère. En quelque sorte conductrice de poids lourds par hérédité, parce que son père camionneur l'ayant initiée dès l'adolescence aux secrets du volant, elle saurait aussi convaincre les acheteuses, du moins Henri Labarthe l'espérait.

– Supposons qu'Arlette vende mieux que Rofiac ! Pendant combien de temps pourra-t-elle emplir son camion jusqu'au toit ? La pénurie va nous tomber dessus, patron.

– Il faudra continuer de travailler tant que nous aurons de la marchandise, dit Henri Labarthe d'une voix neutre car il n'avait pas révélé à son personnel qu'il accumulait des tissus et des vêtements depuis des mois.

La réunion se prolongea encore quelques minutes, mais les décisions essentielles étaient maintenant connues de tous. Lorsque ses collègues se retirèrent, le comptable lui-même partit s'isoler dans sa cellule spartiate, comprenant que ce qui allait se dire entre le père et la fille ne le concernait pas.

Labarthe sembla écouter les pas qui s'éloignaient et le claquement des portes qui se refermaient. Il ne reprit pas immédiatement la parole, comme s'il se livrait à des réflexions nouvelles, susceptibles de remettre en cause une part de ses certitudes et des plans qu'il avait mûris avec tant de soin et de prudence.

– Ce sera dur, Pauline. Beaucoup plus dur que je ne l'avais pensé peut-être… articula-t-il avec lenteur, son regard embrassant les travées de La Parisienne, puis se fixant sur son interlocutrice.

– Je ne sais pas si je pourrai diriger le magasin seule, hésita-t-elle à nouveau.

– Je viendrai souvent ici. Et tu as assez d'expérience. Tu réussiras, la rassura-t-il avec fermeté.

Les prunelles d'Henri Labarthe brillaient. Sous leur feu, Pauline se sentit percée au plus profond de ses doutes car l'entrepreneur évaluait les chances de succès de sa fille avec la même clairvoyance qu'il l'eût fait pour une inconnue.

– Tu devras rester sur le qui-vive à chaque minute. Vendre va devenir compliqué.

– Nous possédons des réserves pour des mois, rappela-t-elle.

– Nous possédons les marchandises et les clients seront contents de les acheter, mais tu devras compter avec la jalousie de tes chers collègues que la pénurie montera en neige contre toi. Il y aura aussi des lois qui te cerneront…

– Quelles lois ?

– En cas de restrictions, on interdira aux gens d'acheter, même s'ils disposent de l'argent nécessaire, assura Labarthe.

– Ce sera difficile, mâchonna Pauline.

– Toi, ta mère, moi, La Vernière, nous pouvons tenir, si nous faisons bloc, affirma-t-il sur un ton qui rejetait la plus infime parcelle de doute pour galvaniser son énergie.

– Charles reviendra bientôt…

– Ne t'enferme pas dans ces illusions. La mobilisation traîne encore en France, mais depuis hier les Allemands pilonnent Varsovie.

– Vous croyez qu'ils se retourneront contre nous quand ce sera fini là-bas ?

– Ni toi ni moi n'en savons rien ! Les militaires non plus, peut-être. Attends plutôt une lettre de ton mari : elle te fera du bien, se radoucit Henri Labarthe.

La peur fouaille le cœur, puis paraît s'évanouir comme se disloque un nuage chargé de foudre qui n'a pas frappé. Celle de Pauline la réveilla pendant des semaines. C'était une sorte d'île terrifiante, dont elle recomposait chaque nuit les paysages irréels et les combats qui l'ensanglantaient. Des silhouettes de soldats couraient et tombaient en avant. Mais jamais le visage de Charles ne se distingua avec netteté parmi les victimes du cauchemar et elle se rassura peu à peu.

Vers le milieu de l'automne, elle ne vit plus l'île nocturne et elle ne se réveilla plus. La peur devenait une habitude, elle s'apprivoisait. Les journaux ne distillaient-ils pas des nouvelles permettant de vivre d'illusions ? Selon eux, quelque part dans un nord lointain et imprécis, les soldats s'ennuyaient, s'occupant à briquer les crosses des fusils et à lustrer les sabots des chevaux. Après avoir raidi les êtres de panique, la guerre déconcertait. Confuse, immobile.

La première lettre de Charles ne parvint à sa femme que le quinze octobre. Puis, il lui écrivit presque chaque semaine. C'étaient des phrases courtes, décrivant les campagnes de Flandres, tandis qu'il ne consacrait que peu de mots à ses sensations ou à ses sentiments, comme si une volonté de ne pas parler de lui le retenait.

Elle pressentait qu'il lui cachait tous les aspects désagréables de sa vie dans la boue et les intempéries, pour qu'elle ne s'inquiète pas et qu'elle ne s'apitoie pas sur son sort. Charles se forçait aussi à éviter les déclarations passionnées, mais une tendresse sourde affleurait à chaque ligne.

Pauline lui répondait en frémissant jusqu'au dernier glissement de son stylo sur le papier discrètement parfumé qu'elle utilisait. Alors qu'ils ne s'étaient jamais écrit de missive d'amour, la guerre possédait l'étrange pouvoir de la contraindre à formuler ses sentiments pour la première fois et à les exprimer de façon à ce qu'ils soutiennent le soldat par leur chaleur et leur sincérité. Elle hésitait souvent pendant de longs moments pour choisir ses mots, ne voulant que lui dire une ardente affection, sans laisser poindre une allusion à leurs échecs intimes ni une espérance insensée.

– Rofiac m'a écrit, annonça Henri Labarthe, un soir où Pauline dînait à La Vernière.

– Où est-il ? demanda Marianne.

– Planqué à l'abri de la ligne Maginot, sans doute. Il ne me donne pas beaucoup de détails, mais il me parle de la Lorraine.

– Planqué... Ce n'est pas le cas de Charles dans sa gadoue de betteraves !

– Quand Hitler attaquera, il vaudra mieux être à la place de Rofiac qu'à celle de Charles, c'est sûr, marmonna Labarthe.

– Tu ne dis rien, Pauline ? Pourtant tu t'entendais bien avec Hugues, quand il travaillait au magasin.

La jeune femme sourit à sa mère, comme si elle partageait cette idée, mais elle ne répondit pas. Au début de leur séparation, elle avait espéré des pages enflammées de son amant d'une nuit. Puis, elle avait admis qu'il n'était pas très décent qu'il lui écrivît. D'ailleurs donner tard de ses nouvelles, en informant son patron, montrait qu'il avait voulu respecter des convenances.

Par une étrange confusion de son esprit ou de ses sens, Pauline pensait à Hugues de Rofiac à la seconde où elle cachetait une enveloppe destinée à son mari. Elle ne repoussait pas ces images fugaces car elle ne se sentait pas coupable de tromper Charles, puisqu'elle n'avait jamais correspondu avec l'autre soldat.

– Il faudra prévoir des éclairages de secours pour le magasin, reprit Pauline, comme si elle n'éprouvait qu'indifférence à l'égard du courrier du vendeur.

– Il y a eu encore une nouvelle panne ? s'inquiéta Henri.

– Une panne générale dans le quartier. Inexplicable…

– Beaucoup de choses sont inexplicables, alors que nous sommes si loin du front : l'augmentation des prix, le manque brusque de farine ou de pain.

– J'ai dû menacer pour me faire livrer des boulets pour la chaudière, révéla Pauline.

– La pénurie et les restrictions vont commencer. Je me demande si le gouvernement connaît le mot prévoir !

– On m'a dit que certains ne vendent plus de coupons de tissu, révéla Pauline.

– Fais attention à tout, recommanda Labarthe, les traits crispés.

– J'aimerais tant que Charles revienne en permission, confia-t-elle, avec un soupir de lassitude, comme si le poids de la direction de La Parisienne et ses propres préoccupations devenaient soudain insupportables.

– Son tour arrivera. Il apparaîtra le jour où tu t'y attendras le moins, s'efforça de la réconforter Marianne.

Henri Labarthe n'ajouta rien, mais il pensa que la solitude de Pauline et les responsabilités qu'il lui avait confiées trempaient jour après jour la volonté et la lucidité de sa fille. Il la regardait mener le personnel, s'assurer avec tact de la satisfaction de chaque client, surveiller la caisse. Même s'il ne lui destinait un compliment que de loin en loin, il admettait qu'elle le surprenait par son efficacité. En particulier, au cœur de l'hiver de plomb qui sévissait depuis des semaines, Pauline avait fait preuve de beaucoup de doigté dans la vente des manteaux et des pelisses sur lesquels se jetaient des acheteurs de plus en plus nombreux, parce que ces articles de saison commençaient à se raréfier chez les petits commerçants. Aucun chaland n'était reparti sans le précieux vêtement ; mais en l'entourant de mots choisis et de prévenances personnelles au moment où il quittait La Parisienne, la maîtresse des lieux l'avait persuadé qu'il bénéficiait d'une considération spéciale, lui valant cette faveur.

Retards du courrier, stupidités d'une administration de plus en plus tracassière, lenteurs dilatoires de certains, prenant prétexte de la guerre pour retarder leurs paiements, chaque journée semblait gagner en complications. Pauline poussait la porte de sa belle maison, écrasée de fatigue, avec la sensation étrange de pénétrer dans un havre de silence et de paix. Elle réchauffait à la hâte le repas qu'une employée lui avait préparé. Elle enveloppait François de sa tendresse, le regardant manger, l'écoutant avec une infinie curiosité.

Lorsqu'il se couchait, bien souvent elle n'allumait pas le poste de TSF. Pourtant, elle pensait à la guerre, dans une sorte d'évocation confuse : à Charles, à Hugues de Rofiac. Leurs visages et leurs silhouettes ne se disputaient pas sa mémoire. Ils surgissaient un peu en désordre, au hasard de ses réflexions, de ses hésitations intérieures, de ses rêveries dans la vacuité du silence.

Avec la répétition de ces soirées, peut-être aussi parce que la rigueur de l'hiver s'éloignait, remplacée par une tiédeur de l'air et une clarté de plus en plus agréables, Pauline laissa surgir l'idée que les offensives, différées pour de mystérieuses raisons, ne se produiraient jamais. Pendant des semaines, elle se complut à imaginer les entrevues secrètes des ministres ou des diplomates ennemis, puis l'annonce merveilleuse d'un cessez-le-feu général. Parfois, lorsque sa fatigue s'effaçait, elle se sentait légère, à l'unisson du printemps qui tiédissait le jardin et la maison ; et elle chantonnait, en se préparant à monter dans sa chambre.

Plus tard, Pauline ne se souvint pas quelle fut la dernière de ces soirées au cours desquelles elle s'était bercée d'illusions. C'était le dix ou le onze mai. À la fin du repas. La sonnerie stridente du téléphone retentit. François sursauta, la bouche à demi ouverte en la regardant se lever pour saisir le combiné.

– Tu écoutes la radio ? demanda Henri Labarthe, d'une voix rauque.

– Non, chuchota-t-elle parce qu'elle pressentait une nouvelle grave, qu'il lui faudrait cacher à l'enfant.

– Les Allemands occupent le Luxembourg, la Belgique et la Hollande. Ils ont attaqué sur tout le front avec des centaines de chars.

– Charles…

– En plein dans la bataille, Pauline. J'ai regardé une carte : les Panzer seront sur eux dans deux jours.

– On les arrêtera, bredouilla-t-elle, en sachant l'inanité de ce genre de vœu pieux.

– Reviens à La Vernière. Dans cette situation, ta mère te sera précieuse. Tu ne devrais pas rester seule, Pauline, insista Henri Labarthe.

– Nous verrons plus tard. Je ne veux pas affoler les enfants. Je vais parler à François pour le préparer à ce qu'il apprendra demain et qu'il comprendra mal, décida-t-elle.

Elle reposa l'appareil qui crissa en retrouvant les encoches sur lesquelles il devait s'enclencher. À nouveau la peur. Elle lui enserra le ventre et la poitrine. Intense. Elle lancinait, paraissant profiter de chaque espace entre les mouvements du balancier de la pendule pour la harceler.

Pauline ne gémit pas, ne se révolta pas. Elle commença à expliquer l'inexplicable à François, tout en essayant d'imaginer comment elle ferait bonne figure au-dehors avec la compagnie obsédante de son angoisse et de l'incertitude sur le sort de Charles.

Elle attendit en vain sa lettre hebdomadaire. Il devait se trouver au plus fort de la tourmente. Mais elle ignorait où il se battait. Au magasin, les femmes, employées ou clientes, la regardaient. Parfois, dans cette solitude au milieu des autres, elle pensait que Charles était déjà tombé au combat. Mais elle réussissait à ravaler son désarroi, qui culmina lorsque les troupes françaises furent encerclées autour de Dunkerque, prises comme des rats dans une nasse.

Un après-midi, Pauline n'y tint plus. Elle se présenta à l'institution, parce qu'elle avait besoin de connaître les réactions d'Alicia, sans doute plus touchée par les mauvaises nouvelles que son frère. L'adolescente apparut au parloir, avec une démarche raide, le visage tendu.

– Les sœurs vous ont informées ?

– Elles disent que des conneries, je le sais ! grinça Alicia.

– La Poste aux armées ne fonctionne plus, annonça Pauline sans chercher à deviner pourquoi sa belle-fille mettait en doute les dires des religieuses avec tant de véhémence.

– Si tu veux, je viendrai coucher chaque soir chez toi, souffla tout à coup Alicia, sans adoucir sa raideur.

– Merci, nous pourrons parler de Charles, dit doucement Pauline.

La pensionnaire quittait l'étude surveillée pour arriver quelques instants avant le dîner. Pauline lui savait gré de sa proposition et de sa présence, mais elle n'essaya jamais de forcer sa réserve, lui laissant l'initiative d'évoquer le soldat ou de garder le silence. Cependant, l'épouse et la fille étaient unies dans la même crainte terrible, qu'elles évitaient d'exprimer clairement, d'apprendre le pire.

Le soir du 22 juin, François ne s'était pas couché tôt parce qu'il commentait avec fierté les notes de son bulletin scolaire. Tout à coup, les cloches se mirent à sonner, comme le jour de la mobilisation. Mais c'était un carillon joyeux. Pauline se dirigea vers la fenêtre encore ouverte sur la fraîcheur de la nuit.

– L'armistice, Charles va revenir, murmura-t-elle.

– Papa ! cria Alicia.

Déjà une rumeur envahissait la rue. Des gens sortaient pour se congratuler, enthousiasmés par l'idée si rassurante de la fin des combats.

– L'important, c'est que les hommes reviennent ! On se fout du reste… proclama une femme invisible, sans doute à l'adresse de l'une de ses voisines.

Pauline s'abandonna à l'idée si simple et si réconfortante lancée par l'inconnue. Immobile, les yeux fixés sur la pénombre, elle se laissa pénétrer pendant de longues minutes par un apaisement merveilleux. Il lui semblait que chaque fibre de son corps se détendait à petits relâchements doux.

– La France est battue, dit soudain Alicia.

Pauline comprit qu'elle s'était laissée emporter au-delà du raisonnable par son euphorie. Elle ferma la croisée, retrouvant aussitôt l'incertitude totale qu'elle partageait avec l'adolescente tendue.

– La France sera occupée. Ce sera terrible, s'alarma-t-elle, à nouveau frémissante.

Dans les jours qui suivirent, les flots lamentables de réfugiés du Nord et de Paris submergèrent la ville. Les grappes de femmes, d'enfants, de vieillards s'insinuèrent dans les moindres ruelles, en quête d'un peu de nourriture, d'une boisson chaude, d'un regard secourable, suant la panique. Lorsque le court billet d'Emma lui parvint, Pauline dut le relire à plusieurs reprises tant il lui parut insensé, face à la résignation de tous ces gens hébétés.

Pauline,

Je ne sais pas combien de jours ou de semaines il faudra pour que cette lettre touche Rodez. À Paris, tout est paralysé.

Mais j'ai décidé de rester ici, même si devoir vivre avec les Allemands me rend folle. J'ai la chance que tous mes professeurs de la faculté de médecine soient des mandarins, ce qui veut dire trop âgés pour être mobilisables quel que soit l'avenir. Malgré tout ce qui me gênera, j'en suis sûre, je veux poursuivre mes études. Le temps passe si vite que je ne veux pas perdre des années.

Et toi, ma chérie, où en est ta vie ? Ton cœur ?

Plus que jamais ton amie…

Emma

15

Vers l'est, le soleil invisible colorait une ligne de collines écrasées de violets sertis de lueurs pourpres, qui flamboyaient, alors que le reste de l'horizon demeurait figé de mauves indécis. La voûte du ciel, déjà d'une admirable pureté, promettait une journée brûlante.

Mais les aubes de juin gardent souvent de la fraîcheur jusqu'aux approches du solstice d'été et celle-là n'échappait pas à la règle. Quand il s'éveilla, Charles se sentit transi, avec cette douleur dans les hanches qui le harcelait depuis qu'il couchait à la dure, au gré des hasards des nuits de la guerre.

Ses paupières collaient. Toujours abruti de fatigue, il découvrit l'hostellerie de la belle étoile, dans laquelle il s'était abattu, en compagnie d'un autre soldat, quelques heures plus tôt, dans la plus complète obscurité. Au-dessus de leur tête, s'épanouissait la touffe d'un buisson d'une espèce inconnue, tandis que le sol, légèrement en cuvette à cet endroit, leur avait ménagé une couche spartiate.

– Tu entends ?

– Non, rien.

– Mais si ! insista Charles.

Ils se turent, en suspendant instinctivement leur respiration. Des explosions intermittentes, des canons sans doute, ébranlaient l'air, lointains mais bien réels si on ne refusait pas de les entendre. Des vrombissements rageaient, surmontant la distance. Les deux hommes comprirent qu'ils avaient voulu oublier la monstrueuse rumeur de la guerre, parce que le matin qui les entourait était serein. Mais elle les poursuivait.

– Merde, je croyais qu'on n'entendrait plus le binz de mort ! gronda le jeune homme.

René Courtot avait à peine plus de vingt ans, mais en dépit de leur différence d'âge, il était devenu le meilleur camarade de Charles. Lorsque les combats avaient viré au vinaigre, vers le milieu de mai, une sorte de réflexe animal les avait soudés et ils ne s'étaient plus jamais quittés.

– Tu sais qu'on doit au coup de massue des Boches de se trouver si bien aujourd'hui dans cet hôtel des courants d'air ! gouailla Courtot.

– Je préférerais pas avoir vu les attaques et la débandade.

– Si on avait reculé en bon ordre, si le régiment avait pas explosé, tu aurais été enfermé dans la poche de Dunkerque et tu serais prisonnier comme les autres.

– On aurait peut-être embarqué sur un bateau vers l'Angleterre.

– Tu parles ! Les Rosbifs ont d'abord sauvé leurs troufions. En plus, je les aime pas ! persifla René.

Son analyse était cynique, mais lucide. En quelques heures de durs combats, les régiments français avaient été encerclés. Celui des deux hommes, positionné sur le flanc, avait éclaté en petits groupes déboussolés, quelques sections parvenant à fuir la souricière en se carapatant.

– Il nous faudrait retrouver une compagnie ou des copains, suggéra Charles.

– Tu rigoles ! Y a plus de compagnie ! Plus d'officiers ! Plus d'armée. Que des pauvres types, comme nous. Et les autres qui vont foncer vers Paris avec leurs chars ! Magnons-nous !

La réalité de la déroute française et leur propre sauve-qui-peut nouaient sa gorge, mais Charles admit assez facilement le bon sens de son camarade. En se fiant au soleil qui s'élevait, ils prirent grossièrement la direction du sud, coupant à travers champs, empruntant des chemins ruraux. Au milieu de l'après-midi, Charles crut reconnaître un clocher et le gros village déserté par ses habitants, qui l'entourait.

– Nous sommes près d'Amiens. J'ai roulé sur cette petite route quand je venais acheter des cotonnades… annonça-t-il.

– Nous avons de l'argent : il faudrait trouver de quoi bouffer.

La ville n'était plus qu'une cité fantôme. Mais Charles, à demi hébété par ses courbatures et la faim insidieuse, entraîna Courtot vers l'hôtel de Picardie, où il avait tant de fois passé des soirées. Les volets fermés aveuglaient la façade. Cependant, le patron se tenait sur la porte, encadré par les panonceaux des nombreux guides gastronomiques, honneurs dérisoires d'un temps révolu.

– Charles, qu'est-ce que vous foutez là ?

– Et vous ? répliqua celui-ci, en éclatant de rire, tant le spectacle du gros homme au milieu des macarons et des fourchettes octroyés à l'établissement était surréaliste,

– La pure folie ! J'ai pensé qu'il valait mieux me trouver devant mon comptoir quand les Allemands arriveront.

– Vous attendrez pas longtemps ! se moqua Courtot.

– Vous avez de quoi manger ?

– Pas une tranche de jambon, mais vous pouvez prendre une chambre, proposa l'hôtelier.

– On a pas le temps de villégiaturer chez vous ! grinça Charles.

Il entraîna son compagnon dans les rues, qu'il avait parcourues autrefois pour occuper des fins de journées insipides. Alors qu'il avait à peine remarqué certains magasins ou certains édifices, ils lui rappelaient des souvenirs ou des faits sans importance, qui surgissaient soudain avec une précision extraordinaire.

Charles s'en défendit, mais l'émotion désabusée qui avait habité sa nuit avec l'inconnue, le rattrapait. Elle avait fui Amiens sans doute, entraînée par la peur et la débâcle des gens. Où était-elle à cet instant ? Il fut tenté de retrouver la rue et le petit immeuble. Mais il y renonça devant l'idée de fausser compagnie à Courtot ou de lui confier une part, même arrangée, de son secret.

– Tu penses qu'il faudrait becqueter ?

Charles haussa les épaules. Le souci exclusif de son compagnon de se nourrir l'agaçait. Mais il prit la direction du petit café où il avait voulu échapper à l'ennui et où il avait abordé la fille solitaire.

Ils marchaient avec une étonnante lenteur, découvrant, muets, le tableau de la défaite. Partout, les rues étaient désertes. Et pourtant, elles donnaient le sentiment de la pagaille et de l'encombrement : meubles abandonnés à même la chaussée, charretons renversés, détritus et vieux papiers jetés, chiens errants.

– Entrons, c'est ici, dit finalement Charles quand ils atteignirent le bistrot.

– Tu es déjà venu ?

– Peu importe ! Mais dans ce troquet de quartier, il reste peut-être quelque chose…

Espérait-il éponger l'argent des occupants plus tard, le bistrot n'avait pas déserté. Pour l'heure, il se montra ravi de faire payer cher les deux soldats. Charles s'abstint de beaucoup parler, se complaisant à une nostalgie dont il se croyait protégé par le temps écoulé et par la commotion de la guerre et de la défaite, qui rendait le passé si fragile.

La clarté électrique violente qui avait attiré Charles dans l'établissement la première fois, tel un insecte de nuit se jetant contre une source lumineuse, ne réapparaîtrait pas de sitôt. Mais la semi-obscurité qui régnait restait suffisante pour que le grand miroir révèle la vérité crue des deux hommes.

– Putain, j'ai honte ! grogna René Courtot.

– Honte ? fit Charles, empêtré dans ses souvenirs.

– T'as vu la crasse qu'on porte ? Et ma veste déchirée ! On est plus des soldats. Des clodos…

– Il faudrait trouver des vêtements civils, admit Charles.

– Un régiment qui a pété comme une pastèque pourrie. En déroute, mon vieux ! Ces uniformes sur notre dos ne veulent plus rien dire…

Courtot jeta un regard sur la glace murale. Elle lui renvoya un visage flou. Mais il était assez satisfait d'avoir résumé ainsi ses idées. Qu'étaient-ils, tous les deux ? Encore des soldats ? Battus, acceptant la dégelée reçue quelques jours plus tôt, semi-déserteurs, si on réfléchissait bien. Ou déjà des revenants parmi leurs proches, désireux de tout oublier ?

– Partons, grommela Charles, mal à l'aise.

– Tu sais quelle direction prendre, maintenant ?

– Je trouverai. J'ai pratiqué beaucoup de routes au nord de la Loire.

– Nous nous séparerons au dernier moment : moi pour Bordeaux, toi vers ton foutu pays perdu ! railla Courtot.

– Ta gueule ! le rabroua Charles, l'esprit soudain tendu par l'inconnu de la suite de leur voyage.

Ils sortirent d'Amiens avec l'illusion agréable de mettre une distance définitive entre les divisions allemandes et eux. Mais ils furent aussitôt enserrés par la réalité. La route principale qu'ils avaient prise était incapable de supporter la crue terrifiante des réfugiés. Elle les vomissait sur les bas-côtés et dans les fossés ou les champs proches, en rebuts sombres de malheur : objets hétéroclites, véhicules à bout de souffle, silhouettes humaines désespérées.

– Il faut se dépêtrer de ce bordel, décida Courtot. Tu penses aux avions en piqué là-dessus ?

– Nous ne pouvons rien faire, bredouilla Charles.

– Prenons les bordures de parcelles et les bois, en surveillant les *Stukas*.

Ils commencèrent une pénible marche à travers des tapis de végétation déjà haute. Après quelques kilomètres, un spectacle hallucinant les figea sur place. À un carrefour, à l'image d'un confluent où se rejoignent deux cours d'eau en débordement, la nationale refusait sans pitié le flux humain d'une départementale.

– Nom de Dieu, haleta Courtot, ils vont s'étriper. Ils se battent comme des chiens, pour passer.

Soudain, un homme se détacha de l'échauffourée, courut vers une camionnette stoppée sur la voie secondaire, y entra avec des gestes de fou. Il démarra. Louvoyant entre les grappes de gens, il se lança contre le magma infranchissable, qui se referma sur l'engin dans une mêlée de vociférations et de coups.

– Tu vois, commenta Courtot, n'aie plus de regrets ! Ne restons pas à regarder ces choses qui font mal.

Ils progressèrent pendant plusieurs jours, en se convaincant qu'ils maintenaient leur cap au midi. Mais, dans le dédale des campagnes feutrées de foins hauts, ils doutaient souvent, lisant avec une certaine inquiétude les panneaux indicateurs aux noms typiques, cette France profonde en train de perdre la tête parce qu'elle ne comprenait plus ce qui arrivait : l'armistice, qui aurait dû tarir le jusant tragique, les hordes qui submergeaient les villages.

Charles et Courtot ne faisaient que côtoyer les réfugiés, mais ils les rencontraient, se mêlaient à eux, s'en séparaient au gré de fantaisies du désastre, qui s'insinuait partout, embourbant des voitures ou des piétons fourvoyés dans des chemins creux ou des voies vicinales, habitués au roulement serein des chars. Ils bivouaquaient n'importe où, préférant la solitude d'un bosquet, mais à plusieurs reprises ils durent céder la place à de petits groupes désemparés et hargneux à la fois.

Étranges journées. La guerre ne s'entendait plus, mais elle occupait tout le temps et toutes les pensées qui agitaient les esprits. C'était comme si la déraison s'était emparée de tous les êtres et que chacun d'eux vécût avec le sentiment d'une totale vulnérabilité. Charles semblait cependant sûr qu'ils étaient parvenus aux abords de Saint-Germain-des-Fossés car les collines des lointains se redressaient, annonçant le Massif central.

La veille, ils avaient croisé une voie ferrée déserte, coupant un val d'herbe plantureuse, malgré la chaleur. Après quelques heures de marche seulement, le lendemain, ils entrèrent dans un bourg dont la gare semblait l'activité cruciale. Un convoi de mauvais wagons stationnait, attelé à une locomotive telle que l'imaginaient sans doute les petits paysans qui n'avaient jamais pris le train, soufflant selon sa fantaisie des jets de vapeur légers.

– Montons. Nous sommes peut-être assez loin des Chleuhs pour ne pas risquer une attaque aérienne, raisonna Charles.

– Si tu le dis ! railla Courtot.

Le préposé de la Compagnie ergota pour leur vendre un billet à destination de Limoges, prétextant que ce train était réservé aux réfugiés et qu'il s'ébranlerait Dieu seul savait à quelle heure. Lorsqu'il partit enfin, en début d'après-midi la canicule écrasait les malheureux voyageurs forcés.

Le compartiment de seconde classe cuisait à l'étouffée, bondé jusqu'à la portière de femmes avec enfants parmi lesquels un vieillard sec tentait d'occuper le moins de banquette possible. Depuis l'étroit couloir, Charles et Courtot contemplaient, la gorge nouée, ce nouveau tableau de l'exode.

Après quelques kilomètres seulement, de secousses métalliques, une voyageuse sortit avec précipitation de l'étuve.

– Ouvrez la vitre. Vite! cria-t-elle, en exposant avec une espèce de geste farouche son petit au jet d'air qui s'engouffra dans le corridor.

Les deux hommes avaient tiré de concert sur les tétons de métal permettant de baisser le rectangle de verre. L'enfant pouvait avoir deux ans, mais il paraissait maigre et épuisé. Sous la bouffée fouettée par la vitesse, son visage, bistré de cernes, se recolora, mais il commença à tousser.

– Vous êtes là depuis longtemps? mâchonna Courtot, mal à l'aise.

– Trois jours.

– Vous allez où?

– Moi, vers Toulouse. Mais le train, je ne sais pas... dit-elle résignée à tous les détours qu'imposeraient les événements.

C'était une femme de trente ans. Plutôt petite, mais jolie, avec des yeux d'une grande profondeur, qui exprimaient une anxiété qu'elle ne cachait pas. Charles voulut lui parler aimablement, en lui posant des questions sur son origine, sur sa famille ou son mari. Mais il n'osa pas.

– Il étouffe. Il va mourir, vous savez, si je ne trouve pas d'eau, reprit-elle tout à coup, en berçant lentement le bébé.

– Vous n'avez plus d'eau?

– Non. Il m'en restait un demi-litre, mais il a fait très chaud cette nuit et il a tout bu, jusqu'à la dernière goutte, expliqua-t-elle comme si la réalité n'était pas discutable.

– Il n'y a pas de secours?

– Des bénévoles de la Croix-Rouge: deux fois depuis le départ.

– Vous auriez pu descendre, quand le convoi stationnait.

– Non, protesta-t-elle, j'avais trop peur de rester sur le quai.

– Je descendrai à votre place au premier arrêt, promit Charles. Donnez le petit.

Celui-ci devait être si mal qu'il ne cria pas au changement de bras et malgré la maladresse du soldat. La mère alla fouiller dans un cabas et revint avec une bouteille de bière d'un litre, un modèle de ménage, pourvu d'un bouchon de porcelaine à collerette de caoutchouc rouge brique.

– Je n'ai que ça, regretta-t-elle.

– Ce sera mieux que rien, assura Courtot, qui déglutissait une mauvaise boule de gêne et d'émotion.

On ne stoppa qu'à la tombée de la nuit, dans une station dont le nom ne disait rien. Dans le commencement de pénombre, les bâtiments ferroviaires semblaient mesquins.

Charles sauta sur le quai, muni de la bouteille, qu'il balançait en la tenant par l'armature métallique du bouchon. En tête du train, le chef de gare avait posé le fanal et s'adressait au mécanicien.

– Cherche les pissotières ! cria Courtot.

Charles hésita, dut faire un détour derrière le convoi pour traverser les voies. En courant, il gagna les cabinets publics. Dans l'édicule, c'était le noir complet. Pour repérer le robinet d'eau potable, il tâtonna, puis se guida au crachotement d'une fuite. Il se rafraîchit le visage avec délice, avant de remplir avec soin la bouteille jusqu'au ras du goulot.

Tout à coup, il devina que le train repartait. Il se mit à crier, poursuivant la ferraille qui bringuebalait sur les premiers aiguillages. Hors d'haleine, il réussit à tendre la bouteille à Courtot, penché à tomber.

– Accroche-toi, bordel ! gueulait celui-ci, comme un reproche ou une accusation.

Charles avait agrippé une poignée, mais il manqua le marchepied et il tomba à la renverse. Quand il se releva, son pantalon déchiré laissait suinter un filet de sang sale.

– Vous êtes cinglé ! Vous voyez les emmerdements si vous vous étiez tué ? J'étais bon pour des rapports à n'en plus finir. Foutez le camp ! vitupéra le chef de gare.

Une cabriole grotesque à se briser les reins, de surcroît ponctuée par les reproches insultants d'un cheminot irascible, c'était ainsi que se terminaient la guerre de Charles et la camaraderie chaude, mûrie de privations et d'angoisse, qui l'avait lié à René Courtot. Le reverrait-il jamais ? Il ne connaissait même pas son adresse exacte.

Charles maugréa, mais il obéit à l'injonction de l'homme qui balançait machinalement sa lampe réglementaire. La petite salle des pas perdus puait la poussière, sinistre. La porte vitrée extérieure, claqua, refermant derrière lui un temps étrange de sa vie dans lequel il avait été jeté à son corps défendant. Ce fut alors seulement qu'il pensa à La Vernière, tant pendant des jours Courtot et lui n'avaient eu d'autre préoccupation que de fuir, pour ne pas être faits prisonniers.

Son camarade de Bordeaux disparu dans le vacarme des bogies et des fers d'attelage brutalisés, Charles n'avait plus aucune raison de se diriger vers Limoges. Il atteignit Clermont-Ferrand le lendemain. Puis, devant l'incertitude des horaires des trains, il se lança sur les lignes d'autobus de la montagne qui continuaient de desservir les villages isolés. Des femmes noires lui disputaient les sièges, lui enfonçant un sac ou une panière dans les côtes, indifférentes, muettes. Sur le Cézallier, le Cantal et l'Aubrac, les troupeaux à l'estive pacageaient, paisibles. Charles fermait un moment les yeux, se pressant contre les chairs rustiques des ménagères, puis les rouvrait pour s'enivrer de l'immensité sublime des pâturages, heureux de la force de ses sensations qui lui prouvaient qu'il était revenu à la vie civile.

Mais, en débarquant du dernier autobus, à Rodez, il comprit combien il s'était trompé, quand il imaginait que son retour de la guerre ressemblerait, à une bouffée d'émotion près, à toutes ses réapparitions à La Vernière, au terme de ses innombrables voyages d'affaires.

Marcher vers le magasin ? Contempler les vitrines pendant un instant, pousser l'une des belles portes, s'avancer entre les rayons ? Accepter en riant fort les effusions, les compliments, les bonnes paroles des employés et des clients ? Embrasser Pauline défaillante ? Charles avait souvent rêvé de ces gestes et de ces mots, se les répétant dans la solitude glacée de son hiver de guerre. Maintenant tout cela le paralysait.

Son sac était resté dans le train. Tant mieux ! Sans rien dans les mains, vêtu de son uniforme sale, on le remarquerait moins. Pendant son trajet pressé vers la maison, il n'eut qu'une petite inquiétude : Pauline avait-elle déposé la clé dans sa cachette, en pensant qu'il surviendrait un jour ou l'autre ?

La grille donnant sur la rue, battants poussés, semblait attendre un visiteur. Charles se troubla. Se pouvait-il que sa femme ait laissé le portail ouvert depuis longtemps pour l'accueillir ?

Dans les bordures de l'allée, qu'il n'avait jamais vues fleuries car elles n'étaient pas encore aménagées à son départ, des gypsophiles d'un blanc vaporeux soulignaient la profondeur des bleus des céanothes.

Les yeux du soldat, obscurcis durant des mois dans la grisaille du nord, puis révulsés par les horreurs des combats, ne conservaient-ils qu'une mémoire affadie des fleurs ? Il s'en emplit le regard avec une espèce de boulimie, comme si les petits arbustes revêtaient tout à coup beaucoup d'importance pour lui. Son esprit persistait à flotter dans cette contemplation agréable, lorsque des bruits de pas montèrent sur le côté de la maison.

– Pauline ! appela Charles.

– Qu'est-ce que vous voulez ?

C'était une voix féminine. Criarde. À la limite de l'hostilité. Charles sursauta. Le personnage qui lui apparut manquait cruellement de grâce, la cinquantaine bien marquée sur un visage curieusement rose et dans un corps dépourvu de taille, ensaché dans une robe à fleurages.

– Qui vous permet d'entrer ici ? Vous n'avez aucun droit ! gronda-t-elle avec la hargne d'un chien défendant sa pâtée.

– Si, je crois… fit Charles, en ne comprenant pas encore pourquoi cette dondon le menaçait de l'expulser de chez lui.

– Mince ! Je commence à piger : vous êtes le proprio et vous arrivez de là-haut, se radoucit-elle en esquissant un geste vague en direction du nord.

– Vous avez tout compris ! persifla Charles, sans beaucoup de liant.

– Votre femme me loge avec ma famille dans la chambre de derrière. Excusez-moi : j'ai cru que vous étiez un réfugié et que vous vouliez aussi une piaule.

– J'avais espéré… grommela Charles.

Terminer la phrase se révélait tout à fait superflu. La grosse devina qu'il n'appréciait guère de la trouver là. Elle le considéra pendant une minute, la bouche déformée par un demi-sourire, suivi d'une grimace.

– On saura se faire petits, rassurez-vous, promit-elle, comme si l'arrivant l'accusait sans le dire d'être venue troubler son intimité familiale

– Il était normal que Pauline vous prête une pièce qui ne servait pas.

Charles serra les lèvres. Se faire petite, comme elle disait ! Difficile, non pas tant à cause de son obésité et de sa figure assez vulgaire ou de sa volubilité, que du fait de son tempérament envahissant.

Tout à coup, un rictus creusa les pommettes et les coins de la bouche de la réfugiée. Elle se sentait vaguement indésirable, ce qui s'arrangerait avec les semaines, si l'exode se prolongeait.

– Nous nous reverrons. Excusez-moi, je suis fatigué, se défila Charles, au prix d'une bonne parole banale, pour ne pas accabler son interlocutrice de froideur.

Car elle finirait bien par sentir qu'il lui reprochait surtout de donner de la réalité à la guerre jusque dans sa maison, par sa seule présence ; alors que pendant des jours il s'était obstiné à la fuir, se soûlant d'illusions parce qu'il gagnait la zone libre.

– Mon mari et moi, on est pas des gens de bruit, ajouta-t-elle, comme si elle venait de percer les sentiments du démobilisé.

Charles se demanda ce qu'il allait faire en attendant Pauline. Souvent, quand il forgeait dans sa tête le scénario de son retour, il avait imaginé une sorte de purification. De l'eau coulant d'un robinet élégant… Un bain très chaud, qui chasserait du moindre recoin de son corps la trace de saleté la plus infime, la crasse, l'odeur de l'ennui, de la peur, de la violence des combats, collées durant des mois sur sa peau ou dans ses cheveux. Il avait curieusement calculé combien de temps tout cela durerait, sans être sûr de rien. Pauline serait-elle impatiente ?

Il se regarda dans une glace du hall. Il était à récurer au savon noir ! Son uniforme de couleur indéfinie, déchiré en plusieurs endroits, ressemblait plus à une dépouille qu'à un vêtement. Sa barbe, rasée à la diable, lui faisait un visage sombre. Et, pensa-t-il, il portait aussi sur lui la souillure indéfinissable de la défaite, contre laquelle le glissement du liquide serait impuissant.

Charles détourna son regard du miroir. Quelle rêverie l'avait poussé à prévoir ce rite purificateur un peu puéril ? Il se laverait complètement, bien sûr. Plus tard. Pourquoi vouloir se présenter à sa femme l'épiderme frictionné et embaumant la lavande ou le chypre ? Pourquoi lui cacher la carapace de saleté dont la

Flandre dévastée l'avait accoutré et lui celer quel être il était maintenant : plus amer, plus lucide, qu'autrefois, comme habité d'une volonté de pénétrer les sentiments et les choses ?

Et elle ? Qu'était devenue Pauline à l'épreuve de leur séparation et au fil des difficultés qu'elle avait dû surmonter ? Lorsqu'elle arriva enfin, elle se jeta dans ses bras et ils restèrent enlacés longtemps, silencieux, frémissants, dans une attente mêlée de la peur de se regarder, de se parler.

Leurs corps serrés et leurs doigts noués se séparèrent après un lent relâchement, comme s'ils avaient de la peine à admettre que leur vie reprenait son cours habituel dès cet instant.

Charles fixa ses yeux sur sa femme. Le contraste entre eux était total : lui, le visage un peu hâve, mangé de poils mal coupés ; elle, les cheveux arrangés en un haut chignon, dégageant son cou et donnant de la fermeté à son port de tête. Elle était vêtue d'une robe moulante, mettant en évidence des formes prémices d'une maturité pourtant encore éloignée.

Charles imagina Pauline dans le magasin. À l'évidence, elle s'était installée avec bonheur dans son personnage de directrice et elle en affichait les attributs avec distinction. Mais cette transformation de l'apparence extérieure de Pauline le troubla moins que ce qu'il pressentit de sa métamorphose intérieure : rien de l'adolescente ne subsistait plus dans son regard ou dans ses attitudes.

– François va arriver. Je vais aller chercher Alicia à sa pension, proposa-t-elle.

– Pendant ce temps, je mettrai la salle de bains dans un triste état, feignit-il de plaisanter.

– Reste comme tu es. Il est important que les enfants sachent ce que tu as vécu…

La soirée fut joyeuse, émaillée des fous rires du garçon que le retour de son père transportait d'une excitation encore enfantine. Alicia, elle, ne lui posa que quelques questions, guettant les crispations ou les ombres de son visage. Mais on la sentait avide de percer la signification secrète des silences.

Charles répondait avec une certaine précipitation, ses yeux allant de l'un à l'autre et, très souvent, à Pauline. Des dizaines, peut-être des centaines de fois, il avait rêvé de ce premier soir de sa démobilisation parmi les siens : gai et chaleureux, sans retenir ses envies ou ses pulsions affectueuses, débridé de bonheur brut. Or, il demeurait sur sa réserve, même à l'égard de François et d'Alicia, comme s'il devait maintenir une partie de ses souvenirs militaires dans le flou.

Pauline l'écoutait avec attention pendant un moment. Puis, elle se levait pour servir ou desservir l'un des plats délicats qu'elle avait préparés avec soin. À la seconde précise où elle quittait la table pour se rendre à la cuisine, elle semblait se désintéresser de la conversation, comme si elle revenait à ses préoccupations culinaires et à elle-même. Seulement à elle-même.

Charles suivait sa démarche, ses mouvements. Précis. Ils ajoutaient au charme, nuancé de rigueur et d'élégance de sa tenue. Devant lui, elle jouait à la perfection son rôle de maîtresse de maison. Avec une assurance dont elle n'était pas capable autrefois.

– Tu veux un vrai café ? J'en ai, malgré les restrictions, proposa-t-elle avec un petit rire de satisfaction.

– Je ne sais pas si j'en reconnaîtrai l'arôme.

Lorsqu'elle lui remplit sa tasse, il lui saisit le bras, qu'il pressa légèrement, comme il le faisait autrefois en signe de connivence et d'affection. Mais il n'était plus sûr de rien.

Aux premiers mois de leur union, il avait enveloppé Pauline d'une tendresse attentionnée ; il l'avait initiée aux usages de L'Incomparable, il l'avait guidée dans la bonne société et parmi ses amis personnels. Tout ce temps s'était déroulé sous les yeux bienveillants de Marianne et d'Henri Labarthe, tellement heureux de voir leur gendre s'appliquer à ce jeu rassurant du mari protecteur, auquel La Vernière et ses rites bourgeois servaient de cocon.

Charles accentua sa pression et leva les yeux pour rencontrer le regard de Pauline. Quels sentiments la remuaient à la seconde où elle le considérait intensément, en achevant de verser le moka avec la plus parfaite maîtrise de ses mouvements ?

– Tu veux me pousser à une maladresse ? Laisse-moi, chuchota-t-elle pourtant.

Il se sentit désemparé. Ses prévenances, sa tendresse auraient-elles encore de l'importance pour la femme qu'était devenue Pauline ? Resteraient-elles toujours assez fortes pour contenir leurs insatisfactions intimes au plus profond de leur chambre et de leurs cœurs ?

Lorsqu'ils gagnèrent leur lit, ils se tinrent aux gestes tacitement admis entre eux depuis des années : des mots affectueux, un baiser léger, des caresses élusives en dépit de leurs pulsions.

Parce que sa passion pour Pauline brûlait toujours en lui, en dépit de leur longue séparation, Charles se prit à espérer. Maintenant qu'elle était devenue une femme, ne pouvait-il pas la conquérir, en oubliant les interdits qu'il s'était imposés et le passé, si ambigu, de leur couple ?

– Demain, nous dînerons à La Vernière, suggéra-t-elle.

– Ah ! Toujours le dîner à La Vernière… fit Charles, dont l'ironie masquait les incertitudes.

– Tu imagines la joie de maman quand elle te reverra en chair et en os ? objecta-t-elle sur le même ton de futilité.

– Plutôt en os…

– Tu es stupide ! l'accusa-t-elle, en le frôlant d'un ultime effleurement de ses doigts.

L'ascension de la bourgeoisie provinciale revêt la lenteur et la tranquillité de la croissance des grands rouvres. Il peut s'écouler des années, voire une ou deux générations, si sereines qu'on en oublie leur durée.

Marianne avait souffert d'accorder son consentement à un mariage que sa fille avait plus accepté que voulu avec l'enchantement des fiancées comblées. Puis, en constatant l'harmonie, au moins apparente du jeune couple, elle s'en était assez facilement tenue à la surface des choses, cette bonne entente visible entre Charles et Pauline, la réussite d'Henri en affaires, augurant d'un avenir exempt de périls pour les Labarthe.

La mobilisation de Charles était venue rappeler brutalement à Marianne que, comme les hommes, les dynasties bourgeoises sont mortelles. Pendant les mois de la drôle de guerre, puis au cours de la terrible décade de l'offensive hitlérienne, elle n'avait cessé de trembler, en dépit de son imploration de la pitié divine au cours des offices spéciaux, voués à la protection des soldats, du curé Bergougnoux.

Le dîner marquant le retour de Charles fut-il submergé de soulagement après la peur ou d'une action de grâces envers un

Dieu attentif ? Marianne et Rosette, usant de toutes leurs relations campagnardes, parvinrent malgré la pénurie à garnir la table comme aux temps d'opulence alimentaire. Vol-au-vent, suprême de volaille, desserts maison prouvèrent à Charles l'émotion et la considération de sa belle-mère. Même s'il l'avait un peu raillée, il ne manqua pas d'en être touché. En la regardant, il comprit que ce repas prendrait une place définitive dans l'histoire familiale.

Henri offrait aux siens les traits de la gravité. Contrairement à ses habitudes, il n'entraîna pas Charles dans son bureau pour évoquer les magasins et les camions. Il enveloppa les deux enfants de son regard, hésita, puis commença à parler en les fixant toujours, comme s'il désirait leur faire sentir la portée de l'événement que représentaient le retour de leur père et l'unité de la famille à laquelle ils appartenaient.

– Charles, vous nous avez manqué, dit-il.

– Henri…

– N'ajoutez rien. Même François comprend ces choses, coupa Labarthe.

Pauline serra les lèvres. Ses yeux allèrent de l'un à l'autre, puis balayèrent les meubles et les décors luxueux de La Vernière. Ne possédaient-ils plus assez de beauté et d'attraits pour l'empêcher de s'évader au-delà des murs de la belle demeure ? Elle venait de penser à Hugues de Rofiac.

16

– Ils sont là depuis trois jours, précisa Henri.

De son bureau, il devinait les uniformes vert-de-gris sur le trottoir d'en face. Une quinzaine d'hommes marchaient en file, arme en bandoulière, claquant de leurs talons de bottes sur les pavés, pour paraître plus martiaux.

– C'est bien ma chance ! Rentrer d'Afrique pour embrasser ma famille et trouver les Allemands chez nous, au bout du voyage ! s'énerva le père René Labarthe.

– Tu en as vu ailleurs ? Ils sont déjà arrivés dans le Midi ? s'informa le négociant.

– Ils sont partout à la fois. Ce sont des gens bien organisés…

– Tu es arrivé ici sans mal ?

– J'ai des papiers en règle, mon cher. Et les Allemands ne sont pas installés depuis assez longtemps pour arrêter un missionnaire en soutane. Mais je repartirai au plus vite.

– C'était comment en Afrique ? demanda Henri, que la visite non exempte de risques de son frère troublait plus qu'il ne voulait le laisser paraître.

– Le foutoir… Mais, en tout cas, mieux qu'ici : les frisés ne paradaient pas sous mes fenêtres !

– René, tu mijotes quelque chose de pas clair dans ta tête… supputa Henri à mi-voix.

– C'est déjà cuit ! Je quitte les Missions, révéla le prêtre, en fixant son frère.

– Tu te retires dans la brousse ?

– J'ai demandé à devenir aumônier militaire.

– Il n'y a plus d'armée, persifla Henri.

– Peut-être pour vous, en France, lui lança le père d'Afrique.

– Tu pouvais rester chez les Noirs, rejoindre les Sénégalais par exemple.

– De Gaulle, tu en as entendu parler ?

Comme d'habitude aux moments graves, les deux frères s'affrontaient. Henri Labarthe esquissa un vague sourire dubitatif; mais, au fond de lui, il enviait le prêtre qui ne possédait rien et qui était libre comme l'air.

– Ici, personne ne t'attendait : tu vas être le messie…

– Ne plaisante pas avec ces choses, le rabroua René.

Il était trop pressé pour que Marianne organise une grande réunion de famille pour fêter ce retour imprévu.

À La Vernière, le missionnaire ne cacha pas son émotion de revoir les siens, mais préféra n'évoquer que les malheurs de l'Occupation, maintenant étendus à tout le pays, et quelques confidences superficielles sur sa vie d'Afrique.

– Si je m'attendais à vous recevoir un jour en comptant mes tickets d'alimentation ! se désola Rosette.

– Si j'en juge par ce que tu nous as servi, tu as tort de te plaindre, plaisanta-t-il en guise de flatterie.

– Mon Dieu ! s'exclama la cuisinière, si les Fridolins restent longtemps, la prochaine fois ce sera le café de *pamboule* !

Rosette connaissait les bornes de la familiarité à ne pas outrepasser. Elle se retira après avoir joué les Cassandre et ne réapparut plus. Autour d'un café encore acceptable, les deux frères et Marianne poursuivirent une conversation plutôt languissante. René s'intéressa aux conséquences de la guerre sur le commerce en général et sur celui du textile. Bien qu'il ne doutât pas que son frère ait pris des précautions très particulières, il choisit de s'en tenir aux explications avares de détails de celui-ci. Il eut aussi aimé parler de Charles, de Pauline et des enfants avec Marianne, mais la précipitation de sa visite coup de vent ne lui ménagerait aucun aparté prolongé et détendu avec elle.

– Je sais que des gens comme nous, accrochés à une maison ou un magasin, te paraissent ridicules à te charger de recommandations, mais sois prudent, insista Henri.

– Rassure-toi, je vais rejoindre la frontière espagnole en faisant des sauts de puce de congrégation en congrégation. Puis à Dieu vat ! Mais j'ai des adresses…

– Les voies du Seigneur… railla Labarthe.

– Tu risqueras peut-être plus que moi, à l'avenir, prévint le futur aumônier aux armées de la France libre avec gravité.

Le lendemain, il demanda à être transporté à Rodez de bonne heure car il voulait consacrer toute la journée à François, à Alicia et à leurs parents.

– Pauline, quelle surprise de te revoir dans cette belle maison ! la complimenta-t-il comme ils se trouvaient seuls après le repas de midi, Charles ayant regagné le magasin.

– Il ne faut pas oublier le jardin. C'est un écrin pour la maison. J'aime les soirées que je passe à soigner mes fleurs, confia-t-elle.

– Tu étais si jeune et si confinée à La Vernière quand je suis parti. En Afrique, j'ai beaucoup pensé à Charles et à toi après votre mariage, dit-il d'une voix un peu assourdie parce qu'il se souvenait de tout le temps où il avait parfois regretté d'avoir soutenu les plans de son frère.

– Sortons, nous verrons les massifs, proposa-t-elle.

Les asters et les marguerites d'automne restaient somptueux, malgré l'avancement de novembre. René Labarthe les contempla avec une espèce de caresse du regard, comme s'il devait fixer leurs violets bleutés et leurs pourpres dans sa mémoire avec beaucoup de précision. Puis, ses yeux allèrent jusqu'à un jeune liquidambar qui flamboyait.

– La Parisienne, ta grande maison. Et ce jardin de rêve ! Que ma petite Pauline d'autrefois a pris la vie avec force ! s'exclama le père René, en enveloppant les épaules de sa nièce de son bras musculeux de baroudeur en soutane.

– Charles serait heureux s'il entendait. Il m'aide chaque soir ici, depuis son retour.

– Charles a aussi beaucoup changé…

– Oui, beaucoup, convint-elle.

– Tu es heureuse ? chuchota René en resserrant son étreinte.

– Oui, je crois… souffla Pauline, incapable de soutenir le regard affectueux qui refusait de la percer à nu, mais qui se faisait insistant.

Le missionnaire sentit qu'elle se raidissait, mais il renonça à jouer de l'effet de surprise de sa question. Pendant la matinée au magasin, alors que le jeune couple le guidait parmi les rayons, puis au cours du déjeuner, il avait essayé de trouver une fissure dans l'harmonie apparente liant Charles et Pauline. Mais rien ne semblait les séparer.

Le temps, avec sa capacité de métamorphoser les êtres, n'avait-il pas insufflé la tendresse ou un amour profond dans ces deux cœurs rapprochés par une autre volonté que la leur ? Pourquoi, alors qu'il allait s'éloigner de Charles, de Pauline et de leurs enfants, peut-être à jamais si une balle le fauchait, s'obstinait-il à découvrir une fêlure dans une union qu'il avait lui-même bénie ?

Le père René fut emporté par une bouffée d'affection. Il obligea la jeune femme à tourner son visage vers lui, en l'enserrant contre son torse rude à la manière d'un amant passionné.

– Je suis heureux que nous soyons seuls. J'ai envie de t'embrasser très fort parce que je ne sais pas si je te reverrai, dit-il en précipitant ses mots.

– Il ne faut pas penser ces choses, protesta-t-elle.

– Je voudrais que tu me prépares un beau cadeau, en espérant que je réapparaîtrai un jour, poursuivit-il avec un bon sourire de pasteur.

– Quel cadeau ? bredouilla-t-elle, à demi étouffée par l'étreinte qui ne se relâchait pas.

– Un beau bébé, Pauline, que je découvrirai à la fin de la guerre, si le Seigneur me prête vie pour m'accorder cette joie. Maintenant, François et Alicia peuvent comprendre que toi et Charles désiriez un petit.

– Oncle René… soupira-t-elle en se serrant encore contre lui.

Il pressentit qu'elle refoulait au fond d'elle-même des secrets qu'elle ne lui avouerait pas. Mais il était habité par trop de délicatesse pour forcer une intimité sur laquelle il ne possédait aucun droit.

– Rentrons. Il ne me reste que quelque temps, pour profiter, avec des délices coupables, du moelleux de ton canapé, plaisanta-t-il.

– Vous ne resterez pas chez nous la nuit prochaine ?

– Non. Des amis viendront me chercher entre chien et loup. Mais j'emporterai dans ma tête les couleurs de ton jardin.

Pour les Labarthe, la visite pressée du missionnaire représenta le seul événement heureux de l'automne 1942 et des longs mois suivants. En quelques journées, après son départ, la main d'acier de l'occupant enserra le département tout entier. Les colonnes à pied, les voitures blindées, les side-cars traversaient les hameaux des petites communes et les bourgs, s'arrêtaient, repartaient, comme pour semer la crainte ou la peur.

– Ils tiennent la préfecture en laisse, gronda Henri Labarthe, alors qu'un rond-de-cuir peureux venait de lui refuser un bon de carburant pour la première fois.

– Mais, il s'agit du ravitaillement, pas d'affaires militaires ! s'emporta Charles. Ils sont les maîtres. La *Kommandantur* contrôlera tout à l'avenir.

– Nous avons mangé notre pain blanc…

– Oui, malgré tous les bâtons que les règlements de Pétain nous ont mis dans les roues, jusqu'ici, c'était le bon temps ! grinça Labarthe.

– Nos magasins n'ont jamais manqué de marchandises. Vous aviez vu juste, reconnut Charles.

– Ni les magasins ni les tailleurs ou les couturières que nous servons.

– Où en est Trigosse, à la fabrique ?

– Elle se vide comme une citerne avec la sécheresse. En particulier les vêtements de ville se font rares. Mais il reste beaucoup de rouleaux de tissu, ce qui permettra de contenter les femmes qui se sont mises à coudre leurs tabliers et leurs robes, à défaut de pouvoir suivre une mode qui n'existe plus, expliqua le négociant.

– La carte textile empêche les gens d'acheter, même s'ils ont de l'argent et s'ils trouvent des articles à leur goût, objecta Charles.

– Ce sera dangereux, mais nous ne laisserons pas nos clients sortir de chez nous les mains vides. D'ailleurs les Allemands dévalisent les magasins, vous le savez !

– J'ai vendu de la lingerie pour des cadeaux, reconnut Charles avec déplaisir car il n'aimait pas les officiers cavaleurs qui se délectaient à l'apparition de dessous destinés à on ne savait quelle femme, vénale ou trop sensible au prestige des uniformes.

– Les doryphores… dit sourdement Henri Labarthe.

Des pratiques étranges surgirent semaine après semaine, l'imagination ou la volonté confuse de défier l'ennemi poussant à braver les contraintes ou à les contourner. Lorsque les bas manquèrent, le négociant s'amusa à détailler les jambes des élégantes malgré tout, qui dessinaient une résille sur leurs mollets à l'aide d'un produit miracle, inventé par un malin.

Labarthe ne cessa pas de pourvoir en coupons de tissu les couturières et les boutiques des bourgs. De jour ou de nuit, les ballots gagnaient la campagne en empruntant de mystérieux parcours, au fond d'une automobile qui roulait encore, sous la bâche d'un break à cheval ou sous la paille d'une charrette.

– Je vais faire équiper une camionnette d'un gazogène, décida Henri quand l'essence fit défaut pour le fourgon.

– Imaginez, Rofiac et ses chemises blanches ! ne put s'empêcher de plaisanter Charles.

– Rofiac est prisonnier. Mais nous avons Arlette : elle mettra les mains dans la suie, elle, assura Henri, dans l'excitation de cette lutte têtue contre toutes les interdictions et les brimades répétées des Allemands et de leurs affidés français.

Cet après-midi d'été, la sonnerie du téléphone crépita dans le salon. Pauline vérifia l'heure à la pendule. Il était quatorze heures trente. Ce n'était pas Charles. Il venait juste de partir, en lui recommandant de ne pas l'accompagner, pour qu'elle disposât de plusieurs heures de liberté, par ces temps où les visiteurs se raréfiaient au magasin parce que la pénurie commençait à toucher La Parisienne.

– Je peux vous parler, c'est très confidentiel. Vous êtes seule, Madame ?

– Oui, je suis seule, souffla-t-elle, regrettant aussitôt cette précision imprudente.

L'inconnu possédait un timbre de voix étrange : une sorte d'enrouement grinçant, mêlé de vulgarité, peut-être même de menace. Dès les premières syllabes de l'homme, elle se sentit vulnérable. C'était sans doute pour cela qu'elle était tombée dans le piège de sa question.

– Le commissaire, Madame. Vous n'avez pas peur de la police française ? reprit-il en persiflant.

– Non, je n'ai rien à me reprocher, se défendit instinctivement Pauline, désorientée en découvrant l'identité de son correspondant.

– Qui peut affirmer aujourd'hui qu'on ne peut rien lui reprocher ?

– Qu'y a-t-il ? s'alarma-t-elle.

– Vous avez bien une fille – ou plus exactement une belle-fille – qui s'appelle Alicia ? Elle est chez nous depuis ce matin dix heures, en compagnie de deux complices.

– Vous n'avez pas le droit ! Pourquoi le lycée n'a pas prévenu son père ou moi ? protesta Pauline.

– Pour pas faire de vagues. Le patron de la boîte a cru qu'il pouvait nous arracher ses trois zigotos en nous prenant par les sentiments... Pour vous maintenant, le problème est que votre fille appartient toujours au trio que nous tenons ! insista l'homme, avec l'intention d'affoler sa proie.

– Je ne sais pas de quoi vous l'accusez, mais Alicia est innocente !

– Un ange ! Je connais ce refrain de tous les parents. Venez me voir. Je vous prouverai le contraire, ricana le flic en chef.

Pauline traversa le quartier voisin du commissariat sans pouvoir s'arrêter à une peccadille ou à une bêtise dont l'adolescente se serait rendue coupable, surtout hors de l'établissement, réputé sévère pour tous ses élèves. Devant l'immeuble au crépi pisseux, une bouffée de panique incontrôlable lui serra pourtant la gorge.

Le planton souffrait d'une myopie, qui lui interdisait les opérations de rue. À force de siéger derrière une sorte de comptoir grisâtre, il se confondait avec les murs. Il se leva lourdement pour conduire l'arrivante chez son chef, vers le milieu du couloir.

Pauline connaissait vaguement le commissaire Marquenterre, que beaucoup préféraient éviter dans certaines réceptions où on était obligé de l'inviter. Un type pas très net, ni dans sa tête ni dans ses manières ou ses vêtements, qu'il portait luisants d'usure et tachés par ses maladresses de bouffeur sanguin. Quand on lui serrait la main dans une soirée, on ignorait s'il se trouvait là en aimable invité ou s'il restait un chasseur sournois de renseignements utiles pour lui.

Comme d'habitude, ses cheveux plats, divisés par une raie de peau blanche tracée au milieu du crâne et plaqués par de la brillantine, arrondissaient sa tête de lune mauvaise. Pauline ne maîtrisa pas un mouvement instinctif de recul, qu'il remarqua, mais dont il ne se vexa pas. Simplement, il enveloppa sa visiteuse d'un regard de jubilation, puis il écrasa sa cigarette avec précipitation dans un cendrier puant, comme s'il était pressé de passer aux choses sérieuses.

– Où est Alicia ? questionna Pauline, en essayant d'adopter le calme qui s'attache au bon droit.

– Nous verrons cela plus tard. Venez, commanda Marquenterre.

En sortant de son bureau, il s'effaça, de façon à se trouver derrière la jeune femme. Devant elle, un interminable corridor ne bénéficiait que de la clarté hypothétique de trois lampes jaunâtres. Face à face, des portes rapprochées cachaient on ne savait quels mystères policiers ou quelles victimes.

– Traînez pas. Avancez toujours !

Pauline sentait le personnage équivoque presque contre elle. Elle marchait d'un pas mécanique, le corps raide, la nuque glacée par une angoisse sourde. Elle frémissait d'humiliation, mais elle ne pensait qu'à voir enfin Alicia, à la tirer des griffes de l'individu. Un instant, elle pensa que celle-ci se trouvait dans un réduit, au bout du couloir et elle hâta un peu le pas. Sur ses talons, Marquenterre respirait avec un sifflement dû à la tabagie, mais elle ne le remarqua pas.

– Ouvrez la lourde de droite et entrez, lui ordonna-t-il, avant la fin de cette sorte de tunnel.

C'était une pièce d'une quinzaine de mètres carrés, parquetée d'un plancher blanchi par l'eau de Javel, à force de récurages.

Une table assez grande et des chaises en constituaient le seul mobilier. Pauline comprit que tout avait été préparé à l'avance, en particulier un ensemble de documents, bien ordonnés sur la table. Marquenterre prit un siège, sans inviter Pauline à s'asseoir. Un truc de basse police pour l'impressionner, pensa-t-elle.

– Vous êtes venue vite, observa-t-il avec un petit rire de salaud.

– Vous connaissez une mère qui ne serait pas venue aussitôt votre coup de téléphone ?

– J'aime les femmes qui comprennent…

– Vous n'aviez pas le droit d'aller arrêter ces jeunes au lycée ! s'emporta-t-elle.

– Pas le droit de serrer des terroristes ! Vous rigolez, ma chère !

– Alicia, terroriste ! Vous devenez fou ?

Soudain, le commissaire se releva, prit les grandes feuilles et les retourna comme un joueur abattant un brelan d'as.

– Nom de Dieu ! Si ce sont pas des élucubrations de terroristes, comment appelez-vous ça ? Ces torchons ont été collés sur les arbres et les murs des boulevards et vous avez devant vous les restes que nous avons récupérés au bahut.

– Alicia n'y est pour rien ! s'insurgea Pauline.

– Vous m'amusez ! Ces trois couillons ont écrit chacun une dizaine d'affiches à la main, avant de les placarder. C'est pas les pattes de mouche de votre fille ? triompha Marquenterre.

Alicia s'était bravement appliquée pour calligraphier en majuscules une violente proclamation anti-allemande. Pauline serra les lèvres pour ne pas admettre qu'elle reconnaissait sans peine l'écriture de la fille de Charles.

– Ce sont seulement des gamins exaltés ! plaida-t-elle sans illusion.

– Des gamins ? Facile à dire, mais moins facile à prouver ! éructa-t-il.

Elle se souvint de certaines provocations d'Alicia, lorsqu'elle se lançait dans des diatribes politiques pour choquer Marianne. Se pouvait-il que l'adolescente se soit engagée dans un petit groupe de lycéennes exaltées par l'idée de résister à l'occupant, dont cet affichage irréfléchi constituait la première action risquée et dérisoire ?

– Libérez-les tous. Même si on suit votre raisonnement, quel danger font-ils courir à l'ordre que vous défendez ? argumenta-t-elle.

– Les terroristes sont d'autant plus dangereux qu'ils sont jeunes. Je le crois et c'est ce que pensent aussi nos collègues allemands, corrigea le commissaire d'une voix coupante.

– Ici, il s'agit d'un commissariat français dont vous êtes le patron.

– N'allez pas plus loin, Madame. Les Allemands sont nos amis pour combattre tous les extrémistes.

Marquenterre vomit sa phrase dans une espèce de grondement de gorge. Il avait perçu le mépris de Pauline et il était furieux de se trouver ainsi en posture peu favorable dans l'esprit de son interlocutrice forcée. Cependant, il se radoucit pour envelopper celle-ci de ses yeux injectés de nicotine.

– Vous défendez votre belle-fille maladroitement, mais une femme sait jouer d'autres arguments...

– Que voulez-vous me faire comprendre ? bredouilla-t-elle, en repoussant l'ignoble sous-entendu.

– Pauline, vous devriez vous montrer gentille...

– De quel droit m'appelez-vous par mon prénom ? le rabroua-t-elle.

– Vous manqueriez d'esprit d'observation ? Ne voyez-vous pas que vous m'affolez chaque fois que nous nous rencontrons dans un raout de notre bonne ville ?

– Vous devenez fou ! Vous venez de le reconnaître vous-même.

– Fou ! Vous ne vous en tirerez pas par cette pirouette, ma belle ! la prévint-il sur un ton railleur, mais en acérant l'éclat de convoitise de ses prunelles.

Soudain, il se leva et il s'avança vers elle d'une sorte de bond pataud. Il tremblait de désir et chaque seconde qui passait semblait exacerber sa concupiscence. Elle suivait le mouvement de ses yeux comme si elle pouvait saisir dans leur éclat l'instant où il ne se contiendrait plus. Elle crut qu'il allait la happer de ses mains courtes et épaisses. Mais il était encore capable de se dominer pour jouir de sa force.

– Vous êtes un salaud ! cria-t-elle.

Il se raidit, surpris par la violence de la voix de Pauline et par la volonté qu'il sentait, face à lui. Il essaya de raisonner : il lui fallait autant d'emprise sur elle-même pour céder que pour abandonner sa belle-fille à la police.

– Gueulez pas. Personne peut vous entendre, assura-t-il pour pousser son avantage.

– Salaud ! répéta-t-elle.

– C'est à prendre ou à laisser. Maintenant…

Elle eut peur qu'il déchirât ses vêtements. Ses gestes d'animal, ses doigts d'argousin contre sa peau, sa respiration qui allait se précipiter contre son visage… Une déchirure indicible parcourut le corps de Pauline.

– Quand la relâcherez-vous ? chuchota-t-elle.

Les syllabes lacéraient sa gorge, mais elle se força à les contraindre à expirer sur ses lèvres. Puis, elle fit un effort surhumain pour ne pas apparaître vaincue en le défiant du regard.

– Ce soir. Il faut des formalités, vous savez ! ricana-t-il.

– Allez donner des ordres, résista-t-elle encore.

– Sortir d'ici, alors que vous réfléchissez dans le bon sens ! Vous rigolez !

– Promettez-moi, gémit-elle.

– Voyez ! Vous comprenez vite. Vous demandez même sa parole à un salaud !

Marquenterre se vautrait dans sa bassesse. Il riait à petits coups. Quand il la bouscula contre le mur, debout, Pauline ne poussa pas de cri vain de protestation ou de panique. Elle ferma seulement les paupières. À sa merci.

– Maintenant, décampez, ma poupée ! Et conseillez à votre petite conne de se tenir peinarde. Sans ça… menaça-t-il, en se rajustant.

Pauline s'échappa de la pièce la tête en feu, prête à hurler. Mais elle conservait assez de lucidité pour ne pas courir dans le sinistre corridor. En passant devant le factionnaire de l'entrée, elle réussit à émettre un grommellement pour répondre à son bonsoir, las d'ennui. Dehors, elle garda le même pas rapide, mais sans jamais s'humilier dans une fuite affolée, provoquant la curiosité ou les moqueries des passants.

La réfugiée, oisive, vautrée dans un fauteuil de jardin, la héla aimablement. En articulant avec peine une banalité pour lui donner le change, Pauline faillit l'insulter, tant cette masse affalée lui offrait l'image d'une femme insouciante.

Pauline avait traversé les rues, l'esprit aussi vide que celui d'un automate, uniquement préoccupée de conserver une démarche normale. Devant la maison, une détresse indicible l'accabla. Ce fut un coup subit, qui l'atteignit en une fraction de seconde comme se réveille l'élancement d'une douleur un moment oubliée.

Les gestes, l'odeur du porc contre son visage surgirent. Abjects. Elle avait honte : une honte affreuse, parce qu'elle n'avait pas essayé de résister pour sauver Alicia. Aurait-elle pu repousser Marquenterre ? Aurait-elle dû hurler avec la stridence animale des déséquilibrés, pour décontenancer son assaillant ?

Pauline se dirigea vers le salon. Il lui apparut trop vaste, trop empli de sérénité et de luxe pour servir de réceptacle à son désarroi. Elle avait besoin de s'asseoir dans un espace confiné, dans une pénombre silencieuse. Elle gagna la chambre, dont elle ferma les volets.

Immobile sur une chaise dépouillée, le corps raidi, les yeux fixes, elle ne perçut pas avec netteté l'écoulement du temps. Les questions, les idées folles, la crainte, la révolte se précipitaient. Elle était terrifiée par l'incertitude qui lui enlevait toute lucidité et toute volonté.

Que devait-elle faire ? Appeler Charles ? Plusieurs fois, elle esquissa un mouvement vers le téléphone, mais elle ne décrocha pas, paralysée par une étrange irrésolution dont elle ne parvenait pas à exprimer les explications.

Puis un doute plus angoissant que tout ne la quitta plus. Marquenterre tiendrait-il parole ? Libérerait-il Alicia ? Ce sinistre personnage recélait-il au tréfonds de sa conscience un atome de droiture ?

– Il m'a eue… Pour rien… gémit Pauline, paniquée à l'idée d'un long emprisonnement de l'adolescente ou de la communication de son dossier à la Gestapo.

Quand l'appel vrilla l'air, loin dans la vacuité de la maison, Pauline, prostrée, ne se leva pas. Au bout de quelques minutes interminables, il y eut une seconde sonnerie, vers laquelle elle flotta à demi-inconsciente.

– Allô, Madame, votre fille nous est revenue, annonça une voix qui se voulait légère.

– Revenue ?

– Un simple malentendu, Madame. Qui ne tirera pas à conséquences, on me l'a assuré…

Pauline raccrocha sans répondre. Alicia était hors de danger. Elle eût voulu la serrer dans ses bras à l'écraser.

Pourquoi la police n'avait-elle pas ramené l'adolescente chez ses parents ? Sans doute Marquenterre raisonnait-il juste. Pas de vagues ! L'apprentie-terroriste rentrait à la pension et l'incident serait oublié, du moins faisait-on semblant de le croire.

Pauline frissonna. Elle ne pouvait repousser les images qui soudain l'assaillaient : Alicia sur le seuil, pâle mais avec un regard de défi, Alicia passant devant elle pour s'abattre dans le canapé, fière de son exploit, héroïne Alicia vitupérant contre les flics, criant sa révolte… Que lui aurait-elle révélé des véritables raisons de son élargissement rapide si elle était apparue dans le salon ?

Charles fut frappé par la brusquerie de certains gestes de sa femme, qu'elle paraissait ne pas bien contrôler en apportant les plats ou en desservant. Pourtant, elle suivait les bavardages de François avec attention, souriant assez souvent à certaines de ses affirmations ou à ses petites vantardises. Mais la peau de son visage frémissait d'imperceptibles crispations, quand le silence retombait.

– Tu es pâle. Tu es malade ? s'inquiéta Charles.

– Pâle ? Non… protesta-t-elle dans un souffle.

– Tu es sortie ? Qu'as-tu fait ? s'obstina-t-il.

– Je ne suis sortie que pendant quelques instants. Je n'ai pas attrapé mal.

À l'évidence, elle lui cachait maladroitement certains détails de son après-midi, mais il pensa qu'elle les évoquerait lorsque le garçon serait couché ou un peu plus tard, dans leur chambre.

Pauline écourta sa toilette, à laquelle elle se complaisait les soirs ordinaires. Elle s'introduisit dans leur lit sans un mot.

– Qu'est-il arrivé ? demanda Charles depuis la salle de bains, peut-être parce qu'il croyait qu'une question ainsi lancée dans le gargouillis de l'eau gagnait en légèreté.

– Rien, je t'assure…

– Mais si ! Tu es désemparée comme cela n'est jamais arrivé, insista-t-il, en restant encore à l'abri de la cloison, mais en rendant sa voix enveloppante.

– Il n'est rien arrivé, dit Pauline, mais elle enfouit son visage sous le drap.

– Regarde-moi, chuchota Charles en la rejoignant.

– Ne me pose pas de questions, exigea-t-elle en fuyant les yeux de son compagnon.

– Tu ne te sentais pas bien depuis des jours. Tu as profité de mon absence pour aller chez le docteur et il t'a appris que tu étais très malade : un cancer, s'alarma-t-il, au comble de l'angoisse.

– Non je n'ai pas vu de médecin en cachette et je te jure que je n'ai rien, affirma Pauline avec une force qui le réconforta un peu.

– Tu peux tout me dire. Je t'aiderai, murmura Charles, contre elle.

– Non. Je n'ai pas besoin d'aide. Ne me pose plus jamais ce genre de question.

Cette obstination, ce désir de silence le mettaient à la torture. Il crut que des caresses apaiseraient sa compagne. Il commença par effleurer ses cheveux et ses tempes très doucement, comme il le faisait souvent les soirs ordinaires. Tout à coup, il fut emporté par un élan, dans lequel se mêlaient un besoin impérieux de la réconforter et une vague déferlante de passion. Il prit ses lèvres avec ivresse, en l'enserrant contre lui.

– Non, pas ça ! se rebella-t-elle, en le repoussant avec une sorte de révulsion.

Elle regretta aussitôt son geste, qu'elle n'avait pu maîtriser. Il lui sembla qu'elle venait d'obéir à une sorte d'instinct de défense, que son épiderme de femme ne supportait plus le contact d'un corps masculin.

Jamais elle ne lui avait opposé un tel mouvement de défense, presque animal. Dans la lumière incertaine de la chambre, il la considéra longtemps, après s'être redressé sur les coudes.

– Pauline, c'est impossible… murmura-t-il, incrédule, bouleversé, incapable de concevoir une explication ou une justification à l'attitude de sa femme.

Jusqu'au matin et pendant les nuits suivantes il essaya de tirer du passé récent, un mot qu'il aurait prononcé, une façon maladroite de l'effleurer, une exigence qui lui permettent de comprendre ce rejet si cruel de sa tendresse. Mais malgré ses longues insomnies au cours desquelles il s'acharnait à se couvrir de torts imaginaires ou de culpabilité, il ne se souvenait que de moments de sérénité apparente.

Ils se couchaient l'un à côté de l'autre. Parfois, avant l'aube, Charles s'éveillait, guettant le moindre bruit dans la maison et le rythme de la respiration de Pauline. Souvent, il devinait qu'elle veillait aussi, depuis un temps indéfini. Alors, il s'enhardissait à lui parler à voix basse. Ensemble, ils évoquaient les tâches de la journée à venir. Comme si rien ne s'était passé. Elle choisit l'une de ces conversations matinales tranquilles pour lui annoncer sa décision.

– Demain, je m'installerai dans la chambre d'à côté, décida-t-elle, alors qu'il se retournait avec précaution dans leur lit.

– Tu m'en veux, mais tu ne me dis pas comment je t'ai blessée, objecta-t-il, en se raidissant pour ne pas tenter de la prendre à nouveau dans ses bras.

– Non, Charles, tu n'es coupable de rien et je ne te reproche rien, assura-t-elle, en détachant ses mots pour qu'il admît ces choses inexplicables.

Effrayé par ce que signifiait pour lui cette séparation, se demandant comment ils vivraient ainsi dans la même maison, il se tortura pendant une suite de nuits terribles. Puis, accablé d'incompréhension, il admit une idée simplissime : Pauline souffrait d'une de ces mystérieuses humeurs qui rendent les femmes insaisissables pour un esprit masculin.

17

L’un ne pouvant se passer de tenter de deviner les glissements étouffés de l’autre dans sa solitude, des habitudes jamais formulées s’établirent en peu de jours. Pauline se levait la première. Comme sa chambre ne comportait pas de cabinet de toilette, elle devait traverser celle de Charles pour gagner la salle de bains. Voulait-elle seulement éviter de l’éblouir, afin qu’il somnolât encore, ou le souvenir de l’attention qu’ils avaient accordée ensemble au choix de la belle suspension opaline la mettait-elle mal à l’aise, elle maintenait la pénombre et elle pénétrait dans la pièce en silence. Mais lorsque Charles décelait son pas ou l’imperceptible plainte des gonds de la porte, il allumait la lampe de chevet.

Quelques secondes seulement s’écoulaient avant qu’elle ne disparût dans la salle d’eau. Mais elles prenaient une étrange importance. S’efforçant de rester dans une demi-inconscience, il suivait sa silhouette qui semblait flotter. Il lui savait gré de rester muette, comme si elle l’ignorait ou si elle croyait qu’il dormait profondément.

Ce n’est qu’en éteignant la tulipe éclairant le lavabo qu’elle lui adressait un bonjour lisse et quelques paroles banales. Alors, tel un enfant, il feignait de se réveiller complètement.

– Tu as une chevelure de belle Andalouse, plaisanta-t-il un matin où elle traversa la chambre les cheveux déployés sur ses épaules.

– J'ai honte ! Je vais de moins en moins chez le coiffeur, parce qu'il n'a même plus de shampooing.

– Notre dernière savonnette ne dépasse plus la taille d'une noix ! lui fit remarquer Charles.

– Tu iras chercher du gras à l'abattoir et de la soude caustique. Nous fabriquerons du savon, dit-elle avec un rire de dérision.

– Pour le linge, beaucoup sont déjà revenus à l'eau de cendres.

Chaque mois davantage, l'existence quotidienne se hérissait de difficultés inimaginables avant la guerre. Les Labarthe étaient frappés par la pénurie généralisée, alors que pendant longtemps leur aisance et leurs multiples relations avec toutes sortes de gens, en particulier avec des clients campagnards, leur avaient permis d'y échapper. Maintenant, Pauline se préoccupait de ses tickets d'alimentation, du sucre pour François, autant que les ménagères moins fortunées qu'elle.

– Mon vaporisateur n'est qu'un vulgaire flacon vide. Depuis des semaines, je n'ai plus de parfum. Même pas de l'eau de Cologne, précisa-t-elle.

Avant qu'elle ne revînt vers sa chambre pour s'habiller, ils échangèrent quelques autres récriminations du même genre, en sachant qu'elles demeureraient vaines et que le manque de produits familiers continuerait de s'aggraver.

Ces conversations matinales d'une dérisoire banalité prenaient une grande importance. Parfois, elles cessaient sans raison. Mais Pauline ne se hâtait pas de sortir et ils s'observaient. On eût dit qu'elle s'attardait pour faire comprendre à Charles qu'elle lui conservait tout son attachement d'épouse.

Elle était comme suspendue à des idées ou à des questions qui envahissaient alors son esprit, futiles quand elle se demandait comment elle composerait le repas spartiate de midi ; infiniment plus graves, lorsqu'elle tentait d'évoquer l'avenir. Tout était-il gâché, perdu, entre Charles et elle parce qu'elle l'avait repoussé avec violence au soir de l'agression odieuse de Marquenterre ?

Elle sentait que le temps l'avait apaisée et que partager le lit de son mari, accepter des caresses tendres, comme avant leur séparation nocturne, ne la révulserait plus. Mais, elle refusait toujours avec horreur de lui donner des explications plausibles et de lui révéler qu'elle avait accepté de subir les outrages du commissaire pour tirer sa fille des griffes de ce salopard.

L'incompréhension de Charles s'était-elle émoussée ? Pauline pensait souvent que son visage avait repris l'amertume qui s'y lisait à son retour du front. Ses traits s'accusaient, lui donnant une expression de résolution énergique, mais deux rides aboutissant de chaque côté de la bouche se creusaient lorsqu'il parlait, laissant percevoir de la vulnérabilité. Lorsqu'il se sentait observé, il se redressait et ses yeux brillaient d'un éclat rapide, comme une lueur froide, dont Pauline ne pouvait dire la signification.

Au petit déjeuner, des frémissements sur son front ou de légères crispations de ses lèvres indiquaient que les incertitudes de la nuit le poursuivaient encore, bien qu'il s'appliquât à ne penser qu'aux soucis de la journée à venir.

Ils quittaient la maison en précipitant leurs préparatifs, comme s'ils étaient pressés d'en refermer la porte sur leur intimité conjugale dévastée. Admettaient-ils, sans se l'avouer, que seules les difficultés imposées par la guerre étaient devenues le ciment liant leur couple ? Lorsqu'ils entraient à La Parisienne, rien, ni dans leur attitude ni sur leurs traits, ne laissait deviner leur séparation nocturne, qui souvent venait de les accabler d'insomnies douloureuses.

Pauline et Charles, souriants, destinaient des paroles aimables à chaque employé, réussissant à donner le change. Puis, ils affrontaient les incroyables aléas de la journée qu'imposaient l'occupation allemande et la pénurie. Au milieu des rayonnages presque vides, louvoyant entre les mannequins dénudés parce qu'on les avait dépouillés de leurs vêtements pour les vendre à un client implorant, les meilleures vendeuses se désolaient. De temps à autre, une femme furieuse déboulait, montrant les rapiéçages de sa robe usée jusqu'à la trame, couvrant le personnel impuissant d'accusations. Pauline volait au secours de l'employée, tentait de calmer l'excitée, ne parvenant à la raisonner qu'en supportant une logorrhée acide ou des insultes à peine adoucies.

Les tempéraments fades se révélaient : paysannes modestes, les yeux baissés sur leurs rotoplots, les phrases traînantes, d'une obstination placide, mais aussi inusable que les tabliers de Rouen qu'elles prétendaient acheter, elles demandaient à parler à la patronne pour en faire un siège patient, peuplé de propositions étranges, coupées de silences entendus.

– On va vous conduire devant les présentoirs : vous pourrez vérifier vous-même qu'il ne reste plus rien dans votre taille, argumentait Pauline.

– Il y a les présentoirs et il y a ailleurs… insinuait la visiteuse madrée.

– Non, Madame, il faut vous enlever ces idées de l'esprit.

– Je vous paierai avec des haricots secs ou du salé de porc. Vous pourrez refiler ces bonnes choses à qui vous plaira.

– Nous ne mangeons pas de ce pain-là, s'agaçait Pauline, mue par l'envie de pousser la rombière vers la porte.

– Quand la guerre sera finie, je me souviendrai que vous m'avez mise dehors !

Charles suivait ces scènes, consterné. Mais il admirait Pauline, tour à tour aimable, persuasive, tout en finesse de mots et de manières, puis brusquement ferme, quand la cliente dépassait les bornes. Lui s'épuisait à faire le siège des administrations pour obtenir les bons, les cartes, les laissez-passer sans lesquels le magasin courait à la fermeture et à la faillite.

Au milieu de l'hiver 1944, les réserves de la fabrique flanchèrent. À l'intérieur, alors qu'un ciel de plomb se figeait sur la vallée et la ville, ne subsistait qu'une lumière sale. Comme s'il croyait qu'un peu plus de clarté lui révélerait des reliquats inconnus de son trésor de guerre épuisé, Henri Labarthe ouvrait les deux immenses vantaux qui craquaient sur leurs pentures à demi rouillées. Mais les hautes travées semblaient le narguer, déversant sur lui l'odeur insidieuse du vide et une brève tempête de poussière, chassée des poutres par le courant d'air.

– Donne la ramassette ! persiflait-il à l'intention de Trigosse.

Henri esquissait un geste précipité de défense, en se couvrant les yeux de son bras, puis il avançait vers le centre de l'ancienne usine, inspectant d'un regard insistant les coins sombres. Incrédule, il n'y découvrait que des articles dépareillés et des rossignols datant d'avant-guerre.

– Monsieur Charles voudrait… insistait le commis.

– Des coupons de tissu, des habits pour femme et pour homme… je sais. Mais Monsieur Charles compte sur un miracle ou rêve…

– Personne n'avait jamais imaginé des stocks comme les vôtres ! Putain d'occupation ! rageait le factotum.

– Je m'étais cru plus fort que d'autres, mais dans deux ou trois semaines nous n'aurons plus que des rebuts, prédit Labarthe le visage fermé.

– Vous ne servirez pas votre gendre ?

– Non. Il espère que je possède toujours des merveilles ici, quand nous raclons le fond.

À cette nouvelle, que son père lui annonça sans lui laisser d'illusions, Pauline tenta d'imaginer quelles protestations l'accableraient, lorsque le magasin serait paralysé, alors qu'elle pensait pouvoir repousser ce moment en grisant les gens de promesses qu'elle ne tenait qu'à moitié, comme on élude les exigences d'un malade, tout en rendant ainsi sa maladie supportable.

Ce fut peut-être parce que ses nerfs étaient à fleur de peau qu'elle constata, cette nuit-là pour la première fois, que Charles quittait sa chambre après leur coucher, pour n'y revenir qu'au petit matin. Tous ses sens aux aguets soudain, elle l'écouta traverser la maison, puis sortir. Dans l'obscurité opaque de minuit, il ne heurta pas de meuble, pas plus qu'il ne fît gémir le plancher. Elle devina qu'il progressait très lentement avec de grandes précautions. Quand il referma la porte de sa chambre, puis toutes les autres derrière lui, elle ne décela que des glissements imperceptibles.

Elle ne parvint pas à deviner l'instant précis où il franchit l'entrée, mais tout à coup le silence lui parut écrasant, Elle se redressa dans son lit comme si celui-ci la menaçait. Le corps plaqué contre le dosseret, elle voulut contenir les doutes et la peur confuse qui lui nouaient la gorge. Elle pensa que Charles n'avait acquis cette discrétion de félin que parce qu'il s'éclipsait ainsi depuis beaucoup de nuits. L'idée d'une aventure féminine s'imposa d'abord à elle, mais elle la repoussa avec force. Il lui semblait qu'il était incapable d'un tel comportement insensé.

Assez éloigné du centre de la ville et des grandes routes, le quartier ne subissait que de rares rondes nocturnes de patrouilles allemandes. La vigilance et une dose de chance devaient permettre à un homme qui se cachait de les éviter. Cependant Pauline se mit à écouter le noir, en guettant les moindres bruits.

À cinq heures, l'obscurité glaciale de la mauvaise saison surprenait la cité par la rapidité de son offensive, ridiculisant les miettes de lumière de quelques lampadaires municipaux encore pourvus d'ampoules. Lorsque Charles s'esquivait, les rues bordées de pavillons avaient sombré dans la torpeur depuis longtemps.

Nuit après nuit, Pauline resta en éveil pendant des minutes et des minutes. Immobile dans son lit, tendue, elle luttait pour vaincre la raideur de sa nuque. Parfois même elle se levait, puis collait son visage aux volets pour mieux épier.

Dehors, rien ne se passait. Soudain, un pas assez proche, un glissement, un roulement difficile à identifier émergeaient de l'immobilité, jamais prolongés, s'évanouissant, craintifs sans doute. Pauline ne parvint jamais à détecter l'approche de Charles, de retour à la maison. Tout à coup, la porte d'entrée chuintait faiblement. Elle n'avait que le temps de se lover sous les draps.

Un soir, c'était à la fin de mars, un grondement se rapprocha, puis parut éclater en vrombissements rageurs. Des side-cars et des motos lacéraient les rues désertes de leurs phares jaunâtres. Les gros cloportes à moteur vibrionnaient, descendant, remontant, fonçant à droite ou à gauche. Pauline, d'abord angoissée, se persuada peu à peu que les Allemands se livraient à une de ces démonstrations bruyantes lancées au hasard sur un îlot de maisons pour impressionner leurs habitants.

Pourtant, elle resta sur le qui-vive longtemps après le repli de cette patrouille imprévisible. Assise au bord du lit, elle redoutait qu'ils aient tendu un piège à un suspect ou à n'importe quel marcheur attardé.

Charles venant d'elle ne savait où, Charles rasant les murs, courant pour leur échapper, ces images d'une silhouette un peu tremblée, comme dans un film muet, se succédaient devant ses yeux. Même floues et indécises, elles lui devinrent insupportables. Elle pressentit qu'une autre nuit comme celle-là la rendrait folle de peur. Lorsqu'elle perçut le glissement de félin précautionneux dans le couloir, elle donna brusquement de la lumière.

– Toi ! Que fais-tu debout, si tard ? grommela-t-il, à demi aveuglé, après son chemin prolongé dans le noir.

– J'ai, je crois, le droit de te poser la même question, ironisa-t-elle d'une voix altérée par un reste d'angoisse.

– Je n'imaginais pas que tu me surveillais…

– Je t'attends, Charles. J'attends le matin, morte de peur depuis des semaines.

– Quand on laisse un mari seul dans son lit… feignit-il de la braver, alors que l'aveu de Pauline le remuait au plus secret de lui-même.

– Ne plaisante pas, Charles. Une patrouille est passée, il y deux ou trois heures, je ne sais plus, lui révéla-t-elle, les yeux fixés sur son visage pour y surprendre une réaction.

– Une patrouille ?

– Des motos et des side-cars.

– Tu crois qu'ils cherchaient quelqu'un ?

– Ils semblaient très agités, mais ils sont repartis sans descendre de leurs engins.

– Les salauds…

Pauline vit que Charles avait blêmi en apprenant l'incursion des motocyclistes allemands, puis chacun des détails, pourtant peu précis, de leur comportement. Elle surprit aussi dans ses prunelles une lueur étrange, dans laquelle on sentait des éclats de haine.

– Ils auraient pu te reprocher quelque chose ? souffla-t-elle, comprenant enfin que son mari s'était engagé dans la lutte clandestine.

– Possible… ricana-t-il, en acérant son regard.

– Tu t'es caché. Tu ne m'as pas fait confiance, l'accusa-t-elle.

– J'ai souvent pensé que tu ne dormais pas quand je partais, mais il valait mieux que tu croies que je courais chez une maîtresse, expliqua-t-il, en articulant lentement chaque mot, comme s'il devait persuader Pauline de sa fidélité.

– Tu appartiens à un maquis ?

– Je rends des services… admit-il énigmatiquement.

– Tu n'as pas pensé aux enfants, lui reprocha-t-elle.

– Si ! Je pense à toi, à François et à Alicia à chaque minute de mes virées. Pauline, ne sois pas injuste parce que tu as peur, protesta-t-il avec un air farouche qu'elle ne lui avait jamais vu.

– Charles… murmura-t-elle, en proie à un grand trouble.

– N'oublie jamais : tu croyais que ton mari découchait chez une maîtresse. Répète ça, si on m'arrêtait. Toujours ! En me chargeant comme une femme jalouse, s'obstina-t-il, en lui broyant les bras, qu'il lui avait saisis.

– Lâche-moi, chuchota Pauline.

– Il reste encore une heure ou deux. Je vais essayer de dormir, décida-t-il comme s'il pouvait se libérer de la tension qui l'étreignait en se glissant entre les draps.

– Promets-moi de ne pas repartir les nuits prochaines, quémanda-t-elle, en se souvenant de son inquiétude lorsqu'elle avait perçu le bourdonnement des motos estafettes, loin dans la rue.

– Non, je ne peux rien te promettre.

– Tu pourrais… balbutia Pauline.

– Reprendre nos habitudes conjugales… Me laisser dorloter par tes bonnes paroles… Non Pauline ! C'est mieux ainsi. S'offrir une permission de minuit est plus facile quand on fait chambre à part ! persifla Charles.

Pendant tout le début de l'été, il arriva vers dix heures au magasin, les paupières cernées de fatigue par la répétition de ses fugues nocturnes. Mais les employés, pas plus que les rares clients ne remarquèrent ces ombres. Les moins bienveillants attribuaient ses retards à son bon plaisir de patron, rendu morose par l'occupation ennemie et par la chute des ventes.

Comme il s'y était résolu, il maintint ses distances à l'égard de sa femme, ne lâchant aucune confidence sur ses mystérieuses activités et éludant ses questions et ses craintes.

– Les Allemands deviennent de plus en plus nerveux. Nous n'échapperons pas à la casse, la prévint-il un matin de la fin de juillet, en s'appuyant au chambranle de la porte et en l'enveloppant d'un regard calme, comme si ce qu'il lui annonçait était à la fois imprévisible et inéluctable.

– Que veux-tu dire ? s'alarma-t-elle.

– Je vais fermer le magasin. Rejoins les enfants à La Vernière.

– Tu restes ici ? chuchota-t-elle, comprenant que la recommandation de Charles était motivée par sa certitude d'événements graves.

– Tu envisages autre chose pour moi ? demanda-t-il.

– Sois prudent, le supplia-t-elle, en jugeant stupide cette banalité.

Les traits de Charles s'étaient durcis. Le ton de sa voix traduisait une résolution ferme et sans doute une fierté orgueilleuse d'homme engagé dans un combat clandestin auquel ni sa vie antérieure ni son tempérament pondéré ne l'avaient destiné.

Pauline tenta de se souvenir des moindres faits des mois passés, pour y discerner une parole, une confidence brève, une attitude qui eussent trahi un premier contact de son compagnon avec les réseaux de la Résistance. Mais rien n'avait le relief d'un indice. Au magasin comme à la maison, leur existence quotidienne s'était enlisée dans le grand ordinaire du travail, des repas, des tracasseries du temps de guerre interminable.

Cette dissimulation parfaite chez un homme qu'elle croyait sans secrets la dérangeait. Il lui avait soigneusement caché ses convictions et ses relations périlleuses pour la protéger, mais elle ne savait rien non plus des ressorts les plus profonds qui le poussaient à courir tous les dangers. Était-il animé d'un patriotisme ardent, épuré de tout autre sentiment ? Ou ses déceptions intimes l'avaient-elles jeté dans cette partie de cache-cache dramatique avec les Allemands par défi envers lui-même et son entourage ? Soudain, une idée étrange noua la gorge de Pauline : son mari risquait l'arrestation chaque nuit, il allait tutoyer la mort au cours des combats de libération du département pour qu'elle l'admirât, vivant ou emporté par la mitraille d'une embuscade.

La main de Charles n'avait pas quitté l'encadrement de la porte. Cet appui suggérait du laisser-aller, mais celui-ci était feint. Comme s'il pouvait percer les réflexions qui la remuaient si fort, il ne bougeait pas, tendu.

– Tu trouveras un bidon d'essence sous une pile de planches, au garage. Prends ta voiture, lui commanda-t-il finalement.

– Mais toi ? Comment feras-tu ?

– Tu ne verras plus la Traction, je l'ai donnée au maquis. Elle est partie cette nuit, attelée à une jument de trait, lui annonça Charles avec un petit rire de satisfaction.

– Je n'ai rien entendu, s'étonna-t-elle.

– Nous sommes l'armée des ombres... Pour un simple marchand d'étoffes comme moi, c'est beau d'en être, non ?

On pouvait croire à la bravoure naïve d'un résistant exalté par ses certitudes. Mais il avait dit cela sur le ton du persiflage, presque sarcastique, comme s'il se moquait de son propre engagement patriotique. Pauline se souvint des déclarations d'amour passionnées de Charles. Elle devina qu'il allait se jeter dans les combats à venir comme s'ils pouvaient effacer toutes ses hésitations et son amertume intimes.

– Bientôt les Allemands ne toléreront plus aucun déplacement. Pars dès ce soir, exigea-t-il.

Pauline croisa de petits groupes de véhicules militaires qui progressaient vers Rodez en occupant toute la chaussée. À plusieurs reprises, elle dut se jeter sur la berme pour leur laisser le passage. En s'engouffrant dans l'allée de La Vernière, qu'elle n'avait pas empruntée depuis des semaines, il lui sembla que la grande propriété appartenait à un monde intemporel, ignorant les menaces que représentaient les colonnes frôlant jour et nuit le mur d'enceinte. Le long du revêtement de castine broyée, que Trigosse avait sans doute nivelé, puis en parvenant au perron, les tableaux se succédant devant les yeux suggéraient le calme campagnard : verts nuancés des arbres, façade aimablement solennelle, gambades accompagnées d'aboiements du chien, un peu vieilli mais toujours joyeux.

– Alicia et François profitent bien de leurs vacances, annonça Marianne dès qu'elle eut embrassé sa fille.

– Alicia ne s'ennuie pas ?

– Peut-être...

Pauline fit mine de ne pas accorder d'importance à ce doute à peine effleuré. Mais elle se félicita d'avoir éloigné la jeune fille de Rodez, où sa fougue aurait pu la précipiter dans une imprudence fatale, si la libération de la cité se faisait dans la violence.

Savoir les enfants à l'abri de celle-ci, qui serait sans nul doute plus brutale à la préfecture qu'ailleurs, parce que s'y concentraient les symboles de la domination allemande, pouvoir tempérer les flambées d'exaltation d'Alicia, rassurait Pauline, même si son inquiétude sourde au sujet de Charles ne la quittait pas.

Pourtant, les après-midi, elle se réfugiait sur un vieux banc, sous les vernes, où elle aimait rêver à quinze ans. Elle se laissait gagner par une demi-somnolence, une sorte de sérénité superficielle, dont elle savait combien elle était précaire, mais qui s'accordait à la touffeur de l'air, chargé presque chaque jour de menaces d'orages.

Ceux-ci tournaient autour de la petite ville et de la vallée, éclatant souvent si loin qu'on n'en percevait que des grondements confus. Ils semblaient à l'image des événements de ce mois d'août, incertains, déformés par des rumeurs. Charles ne donnait pas de nouvelles et Marianne, angoissée, n'avait pas pu le joindre au téléphone, le plus souvent coupé.

– Tu as bien dit qu'il avait donné la Traction au maquis? grommela Henri Labarthe.

– Oui, il était très fier, précisa Pauline.

– Charles n'est plus à la maison, c'est sûr, maintenant que les maquisards se rapprochent de Rodez. Il y a des accrochages un peu partout.

– Toutes les nuits, j'entends des bruits de moteur sur la route. Des Allemands ou on ne sait qui… Ils vont entrer chez nous. Je suis folle de peur, se plaignit Marianne.

– Nous ne sommes pas plus menacés ou plus visés que d'autres. Mais ça sent mauvais depuis une semaine: je resterai debout, à tour de rôle avec Trigosse, décida Henri.

Un fusil de chasse à la main, accompagnés du korthal, aucun des deux hommes ne croyait pouvoir s'opposer à une intrusion. Mais pendant plusieurs nuits, ils veillèrent dans le parc, guettant les ronflements des véhicules, se déplaçant la plupart du temps tous feux éteints, ou des pas pressés, à peine décelables. Au petit matin, ils remisaient leur arme, repoussant leur inquiétude confuse, plus vive dans l'obscurité, finalement assez heureux de ces marches tendues et dérisoires en compagnie du griffon.

– Bouffe ta soupe! grinçait le maître de La Vernière en glissant la gamelle devant le chien.

Dans son lit, Pauline ne parvenait pas à retrouver sa somnolence de l'après-midi. Dès qu'elle s'éveillait, au bout d'une heure ou deux de sommeil profond, elle percevait tous les bruits et son esprit se livrait sans résistance à toutes les idées qui l'assaillaient.

Elle distinguait parfaitement le passage du veilleur du parc, elle reconnaissait son pas, qu'il s'agisse du factotum ou de son père ; elle suivait son évanouissement, du côté de la grille. Puis Charles venait la hanter. Où était-il à cet instant ? Quelles pulsions, quels sentiments l'animaient ?

Lorsque Trigosse hurla au feu, cette nuit d'après le quinze août, Pauline pensa avec une sorte de lucidité amère que c'était la seule angoisse qui ne l'eût jamais étreinte. Elle perçut la course de son père dans les escaliers, que ponctuaient les gémissements de Marianne, mais elle comprit à la première seconde que l'incendie ne menaçait pas La Vernière. Ni François ni Alicia, qui dormaient comme des souches, n'avaient entendu l'appel venu de l'extérieur. Pauline décida de ne pas les réveiller et prit le temps de s'habiller complètement.

– C'est en ville ! s'écria Marianne.

– Occupe-toi des enfants, s'ils s'éveillent.

Du perron, on ne voyait qu'un embrasement formant une énorme boule de clarté rougeoyante sur la vallée. Mais, en parvenant au portillon enserré de lierre, Pauline s'arrêta, figée. L'Incomparable brûlait.

Un frisson la parcourut, mais elle fut surprise par le calme avec lequel elle s'engagea sur le sentier, vers le brasier.

Le magasin paraissait éclairé en vue des fêtes de Noël. Aucune flamme ne s'en échappait. Seules des lueurs écarlates ou pourpres ravageaient certains rayons. Pauline comprit que l'épuisement des stocks cantonnait le feu à quelques rouleaux de tissu ou à quelques vêtements restants. Mais, elle vit aussi que le bâtiment périssait par ses étages d'habitation qui flambaient comme une meule de paille.

– Tous les locataires sont descendus, assura Henri Labarthe, dès qu'elle s'approcha de lui.

Son père fixait l'incendie. Dès son arrivée, il s'était immobilisé face aux flammes, se composant un personnage d'homme que le malheur ne brise pas. Pauline vit qu'il était plus pâle qu'à l'ordinaire, mais ses épaules ne s'étaient pas affaissées.

– Il ne nous reste plus qu'à regarder brûler ! Les pompiers n'ont plus d'essence pour les camions et pour les pompes, dit-il.

– On pourrait... souffla Pauline.

– Faire la chaîne avec des seaux ?

La chaleur empirait. Ils se reculèrent de quelques pas, mais ils continuèrent de contempler l'embrasement général qu'accompagnaient de courtes explosions et des chutes de chevrons incandescents, qui scintillaient d'étincelles.

Traversés par des sentiments contradictoires, les gens regardaient le père et la fille, curieux de voir comment les Labarthe affrontaient le malheur. Personne ne s'avança. On eût dit que le spectacle du feu les fascinait. Henri posa ses yeux sur la petite foule sur laquelle les flammes projetaient les lances brillantes et les ombres de leur danse dévastatrice. Sans doute mû par une pulsion protectrice, il posa une main sur l'épaule de Pauline.

– Tu sais quelque chose ? chuchota-t-elle.

– Personne n'a rien vu. Peut-être les Allemands, qui ont voulu faire un coup d'éclat avant de nous quitter.

– Il y a autre chose ?

– Peut-être aussi des salauds. Par jalousie ou vengeance. La guerre a bon dos… gronda Labarthe.

Soudain, la charpente s'effondra. Des centaines d'ardoises, déjà chauffées à blanc, éclatèrent en un formidable crépitement, aspirées par le brasier, Un souffle de millions d'atomes ardents multicolores jaillit vers le ciel, puis retomba en une nuée de cendres.

– Laisse-moi, chuchota Pauline à son père, dont les doigts s'étaient involontairement crispés sur son épaule.

Dans le vacillement des lueurs, il la considéra, le regard indécis. Pourquoi refusait-elle son geste ? Pauline ne cilla pas, comme si elle refusait d'être protégée ou réconfortée.

– Patron… rauqua Trigosse, tout près, défait par la ruine du bâtiment qui pour lui symbolisait la puissance d'une famille qu'il servait depuis si longtemps.

– Tu as raison. Nous n'avons plus rien à faire ici, admit Henri Labarthe.

Les dernières grappes de curieux s'éternisaient en lieux communs, en attendant de finir cette nuit mémorable dans les cafés voisins, dont les rideaux s'étaient levés l'un après l'autre pour profiter de l'aubaine.

Parvenus au bout d'une rue, d'où on pouvait encore embrasser la scène de catastrophe, Henri et Pauline se retournèrent, comme s'ils devaient fixer dans leur mémoire une ultime image.

Pauline conservait la maîtrise d'elle-même qu'elle avait mise à s'habiller, puis à marcher sans se précipiter pour descendre vers la ville. Maintenant, il lui semblait que ce qu'elle venait de voir ne l'avait impressionnée que dans les premiers instants, quand ses yeux s'habituaient mal à la violence des flammes et à la brûlure de la chaleur du brasier.

Une étrange sensation la gagna. Elle se sentait détachée des ruines brasillantes de L'Incomparable effondré, dont de hautes fumerolles s'élevant dans l'aube naissante apprendraient la ruine à tous. En même temps le feu lui paraissait avoir annulé cette partie de sa vie qui s'y rattachait.

– Vous avez des assurances. Vous reconstruirez, patron, raisonna Trigosse que le silence et l'immobilité mettaient mal à l'aise.

– Reconstruire… Je ne sais pas, marmonna Henri Labarthe.

– Vous verrez plus clair quand Charles sera là, voulut le rassurer son homme de confiance.

18

Depuis combien de jours les soldats allemands avaient-ils abandonné leurs cantonnements et les officiers vidé leurs repaires, tel celui, sinistre, de la Gestapo ? Après des combats sporadiques, après l'horreur de l'exécution des otages, les habitants de la tranquille préfecture déambulaient dans les rues du matin au soir, marchant lentement, s'arrêtant une minute devant les devantures vides, passant vite leur chemin en longeant les bureaux de la *Kommandantur*, comme s'ils redoutaient le jaillissement d'un fantôme en uniforme vert-de-gris. Des petits groupes s'agglutinaient aux carrefours, mais certains interlocuteurs continuaient de parler bas et de jeter des coups d'œil craintifs à droite ou à gauche, parce qu'ils concevaient mal que les trottoirs leur appartiennent à nouveau.

Charles avait eu beaucoup de mal à obtenir La Vernière au téléphone, le lendemain de l'entrée des résistants dans la cité. Parler à Pauline, la rassurer l'avait remué jusqu'au tréfonds de son être.

– Quand seras-tu ici ? s'était-elle inquiétée d'une voix frémissante.

– Je ne sais pas. Il y a tellement de choses à remettre en ordre.

– C'est fini, Charles. Je ne comprends pas… avait-elle protesté, impatiente.

– Excuse-moi. On va être coupés.

La ligne grésillait, mais il n'était pas certain que l'opératrice surchargée d'appels s'apprêtât à interrompre la communication. Charles reposa le combiné en serrant les mâchoires : dans sa poitrine la fièvre de la Libération brûlait encore trop fort pour qu'il se détachât de l'aventure qu'il venait de vivre. Des chocs, des appels, des images s'entremêlaient, se surimposaient dans son esprit, souvenirs si récents qu'ils semblaient continuer d'éclater, de l'éblouir, de le remuer, de le fouailler de peurs et de fierté.

Devait-il se croire un héros parce qu'il avait conservé un sang-froid, qui l'étonnait, en attaquant une colonne de side-cars à la grenade non loin de la ville ? Ou parce qu'il était entré en tête des maquisards dans la *Kommandantur* ? Du moins comprenait-il, avec une lucidité cruelle, qu'il avait été extraordinairement heureux pendant toutes ces semaines d'échapper à sa condition d'homme ordinaire. Le coup de lance de la panique animale au plus intense des combats, l'ivresse de voir l'ennemi décrocher, resteraient pour toujours en lui, même si les affrontements avec les Allemands n'avaient pas été très nombreux.

Il y avait aussi l'imprévu des journées banales du campement de fortune, le manque de nourriture, la soif, puis la soûlerie quand un paysan ami procurait un tonnelet de vin ou une bouteille de gnôle. La camaraderie de la disette passagère, celle des beuveries, celle des nuits de parachutage ou de veille aux postes des sentinelles, Charles hésitait à les ravaler au rang des souvenirs sans importance.

Cependant, l'avancement des jours élimait les mystérieux torons de ces liens entre des hommes à qui l'Histoire venait d'offrir une quinzaine de nobles luttes pour des certitudes, Des fils d'agriculteurs étaient repartis vers leurs fermes, où l'arrachage des pommes de terre devenait urgent. Charles pensait de plus en plus souvent à La Vernière.

Mais l'enthousiasme bruyant et l'envie de fête de ses jeunes compagnons l'entraînaient dans des nuits imprévisibles, au fil desquelles ceux-ci s'adonnaient avec délectation au repos du guerrier, en compagnie de civils des deux sexes, avides de plaisirs après un si long lustre de craintes permanentes, d'interdits et d'ordre moral.

Charles n'avait pas encore pris de décision définitive, mais il se pouvait que cette soirée-là fût la dernière. Depuis quelques jours, les plaisanteries et les provocations amicales soulignant qu'il était un mari en rupture de ban conjugal l'amusaient de moins en moins. Il avait le sentiment de s'éterniser dans un dernier carré de risque-tout, lents à abandonner leur temps fugitif d'héroïsme.

Lorsqu'ils pénétrèrent au Tango, minuit mettait dans les têtes des bouffées d'ivresse et dans les corps une sensualité que la touffeur de l'air, déjà saturé de parfums féminins capiteux, avivait.

Charles reconnut aussitôt nombre de ces fêtards, évoluant sur la piste de danse ou abrités, en fine compagnie, dans la discrétion des cabines. Il mit quelque malice à nommer *in petto* des négociants, des fonctionnaires, un notaire et quelques autres personnalités, qui avant la guerre tenaient sans doute le lieu pour un bastringue. Ces huiles se divertissaient sans retenue, comme si leur abstinence forcée les jetait sur les jouissances retrouvées.

Le commissaire Marquenterre, déjà fin cuit, pérorait au bar, devant un groupe de buveurs circonspects, qui l'écoutaient sans lui répondre. Ceint d'un veston râpé, une cravate de pacotille criarde plaquée sur le rond de son estomac, il semblait plus court et plus vulgaire que jamais.

Cependant, quand il aperçut le quarteron de maquisards, ses paupières battirent, comme si un tic le saisissait. Il se composa un visage moins péremptoire. Car, en une fraction de seconde, il venait de se livrer à un calcul très important pour lui.

– Approchez-vous les jeunes, je vous offre une tournée, proposa-t-il, aimable.

S'avançant pour s'appuyer au comptoir, Charles et ses compagnons parurent ne pas avoir entendu l'invitation de Marquenterre. Il les considéra, tous ses sens en éveil, malgré les brumes de l'alcool car il était homme à porter la griserie sans perdre ses moyens.

– Ici, on s'amuse. Vous pouvez pas refuser… reprit-il.

– On est assez grands garçons pour s'offrir un cognac, s'il en reste !

– Crânez pas, les braves ! Je voulais simplement boire un verre avec vous. Entre bons Français… souligna Marquenterre en souriant de toute sa bouche, où luirent plusieurs dents en or.

Après des incertitudes, il était acquis désormais que le chef de la police ne serait pas traîné devant les tribunaux car personne ne détenait de preuve irréfutable contre lui. Mais il s'était conduit de façon pour le moins servile envers l'occupant. Et ce n'étaient pas les tardives indications fournies aux résistants qui changeaient leur opinion sur le personnage.

Charles comprit qu'il espérait que cette rencontre fortuite au Tango l'autoriserait à se prévaloir d'une familiarité avec les vainqueurs qui le dédouanerait définitivement, pour le prix d'une ou deux tournées. Comme Marquenterre l'avait aussi accablé de tracasseries, en autorisations de déplacement, en bons de carburants, en tickets textiles, dix fois refusés, octroyés selon son bon plaisir de trouble potentat, il décida de lui river son clou.

– Entre bons Français… mâchonna-t-il, juste assez fort pour que le policier entende.

– Oui, entre Français, heureux d'en avoir fini… le défia celui-ci.

– Je bois pas avec les gens qui ont mangé les petits-fours de la *Kommandantur* pendant des années.

– Charles, arrête de déconner ! prévint sourdement Marquenterre, menaçant.

Tout à coup, il s'était ramassé sur lui-même, comme un sanglier face aux chiens. Sous la contraction de tout son corps, deux ou trois bourrelets de peau couperosée saillaient au-dessus du col de chemise luisant de sueur. Les veines de ses tempes, bleuies, palpitaient de violence contenue, rejoignant le coin de ses orbites, où ses yeux jaunis formaient deux boules fixes, haineuses.

À cette seconde où deux hommes se mesurent, mais où l'un d'entre eux peut encore ne pas perdre la face, Charles et le commissaire s'abandonnèrent en même temps à une impulsion brutale. Le premier, peut-être à cause de l'excitation générale qui flottait dans la salle, voulut humilier son adversaire. Marquenterre, oubliant ses calculs, succomba à sa fureur.

– Ta belle Pauline était moins forte en gueule que toi, quand je l'ai eue à ma pogne ! lâcha-t-il, sur un ton odieux.

– Tu n'as pas le droit… bredouilla Charles, la tête en feu, incapable de donner un sens à l'affirmation qui salissait et qui déchirait.

– Oui, ta femme à ma main… Elle t'en a pas parlé ? Elle a dû en garder un bon souvenir… grasseya Marquenterre, en partant d'un rire énorme.

– Salaud !

La musique s'était tue. Dans les cabines, des bourgeoises avaient poussé de petits cris, effrayées à la perspective d'être mêlées à un tel esclandre, dont toute la ville parlerait.

Charles avait craché son insulte par un réflexe de défense instinctive, mais il s'efforçait en vain de raisonner, dans le brouillard affreux de son cerveau.

– Pauline ! Un beau brin de bougresse ! Pas méchante, si on sait lui faire comprendre les choses ! Écoutez ça, tous ! Ce type connaît pas son bonheur ! Il a une sainte moitié, capable de copuler avec moi pour sauver une gamine qui n'est même pas sa fille.

– Alicia… hurla Charles.

– Oui, Alicia… Elle croyait être une grande résistante, en placardant des torchons sur les platanes, eut le temps d'ironiser le flic en chef.

Charles se précipita sur lui, en cherchant à lui saisir le cou. Mais il ne put assurer sa prise et les deux adversaires roulèrent sur le parquet, en continuant de se couvrir d'invectives, syncopées par leur lutte farouche.

– Arrêtez-les ! clama le tenancier, terrorisé à l'idée que le commissaire risquait de sortir amoché de son établissement.

– Non ! Ce sont des choses qui doivent se régler entre Charles et ce voyou ! s'interposa un maquisard, en repoussant le patron du Tango avec vigueur.

Les deux hommes se battaient sauvagement, dans un désordre de gestes destinés à étouffer l'autre, de coups plus ou moins adroits et d'éructations. Le policier tenta plusieurs manchettes terribles, qu'il avait apprises autrefois. Charles poussa chaque fois un cri de douleur, mais ne céda pas.

Un instant renversé, écrasé par le poids de Marquenterre, il sembla vaincu. Mais il retourna son ennemi d'une réaction désespérée et il lui enfonça les genoux dans le gras. Ceux qui donnaient l'avantage au flic, parce qu'il s'était entraîné à se battre dans sa jeunesse, pressentirent qu'il allait perdre la partie parce que ses excès d'alcool et de cigarillos lui coupaient le souffle dans cette lutte à mort.

– On attendait pas ça d'un marchand de falbalas ! La vie en plein air lui a fait tomber le ventre ! commenta l'un des jeunes maquisards.

Charles avait saisi Marquenterre au col de sa veste. De toutes ses forces, il lui écrasa la nuque contre le sol. Puis, le tirant, inerte, vers la porte, il le fit basculer en bas des deux ou trois marches servant de perron.

– Il va crever… suggéra quelqu'un.

– Laisse, gronda Charles.

– Buvons maintenant, proposa un de ses camarades, comme si rien ne s'était passé.

Ils s'installèrent dans l'une des cabines. Tandis qu'on leur préparait des verres sur un plateau, ils gardèrent le silence, regardant le Tango se vider en trois ou quatre minutes. Peu désireux de se trouver mêlés à cette affaire, les fêtards et les caciques en goguette se carapataient.

Charles avait envie de vomir, mais il savait qu'il devait jouer jusqu'au bout son rôle de vainqueur, en compagnie de ses camarades. Il s'était battu férocement pour venger Pauline, il avait cogné le mufle de Marquenterre avec l'intention de le détruire. Maintenant, il ne pouvait pas fuir. Il lui fallait afficher le calme et la sérénité.

La musique n'avait pas repris. Une sorte de bruissement du vide occupait tout le volume du Tango. Seuls quelques chuchotements trahissaient la présence de trois ou quatre couples d'amoureux, non loin des maquisards.

Ils guettèrent l'aube. Sans prononcer vingt mots. La dérouillée infligée au commissaire ne les préoccupait pas, même s'il chercherait à se venger, en vicieux qu'il était. Mais tous avaient compris que leur ami ne pensait plus qu'à Pauline et que leur petit groupe venait de se disloquer. Quand ils sortirent, il ne restait aucune trace de Marquenterre.

– Je t'avoue que je me demandais si nous n'allions pas le trouver là, mou comme un sac de patates…

– La vermine crève pas facilement ! philosopha Charles, troublé de ressentir encore tant de violence.

Chez lui, face au luxueux miroir de la salle de bains, il examina son visage sans concession. Les dégâts n'étaient pas considérables, même si plusieurs hématomes tachaient ses joues et ses tempes. Il pensa que quelques compresses d'eau froide le rendraient présentable et qu'il pourrait rejoindre enfin La Vernière après deux ou trois heures de sommeil. Pourtant, il continua à errer tout le jour suivant dans la maison, paralysé par une mystérieuse indécision.

Il occupa un peu de son temps à panser les plaies de la Traction, que son aventure patriotique avait malmenée. En s'aidant d'un maillet, il parvint à décabosser les ailes et les portières.

En traversant le causse, il regretta de ne pas avoir poussé ces rafistolages sommaires jusqu'au bout. Il aurait dû fouiller dans le garage, chercher un pot de peinture ou de noir à châssis et faire disparaître tous les signes et tous les emblèmes indiquant que la voiture avait participé à la libération de la préfecture.

Il haussa les épaules. À quoi bon masquer les formes blanches, tracées à la hâte d'un pinceau grossier ? L'auto était dans un tel état qu'il la remplacerait dès que la production de véhicules aurait repris. Pour se donner raison, il accéléra, mais le moteur, brutalisé par des chauffeurs inexperts, resta poussif. Alors, il renonça à se rapprocher plus rapidement de La Vernière.

– Le gendre de Labarthe rentrant au bercail avec ses bavures d'aventure, ils vont tous voir ça ! fit-il entre ses dents, les yeux fixés sur une grosse étoile d'un blanc pisseux, qui empâtait le capot.

Il se tournait en dérision, peut-être parce que s'éloigner de l'épisode exceptionnel de son existence qui s'achevait le rendait fébrile. Cependant, en descendant vers La Vernière, il retrouva de la fermeté d'esprit et de la fierté, en pensant à François et à Alicia, qui attendaient leur père depuis des jours, comme un héros.

Une bouffée d'émotion lui noua la poitrine, quand il engagea la Traction dans l'allée. Elle était si forte qu'il crispa ses mains sur le volant, freinant avec brusquerie, comme si la façade se projetait soudain dans sa direction.

François jaillit de la porte vitrée, s'élança, tomba dans les bras de Charles. Puis, lorsque celui-ci le relâcha, il recula de quelques pas pour contempler la voiture.

– Venez ! La Traction de papa a une croix de Lorraine ! cria-t-il, transporté d'orgueil et de tendresse.

Sa sœur était apparue. Elle rejoignit Charles avec une sorte de démarche hiératique, pâle. Ils s'embrassèrent. Quand ils se furent séparés, elle resta muette. En franchissant le seuil de La Vernière à son tour, Pauline vit qu'elle le buvait des yeux et n'osa pas briser cette adoration.

Charles s'arracha enfin à cette possession de ses enfants. Soit qu'ils crussent préférable de laisser leur gendre aux effusions de son ménage, pour l'accueillir ensuite au salon, soit qu'ils fussent absents, ni Marianne ni Henri Labarthe ne se montraient.

L'arrivant avança avec lenteur, monta les marches du perron sans quitter les yeux de Pauline. Leur baiser resta de convenance, mais il se prolongea assez pour que Charles murmurât les mots qu'il aurait tellement voulu retarder.

– Je sais pour Alicia…

– Comment cela est-il possible ? se plaignit-elle.

– Je me suis battu avec Marquenterre. Je crois que j'ai voulu le tuer, avoua-t-il.

– Ne me parle plus jamais de cette ordure, implora-t-elle, en s'appuyant contre la poitrine de Charles, avant de s'efforcer de feindre une félicité rayonnante face à Marianne.

19

Le mûrissement des feuilles des vernes préfigurait un automne somptueux. On les entendait bruisser, déjà en lente dessiccation parce que le début de septembre souffrait de chaleur excessive. Ce frémissement des frondaisons donnait une vie mystérieuse au parc, s'ajoutant à leur chatoiement au soleil.

Charles et Pauline à nouveau réunis, Alicia et François encore en vacances, on eût pu croire que la légèreté des arabesques des quelques limbes se détachant des têtes d'arbres cuivrées et les couleurs chaudes transformaient à nouveau La Vernière en éden, après des mois et des années d'événements plus ou moins désagréables.

Cependant, ni les journées ni les soirées n'avaient retrouvé leur banalité d'autrefois. Pour Rosette, la fin de la guerre signifiait l'abondance subite de victuailles, enfin revenue. Or, elle déchantait amèrement, le pain lui-même manquant certaines semaines, non faute de blé qu'on venait de récolter, mais par pénurie de toiles à bluter nécessaires aux meuniers. En posant ses plats, dont elle se déclarait toujours insatisfaite, elle s'autorisait des récriminations contre le monde entier qui empoisonnaient les repas de morosité.

On ne savait quels sentiments inexprimés troublaient les esprits et les sensibilités : une amertume confuse, une attente vague, des souvenirs et des regrets, une crainte, peut-être celle d'un avenir insaisissable.

Devant les décombres de L'Incomparable, Charles, stupéfait, découvrit pour la première fois qu'Henri Labarthe manquait d'assurance. Par une latence inattendue de sa volonté, il cherchait des failles et des menaces dans le futur.

– Vous n'avez pu rien sauver ?

– Rien ! Les pompiers n'avaient même pas d'essence.

– Ils pouvaient essayer de ralentir le feu…

– À quoi bon ! s'exclama Henri, avec un fatalisme étonnant chez un tel homme.

– Nous reconstruirons sur place ? questionna Charles.

– Je ne sais pas. Nous entrons dans un autre temps que celui d'avant la guerre. Il faudra tout rebâtir et tout changer. Ce sera énorme : ce magasin, les camions.

– Nous avons de l'argent.

– Rien ne sera plus comme avant, Charles, insista le patron.

– Le pays repartira, affirma ce dernier, parce que cette idée générale lui permettait une diversion, face à la vague de pessimisme de son beau-père.

– Le pays ! Vous parlez comme un politicien, mon cher !

– Dès que les usines recommenceront à fabriquer des tissus, je reprendrai la route pour acheter de quoi remplir les rayons de La Parisienne, dit Charles.

– Vous voulez me faire comprendre que vous allez reprendre le chemin de Rodez avec Pauline et les enfants ?

– Cherchez un architecte pour cette ruine. Je reviendrai très souvent pour étudier les plans avec vous.

Charles pensa que les doutes d'Henri Labarthe seraient balayés par la vue des premières esquisses de l'homme de l'art. Son découragement fugace survenait face aux ruines sentant la cendre parce que l'inactivité l'exaspérait, mais l'entrepreneur obstiné reprendrait du poil de la bête avant l'hiver…

Charles se demanda pourquoi il affichait de l'assurance pour essayer d'alléger le coup de noir d'un être aussi fort. Le retour définitif à l'existence ordinaire, que marqueraient la rentrée des enfants et sa réinstallation quotidienne dans son bureau de La Parisienne, l'angoissait confusément, maintenant qu'il se rapprochait, inéluctable. Souvent, en se réfugiant sous les grands arbres de La Vernière, il ressassait la plénitude des heures du maquis, leur simplicité brute au gré des ordres, des départs précipités, des veilles interminables, des moments d'inaction.

Sa vie en compagnie de Pauline ? Elle était désormais marquée par l'infâme révélation de Marquenterre. À La Vernière, ils faisaient lit commun pour ne rien laisser paraître, mais ils évitaient de se toucher. Charles respectait l'exigence chuchotée de sa femme. Il ne lui avait jamais posé de questions sur les circonstances de l'agression du policier.

À Rodez, lorsqu'ils atteignirent le palier sur lequel les portes de leurs chambres étaient restées entrouvertes, Charles et Pauline ne se regardèrent pas, comprenant qu'il était plus facile pour l'un comme pour l'autre de se résigner à reprendre leurs habitudes anciennes, sans savoir s'ils auraient un jour le courage d'évoquer chaque détail de la dramatique humiliation subie par Pauline.

– Bonne nuit, souffla-t-elle.

– Je crois que je partirai à Saint-Étienne dès demain…

– Tu ne trouveras pas un mètre de tissu !

– Je dois tenter l'aventure, s'entêta Charles, en se dirigeant vers sa couche, avec le sentiment d'être lâche.

Après l'échec de ce premier voyage, il en entreprit d'autres qui se révélèrent plus fructueux. À plusieurs reprises, il dut capituler sur les prix, face à des vendeurs léonins. Mais il rentrait heureux, en imaginant le plaisir que prendrait Pauline à servir en souriant les femmes de la campagne, dépourvues de tout par des années de privations.

L'hiver, sévère, fut suivi d'un printemps pourri. Charles ne renonça pas. Sa vieille voiture lui obéissait si bien entre les congères fermant les routes des hauts plateaux ou sous les bourrasques qu'il bravait les pires journées, renonçant rarement à ses périples, malgré les intempéries. Parfois, ravivés par les rayons rampants d'un soleil bas, des reflets blanchâtres luisaient sous la couche de noir appliquée sur les emblèmes et les croix de Lorraine. Alors Charles se remémorait un haut fait du maquis pendant quelques secondes, mais il s'appliquait à la conduite, en ne doutant plus que les devantures du magasin chatoieraient à nouveau de coupons colorés et des motifs des robes féminines. Seul l'inquiétait toujours le nombre de mois à attendre cette fleuraison.

Comme l'avait prédit Henri Labarthe, un monde nouveau surgissait, imprévisible à chaque tournée de Charles. Il se heurtait aux ruines de fabriques démolies, tandis qu'à deux kilomètres de celles-ci un inconnu lançait un atelier ou une petite usine. Il découvrait des couleurs hardies, des tissus fantaisie qui pouvaient choquer les clientes compassées. Mais il achetait tout, confiant dans la boulimie des jeunes femmes, sevrées de modes gaies pendant l'Occupation, si heureuses quand Pauline leur offrait à bon marché le brillant flatteur de la rayonne.

Marianne considérait avec méfiance les échantillons qu'apportait son gendre. Mais, en ce milieu d'été 1945, elle ne se préoccupait que de revivre la solennité des fêtes de l'Assomption de naguère, dont le point d'orgue était la présence de la famille au grand complet à l'office en l'honneur de la Vierge.

– Attendez-vous à voir un revenant ! ironisa Labarthe, en accueillant Charles, en bas des degrés du perron.

– Un revenant ?

– Mon frère. L'Africain nous revient couvert de gloire. Il a suivi De Lattre jusqu'au bout.

Le père René portait sur ses traits et dans son corps les traces de l'épreuve physique à laquelle il s'était forcé, aux côtés des combattants beaucoup plus jeunes que lui. Son visage émacié ne conservait une douceur pastorale que par l'indulgence et la franchise du regard. Quant à son corps, c'était celui d'un vieux loup maigre, harassé de courses et de privations.

René Labarthe embrassa le couple avec une grande tendresse. Puis, comme s'il avait perdu l'habitude des longues effusions ou s'il voulait se montrer effacé, il se retira dans la chambre de l'arrière de la maison, dans laquelle il s'était installé avec son autel portatif.

Il savait que Marianne se préparait à donner un décorum et une gravité rares au repas de la fête de Marie, mais il lui chercha des excuses par charité chrétienne. N'avait-elle pas tellement tremblé pour Charles d'abord, puis sous la morsure redoublée de ses peurs face à la guerre, pour que le Seigneur lui pardonnât sa fierté de dresser la table en très beau Limoges et sa volonté de faire paraître Rosette en tablier blanc de cérémonie ? Il faudrait aussi que le Très Haut absolve cette dernière de son immense orgueil d'avoir su convaincre un paysan de lui céder un agneau de l'hiver, de l'avoir occis en compagnie de Trigosse, d'en présenter un gigot troussé avec une passion gourmande !

Tout au long du déjeuner exceptionnel, René sentit que son frère gardait du détachement à l'égard de la solennité de ces agapes familiales, mais qu'il était remué de sentiments complexes.

Quelle image ! Le maître de La Vernière entouré d'une famille qu'il avait ordonnée selon sa volonté ! Charles et Pauline. Unis si on en croyait les apparences. Des enfants prometteurs… Et les affaires qui reprenaient lentement ! La veille, Henri avait étalé devant l'aumônier et son gendre les ultimes plans de L'Incomparable, qui renaîtrait du feu, tel le phénix.

– Toi, Rofiac l'autre jour, les attardés rentrent. La guerre est bien finie, dit tout à coup le négociant, comme s'il avait pu pénétrer les réflexions du père René.

– N'oublie pas que j'étais au bord du Danube !

– Hugues de Rofiac ? articula Pauline d'une voix légèrement altérée, que personne ne remarqua, sans doute car elle s'était ressaisie en une seconde.

– Vous lui avez parlé ? demanda Charles, sans beaucoup de vivacité car ce retour l'indifférait.

– Il est resté prisonnier dans une ferme depuis 1940, plutôt tranquille, à ce qu'il m'a raconté, expliqua Henri Labarthe.

– Dans une ferme ? Il a dû souffrir le martyre, quand on connaît ses manières ! s'exclama Marianne.

– Je suppose que non. Il m'a présenté une conquête qu'il a ramenée dans ses fourgons !

– Une beauté blonde, j'imagine ? s'intéressa Charles, en se souvenant des airs de Casanova sur le camion de foire.

– Blonde et sculpturale, mon cher ! fit Labarthe.

– Il y a de belles filles en Allemagne et en Autriche, conclut René en espérant que cette généralité éloignerait un sujet risquant de choquer sa belle-sœur si les réparties se poursuivaient longtemps sur ce registre un peu leste.

Pauline craignit de s'être trahie. Mais elle ne sentit aucun feu sur ses joues et quand elle se joignit à nouveau à la conversation elle constata que sa voix ne tremblait pas. Le nom de son amant l'avait atteinte comme un bref coup d'épingle. Elle avait serré les lèvres, elle s'était raidie. Cependant ce n'était pas une douleur très vive, simplement un pincement au cœur, très bref, plutôt en surface.

Pendant tout l'après-midi, puis encore le soir, dans le flux des phrases insignifiantes, des questions de François, aux anges près du missionnaire, des réponses interminables de celui-ci, elle tira du passé des images secrètes. Elle constata qu'elle était souvent incapable de les faire surgir avec toute leur netteté. Comme les vieilles photos, ses souvenirs les plus intimes s'étaient piqués.

Mais certains lui apparurent encore dans le lit conjugal, alors que Charles s'était endormi depuis longtemps, peut-être un peu grisé par le margaux, puis les fines sacramentelles que Labarthe avait proposées à ses hôtes pour marquer cette réunion d'exception.

Pauline s'attachait maintenant aux sentiments qu'elle avait éprouvés : l'émerveillement et la violence d'une initiation charnelle, pas même une passion éphémère, crut-elle possible de penser, sans s'aveugler sur la réalité des choses. Puis, elle n'avait ressenti que de la désillusion. Une certitude l'envahit : son corps ne brûlerait sans doute plus jamais en compagnie d'un homme du feu qu'Hugues de Rofiac avait su attiser en elle.

Une touffeur encore forte régnait dans la pièce. Pauline ressentit une oppression qui lui rendrait le sommeil difficile. Elle se leva avec précaution, se dirigea vers la fenêtre, qu'elle ouvrit à deux battants. Dehors, la nuit frémissait de l'agitation sourde de milliers de mouvements, de reptations, d'assauts et de fuites invisibles, de petits cris et de gémissements. Loin, du côté des collines bien éclairées par une lune platinée, un renard en quête glapissait à intervalles réguliers. Dans les greniers, de vieilles solives craquaient.

Quittant l'obscurité, qu'elle venait de scruter sans but précis, Pauline se retourna, demeurant immobile contre l'appui de l'ouverture. Charles, dont la forme allongée se distinguait assez bien dans la pénombre, n'avait pas bougé, continuant de respirer fort.

Pauline crispa ses doigts sur le bois et essaya de repousser l'émotion qui montait dans sa poitrine. Il n'existerait jamais de moment plus indiqué que ce lendemain de célébration familiale pour annoncer qu'elle s'était décidée à quitter La Vernière.

Elle ressassait depuis des jours les mots qu'elle emploierait pour rendre son départ moins dramatique pour Charles et moins inexplicable pour les autres.

Depuis son retour du maquis, elle n'avait pas cessé de disséquer ses sentiments à l'égard de son mari et elle était maintenant parvenue à la certitude qu'elle ne trouverait jamais à ses côtés cette part de rêve ou de folie qui éclaire les passions véritables. Elle l'estimait, elle lui avait accordé son entière tendresse, elle avait tremblé pour lui chaque fois qu'un danger l'avait menacé. Elle avait admiré sa bravoure.

Pauline devait admettre que Charles l'aimait d'un amour profond, exalté par les épreuves intimes qui avaient marqué leurs années d'union. Depuis qu'il savait qu'elle avait accepté un viol pour tirer Alicia des pattes de Marquenterre, la ferveur de Charles s'était chargée d'une reconnaissance éperdue. Mais Pauline était maintenant certaine que ces liens si ambigus et si lourds, noués entre eux, ne seraient plus qu'une prison pour elle.

Comme si l'air qui fraîchissait avec l'approche de l'aube lui faisait du bien, elle resta encore figée pendant quelques minutes, avant d'aller rejoindre son mari qui ne sortit pas de sa léthargie.

C'était cela, se persuada-t-elle. Demain... Elle annoncerait qu'elle allait rejoindre Emma, avec laquelle elle avait échangé plusieurs lettres, sans lui confier toute la vérité. Sinon, la rentrée de La Parisienne et celle des enfants surviendraient et elles seraient plus fortes que son désir de liberté. Avant de succomber à une courte somnolence, Pauline pensa aussi que l'Africain l'aiderait à surmonter l'épreuve redoutable qu'elle allait vivre, soit qu'il devinât ses débats intérieurs, soit par pure bénignité de pasteur.

Rosette avait conservé de ses origines paysannes une prédilection pour les fruits tombés de l'arbre, dont elle confectionnait une variété remarquable de pâtisseries, après les avoir disputés aux guêpes, malgré son embonpoint qui la gênait pour les ramasser dans l'herbe serrée du verger. En apercevant la tarte aux mirabelles tardives, summum du repas de midi, Pauline dut réprimer son émotion. L'ambre des petites boules craquelées par la cuisson, le saupoudrage de sucre, pareil à mille brillants, lui rappelaient tant et tant de délices de son enfance et de son adolescence insouciantes qu'elle frissonna. Mais elle parvint à assener d'une voix calme le peu de mots qui brisaient le passé.

– Je vais m'installer à Paris. Emma Baraban m'attend. Elle m'aidera.

– Quand partiras-tu ? demanda seulement Charles.

Sa voix s'était brisée, mais il luttait de toute sa volonté pour ne pas laisser transparaître son désarroi. Pauline fixa ses yeux sur lui. Leurs cœurs battirent la même chamade pendant quelques secondes. Puis il baissa la tête, comme s'il avait souvent pensé que leur union se terminerait de cette manière, en déchirure infinie, mais avec de la dignité. Elle lui sut un gré infini de ce silence.

Henri Labarthe blêmit, adressant aussitôt un signe à Marianne, qui la contraignait à se taire. Puis, il chercha un instant ce qu'il allait dire. Pauline devina qu'il n'exprimerait pas des torts ou des doutes, mais qu'il se raidissait dans son personnage de chef de clan.

– Paris... Emma Baraban t'a trouvé un appartement ? questionna-t-il.

– Non. Elle m'accueillera chez elle pour l'instant.

– Ainsi, j'aurai perdu mes deux filles ! gronda Henri après un long temps muet au cours duquel il fit peser sur les siens une lourde tension.

– N'en fais pas trop, mon cher ! corrigea le père René sur le ton d'un dur reproche.

– Marraine, tu reviendras souvent ? implora tout à coup François, au bord des larmes.

– Bien sûr, le réconforta Pauline, en lui caressant la joue.

– Papa... chuchota Alicia.

Soudain, la jeune fille, qui était assise à côté de Charles, se serra contre lui, en lui entourant les épaules de son bras, dans un geste brusqué de possession, plus que de réconfort. Pauline vit luire les yeux d'Alicia d'un étrange éclat, dans lequel elle crut percevoir une sorte de triomphe et l'accusation de faire souffrir l'être qu'elle adorait le plus au monde.

Pauline en fut bouleversée. Depuis ses noces avec Charles, sa belle-fille n'avait jamais accepté la tendresse qu'elle avait vouée à son père et qu'elle lui conserverait toujours.

C'était l'ultime déchirement de cette séparation. Pauline sourit à François avec douceur. Son esprit était à nouveau capable de raisonner. Elle fuyait La Vernière, mais celle-ci garderait cette fois encore sa solide tranquillité, comme cela était advenu naguère, au cours de son histoire, quand les soubresauts des cœurs, des pulsions d'indépendance personnelle, des intérêts ou des événements extérieurs l'avaient ébranlée brièvement.

Il n'était qu'à voir la manière dont Henri Labarthe considérait sa petite-fille, se pressant toujours contre Charles. Il décelait un reste de puérilité dans l'élan possessif de celle-ci, mais ses yeux étaient ceux d'une femme à l'intelligence ample et vive, qui lui succéderait un jour. Peut-être espérait-il même qu'Alicia lui donnerait à croire qu'Agathe revivait en elle…

Charles ne semblait pas avoir remarqué l'adoration de sa fille. Il se débattait dans le désordre de son affection dévastée et de ses réflexions sur sa vie. Pauline ne parvint pas à deviner la moindre d'entre elles à l'expression de son visage. Mais, à le voir ainsi enserré dans cette effusion exclusive et soutenu par Labarthe, elle se sentit moins coupable de déserter La Vernière et leur belle maison de Rodez.

Épilogue

Comme elle l'avait écrit à son amie au début de la guerre, Emma Baraban n'avait pas quitté Paris, en dépit de la présence des Allemands. Ne mangeant pas toujours à sa faim, affrontant, mois après mois, les interdictions de circuler, les contrôles constants, le couvre-feu, elle avait réussi à poursuivre ses études de médecine. Les patrons blanchis sous le harnois de la Faculté considérèrent d'abord avec plus de condescendance que d'amabilité cette fille, originaire d'une province reculée, prétendant égaler les étudiants mâles. Mais Emma ne faiblit jamais et, dès la seconde année, elle fut jetée dans l'arène des hôpitaux, où elle côtoya toutes les blessures et toutes les détresses et où sa forte personnalité lui permit de conquérir une place, malgré les coups tordus de tous les misogynes obtus.

Cependant, des incidents, parfois des drames, telle la déportation de plusieurs professeurs juifs, avaient retardé ses diplômes. Lorsque Pauline survint, Emma devait encore terminer l'Internat, avant de commencer une carrière s'annonçant brillante.

L'appartement qu'elle occupait était situé au troisième étage d'un bel immeuble haussmannien, donnant sur la place Denfert-Rochereau. Le docteur Baraban avait satisfait ses envies de devenir propriétaire à Paris. Mais, du fait de ses patients, qu'il ne se résolvait pas à laisser pour filer dans la capitale, puis de la guerre, le praticien n'avait jamais passé une nuit face au célèbre lion de Belfort.

Deux chambres ouvraient sur une sorte de grand salon, non seulement meublé avec goût, mais aussi agrémenté de plusieurs lithographies, de petites statuettes et de bibelots au style recherché, qui apportaient une incontestable chaleur à cette décoration. Tout cela était disposé comme dans un écrin, avec un soin qui soulignait le souci permanent de joliesse de la propriétaire, et sans doute aussi l'empreinte d'une sensibilité féminine raffinée.

Pauline avait-elle imaginé autrement un logement d'étudiante parisienne, pour qui cet ensemble plutôt élégant pouvait paraître trop grand ou trop luxueux, ou était-elle sous le charme de ce qu'elle découvrait ? Elle parut surprise et attarda son regard, comme si elle examinait les objets un à un.

– Ne cherche pas ! Il n'y a pas d'homme caché derrière les rideaux ! Je vis seule chez moi, dit Emma, en partant d'un éclat de rire.

– J'aime toutes ces choses…

– Je suis heureuse que ces babioles te plaisent. C'est indispensable pour que tu restes longtemps ici, ajouta La Parisienne en reprenant du sérieux.

Ce ton spontané, une gaieté subite, puis plus de gravité, le flamboiement des prunelles, puis leur velours, Pauline retrouvait tout ce qui l'avait attirée autrefois chez sa camarade de pension.

Emma conservait sa peau mate, ses beaux cheveux de jais, mais sans doute à cause de ses marches épuisantes dans Paris, elle était presque hâlée, les traits un peu tendus, comme si ses combats quotidiens pour subsister et pour réussir avaient acéré en elle une volonté et un besoin d'indépendance qui apparaissaient évidents dès qu'elle parlait.

– Pauline, je ne te reconnais plus. Combien tu as changé ! s'exclama Emma.

Dès le premier instant, elle constatait que son amie s'était affranchie de cette façon de regarder qu'elle avait à l'institution, les yeux à demi baissés, toujours réservée. Maintenant, Pauline la dévisageait et elle se livrait à un examen, comme si elle prenait possession d'elle parce qu'elles se retrouvaient après tant d'années d'éloignement et d'événements dans leurs deux existences.

– Tu crois vraiment ce que tu affirmes ?

– Oui. Souviens-toi : à la boîte, tu avais sans cesse besoin de moi pour échapper aux punitions des sœurs et j'aimais bien te protéger. Aujourd'hui, tu arrives à Paris parce que tu as lâché ton mari et ta famille. Tu me parais être devenue une grande fille, non ?

– Je viens te demander de l'aide, fit remarquer Pauline.

– Seulement de l'aide et une pièce pour crécher ?

– Non. Se revoir… souffla Pauline.

Lorsque celle-ci avait posé ses valises sur le parquet, elles s'étaient jetées dans les bras l'une de l'autre avec précipitation, dans une accolade rapide. Au bout de ces quelques minutes au cours desquelles leurs yeux s'étaient mêlés, tandis qu'elles redécouvraient l'intonation exacte et la chaleur de chacune de leurs voix, elles éprouvèrent le besoin impérieux de s'embrasser à nouveau.

Elles se laissèrent aller l'une contre l'autre, dans l'abandon de l'amitié et de la tendresse. Comme autrefois, dans la cabine de l'institution, Emma se troubla en sentant Pauline se serrer contre elle. Une grande glace lui renvoya l'image de leurs deux silhouettes rapprochées. Elle était d'une complète harmonie.

– Qu'est-ce que tu comptes faire à Paris ? demanda-t-elle, en s'écartant doucement.

– J'avais pensé entrer dans un grand magasin…

– Tu t'habitueras très vite à la mode et aux clientes parisiennes. Tu seras chef de rayon en peu de temps, prédit Emma

Pauline chancela imperceptiblement. Elle était saisie d'un vertige. Pour la première fois, sa vie lui semblait légère.

Ouvrage réalisé par le Studio graphique des Éditions du Rouergue

Reproduit et achevé d'imprimer en septembre 2009
par l'imprimerie France Quercy (Mercuès)
N° d'imp. : 91191/

Dépôt légal : octobre 2009
ISBN : 978 2 8126 0072 2

Imprimé en France